Emily

O MORRO
DOS VENTOS
UIVANTES

Copyright da tradução e desta edição ©2021 por Fabio Kataoka

Título original: Wuthering Heights
Textos originais de domínio público. Reservados todos os direitos desta tradução e produção.

Presidente: Paulo Roberto Houch
MTB 0083982/SP

Coordenação Editorial: Priscilla Sipans
Coordenação de Arte: Rubens Martim
Imagens de capa: Shutterstock

Vendas: Tel.: (11) 3393-7727 (comercial2@editoraonline.com.br)

Impresso no Brasil.
Foi feito o depósito legal.

Direitos reservados ao
IBC — Instituto Brasileiro de Cultura LTDA
CNPJ 04.207.648/0001-94
Avenida Juruá, 762 — Alphaville Industrial
CEP. 06455-010 — Barueri/SP
www.editoraonline.com.br

> **"** ... *se é verdade que os olhos falam, até um idiota teria percebido que eu estava perdidamente apaixonado.*"

⮜ Capítulo I ⮞

no de 1801. Acabei de voltar da visita que fiz ao meu senhorio, o único vizinho que poderá perturbar o meu isolamento. Esta região é, sem dúvida, magnífica! Sei que não poderia ter encontrado em toda a Inglaterra outro lugar como este, tão retirado, tão distante da mundana agitação. Um paraíso perfeito para misantropos: Sr. Heathcliff e eu próprio formamos a parceria ideal para partilhar este isolamento. Um tipo formidável, este Heathcliff! Mal ele sabia como eu transbordava de cordialidade quando os seus olhos desconfiados se esconderam sob os cílios, ao ver-me cavalgar em sua direção, e quando os seus dedos se protegiam, com ciumenta determinação, ainda mais em seu colete, quando anunciei quem era.

– Estou falando com Sr. Heathcliff? – perguntei.

Um aceno de cabeça foi a resposta.

– Sou Sr. Lockwood, o seu novo inquilino. Quis ter a honra de vir visitá-lo logo após a minha chegada, para lhe apresentar as minhas desculpas e lhe dizer que espero não o ter importunado demais com a minha insistência em alugar a Granja Thrushcross. Soube ontem que o senhor tinha dito que...

– A Granja Thrushcross é propriedade minha, meu caro senhor – atalhou ele, arredio – e, se puder evitá-lo, não permito que ninguém me importune. Entre!

Esse "entre" foi proferido entredentes e o sentimento que exprimia era mais um "Vá para o diabo". Até mesmo a cancela em que ele se apoiava permaneceu imóvel, insensível ao convite. Convite que, acho eu, acabei por aceitar movido pelas circunstâncias: sentia-me interessado por aquele homem, que parecia ainda mais reservado do que eu.

Só quando viu os peitorais do meu cavalo forçarem a cancela é que tirou a mão do bolso e abriu o cadeado, subindo depois o trilho lamacento à minha frente, cabisbaixo. Ao chegarmos ao pátio, gritou:

– Joseph, leva o cavalo de Sr. Lockwood e traga um pouco de vinho.

"A criadagem está reduzida a isto, certamente", pensei eu, ao ouvir a ordem dupla. "Não admira que a erva cresça por entre o lajedo e as sebes tenham de ser podadas pelo gado". Joseph era um homem já de certa idade, melhor dizendo, já um velho, bastante velho até, se bem que de rija têmpera.

– Valha-me Deus! – murmurou, com voz sumida e enfadada, quando me segurou o cavalo, ao mesmo tempo em que me fitava com um ar tão sofredor que eu, caridosamente, imaginei que ele devia precisar da ajuda divina para digerir o jantar e que aquele piedoso arrazoado nada tinha a ver com a minha visita inesperada.

Morro dos Ventos Uivantes é o nome da mansão do Sr. Heathcliff. A ventania deve ser constante ali; é fácil imaginar o vigor com que sopra o vento norte pela excessiva inclinação de alguns abetos que crescem nas proximidades da casa e por uma fila de espinheiros todos voltados na mesma direção, como que implorando a esmola do sol. Felizmente, o arquiteto teve a visão de construir uma casa sólida: as janelas estreitas estão profundamente encravadas nas paredes e os cantos protegidos por grandes juntas de alvenaria.

Antes de transpor a entrada principal, parei para admirar as figuras grotescas que ornamentavam profusamente a fachada, concentradas sobretudo à volta da porta, sobre a qual, perdidos em um emaranhado de grifos e meninos despudorados, consegui decifrar uma data: 1500, e um nome: Hareton Earnshaw. Bem me apetecia tecer alguns comentários e pedir ao sorumbático proprietário que me fizesse uma breve história do lugar, mas a sua atitude junto à porta parecia exigir que, das duas uma, ou entrasse sem me deter ou me fosse de vez embora, e longe de mim a ideia de lhe aumentar a impaciência antes de poder apreciar o interior.

Seguimos diretamente para uma sala sem passarmos por nenhum vestíbulo ou corredor – a sala comum, como aqui chamam. Inclui geralmente a cozinha e a sala de estar, mas creio que no Morro dos Ventos Uivantes a cozinha teve de ser transferida para outra parte da casa. Pelo menos, ouvia-se lá nos fundos um grande burburinho de vozes e o bater de tachos e panelas. Também não detectei na enorme lareira quaisquer vestígios de assados ou cozidos de panela, nem vi pendurados nas paredes os reluzentes tachos de cobre ou os passadores de folha. Em uma das paredes de topo, a luz e o calor das labaredas refletiam-se em todo o seu esplendor nas grandes bandejas de estanho e nos canjirões e pichéis de prata que, em filas alternadas, subiam até às telhas dispostos em uma enorme cômoda de carvalho. O telhado não tinha forro, exibindo-se em toda a sua nudez aos olhares curiosos, exceto nos locais onde ficava escondido atrás de uma prateleira suspensa cheia de bolos de aveia, ou atrás de presuntos fumados, de vitela, carneiro e porco, que pendiam das traves em fiadas. Por cima da chaminé enfileiravam-se velhas escopetas já sem préstimo e um par de pistolas, e, sobre o rebordo, à guisa de enfeite, três latas de chá pintadas de cores garridas. O chão era de lajes brancas e polidas. As cadeiras eram antigas, de espaldar, pintadas de verde, havendo também um ou dois cadeirões negros e pesados, semiocultos na sombra. Em um nicho da cômoda estava deitada uma enorme cadela de caça de pelo avermelhado escuro, rodeada por uma ninhada de cachorrinhos barulhentos, e havia ainda mais cães instalados em outros recantos. A casa e a mobília nada teriam de extraordinário se pertencessem a um simples lavrador do Norte da Inglaterra, de forte compleição e pernas musculosas, calções apertados nos joelhos e um belo par de polainas. Indivíduos desses, sentados nos seus cadeirões, com uma caneca de cerveja a transbordar de espuma pousada na mesa redonda à sua frente, encontram-se em qualquer lugar por estes montes, em um raio de cinco ou seis milhas, se chegarmos na hora certa, ou seja, depois do jantar.

Sr. Heathcliff, porém, contrasta completamente com o ambiente que o rodeia e o modo como vive. Na aparência, é um autêntico cigano de pele escura; no trajar e nas maneiras, um cavalheiro – isto é, um cavalheiro como tantos outros escudeiros rurais: um pouco desmazelado, talvez, sem contudo deixar que essa negligência o amesquinhe no seu porte altivo e elegante, se bem que taciturno. Alguns o acusarão de orgulho desmedido, mas eu tenho um sexto sentido que me diz que não se trata disso – instintivamente, sei que a sua reserva provém de uma aversão inata à exteriorização de sentimentos e à troca de demonstrações de afeto. É capaz de amar e de odiar com igual dissimulação e de considerar impertinência a retribuição desse ódio ou desse amor – Espera lá, estou indo depressa demais – Acho que lhe atribuí, com toda a liberalidade, os meus próprios atributos. Sr. Heathcliff pode ter razões completamente diferentes das que me assistem para se esquivar a apertar a mão a alguém que acaba de conhecer. O defeito é capaz de ser meu – a minha saudosa mãe costumava dizer que eu nunca havia de conhecer o conforto de um lar, e ainda o verão passado provei ser perfeitamente indigno de o possuir.

Fui apresentado à mais fascinante das criaturas, uma deusa em carne e osso – sem que ela, todavia, reparasse em mim. Era um mês de ameno lazer à beira-mar. Nunca lhe confessei abertamente o meu amor, mas, se é verdade que os olhos falam, até um idiota teria percebido que eu estava perdidamente apaixonado. Finalmente, ela acabou por entender e devolveu-me o olhar com o olhar mais terno que se possa imaginar. E que fiz eu? É vergado ao peso da vergonha que o confesso: retraí-me timidamente como um caracol, mostrando-me mais frio e distante a cada olhar seu, até que a pobre inocente começou a duvidar do que os seus olhos lhe diziam e, diante do vexame do erro cometido, convenceu a mãe a irem-se embora mais cedo. Esta estranha mudança de atitude valeu-me a fama de coração empedernido, fama essa que só eu sei quão imerecida é.

Sentei-me do lado da lareira oposto àquele para onde se dirigira o meu senhorio e preenchi os momentos de silêncio que se seguiram tentando afagar o pelo da cadela que, entretanto, abandonara a ninhada para se aproximar ameaçadoramente das minhas pernas pela retaguarda, como uma loba, de dentes arreganhados a escorrer saliva, ávidos por uma dentada.

– Acho bom deixar a cadela em paz – murmurou o Sr. Heathcliff em um uníssono, batendo com o pé no chão, para pôr fim a demonstrações mais ferozes ainda. – Ela não tem costume de ser afagada... não é um animalzinho de estimação.

Depois, caminhando até uma porta lateral, gritou de novo:

– Joseph!

Joseph murmurou qualquer coisa, lá das profundidades da adega, mas não deu sinais de que ia subir; em vista disso, seu patrão desceu atrás dele, deixando-me vis-à-vis com a mal-humorada cadela e dois cães pastores, que a acompanharam naquela vigilância desconfiada a todos os meus movimentos. Bem pouco interessado em entrar em contato com seus dentes, conservei-me imóvel; imaginando, contudo, que dificilmente eles poderiam compreender insultos tácitos, tive a infelicidade de fazer caretas para o trio e uma das contorções de minha fisionomia irritou a tal ponto a "senhora" que ela, de súbito, ficou furiosa e avançou contra mim. Arremessei-a para trás e apressei-me a colocar a mesa entre nós dois. Toda a matilha se encarniçou com esse meu gesto: meia dúzia de demônios quadrúpedes, de vários tamanhos e idades, surgiu de desvãos ocultos vindo ocupar o centro comum. Meus calcanhares e as bainhas de minhas calças tornaram-se os alvos particulares do assalto; e repelindo os combatentes mais avantajados, o melhor que pude, com o atiçador, fui forçado a pedir, em voz alta, ajuda de alguém da casa, para restabelecer a paz.

O Sr. Heathcliff e seu criado subiram a escada da adega com fleuma irritante; creio que não se moveram um segundo mais depressa que de ordinário, embora o aposento estivesse abalado por uma verdadeira tempestade de escaramuças e gritos. Por sorte, um habitante da cozinha teve uma intervenção mais rápida: uma dama corpulenta, de vestido arregaçado, braços nus e faces afogueadas, correu para nós, brandindo uma frigideira: e utilizou-se daquela arma e da língua, com tal determinação, que a tempestade amainou magicamente, e apenas ela própria, ofegante como o oceano após uma ventania forte, quando seu patrão entrou em cena.

– Que diabo se passou aqui? – perguntou ele, olhando-me de um modo que mal pude suportar, após aquele pouco hospitaleiro tratamento.

– Que diabo, de fato! – murmurei. – A vara de porcos endemoniados não poderia ter dentro de si espíritos mais malignos do que estes seus animais, Sr. Heathcliff. Seria preferível o senhor deixar um estranho com uma ninhada de tigres!

– Eles não se intrometem com as pessoas que não tocam em coisa alguma – observou meu senhorio, pondo a garrafa diante de mim e consertando a mesa atrapalhada. – Os cães têm o direito de se mostrar vigilantes. Aceita um copo de vinho?

– Não, obrigado.

– Não foi mordido, foi?

– Se tivesse sido, teria deixado minha marca no mordedor.

A fisionomia de Heathcliff relaxou-se em um sorriso.

– Calma, calma! – disse ele. – Está nervoso, Sr. Lockwood. Tome um pouco de vinho. As visitas são tão raras nesta casa que eu e meus cães, tenho de confessar, não estamos acostumados a recebê-las. À sua saúde!

Fiz um aceno, retribuindo o brinde; começava a perceber que seria tolice ficar de cara torcida por causa da incontinência de um bando de cães. Além do mais, não me sentia disposto a deixar o outro divertir-se à minha custa; pois a verdade é que sua atitude tomara esse rumo. Heathcliff – provavelmente levado pela prudente consideração de que seria tolice ofender um bom inquilino – afastou-se um pouco da lacônica maneira de murmurar os pronomes e os verbos auxiliares, e passou a falar sobre um assunto que julgava ser de meu interesse: as vantagens e desvantagens de meu atual lugar de retiro. Abordou a questão com inteligência; e, antes de voltar para casa, senti-me encorajado até o ponto de marcar outra visita para o dia seguinte. Ele, evidentemente, não desejava que meu intrometimento se repetisse. Eu estava disposto a ir, contudo, de qualquer maneira. É espantoso quanto eu me sentia sociável, em comparação com ele.

∽ Capítulo II ∽

A tarde de ontem foi fria e cheia de névoa. Pretendia ficar em casa perto da lareira, em vez de arrostar com lodaçais e matos até o Morro dos Ventos Uivantes. Porém, quando subi para o meu quarto depois do jantar (N.B. Janto entre o meio-dia e a uma hora; a governanta, uma matrona que me foi legada por acréscimo com a casa, não foi capaz de compreender, ou não quis, o meu pedido de que o jantar fosse servido às cinco horas). Com esta ideia preguiçosa a germinar-me no espírito, deparei-me ao entrar com uma criada de joelhos, rodeada de escovas e baldes de carvão, a atirar pazadas de cinza para apagar as brasas da lareira e a fazer uma poeirada dos diabos. Este espetáculo fez-me voltar para baixo imediatamente; pus o chapéu na cabeça e, ao cabo de quatro milhas de caminhada cheguei à cancela da propriedade de Heathcliff, mesmo a tempo de escapar aos primeiros flocos esvoaçantes de uma nevasca.

A terra do alto do morro estava coberta por uma camada dura de gelo e o ar frio me fazia tremer o corpo inteiro. Não tendo conseguido retirar a corrente, pulei o portão e, correndo pelo caminho calçado, margeado por moitas de groselhas, bati na porta, em vão, pedindo entrada, até que minhas mãos começaram a sentir cãibras e os cães a uivar.

"Malditos!" – gritei mentalmente. "Vocês merecem o isolamento a que sua espécie vive condenada por falta de hospitalidade. Pelo menos durante o dia, a porta não deveria estar fechada para mim. Mas não importa, vou entrar!"

Agarrei a aldraba e sacudi-a, com toda a força. A cabeça de Joseph apareceu em uma janela redonda do celeiro.

– Que deseja? – gritou. – O patrão está caçando. Dê a volta pelo fim do caminho, se quer falar com ele.

– Não há ninguém em casa para abrir a porta? – perguntei.

– Só está a senhora; e ela não vai abrir a porta, mesmo que o senhor bata até de noite.

– Por quê? Não pode dizer-lhe que sou eu, Joseph?

– Eu, não! Não tenho nada com isto – sinalizou com a cabeça, desaparecendo.

A neve começou a cair pesadamente. Agarrei a aldraba, para fazer outra tentativa, quando um rapaz sem casaco e com um ancinho no ombro apareceu no pátio. Fez sinal para acompanhá-lo, e, depois de atravessarmos uma lavanderia e uma área calçada onde havia um depósito de carvão, uma bomba e um pombal, chegamos ao aposento enorme, agradavelmente aquecido, onde eu fora recebido da outra vez. O aposento resplandecia, deliciosamente, ao clarão de um fogo imenso composto de carvão, turfa e madeira; e, perto da mesa, posta para uma ceia completa, tive o prazer de observar a senhora, pessoa de cuja existência não desconfiara antes. Fiz uma mesura e esperei, pensando que ela fosse convidar-me a sentar-me. Ela me olhou, recostada na cadeira, e permaneceu imóvel e muda.

– Que tempo horroroso! – observei. – Receio, Sra. Heathcliff, que a porta tenha sofrido as consequências da displicência de seus criados: custei a fazê-los me ouvir.

Ela continuou sem abrir a boca. Olhei, e ela olhou também: ou por outra, fixou os olhos em mim, como se não estivesse vendo, com um modo frio, grandemente embaraçoso e desagradável.

– Sente-se – murmurou o rapaz. – Ele não demora a voltar.

Obedeci; tirei um cigarro e chamei a malvada Juno, que se dignou, neste segundo encontro, a mover a extremidade da cauda, em sinal de que me reconhecera.

– Lindo animal! – comentei de novo. – A senhora pretende distribuir os filhotes, senhora?

– Não são meus – respondeu a amável anfitrioa, com mais má vontade que o próprio Heathcliff teria respondido.

– Ah! Seus favoritos são estes? – continuei, voltando-me para uma almofada que a sombra obscurecia e cheia de gatos, segundo parecia.

– Estranha escolha de favoritos! – observou a senhora, desdenhosamente.

Lamentavelmente, tratava-se de alguns coelhos mortos. Tirei outro cigarro e aproximei-me mais da lareira, repetindo meu comentário sobre o mau tempo.

– O senhor não devia ter saído – disse a senhora, levantando-se e tirando, na lareira, duas das caixas pintadas.

Pude ver, distintamente, todo o seu corpo e seu rosto. Era esbelta, e parecia mal saída da adolescência; bem feita de corpo e o rostinho mais interessante que eu já vira em minha vida: feições delicadas, e lindas; cabelos louros, ou antes cor de ouro, caindo soltos sobre o pescoço delicado; e olhos que, se tivessem uma expressão agradável, seriam irresistíveis. Felizmente para o meu sensível coração, o único sentimento que eles irradiavam oscilava entre o desdém e uma espécie de desespero, que parecia, ali, singularmente pouco natural. De onde estava, era-lhe difícil atingir as caixas; fiz menção de ajudá-la; ela virou-se para mim, como faria um avarento, se alguém quisesse ajudá-lo a contar seu ouro.

– Não preciso de sua ajuda! – exclamou. – Posso alcançá-las sozinha.

– Desculpe-me! – apressei-me em replicar.

– Foi convidado para tomar chá? – perguntou ela, amarrando um avental no vestido preto e pondo-se de pé, com uma colher de folhas de chá erguida sobre o bule.

– Aceitarei uma xícara, com muito prazer.

– Foi convidado? – repetiu.

– Não – respondi, com um meio sorriso. – A senhora é que é a pessoa indicada para me convidar.

Ela empurrou o chá para um lado, com colherinha e tudo, e voltou à sua cadeira; franziu a testa e seu lábio inferior, muito vermelho, pendeu, como o de uma criança prestes a chorar.

Enquanto isto, o rapaz colocara em cima do corpo um casaco andrajoso e, de pé diante do fogo, olhava para mim, debaixo para cima, de soslaio, como se houvesse um ódio mortal entre nós dois. Comecei a imaginar se seria ou não um criado: tanto sua roupa como seu modo de falar eram rudes, inteiramente destituídos daquela superioridade que se podia observar no Sr. e na Sra. Heathcliff; seus espessos cabelos castanhos eram maltratados e mal penteados; suíças eriçadas cobriam-lhe as faces: contudo, seu porte era desempenado, quase altivo, e ele não demonstrava as atenções de um criado para com a dona da casa. Na ausência de provas claras sobre sua condição, pareceu-me melhor abster-me de notar sua curiosa conduta; e cinco minutos depois, a entrada de Heathcliff me aliviou, de certo modo.

– Como se vê, Heathcliff, aqui estou, de acordo com a minha promessa! – respondeu animado. – E receio que o mau tempo me prenda aqui por meia hora, se o senhor me quiser conceder abrigo por esse tempo.

– Meia hora? – respondeu ele, tirando a neve da roupa. – Não creio que o senhor deva escolher o apogeu de uma tempestade de neve para enfrentá-la. Sabe que se arriscou de perder-se nos brejos? Mesmo as pessoas familiarizadas com essas charnecas frequentemente perdem o caminho em noites iguais à de hoje. E posso afirmar-lhe que não há possibilidade de o tempo mudar agora.

– Talvez eu arranje, para servir-me de guia, um de seus empregados, que possa ficar na Granja até amanhã cedo... O senhor não me pode ceder um?

– Não, não posso.

– Sim, senhor! Então, tenho de confiar em minha própria capacidade.

– Hum!

– Vai fazer o chá? – perguntou o rapaz do casaco rasgado, tirando de mim seus olhos ferozes, para pousá-los na jovem senhora.

– Ele vai tomar chá? – perguntou a jovem, dirigindo-se a Heathcliff.

– Quer fazer o favor de prepará-lo? – foi a resposta, dita com tanta grosseria que eu me espantei.

O tom com que estas palavras foram ditas revelavam maus sentimentos. Não me senti mais inclinado a considerar Heathcliff como um bom sujeito. Quando os preparativos terminaram, ele me convidou com um: "agora, faça o favor de trazer sua cadeira". E nós todos, inclusive o rapaz malvestido, sentamo-nos à mesa: um silêncio pesado se fez, enquanto tomávamos a refeição.

Pensei que, uma vez que fora eu que provocara o mal-estar, cumpria-me também desfazê-lo. Não era possível que eles se sentassem à mesa, todo santo dia, sombrios e taciturnos; por mais mal-humorados que fossem, aquelas carrancas dos três não podiam ser suas expressões habituais.

– É engraçado – comecei, no intervalo decorrido entre uma xícara de chá que bebera e outra que me era servida –, é engraçado como os hábitos podem moldar nossos gostos e ideias: muita gente não pode imaginar que possa haver felicidade em uma vida de tão completo afastamento da sociedade como a que o senhor leva, Sr. Heathcliff; no entanto, atrevo-me a dizer que, cercado por sua família, e com sua amável senhora como gênio tutelar do seu lar e do seu coração...

– Minha amável senhora! – interrompeu Heathcliff, com um sorriso quase diabólico nos lábios. – Onde está ela... minha amável senhora?

– Refiro-me à Sra. Heathcliff, sua esposa.

– Ah! O senhor quer dizer que seu espírito assumiu o lugar de anjo tutelar e guardião do Morro dos Ventos Uivantes, embora seu corpo tenha partido. Não é isso?

Percebendo o erro que cometera, tentei corrigi-lo. Eu devia ter visto que havia muita diferença de idade entre os dois para que fossem marido e mulher. Ele tinha cerca de quarenta anos, idade de vigor mental em que os homens raramente acariciam a ilusão de serem desposados por amor pelas mulheres jovens: essa ilusão é reservada ao consolo da velhice. Ela parecia não ter ainda 17 anos.

Tive, então, uma ideia.

"O rústico que se encontra a meu lado, tomando chá em uma tigela e comendo pão com as mãos sujas, talvez seja seu marido: o Heathcliff mais moço, naturalmente. Eis a consequência de ser enterrada viva: ela se apressou em aceitar esse traste, porque ignorava que existissem homens melhores! Uma tristeza... Preciso ter cuidado de não fazê-la lamentar sua escolha..."

Esta última reflexão pode parecer presunçosa, mas não era. Meu vizinho era quase repulsivo, e, quanto a mim mesmo, eu sabia, pela experiência, ser bem aceitável.

– A Sra. Heathcliff é minha nora – respondeu Heathcliff, corroborando minhas deduções.

Ele se voltou, enquanto falava, um olhar inconfundível na direção da moça: um olhar de ódio, a não ser que se tratasse de um perverso jogo dos músculos faciais que não podiam, como os das outras pessoas, interpretar a linguagem de sua alma.

– Ah! Sem dúvida... agora compreendo. O senhor é o feliz possuidor desta fada benfazeja – observei, voltando-me para o meu vizinho.

Foi pior ainda que antes: o rapaz tornou-se carmesim e cerrou os punhos, dando perfeita impressão de que premeditava um ataque.

Pareceu, contudo, ter-se dominado imediatamente e apaziguou a tempestade soltando um palavrão, pela metade, em voz baixa, ao qual, contudo, tive o cuidado de não prestar atenção.

– Foi infeliz em suas conjeturas – observou meu anfitrião. – Nenhum de nós tem o privilégio de possuir a fada benfazeja; seu marido morreu. Eu disse que ela é minha nora, portanto deve ter-se casado com meu filho.

– E este jovem é...

– Não é meu filho, de modo algum.

Heathcliff sorriu de novo, como se fosse muita ousadia atribuir-lhe a paternidade daquele urso.

– Meu nome é Hareton Earnshaw – murmurou o outro. – E aconselho-o a respeitá-lo.

– Não mostrei desrespeito – foi minha resposta, rindo-me, por dentro, da compenetração com que ele se apresentava.

Ele encarou-me fixamente por mais tempo do que eu me atrevia a retribuir-lhe o olhar, receando ser tentado ou a dar-lhe uma bofetada ou a tornar audível minha hilaridade. Comecei a me sentir profundamente desambientado naquele agradável círculo de família. A pesada atmosfera espiritual prevaleceu e neutralizou de sobra a comodidade física que havia em torno de mim; resolvi mostrar-me cauteloso antes de me arriscar uma terceira vez.

Terminada a tarefa de comer e, como ninguém tentasse manter uma conversa, aproximei-me da janela, para olhar o tempo. Foi triste o espetáculo que vi: uma noite escura caindo prematuramente, o céu e os montes misturados em uma violenta ventania e sufocante nevada.

– Acho que me é impossível chegar em casa, agora, sem um guia! – Não pude deixar de exclamar. – As estradas já estão cobertas de neve. E mesmo se não estivessem, eu não conseguiria avistar um passo na minha frente.

– Hareton, leve aqueles doze carneiros para a varanda do celeiro – disse Heathcliff. – A neve os cobrirá, se ficarem no aprisco a noite toda.

– Que devo fazer? – prossegui, com crescente irritação.

Minha pergunta ficou sem resposta. E, olhando em torno, só vi Joseph carregando um balde de mingau para os cães e a Sra. Heathcliff debruçada sobre o fogo, divertindo-se em queimar um feixe de fósforos que caíra da lareira, quando ela fora tornar a colocar as caixas de chá em seu lugar. Joseph, depois de ter executado sua tarefa, contemplou a sala, com olhar severo e murmurou entre dentes:

– Não sei como a senhora pode ficar aí sem fazer nada, quando todos saíram! Mas a senhora é assim mesmo e não adianta falar. Não se corrige e irá para o diabo, como sua mãe foi antes!

Imaginei, por um momento, que essa demonstração de eloquência fosse dirigida a mim. E, suficientemente irritado, avancei contra o velho canalha, com intenção de tocá-lo a pontapés pela porta afora.

A Sra. Heathcliff, porém, antecipou-se a mim pela resposta que deu.

– Seu velho escandaloso, hipócrita! – gritou ela. – Não tem medo de ver seu corpo levado, sempre que diz o nome do diabo? Aconselho-o a se abster de provocar-me, senão pedirei seu desaparecimento com um favor especial. Pare! Escute, Joseph – continuou, tirando de uma prateleira um livro comprido e preto. – Vou mostrar-lhe como já progredi na magia negra. Em breve, serei capaz de fazer uma limpeza em regra na casa, por meio dela. A vaca vermelha não morreu por acaso, e seu reumatismo não pode ser considerado como um presente da Providência!

– Desgraçada, desgraçada! – sussurrou o velho. – Que o Senhor nos livre do mal!

– Não, réprobo! Você é um desgraçado. Suma-se, ou vou feri-lo gravemente! Já fiz as imagens de vocês todos de argila e de cera, e o primeiro de vocês que exceder os limites, eu... Não vou dizer o que farei, mas hão de ver! Vá-se embora, que não me descuido de você!

Os belos olhos da bruxinha tornaram-se malignos e Joseph, tremendo com indisfarçável horror, fugiu, rezando e repetindo "desgraçada!" Achei que a atitude da jovem não passava de uma brincadeira atrevida; e, quando ficamos sós, tentei interessá-la pelas minhas desventuras.

– Sra. Heathcliff! – exclamei, com veemência. – Deve desculpar-me por tê-la perturbado. Presumo que assim seja, porque, pelo seu rosto, estou certo de que a senhora não pode deixar de ser boa. Por favor, assinale-me alguns marcos do caminho pelos quais eu consiga voltar para casa: não tenho mais ideia de como chegar ali do que a senhora teria de como chegar a Londres!

– Siga o caminho pelo qual o senhor veio – respondeu a jovem, acomodando-se em uma cadeira, com uma vela e o grande livro aberto diante dela. – É um conselho breve, mas o melhor que posso dar.

– Significa que, se a senhora souber que fui encontrado morto em um pântano ou em um poço cheio de neve, sua consciência não lhe dirá que foi, em parte, por sua culpa?

– Como assim? Não posso acompanhá-lo. Não me deixariam ir além do muro do jardim.

– Eu não consentiria que a senhora cruzasse a soleira da porta por minha causa, em uma noite assim! – exclamei. – Queria que me indicasse o caminho e não que me mostrasse; ou, então, que persuadisse o Sr. Heathcliff a me arranjar um guia.

– Quem? Só há ele próprio, Earnshaw, Zillah, Joseph e eu... Quem seria?

– Não há empregados na fazenda?

– Não. Só estes.

– Quer dizer, então, que sou obrigado a ficar.

– Resolva com o dono da casa. Não tenho nada com isso.

– Espero que isso lhe sirva de lição para não andar fazendo excursões por estas montanhas – gritou a voz áspera de Heathcliff, da porta da cozinha. – Quanto à ideia de ficar aqui, não tenho acomodações para visitantes; se ficar, terá que compartilhar o leito de Hareton ou Joseph.

– Posso dormir em uma cadeira nesta sala, – retruquei.

– Não, não! Um estranho é um estranho, seja ele rico ou pobre. Não poderei permitir que qualquer um fique à vontade dentro de casa, enquanto eu esteja afastado, de maneira que possa apanhar-me desprevenido! – respondeu o homem, com toda a grosseria.

Minha paciência acabou diante desse insulto. Com uma expressão de revolta no rosto dirigi-me ao pátio, chocando-me com Earnshaw, em minha pressa. Estava tão escuro que não pude ver por onde poderia sair; e, enquanto eu caminhava em torno, ouvi outra demonstração da boa educação daquela gente, no trato entre si. A princípio, o rapaz pareceu inclinado a se mostrar amistoso para comigo.

– Vou levá-lo até ao parque – respondeu.

– Vá levá-lo para o inferno! – exclamou seu patrão, ou fosse lá o que fosse dele. – E quem é que tomará conta dos cavalos, hem?

– A vida de um homem tem mais importância que descuidar dos cavalos por uma noite – sussurrou a Sra. Heathcliff, mais bondosa do que eu esperava.

– Não por sua ordem! – retrucou Hareton. – Se se interessa por ele, é melhor ficar calada.

– Então, espero que a alma dele irá persegui-lo e espero que o Sr. Heathcliff não arranje outro inquilino até que a Granja Thrushcross fique em ruínas! – retorquiu a jovem, asperamente.

– Lá está ela insultando-os! – murmurou Joseph, em direção ao qual eu caminhava.

Estava sentado próximo de mim, ordenhando as vacas à luz de uma lanterna, da qual me apoderei, sem cerimônia, e, gritando que a devolveria no dia seguinte, corri para o portão mais próximo.

– Patrão, patrão! Ele está furtando a lanterna! – gritou o velho, correndo atrás de mim. – Pega, Mordedor! Pega, cachorro! Agarre-o, lobo! Agarre-o!

Quando eu abria o portão, dois monstros cabeludos avançaram contra mim pegando-me pelo pescoço, derrubando-me e apagando a luz, ao mesmo tempo que as gargalhadas misturadas de Heathcliff e Hareton levavam ao máximo minha raiva e humilhação. Felizmente, os cães pareciam mais inclinados a estender as patas, uivar e agitar as caudas do que me devorar vivo; não tolerariam, contudo, a ressurreição e fui forçado a ficar estendido até que os seus malévolos donos se dignassem a me libertar. Então, sem chapéu e tremendo de raiva, ordenei aos canalhas que me deixassem sair – ante a ameaça de me prenderem um minuto mais – com várias ameaças incoerentes de vingança, que, por sua indefinida virulência, fazia lembrar o rei Lear.

A veemência de minha agitação provocou uma copiosa hemorragia do nariz, o que fez Heathcliff tornar a rir e eu tornar a insultar. Não sei como a cena teria terminado, se não aparecesse uma pessoa mais racional do que eu e mais benevolente que meu interlocutor. Foi Zillah, a robusta governanta, que, afinal, saiu para ver o motivo da gritaria. Pensou que algum deles tivesse me espancado; e, não se atrevendo a atacar o patrão, voltou sua artilharia verbal contra o canalha mais moço.

– Então, Sr. Earnshaw – gritou –, que será que o senhor vai aprontar agora? Vai matar os outros bem na porta de nossa casa? Estou vendo que esta casa não me serve... Olhe para o pobre homem! Que estado! Vamos, vamos, não fique assim! Entre, para eu fazer um curativo. Vamos, fique bem quieto.

Com estas palavras, ela atirou de repente um jarro de água gelada em meu pescoço e me puxou para a cozinha. O Sr. Heathcliff acompanhou-nos, com o acidental acesso de alegria já sufocado pela habitual melancolia.

Sentia um profundo mal-estar, tonteira e fraqueza e, assim, fui obrigado a aceitar hospedagem embaixo de seu teto. Ele ordenou a Zillah que me desse um copo de aguardente e, em seguida, entrou para o interior da casa, enquanto a governanta me consolava dos meus infortúnios, depois de obedecer à ordem do patrão, o que me reviveu de certo modo, levou-me para a cama.

∾ Capítulo III ∾

uando subia a escadaria, Zillah recomendou para esconder a vela e não fazer barulho, pois o patrão tinha uma cisma especial pelo quarto onde eu ia pernoitar e mostrava sempre muita relutância em acomodar alguém lá. Perguntei qual o motivo. Não sabia, respondeu; só lá trabalhava há um ou dois anos, e, além disso, passavam-se coisas tão estranhas e eram tantas as discussões, que ela não podia permitir-se ser curiosa.

Admito que estava muito cansado para grandes curiosidades. Fechei a porta do quarto e procurei a cama. O mobiliário consistia apenas em uma cadeira, um guarda-roupa e uma grande arca de carvalho, com aberturas quadradas perto do tampo, parecidas com as janelas de uma carruagem. Tendo-me aproximado desse móvel, olhei para dentro e percebi que se tratava de uma espécie singular de leito em velho estilo, muito adequadamente construído para evitar a necessidade de cada membro da família ter quarto próprio. De fato, formava um pequeno armário e o ressalto da janela, que o fechava, servia de mesa. Entrei com a vela, tornei a fechar o móvel e me senti protegido contra a vigilância de Heathcliff ou qualquer outra pessoa. O ressalto, onde coloquei a vela, tinha alguns livros mofados, empilhados a um canto, e a tinta com que fora pintado estava toda riscada. A única coisa escrita, contudo, era um nome repetido em todos os tipos de letras, grandes e pequenos – Catherine Earnshaw, aqui e ali variado para Catherine Heathcliff e, depois, para Catherine Linton.

Em um silêncio tedioso, encostei a cabeça na janela e continuei soletrando Catherine Earnshaw – Heathcliff – Linton, até meus olhos se fecharem. Não havia descansado, contudo, cinco minutos, quando um clarão de letras brancas surgiu da escuridão tão vivas como espectros – o ar formigava Catherine. E, ao me erguer para dispersar o nome intrometido, descobri o pavio da vela reclinado sobre um dos velhos volumes e achei o quarto com cheiro de pele de bezerro queimada. Afastei-o e, sentindo profundo mal-estar com a frialdade e a náusea, sentei-me e pus no colo o volume estragado. Era um Testamento, em tipo miúdo e cheirando horrivelmente a mofo; o frontispício trazia a inscrição: "Este livro pertence a Catherine Earnshaw", e uma data que remontava a um quarto de século antes. Fechei-o e peguei outro, depois outro livro, até tê-los examinado todos. A biblioteca de Catherine era seleta, e seu estado lamentável mostrava que fora bem usada, embora não inteiramente para um objetivo legítimo: era raro o capítulo que não tivesse um comentário escrito à tinta – ou pelo menos a aparência de um comentário – cobrindo todo o espaço em branco deixado pelo impressor. Alguns consistiam em frases soltas; outros assumiam a forma de um diário regular, rabiscados por mão inexperiente de criança. No alto

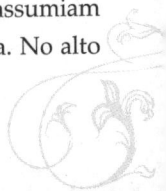

de uma página extra (um verdadeiro tesouro, provavelmente, com seus ornamentos originais), encontrei, divertindo-me profundamente, uma excelente caricatura de meu amigo Joseph – esboçada em traços rudes, porém vigorosos. Um interesse imediato me prendeu à desconhecida Catherine e comecei a decifrar seus apagados hieróglifos.

Um domingo horroroso! – começava o parágrafo abaixo:

Quem dera que meu pai já tivesse voltado! Hindley é um detestável substituto – sua conduta para com Heathcliff é atroz. Eu e H. vamos rebelar-nos. Demos esta noite o primeiro passo.

Choveu torrencialmente durante todo o dia; não pudemos ir à igreja, de maneira que Joseph teve que fazer uma reunião no sótão; e, enquanto Hindley e sua mulher se acomodavam, no andar térreo, diante de um fogo acolhedor – fazendo tudo menos ler a Bíblia, eu tive de assistir ao culto – eu, Heathcliff e o desventurado jornaleiro tivemos ordem de pegar nossos livros de reza e subir; fomos acomodados em um saco de trigo, gemendo e tremendo, e com esperança de que Joseph também tremesse de frio, de sorte que, em benefício próprio, nos ministrasse uma reza curta. Vã esperança! O culto durou exatamente três horas, e, no entanto, meu irmão teve a petulância de exclamar, quando nos viu descer: 'O quê? Já acabou?' Nas noites de domingo, tínhamos licença de brincar, contanto que não fizéssemos muito barulho; agora, basta um riso abafado para ficarmos de castigo.

Estão se esquecendo de que esta casa tem dono – diz o tirano. – Vou acabar com o primeiro que me fizer perder a paciência! Exijo que se comportem bem e que guardem silêncio. Ah! Era você? Frances, meu bem, puxe o cabelo dele, quando passar; ouvi-o chupar o dedo. Frances puxava o cabelo dele, com toda a força, e depois ia sentar-se nos joelhos do marido. E lá ficavam eles, como duas criancinhas, beijando-se e dizendo tolices durante uma hora – tolices que teríamos vergonha de dizer. Brincávamos o melhor que permitiam nossos meios embaixo da cômoda. Eu acabara de amarrar nossos aventais e pendurá-los, para servir de cortina, quando apareceu Joseph, vindo do estábulo. Desfez meu trabalho manual, puxou minhas orelhas e gritou:

– O patrão mal acabou de ser enterrado e o dia de descanso do Senhor não terminou e vocês têm coragem de brincar! Que vergonha! Sentem-se, crianças malvadas! Há muitos bons livros para ler! Sentem-se e meditem sobre a salvação de suas almas!

Assim dizendo, ele nos obrigou a assumirmos tal posição tão bem-iluminada pelo fogo da lareira que ficamos em condição de ver o texto do livro que atirou contra nós. Não me sujeitei à tarefa. Agarrei o volume e atirei-o ao canil, gritando que detestava os bons livros. Heathcliff atirou o seu, com um pontapé, ao mesmo lugar. Foi um alvoroço!

– *Sr. Hindley!* – *gritou nosso capelão.* – *Patrão, venha cá! senhorita Cathy jogou fora o Leme da Salvação e Heathcliff meteu o pé na primeira parte de O caminho da perdição! O patrão os teria tratado devidamente, mas ele se foi!*

Hindley levantou-se do paraíso da lareira e, agarrando um de nós pela gola e outro pelo braço, arrastou-nos para a cozinha, onde, afirmou Joseph, o velho Nick nos vigiaria, tão certo como dois e dois são quatro. E, assim confortados, dispusemo-nos a aguardar os acontecimentos. Tirei este livro e um vidro de tinta de uma prateleira, entreabri a porta, para conseguir luz e passei o tempo escrevendo durante vinte minutos; meu companheiro, porém, é impaciente e propôs que nos apoderássemos do capote da leiteira, para irmos passear pelas charnecas sob esse abrigo. Proposta sedutora – e, depois, se o rabugento velho aparecesse, acreditaria que sua profecia se cumpriria – e não ficaríamos mais molhados ou mais frios na chuva do que ali.

Suponho que Catherine levou avante seu projeto, pois a frase seguinte abordou outro assunto: tornou-se lacrimosa:

– *Não imaginei que Hindley me fizesse chorar assim* – *escreveu.* – *Sofro tanto que não consigo ficar deitada; e nada posso fazer. Coitado de Heathcliff! Hindley chamou-o de vagabundo e proibiu-o de sentar-se conosco e comer ao nosso lado; disse que nós dois não podemos mais brincar juntos e ameaçou expulsá-lo, se não obedecermos às suas ordens. Tem censurado nosso pai (como se atreve!) por tratar H. com muita liberalidade e jura que o colocará em seu devido lugar.*

Comecei a cabecear, cheio de sono, sobre a página encardida, passei os olhos do manuscrito para as letras impressas. Vi um título em letras vermelhas, ornamentadas *Setenta vezes sete, e o primeiro do septuagésimo primeiro. Um piedoso sermão pronunciado pelo reverendo Jabes Branderham, na capela de Gimmerton Sough.* Enquanto, meio consciente, meu espírito imaginava o que teria Jabes Branderham dito sobre o assunto, tornei a afundar-me no leito e adormeci. Lamentáveis efeitos de um mau chá e de um mau gênio! Que poderiam fazer senão obrigar-me a passar uma noite tão horrível? Não me lembro de outra comparável, desde que sou capaz de sofrer...

Passei a sonhar quase logo que cessei de ter consciência do ambiente em que me encontrava. Tive a impressão de que era manhã e que eu tomara o caminho de casa, com Joseph servindo de guia. A neve cobria o caminho que seguíamos, em uma espessura de jardas; e, enquanto avançávamos, meu companheiro me censurava, constantemente, porque eu não trouxera um bastão de peregrino, afirmando que jamais eu poderia entrar em casa sem um deles e exibindo, com jactância, um grosso cacete, que percebi que era aquilo que ele assim denominava.

Por um momento, achei um absurdo precisar de tal arma para conseguir entrar em minha própria residência. Depois, uma nova ideia me atravessou o espírito. Eu não estava indo para casa: viajava para ouvir o famoso Jabes Branderham pregar sobre o texto *Setenta vezes sete*; e, ou Joseph, ou o Pregador, ou eu próprio, havíamos cometido o Primeiro dos setenta e um e íamos ser publicamente denunciados e excomungados.

Chegamos à capela. Em meus passeios, eu já passara por ali, duas ou três vezes; ficava em um vale profundo, entre dois morros: um vale elevado, perto de uma charneca, cuja umidade turfosa, segundo se diz, executa perfeitamente a missão de embalsamar os poucos corpos ali enterrados. O telhado tem se conservado até hoje; mas, como a côngrua é apenas de vinte libras por ano e a casa tem dois cômodos, ameaçados de se transformar em um só, dentro em pouco, nenhum clérigo aceitará os deveres de pastor, especialmente quando se sabe que seu rebanho preferiria deixá-lo morrer de fome a aumentar seus emolumentos de um níquel tirado de seus próprios bolsos.

No meu sonho, contudo, Jabes contava com uma congregação grande e atenta; e que sermão pregava, Deus do céu! Dividido em 490 partes, cada uma das quais perfeitamente igual a uma oração normal feita de um púlpito e cada uma discutindo, separadamente, um pecado! Onde os descobriu, não posso dizer. Tinha uma maneira diferente de interpretar a frase e parecia necessário que o irmão pecasse diferente em cada ocasião. Eram curiosíssimos: estranhas transgressões que eu nunca imaginara antes.

Como me cansei! Como me mexi, e bocejei, cabeceei e tornei a reanimar-me! Quantas vezes me belisquei e esfreguei os olhos, levantei-me e sentei-me de novo, e puxei Joseph pelo braço, para perguntar-lhe se ele jamais fizera aquilo. Fui condenado a ouvir tudo; finalmente, chegou ao Primeiro dos setenta e um. Naquela crise, uma súbita inspiração me alcançou; dispus-me a levantar e acusar Jabes Branderham como pecador do pecado para o qual nenhum cristão precisa perdão.

– Senhor! – exclamei. – Aqui sentado, dentro destas quatro paredes, sofri e perdoei os 490 títulos de seu sermão. Setenta vezes sete vezes pus o chapéu na cabeça e estive a pique de partir e setenta vezes me obriguei, com esforço, a sentar-me de novo. É muita coisa, 490 vezes. Companheiros de martírio, a ele! Arrastai-o e reduzi-o a átomos, que o lugar que o conhece não mais o conheça!

– "Tu és homem!" – gritou Jabes, depois de pausa solene, debruçando-se no púlpito. – "Setenta vezes sete vezes tu contorceste teu rosto, setenta vezes sete vezes aconselhei-me com minha alma... Eis que surge a fraqueza humana: também este pode ser absolvido! O primeiro dos setenta e sete e sete primeiros surgiu. Irmãos, executai sobre ele o julgamento escrito. Tal honra têm todos os seus santos!"

Com tais palavras, toda a assembleia, erguendo seus bastões de peregrino, correu sobre mim como um só homem; e, não tendo eu nenhuma arma para erguer em defesa própria, comecei a lutar para tomar a de Joseph, o mais próximo e mais feroz dos atacantes.

Vários bastões se cruzaram; pancadas que me eram destinadas caíram sobre outras cabeças. Toda a capela ressoou com pancadas e contrapancadas: as mãos de todos os homens se ergueram contra as de seus vizinhos; e Branderham, não desejando permanecer inerte, demonstrou vigorosamente seu zelo, esmurrando as bordas do púlpito, que retumbou com tal força que, afinal para meu indizível alívio, me acabou acordando. E que se passava para sugerir aquele tremendo tumulto? Quem desempenhava o papel de Jabes no púlpito? Simplesmente o galho de um abeto que chegava até a janela, empurrado pelo vento, e martelava suas pontas secas de encontro aos vidros! Ouvi, durante um instante, duvidando; percebi de onde vinha o ruído, depois virei-me, dormi e sonhei de novo: se possível, um sonho ainda mais desagradável que o anterior.

Lembro-me de que estava deitado no armário de carvalho e ouvindo distintamente o uivo do rio com o uivo do vento arrastando a neve; ouvia, também, o galho de pinheiro repetir seu ruído provocante e o atribuí à Justa Causa: ele me desagradava tanto, porém, que resolvi silenciá-lo, se fosse possível, e, tive a impressão de ter-me levantado e tentado prender o batente da janela. O gancho estava preso na lingueta: circunstância que eu observara quando acordado, mas da qual me havia esquecido.

– Preciso imobilizá-la, contudo! – murmurei, dando um murro na vidraça e estendendo um braço para segurar o galho importuno.

Em vez de pegá-lo, porém, meus dedos se fecharam sobre os dedos de uma pequena mão, fria como o gelo! O intenso horror do pesadelo dominou-me: tentei recolher o braço, mas a outra mão manteve-o agarrado e uma voz tristíssima soluçou:

– Deixe-me entrar, deixe-me entrar!

– Quem é você? – perguntei, lutando, enquanto isto, para me desvencilhar.

– Catherine Linton – respondeu, tremendo (por que pensei em Linton, se lera Earnshaw vinte vezes em vez de Linton?).

– Vim para casa; perdi o caminho na charneca!

Enquanto falava, divisei, confusamente, um rosto de criança olhando através da vidraça. O terror tornou-me cruel; e, vendo que era inútil tentar desvencilhar-me da criatura, puxei seu punho para o vidro quebrado e esfreguei-o nele até o sangue escorrer e ensopar as roupas de cama. Mesmo assim, ela ainda gemeu: "Deixe-me entrar", e manteve meu braço agarrado, quase me enlouquecendo de medo.

– Como poderei? – respondeu eu, afinal. – Deixe-me ir embora, se quer que eu a deixe entrar!

Os dedos relaxaram-se. Puxei minha mão através do vidro quebrado, arrumei, apressadamente, os livros junto dele, em uma pirâmide, e tapei os ouvidos, para não ouvir a dolorosa prece. Tive a impressão de tê-los conservado assim durante mais de um quarto de hora. No entanto, quando pude ouvir de novo, o gemido doloroso ainda se fazia ouvir!

– Vá-se embora! – gritei. – Jamais a deixarei entrar, nem se me implorar durante vinte anos.

– Há vinte anos! – lamuriou a voz. – Há vinte anos que estou desgarrada!

Ao arranjar de leve do lado de fora, a pilha de livros moveu-se, como que empurrada para diante. Tentei dar um pulo da cama, mas não consegui me mexer; gritei, então, muito alto, frenético de medo. Para minha confusão, percebi que o grito não era imaginário: passos apressados aproximaram-se da porta do quarto; alguém abriu-a com força, e uma luz passou através dos quadrados no alto da cama. Sentei-me, ainda tremendo e limpando o suor que me escorria da testa; o intruso pareceu hesitar e murmurou qualquer coisa consigo. Afinal, respondeu, em voz baixa, evidentemente sem esperar resposta:

– Há alguém aí?

Achei melhor confessar minha presença, pois reconheci a voz de Heathcliff e tive medo de que ele desse uma busca mais rigorosa, se eu me mantivesse quieto. Com essa intenção, virei-me e abri os postigos. Tão cedo não esquecerei o efeito que meu gesto produziu...

Heathcliff estava de pé junto da porta, em mangas de camisa, com uma vela na mão e o rosto branco como a parede que estava atrás dele. O primeiro rangido do carvalho fê-lo estremecer, como um choque elétrico. A luz o impeliu de onde estava até uma distância de alguns pés e sua agitação foi tamanha que mal conseguiu recuperar-se.

– É apenas seu hóspede! – exclamei, querendo poupar-lhe a humilhação de expor ainda mais sua covardia. – Tive a infelicidade de gritar enquanto dormia, devido a um horrível pesadelo. Peço desculpas por tê-lo perturbado.

– Deus o confunda, Sr. Lockwood! Tomara que o senhor estivesse nas... – começou meu hospedeiro, pondo a vela em uma cadeira, por ter visto ser impossível segurá-la com firmeza. – E quem o trouxe para este quarto? – continuou, cravando as unhas na palma das mãos, e cerrando os dentes, para dominar a convulsão dos maxilares. – Quem foi? Estou disposto a expulsá-los daqui desta casa, neste momento!

– Foi sua criada, Zillah – respondi, pondo-me de pé e vestindo-me rapidamente. – Não me importo se o senhor fizer isto, Sr. Heathcliff; ela bem o merece. Creio que quis obter, à minha custa, outra prova de que este quarto é mal-assombrado. E é mesmo... repleto de fantasmas e duendes! O senhor tem razão por mantê-lo fechado, garanto-lhe. Ninguém lhe agradecerá por dormir em um lugar destes!

– Que está querendo dizer e que está fazendo? – perguntou Heathcliff. – Deite-se e passe o resto da noite, uma vez que já está aqui. Mas, pelo amor de Deus, não torne a fazer aquele horrível barulho, a não ser que esteja disposto a ser degolado!

– Se aquela diabinha tivesse entrado na janela, provavelmente me teria estrangulado! – repliquei. – Não estou mais disposto a sofrer a perseguição de seus hospitaleiros antepassados. O reverendo Jabes Branderham não era seu parente por lado de mãe? E aquela sirigaita, Catherine Linton, ou Earnshaw, ou seja lá que nome tinha, deve ter sido um espírito desafiador, malvado! Ela me disse que vem vagando na terra nos últimos vinte anos; justo castigo por seus pecados mortais, não tenho dúvida!

Mal dissera estas palavras, lembrei-me da associação de Heathcliff com o nome de Catherine no livro, que fugira inteiramente de minha memória, até que eu fosse assim despertado. Corei, compreendendo minha leviandade. Mas, sem demonstrar maior consciência da ofensa, apressei-me em acrescentar:

– A verdade é que passei a primeira parte da noite... – Neste ponto, parei de novo. Ia dizer "folheando aqueles velhos volumes", mas refleti que isso teria revelado meu conhecimento de seus conteúdos impressos e manuscritos. Corrigindo-me, pois, prossegui: – ... soletrando os nomes escritos no peitoril daquela janela. Uma ocupação monótona, para ver se ficava com sono, como a gente costuma contar ou...

– Que está querendo dizer, falando deste modo comigo? – respondeu Heathcliff, com selvagem veemência. – Como... como se atreve, sob meu próprio teto? Meu Deus! Ele é um louco para falar assim!

E esmurrava a própria testa, furioso.

Fiquei sem saber se devia ofender-me com sua linguagem ou continuar minha explicação. Ele, porém, parecia tão afetado que tive pena e continuei a contar meus sonhos, afirmando que nunca ouvira antes o nome de "Catherine Linton", mas, lendo-o tantas vezes, ficara tão impressionado que ele se personificara, quando perdi o domínio de minha imaginação. Heathcliff, pouco a pouco, recuou para o abrigo da cama, enquanto eu falava e, finalmente, sentou-se, quase escondido, atrás dela. Percebi, contudo, por sua respiração irregular e entrecortada, que lutava para dominar violenta e excessiva emoção. Sem querer mostrar-lhe que percebera o conflito de que era preso, continuei a me vestir ruidosamente, consultei o relógio e monologuei sobre a duração da noite:

– Nem três horas ainda! Seria capaz de jurar que já fossem seis. O tempo não anda, aqui. Sem dúvida, nós nos recolhemos às oito horas!

– Sempre às nove horas no inverno e levantamos às quatro – respondeu meu hospedeiro, dominando um soluço; e pelo movimento da sombra de seu braço, tive a impressão de que enxugava uma lágrima. – Sr. Lockwood – acrescentou –, pode ir para o meu quarto. Ainda é muito cedo para descer, e sua gritaria infantil me tirou inteiramente o sono.

– E a mim também – repliquei. – Vou caminhar de um lado para o outro no pátio, até amanhecer, e, então, irei embora. Não precisa recear que se repita meu intrometimento. Estou perfeitamente curado da veleidade de procurar prazer em sociedade, quer na cidade, quer no campo. Um homem sensato deve encontrar companhia suficiente em si mesmo.

– Deliciosa companhia! – sussurrou Heathcliff. – Pegue a vela e vá para onde quiser. Irei logo daqui a pouquinho. Evite o pátio, porém, pois os cães estão soltos, e a casa, pois, Juno monta sentinela lá, e o senhor iria perder-se nas escadas e corredores. Mas vá embora! Irei dentro de dois minutos!

Obedeci, limitando-me, porém, a sair do quarto; quando, ignorando aonde levavam os estreitos corredores, fiquei parado e fui testemunha, involuntária, de uma prova de superstição por parte do meu senhorio, que contrastava estranhamente com sua aparente sensatez. Aproximou-se da cama e abriu a gelosia, entregando-se enquanto a abria, a uma incontida crise de lágrimas.

– Venha! Venha! – soluçava. – Venha, Cathy. Mais uma vez! Querida do meu coração, ouça-me desta vez, Catherine, enfim!

O espectro mostrou o capricho comum dos espectros: não deu sinal de existência. A neve e o vento, contudo, penetraram violentamente no aposento, atingindo até onde eu estava e apagando a luz.

Havia tal angústia na manifestação de pesar que acompanhou aquele delírio, que minha compaixão fez-me esquecer de sua loucura e me afastei, meio irritado por tê-la ouvido e envergonhado por haver contado um pesadelo tão ridículo que produzira tal angústia; embora estivesse além de minha compreensão saber por que isso se dera. Desci, cautelosamente, para as regiões inferiores e fui dar na cozinha dos fundos, onde um fogão me permitiu tornar a acender a vela. Não havia o menor movimento, a não ser por parte de um gato rajado, que se levantou das cinzas e me saudou com um lamuriento miado.

Dois bancos, em forma de seções de um círculo, rodeavam quase completamente o fogão; espichei-me em um deles e o gato subiu no outro. Estávamos ambos cochilando, quando surgiu Joseph, descendo uma escada de carpinteiro que sumia no teto, através de um alçapão: a entrada de seu sótão, segundo suponho. Depois de ter lançado um olhar sinistro à pequena chama que eu atiçara, expulsou o gato de sua elevação e, acomodando-se no lugar vago, começou a encher de tabaco um cachimbo de três polegadas. Minha presença naquele seu santuário era, evidentemente, considerada como manifestação de impudência demasiadamente vergonhosa para ser observada; em silêncio, ele levou o cachimbo à boca, cruzou os braços e se pôs a fumar. Deixei-o gozar a volúpia imperturbado; e, depois de ter tirado a última baforada e dado um suspiro profundo, ele se levantou e partiu, tão solenemente quanto chegara.

Passos mais leves vieram em seguida; abri a boca para um bom dia, mas fechei-a de novo, sem terminar a saudação, pois Hareton Earnshaw estava pronunciando suas orações *sotto voce* em uma série de pragas dirigidas contra todos os objetos em que punha a mão, enquanto se encaminhava para um canto, procurando uma pá para abrir caminho na neve. Olhou por trás do banco, dilatando as narinas e se preocupou tanto em trocar cortesias comigo como com meu companheiro, o gato.

Adivinhei, por seus preparativos, que a saída era permitida e, deixando o duro banco, fiz menção de segui-lo. Ele notou e apontou para uma porta interna com a ponta da pá, dando a entender, por um som inarticulado, que ali era o lugar para onde eu deveria ir, se quisesse mudar de pouso.

Entrei na chamada casa, onde as mulheres já estavam em atividade. Zillah atiçando chamas na chaminé com um fole colossal e a Sra. Heathcliff ajoelhada na lareira, lendo um livro, ao clarão do fogo. Oferecia as mãos trançadas ao calor do fogão e parecia absorvida em sua ocupação, só a interrompendo para advertir a criada para não cobri-la de fagulhas ou para empurrar, de vez em quando, um cão que encostava o focinho, sem cerimônia, em seu rosto. Fiquei surpreendido ao ver que também Heathcliff ali se encontrava. Estava de pé junto do fogo, de costas para mim, terminando uma tempestuosa cena com Zillah, que, de vez em quando, interrompia seu trabalho para levantar a ponta do avental e lançar um gemido indignado.

– E você, sua!... – exclamava ele, quando entrei, dirigindo-se à nora e empregando um epíteto tão inofensivo quanto pata ou ovelha, mas geralmente representado por meio de reticências. – Aí está você às voltas com suas tolices de novo! Todo mundo tem de se sustentar e você vive graças à minha caridade! Ponha esta porcaria de lado e arranje alguma coisa para fazer. Vai pagar-me por me obrigar a vê-la constantemente, está ouvindo, desgraçada?

– Vou levar minhas coisas, porque o senhor pode obrigar-me se eu recusar – respondeu a jovem, fechando o livro e atirando-o a uma cadeira. – Mas não farei coisa alguma, nem que o senhor se arrebente de tanto falar, a não ser o que eu quiser fazer!

Heathcliff ergueu o braço e a moça se colocou a uma distância mais prudente, sem dúvida familiarizada com o peso daquele braço. Não desejando divertir-me com o espetáculo de uma briga, avancei apressadamente, como se ansioso para partilhar do calor do fogão sem tomar conhecimento da discussão interrompida. Os outros todos tiveram o necessário decoro para não prosseguir as hostilidades: Heathcliff meteu as mãos nos bolsos, para livrar-se da tentação de empregá-las; a Sra. Heathcliff, torcendo os lábios, foi sentar-se bem longe, disposta a brincar de estátua durante o resto de

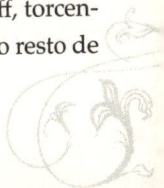

minha permanência. Esta não foi longa. Recusei compartilhar da refeição matinal e, aos primeiros albores da aurora, aproveitei a oportunidade de fugir para o ar livre, agora claro, parado e frio como um gelo impalpável.

Meu senhorio gritou-me que parasse, quando cheguei ao fim do jardim, e ofereceu-se para acompanhar-me através da charneca. Foi bom que assim fizesse, pois toda a região montanhosa estava transformada em um oceano branco e encapelado, cujas saliências e fundos não indicavam elevações e depressões do terreno correspondente; muitos poços, pelo menos, estavam cheios de neve até em cima, e cadeias inteiras de montículos, o refugo das pedreiras, riscados do mapa que a caminhada da véspera deixara gravado em meu espírito. Notei a um lado da estrada, com intervalos de seis a sete jardas, uma linha de pedras erguidas, que continuava em toda a extensão do deserto; essas pedras foram levantadas e pintadas a cal com o fim de servirem de guias na escuridão e também quando uma nevada, como a presente, provocasse confusão, fazendo as depressões parecerem caminho firme.

A não ser algum ponto escuro surgindo aqui e ali, todos os traços de sua existência haviam desaparecido, e meu companheiro achou necessário advertir-me constantemente para virar ora para a direita, ora para a esquerda, enquanto eu imaginava estar seguindo corretamente, as curvas do caminho. Trocamos poucas palavras, e parei à entrada do parque Thrushcross, dizendo que, dali em diante, não havia perigo que eu errasse. Nossa despedida se limitou a uma rápida inclinação de cabeça e segui para a frente, confiando em meus próprios recursos, pois o pavilhão do porteiro ainda não estava aberto. A distância entre o portão e a Granja é de duas milhas; acredito ter conseguido aumentá-las para quatro, perdendo-me entre as árvores e afundando-me na neve até ao pescoço: experiência que somente aqueles que já a atravessaram podem apreciar. De qualquer maneira, e fossem quais fossem os caminhos por onde andei, o relógio estava batendo 12 horas quando entrei em casa, o que me dava exatamente uma hora para cada milha do caminho habitual de Morro dos Ventos Uivantes até lá.

✒ Capítulo IV ✒

Como somos volúveis! Eu, que decidira manter-me fora de todo e qualquer contato social e agradecia aos céus o fato de ter finalmente encontrado um local remoto e isolado onde tal contato seria impraticável, eu, pobre coitado, depois de ter travado até ao anoitecer uma luta renhida contra o desânimo e a solidão, via-me finalmente a recuperar as minhas forças, e, sob o pretexto de obter informações sobre o estado da propriedade, pedi a Sra. Dean, quando esta me trouxe a ceia, que se sentasse e me fizesse companhia, esperando sinceramente que ela se revelasse uma mulher faladora e que, se não conseguisse animar-me, pelo menos me ajudasse a adormecer com a sua conversa.

– A senhora mora aqui há muito tempo – comecei. – Uns dezesseis anos, não?

– Dezoito, Sr. Lockwood. Vim quando a patroa se casara, para esperá-la. Depois que ela morreu, o patrão manteve-me, como governanta.

– Não me diga!

Seguiu-se uma pausa. Ela não era faladeira, segundo parecia, a não ser a respeito de seus próprios assuntos, coisa que dificilmente poderia interessar-me. Contudo, depois de haver meditado durante algum tempo, vendo-a apoiar uma das mãos no joelho e com uma expressão pensativa na fisionomia rude, ela exclamou:

– As coisas mudaram muito, de então para cá!

– Com efeito – observei. – A senhora deve ter visto muitas alterações.

– Vi, de fato. E muitos transtornos, também – respondeu ela.

"Vou fazer a conversa passar para a família de meu senhorio!", disse a mim mesmo. "Bom assunto para se começar! E gostaria de saber a história daquela tão jovem viuvinha: se ela é nativa da região ou, o que é mais provável, uma forasteira que os rudes nativos não reconhecem como igual."

Com essa intenção perguntei à Sra. Dean por que motivo Heathcliff deixara a Granja Thrushcross, preferindo ir morar em uma casa muito pior.

– Ele não é bastante rico para manter sua propriedade em boa ordem? – perguntei.

– É rico, sim! – retrucou a Sra. Dean. – É, sim, embora ninguém saiba quanto dinheiro tem, e de ano para ano esse dinheiro aumenta. Sim, sim, ele é bastante rico para morar em uma casa melhor que esta, mas é meio sovina e assim dispôs-se a arrendar a Granja Thrushcross, logo que ouviu falar de um bom inquilino, não querendo perder a oportunidade de ganhar mais algumas centenas. É engraçado como certas pessoas podem ser tão ambiciosas quando estão sozinhas no mundo.

– Ele teve um filho, não teve?

– Teve sim. Morreu.

– E a jovem Sra. Heathcliff é viúva dele?

– É.

– De onde é que ela é?

– Como? É filha de meu falecido patrão; seu nome de solteira era Catherine Linton. Fui ama dela, coitadinha! Queria que o Sr. Heathcliff saísse daqui para podermos ficar juntas de novo.

– O quê! Catherine Linton! – exclamei, atônito. Mas um minuto de reflexão convenceu-me de que não se tratava de minha fantasmagórica Catherine. – Quer dizer – continuei – que o nome de meu antecessor era Linton?

– Era.

– E quem é aquele Earnshaw, Hareton Earnshaw, que mora com o Sr. Heathcliff? São parentes?

– Não; ele é sobrinho da falecida Sra. Linton.

– Primo da jovem senhora, então?

– É; e o marido dela também era seu primo: um por parte de mãe, outro de pai. Heathcliff casou-se com a irmã do Sr. Linton.

– Vi que a casa do Morro dos Ventos Uivantes tem o nome Earnshaw esculpido sobre a porta da frente. Trata-se de uma família antiga?

– Muito antiga; e Hareton é o último da parte dela, como senhorita Cathy é da nossa parte... quero dizer, da parte dos Linton. O senhor esteve no Morro dos Ventos Uivantes? Peço desculpa de perguntar, mas queria saber como é que ela está passando.

– A Sra. Heathcliff? Parece estar muito bem e é muito bonita. Mas creio que não é muito feliz.

– Coitada! Não é de se admirar! E que achou o senhor do patrão?

– Um sujeito bastante grosseiro, Sra. Dean. Não acha também?

– Áspero como uma lâmina de serrote e duro como uma pedra de amolar! Quanto menos o senhor mexer com ele, tanto melhor.

– Deve ter tido muitos altos e baixos na vida, para ficar tão grosseiro. Sabe alguma coisa a respeito de sua vida?

– Ele é um maluco. Sei tudo a seu respeito, exceto onde ele nasceu, quem são seus pais e como foi que começou a ganhar dinheiro. E Hareton foi posto de lado como um idiota! O infortunado rapaz é a única pessoa desta paróquia que não desconfia como foi logrado.

– Pois bem, Sra. Dean. Seria um ato de caridade contar-me alguma coisa a respeito dos meus vizinhos. Sei que não descansarei se for para a cama: gostaria, portanto, de sentarmo-nos para conversar durante uma hora.

– Pois não, Sr. Lockwood! Vou só pegar umas costuras e ficarei conversando pelo tempo que o senhor quiser. Mas o senhor se resfriou: eu o vi tremendo e deve tomar um caldo quente para cortar logo...

A mulher retirou-se e eu me acomodei mais perto do fogo; sentia calor na cabeça e muito frio no resto do corpo; além do mais, meus nervos e meu cérebro estavam excitados, quase atingindo as raias da loucura. Isso me fazia sentir não pouco à vontade, mas bastante receoso (como ainda estou) de que os incidentes de ontem, e de hoje, tivessem graves resultados. A Sra. Dean voltou logo, trazendo uma tigela fumegante e um cesto de costura; e, tendo colocado a primeira no descanso de pedra junto à lareira, sentou-se em seu lugar, visivelmente satisfeita por me ver tão sociável.

– Antes que eu viesse morar aqui – começou, sem esperar novo convite para contar sua história –, estive quase sempre no Morro dos Ventos Uivantes, pois minha mãe fora ama do Sr. Hindley Earnshaw, que era pai de Hareton, e eu costumava ir brincar com as crianças; eu fazia, também, trabalhos avulsos, ficando sempre pela fazenda, pronta a executar qualquer serviço de que precisassem. Em uma bela manhã de verão – lembro-me de que era no começo da ceifa –, o Sr. Earnshaw, o velho patrão, apareceu no andar de baixo com roupas de viagem e, depois de ter dado instruções a Joseph sobre o que ele deveria fazer durante o dia, virou-se para mim, Hindley e Cathy – pois eu estava tomando caldo em companhia deles –, e disse, dirigindo-se ao filho:

– Bem, meu homenzinho. Vou hoje a Liverpool. Que quer que eu lhe traga? Pode escolher o que quiser. Peço apenas que não seja muita coisa, pois tenho de ir lá e voltar: sessenta milhas de ida e sessenta de volta não são brincadeira!

Hindley pediu uma rabeca e, em seguida, ele perguntou a senhorita Cathy. Esta mal completara seis anos de idade, mas sabia montar em qualquer cavalo da estrebaria e pediu um chicote. Não se esqueceu de mim; tinha bom coração, embora fosse severo, às vezes. Prometeu trazer-me maçãs e peras, depois beijou os filhos, despediu-se de mim e partiu.

Os três dias de sua ausência pareceram um longo tempo para todos nós e muitas vezes a pequena Cathy indagou quando ele voltaria para casa. A Sra. Earnshaw esperava-o para a ceia do terceiro dia e adiou a refeição hora após hora. Não havia sinal do regresso de seu marido; contudo, e, finalmente, as crianças se cansaram de ir correndo até ao portão para olhar. Escureceu de todo, afinal; a Sra. Earnshaw queria mandar os filhos para a cama, mas eles tanto imploraram que ela os deixou ficar acordados. E, pouco antes das 11 horas, a porta se abriu devagar e o patrão entrou.

Atirou-se a uma cadeira, rindo e gemendo, pedindo a todos para se afastarem, pois estava quase morto e não faria mais tal caminhada por coisa nenhuma do mundo.

– E, no fim de tudo, isto! – exclamou, abrindo o sobretudo que trazia enrolado sob os braços. – Veja, minha esposa! Jamais fui tão maltratado por coisa alguma em minha vida: mas você deve receber isto como uma dádiva de Deus, embora seja quase tão escuro como se tivesse vindo do demônio!

Ajuntamo-nos em torno e, por cima da cabeça de senhorita Cathy, vi uma criança de cabelos negros, suja e andrajosa. Tinha tamanho suficiente para falar e caminhar: na verdade, seu rosto parecia mais velho que o de Catherine; mas, quando foi posto de pé, limitou-se a olhar em torno e a repetir alguns murmos que ninguém podia entender. Fiquei com medo e a Sra. Earnshaw se dispôs a atirá-la pela porta afora. Perguntou, exaltada, ao marido que ideia era aquela de trazer aquele filhote de cigano para dentro de casa, quando já tinham sua própria prole para criar e alimentar!

Que pretendia ele fazer com aquilo? Estaria doido? O patrão tentou explicar o caso, mas se achava, de fato, quase morto de cansaço e a única coisa que pôde fazer, no meio das censuras da esposa, foi dizer que o menino estava morrendo de fome, sem ter para onde ir, perdido nas ruas de Liverpool, onde o havia apanhado e procurado seu dono. Ninguém sabia a quem ele pertencia – revelou; e, como seu tempo e seu dinheiro eram ambos limitados, achou preferível voltar logo com o menino para casa do que ficar na cidade, fazendo despesas inúteis, pois estava disposto a não o deixar como o encontrara. Muito bem. A conclusão foi que a patroa, embora resmungando, acabou por se acalmar, e o Sr. Earnshaw me mandou lavar o menino, dar-lhe roupas limpas e levá-lo para dormir com as crianças.

Hindley e Cathy limitaram-se a olhar e ouvir, até que a paz se restabeleceu; então, começaram a revistar os bolsos do pai, procurando os presentes que ele lhes prometera. O primeiro era um rapazinho de 14 anos, mas, quando encontrou os destroços de uma rabeca dentro do sobretudo, pôs a boca no mundo; e Cathy, quando soube que o patrão perdera o chicote por causa do estranho, deu mostras de sua irritação fazendo caretas e cuspindo no idiotinha, e recebendo, de troca, uma boa palmada do pai, para ensiná-la a comportar-se. Os dois se negaram, terminantemente, a deixar o menino deitar-se em sua cama ou em seu quarto. E eu não me mostrei mais compadecida e o coloquei no patamar da escada, na esperança de que, na manhã seguinte, ele tivesse desaparecido. Por acaso, ou talvez atraído pela sua voz, o menino subiu até à porta do quarto do Sr. Earnshaw que estava saindo. Foram feitas indagações a respeito de como a criança conseguira chegar ali; fui obrigada a confessar e, como recompensa por minha covardia e desumanidade, mandaram-me embora.

Assim foi Heathcliff apresentado à família. Voltando alguns dias depois (pois não considerei meu banimento perpétuo), verifiquei que o haviam batizado como "Heathcliff", nome de um filho que morrera criancinha, e, assim, ele ficou sendo desde então, servindo de nome de batismo como de sobrenome. Ele e senhorita Cathy estavam, então muito amigos, mas Hindley o odiava. E, para falar a verdade, eu também; e implicávamos e perseguíamo-lo impiedosamente, pois eu não tinha juízo bastante para compreender a injustiça que cometia e a patroa jamais o defendia, quando o via perseguido.

Ele parecia uma criança apática, paciente; talvez endurecido pelos maus-tratos. Resistia às pancadas de Hindley sem fazer cara de dor ou derramar uma lágrima e meus beliscões apenas o faziam respirar com força e abrir os olhos, como se tivesse se machucado por acidente e de ninguém fosse a culpa. Essa resignação fez o velho Earnshaw enfurecer-se, quando viu que seu filho estava perseguindo o pobre órfão, como o chamava. Confiava estranhamente em Heathcliff, acreditando em tudo quanto ele dizia (de fato, ele falava muito pouco e, geralmente, a verdade) e mimando-o mais que a Cathy, que era muito traquinas e teimosa para ser uma predileta.

Assim, desde o princípio, ele provocou transtornos na casa; e, com a morte da Sra. Earnshaw, que ocorreu menos de dois anos depois, o patrãozinho passara a considerar o pai mais como um tirano que como um amigo e Heathcliff como um usurpador da afeição paterna e de seus próprios privilégios; e foi alimentando esses ressentimentos, cada vez mais. Durante algum tempo, eu me solidarizei com ele, mas, quando as crianças apanharam sarampo e tive de tratá-las e assumir as responsabilidades de uma mulher adulta, mudei de ideia. Heathcliff ficou em estado muito grave, e, quando passava pior, queria que eu não saísse de sua cabeceira; creio que achou que eu o estava tratando com muita dedicação, sem poder compreender que eu fazia aquilo obrigada. Devo dizer, contudo, que seria impossível imaginar uma criança enferma tão bem-comportada. A diferença entre ele e os outros obrigara-me a ser menos parcial. Enquanto Cathy e o irmão implicavam terrivelmente comigo, ele se mostrava dócil como um cordeiro; embora fosse a resistência, e não a delicadeza, que o fizesse dar tão pouco trabalho.

Ele escapou, e o médico afirmou que isso se devia, em grande parte, a mim, e elogiou muito os cuidados que eu tivera. Fiquei vaidosa com os elogios e me mostrei mais benevolente para com o ser que me fizera merecê-los, e, desse modo, Hindley perdeu seu último aliado. Mesmo assim, eu não me sentia capaz de ter verdadeira afeição por Heathcliff e, frequentemente, imaginava o que encontraria meu patrão para tanto admirar no taciturno rapazinho, que jamais, ao que eu me lembrava, pagara sua boa vontade com qualquer sinal de gratidão. Não era insolente para com seu benfeitor, mas apenas insensível, embora sabendo perfeitamente o domínio que exercia sobre o coração daquele e que bastaria dizer uma palavra para todos os moradores da casa se virem obrigados a curvar-se aos seus desejos. Como exemplo nesse sentido, lembro-me de certa vez que o Sr. Earnshaw comprou dois pôneis na feira paroquial e deu um a cada menino. Heathcliff ganhou o mais bonito, mas este ficou estropiado dentro de pouco tempo, e, quando ele descobriu, disse a Hindley:

– Você deve trocar de cavalo comigo. Não gosto do meu e, se não concordar, vou contar a seu pai que você me bateu três vezes nesta semana e mostrar-lhe meu braço, que está preto até ao ombro.

Hindley fez uma careta para ele e puxou-lhe as orelhas.

– É melhor você trocar logo – insistiu Heathcliff, fugindo para a varanda (estavam na estrebaria). – Terá que trocar mesmo, e, se eu contar que você me bateu, irá receber as pancadas com juros.

– Saia daqui, cachorro! – gritou Hindley, ameaçando-o com um peso de ferro, usado para pesar batatas e feno.

– Pode jogar – retrucou Heathcliff, ainda de pé – que eu vou dizer que você contou prosa que ia me expulsar desta casa quando seu pai morrer, e quero ver o que ele lhe fará.

Hindley atirou o peso, que atingiu o outro no peito, fazendo-o cair. Mas ele se levantou imediatamente, ofegante e pálido; e, se eu não tivesse impedido, teria ido logo procurar o patrão e obtido, deixando que seu estado falasse a seu favor, ao revelar o responsável.

– Fique com meu cavalo, cigano! – exclamou o jovem Earnshaw. – E rogo a Deus que ele o faça quebrar o pescoço. Leve-o e dane-se, seu intruso, mendigo! Tome tudo que meu pai tem, e, depois, mostre a ele quem você é, filho de satanás! E espero que, depois disso, ele lhe arrebente a cabeça!

Heathcliff foi soltar o animal e levá-lo para sua própria baia. Estava passando por trás desta, quando Hindley terminou suas palavras empurrando-o para baixo das patas do cavalo e, sem parar para verificar se seu intento fora alcançado, saiu correndo o mais depressa que pôde. Fiquei surpreendida ao ver com quanta frieza e indiferença o menino se levantou e continuou a fazer o que queria, trocando as selas e o resto e sentando-se, depois, em um monte de feno, para se curar da tonteira que a violenta pancada provocara, antes de entrar em casa. Convenci-o, sem dificuldade, a acusar o cavalo como responsável pelas contusões; ele não se importava muito com a explicação, contanto que conseguisse o que queria. Na verdade, queixava-se tão pouco de coisas como aquela que lhe acabara de acontecer, que cheguei a pensar que não era vingativo. Enganei-me, inteiramente, como o senhor verá.

✤ Capítulo V ✤

r. Earnshaw começou a definhar a olhos vistos. Ele, que fora sempre uma pessoa ativa e saudável, de repente via agora as forças o abandonarem. E então quando se viu preso em um canto, junto à lareira, começou a ficar cada vez mais irritável. Tudo o aborrecia e a mais leve suspeita de perda de autoridade punha-o fora de si. Este fato era ainda mais notório quando alguém tentava impor-se ou dar ordens ao seu favorito. Não admitia que criticassem ou melindrassem o seu menino, na sequência de uma estranha mania que se lhe havia metido na cabeça, segundo a qual, como só ele gostava de Heathcliff, todos os outros o detestavam e lhe queriam fazer mal.

Para não aborrecermos o patrão, cultivávamos todas as suas vontades e caprichos. Diante de tamanha bajulação, o garoto teve condições excepcionais para alimentar o seu orgulho e o seu mau gênio. Era um mal necessário. Por duas ou três vezes, as manifestações de escárnio de Hindley para com Heathcliff junto do pai provocaram a ira deste último. Agarrava na bengala, mas como não lhe conseguia bater, tremia de raiva.

Nosso cura[1] (tínhamos um cura, então, que ganhava a vida dando aulas para os pequenos Linton e Earnshaw e cultivando ele próprio seu pedaço de terra) opinou que o jovem deveria ser mandado para o colégio, e o Sr. Earnshaw concordou, embora a contragosto, pois observou que "Hindley não valia nada e jamais prosperaria, aonde quer que fosse".

Esperava, do fundo do coração, que passaríamos a ter sossego. Ao mesmo tempo, era levado a pensar que o patrão tivesse de sofrer devido ao próprio bem que praticava. Imaginei que as desavenças da família fossem as responsáveis pelo mau humor resultante da idade e da doença: de fato, ele estava decadente. Na verdade, poderíamos ter-nos mostrado tolerantes, se não fossem duas pessoas: senhorita Cathy e Joseph, o criado. O senhor o viu lá. Ele era, e provavelmente ainda é, o mais completo e tedioso fariseu que jamais pegou em uma Bíblia para fazer promessas a si mesmo e rogar pragas ao próximo. Com sua mania de sermões e alocuções piedosas, conseguiu fazer grande impressão sobre o Sr. Earnshaw; e quanto mais fraco o patrão se tornava, maior influência Joseph exercia sobre ele. Não se cansava de preocupá-lo com a salvação de sua alma e de instigá-lo a tratar as crianças com severidade. Estimulava-o a considerar Hindley como um réprobo, e, noite após noite, destravava um comprido rosário de queixas contra Heathcliff e Catherine, sempre disposto a lisonjear a fraqueza de Earnshaw, lançando a maior parte da culpa sobre a última.

Catherine tinha atitudes que eu nunca vira antes serem assumidas por uma criança, e desafiava a nossa paciência cinquenta ou mais vezes por dia: desde a hora em que descia para o andar térreo até a hora em que ia deitar-se, não tínhamos um minuto garantido contra suas impertinências. Seu espírito estava sempre agitado, sua língua sempre ocupada – cantando, rindo e xingando todo o mundo que não fizesse o mesmo. Era uma criatura selvagem, rebelde – mas tinha o olhar mais lindo, o sorriso mais doce e os pés mais leves da paróquia; e, afinal de contas, acredito que não tivesse má intenção, pois, quando alguma vez nos fazia chorar, a sério, raras vezes sucedia que não ficasse conosco e nos fizesse calar. Gostava muito de Heathcliff. O maior castigo que lhe podia ser infligido era separá-la dele; no entanto era mais repreendida que qualquer um de nós por causa do menino. Quando brincava, ela gostava muito de se apresentar como a senhora, usando as mãos livremente e dando ordens aos companheiros; fazia isto comigo, mas eu não tolerava abusos e dizia-lhe francamente.

---

1 Pároco ou vigário de um povoado.

Mas o Sr. Earnshaw não concebia brincadeiras por parte de seus filhos: sempre fora severo e compenetrado com eles; e Catherine, por seu lado, não podia conceber por que motivo seu pai se mostrava mais rude e menos paciente depois de enfermo do que se mostrava antes. Suas repreensões rabugentas incitaram-lhe um acintoso prazer de provocá-lo: jamais era tão feliz como quando nós todos a perseguíamos e ela nos desafiava com seu olhar altivo e sua verbosidade, ridicularizando as pragas religiosas de Joseph, atormentando-me e fazendo o que seu pai mais detestava: mostrando-lhe como sua pretensa insolência, que ele julgava real, tinha mais força sobre Heathcliff que a sua bondade, e como o menino fazia tudo que ela ordenava e a sua própria vontade somente quando lhe convinha.

– Não posso gostar de ti, Cathy – costumava dizer o velho. – És pior que teu irmão. Vai rezar, menina, e pedir perdão a Deus. Eu e tua mãe não poderíamos imaginar que iríamos nos arrepender de te haver criado.

Aquilo a fazia chorar, a princípio; depois, o fato de ser maltratada constantemente a endureceu e passou a rir, quando ele lhe dizia para se arrepender de seus erros e pedir perdão.

Chegou a hora em que terminaram os cuidados do Sr. Earnshaw na terra. Ele morreu tranquilamente, em uma noite de outubro, sentado junto à lareira. A ventania soprava em torno da casa e atiçava o fogo da lareira; era um vento forte de tempestade, mas não estava frio e nós todos estávamos juntos – eu um pouco afastada da lareira, ocupada em tricotar e Joseph lendo a Bíblia perto da mesa (pois, em geral, os criados sentavam-se, então na casa, depois de terminarem seus trabalhos). Senhorita Cathy estivera doente e, por isso, achava-se quieta, encostada nas pernas de seu pai e Heathcliff deitado no chão, com a cabeça no colo da menina. Lembro-me que o patrão, antes de começar a cochilar, passou a mão pelos lindos cabelos da filha – raramente tinha o prazer de vê-la carinhosa – e disse: "Por que não pode ser sempre uma boa menina, Cathy?" Ela levantou o rosto para ele e respondeu, rindo: "Por que o senhor não pode ser sempre um homem bom, meu pai?" Logo, porém, que o viu aborrecido de novo, beijou-lhe a mão e disse que iria cantar para fazê-lo dormir. Começou a cantar muito baixinho, até que o pai largou a sua mão, que estava segurando, e deixou pender a cabeça. Eu lhe disse, então, que se calasse e ficasse bem quietinha, para não acordá-lo.

Todos nós guardamos silêncio absoluto durante meia hora e teríamos ficado mais tempo, se Joseph, tendo terminado a leitura do capítulo, não tivesse levantado, dizendo que precisava acordar o patrão, para que rezasse e fosse depois para a cama. Aproximou-se dele, chamou-o e tocou-lhe no ombro; como o Sr. Earnshaw não se movesse, Joseph foi buscar a vela e olhou-o. Vi que acontecera alguma desgraça, quando ele tornou a pôr a vela no lugar; e tomando cada uma das crianças pelo braço, disse-lhes, em voz baixa, que fossem para cima sem fazer barulho – poderiam rezar sozinhos naquela noite – porque ele tinha que tomar algumas providências.

– Vou dar boa noite a meu pai, primeiro – disse Catherine, passando os braços em torno de seu pescoço, antes que tivéssemos tempo de impedir.

A pobrezinha descobriu logo o que acontecera e gritou:

– Ele está morto, Heathcliff! Está morto!

E os dois puseram-se a chorar, de fazer cortar o coração.

Juntei ao deles meu pranto, doloroso e estridente. Joseph, porém, protestou por estarmos gritando daquela maneira por causa de um santo que subia ao céu. Ordenou-me que vestisse o capote, corresse a Gimmerton, para chamar o médico e o pároco.

Não pude compreender a utilidade de qualquer um dos dois, então. Saí, enfrentando o vento e a chuva, e voltei com um deles, o médico; o outro disse que iria pela manhã.

Deixando Joseph explicar o que houvera, corri para o quarto das crianças: a porta estava entreaberta e vi que as crianças não se haviam deitado, embora já passasse de meia-noite; estavam mais calmas, contudo, e não havia necessidade que eu fosse consolá-las. Os dois coitadinhos se estavam consolando, mutuamente, com pensamentos que eu não conseguiria alcançar: nenhum pároco do mundo jamais pintou o céu de maneira mais bela do que fizeram eles, em sua inocente conversa: e, enquanto os escutava, soluçando, não pude deixar de fazer votos para que ficássemos juntos, a salvo.

✺ Capítulo VI ✺

Sr. Hindley foi para o enterro, juntamente com sua esposa, detalhe que nos surpreendeu e provocou muita falação entre os vizinhos. Quem era ela e onde nascera foram coisas que ele nunca nos disse: provavelmente, não tinha nem nome nem riqueza que a recomendasse, pois, de outro modo, não era crível que ele não houvesse comunicado ao pai o casamento.

A mulher não era de trazer grandes transtornos a casa com suas exigências. Todos os objetos que viu, desde o momento em que atravessou a soleira da porta, pareceram deliciá-la, assim como todas as situações que lhe diziam respeito, exceto os preparativos do enterro e a presença das carpideiras. Achei-a meio tola pela sua conduta durante o enterro: correu para seu quarto, levando-me consigo, embora eu tivesse

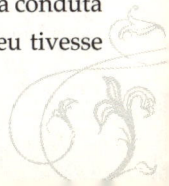

que vestir as crianças, e lá se deixou ficar sentada, tremendo e torcendo as mãos, e perguntando, repetidamente: "Já foram embora?"

Depois, começou a descrever em um nervosismo histérico, o efeito que a vista do luto produzia nela. O nervosismo aumentou, passou a tremer com violência e acabou chorando. Quando lhe perguntei o que tinha, respondeu-me que não sabia, mas tinha tanto medo de morrer!...

Deu impressão de que ela estava tão longe da morte quanto eu mesma. Era bem magra, mas jovem e de boas cores e os olhos brilhavam como diamantes. É verdade que, quando subia a escada, ficava com a respiração ofegante, que o menor ruído inesperado a fazia tremer como varas verdes e que, às vezes, era atacada por fortes acessos de tosse. Mas eu não sabia o que significavam esses sintomas e não me sentia inclinada a ter compaixão dela. Em geral, Sr. Lockwood, não nos sentimos aqui inclinados a ter boa vontade com os estranhos, senão quando eles demonstram sua boa vontade em primeiro lugar.

O jovem Earnshaw havia mudado muito nos três anos de sua ausência. Emagrecera e perdera a cor, e seu modo de falar e de se vestir haviam mudado muito. E no mesmo dia de seu regresso, disse a mim e a Joseph que deveríamos alojar-nos nos fundos da cozinha e deixar a casa para ele. Chegou a pensar em atapetar e forrar de papel as paredes de um pequeno quarto de bugigangas, para servir de sala de visitas, mas sua esposa mostrou-se tão encantada com o chão branco e a enorme lareira, com os pratos de estanho e a caixa de porcelana, com o canil e com a largueza de espaço que havia onde eles habitualmente se sentavam, que ele achou desnecessário proporcionar-lhe aquela comodidade e desistiu da ideia.

A jovem senhora também se mostrou deleitada em encontrar uma irmã entre seus novos conhecidos. Conversava muito com Catherine, beijava-a, saía com ela e lhe dava muitos presentes, no início. Sua afeição se cansou de pressa, contudo, e, quando ela se tornou rabugenta, Hindley tornou-se tirânico. Bastavam algumas palavras da parte dela, manifestando desgosto por Heathcliff para reviver seu antigo ódio pelo rapazinho. Afastou-o de sua companhia, para colocá-lo junto aos criados, privou-o das lições no curato e fez questão de que ele, em vez de estudar, fosse trabalhar fora de casa, e fê-lo trabalhar tão pesadamente como qualquer outro dos trabalhadores da fazenda.

Heathcliff recebeu a degradação muito bem, a princípio, porque Cathy lhe ensinava o que aprendia e trabalhava ou brincava com ele no campo. Ambos prometiam crescer tão rudes como selvagens; como o jovem patrão se desinteressava completamente de saber qual era sua conduta e o que faziam, os dois não se importavam com ele. Nem se preocupava, ao menos, em saber se eles iam à igreja aos domingos; apenas Joseph e o cura censuravam seu desleixo, quando os dois não apareciam;

e isso fazia com que Heathclif fosse chibateado e Catherine privada do jantar ou da ceia. Constituía, porém, um dos principais divertimentos dos dois correr para as charnecas de manhã cedo e lá permanecer durante todo o dia, e o castigo posterior tornou-se apenas objeto de riso.

O cura podia escolher quantos capítulos quisesse para Catherine decorar e Joseph podia espancar Heathcliff até seu braço ficar doendo. Os dois se esqueciam de tudo no momento em que se viam juntos de novo. E muitas vezes, censurei a mim mesma por os estar vendo se tornarem, de dia para dia, mais temerários e de não me atrever a dizer uma palavra, com medo de perder o pequeno poder que ainda retinha sobre aquelas criaturas pouco amigas. Em uma noite de domingo, os dois foram expulsos da sala de estar, por terem feito barulho, ou praticado outra pequena falta do mesmo gênero; e, quando fui chamá-los para a ceia, não consegui encontrá-los em parte alguma. Finalmente, Hindley nos disse para fechar as portas e jurou que ninguém os deixaria entrar naquela noite. Os criados foram para a cama e eu, muito aflita para me deitar, abri a janela e enfiei a cabeça para escutar, embora estivesse chovendo, disposta a admitir que, a despeito da proibição, os dois deveriam voltar. Dentro de pouco tempo, percebi o ruído de passos que se aproximavam pela estrada e a luz de uma lanterna coou-se através do portão! Atirei um xale na cabeça e corri a fim de impedi-los de acordarem o Sr. Earnshaw batendo na porta. Era Heathcliff sozinho; assustei-me ao vê-lo desacompanhado.

– Que é de senhorita Catherine? – apressei-me em perguntar. – Não aconteceu nenhum acidente, não é mesmo?

– Está na Granja Thrushcross – respondeu ele –, e eu também deveria estar, mas eles não tiveram a educação de me convidar para ficar.

– Você há de ver algum dia! – exclamei. – Só então irá emendar-se. O que é que tinha de fazer na Granja Thrushcross?

– Deixe-me tirar a roupa molhada que lhe contarei, Nelly – respondeu ele.

Pedi-lhe para ter cuidado, a fim de não acordar o patrão, e, enquanto ele tirava a roupa e eu esperava para apagar a vela, continuou:

– Eu e Cathy fugimos da lavanderia para passear em liberdade e, quando vimos as luzes da Granja, tivemos a ideia de ir até lá, para ver se os Linton passavam as noites de domingo tremendo de frio pelos cantos da casa, enquanto seus pais comiam, bebiam, cantavam e riam junto da lareira. Acha que é assim? Ou ficarão lendo sermões e sendo catequizados por seu criado e obrigados a escrever uma coluna de nomes da Escritura, se não derem as respostas direitinho?

– Provavelmente não – respondi. – São boas crianças, sem dúvida, e não merecem o tratamento que vocês merecem, por sua má conduta.

– Deixe de tolice, Nelly! – exclamou ele. – Corremos do alto do Morro até o parque, sem parar, e Catherine foi derrotada na corrida, porque estava descalça. Você terá que procurar os sapatos dela amanhã. Passamos por uma cerca quebrada, seguimos pelo caminho interno e fomos ficar debaixo da janela da sala de visitas. A luz vinha de dentro, através dessa janela; não a haviam fechado e as cortinas tinham sido puxadas apenas até certo ponto. Conseguimos olhar, trepando no porão e agarrando-nos ao beiral e vimos... Como era belo!... Vimos uma sala magnífica, atapetada de vermelho e cadeiras e mesas forradas da mesma cor, e um teto branquíssimo com contorno dourado, um chuveiro de gotas de vidro caindo em cadeias prateadas no centro e brilhando com pequenas velas. Os velhos Sr. e Sra. Linton não se encontravam lá; Edgar e sua irmã estavam inteiramente a sós. Não deviam ser felizes? Nós nos acreditaríamos no céu!

E adivinhe o que as boas crianças, como você diz, estavam fazendo? Isabela, que creio ter 11 anos, um ano mais moça que Cathy, gritava estendida na extremidade oposta da sala, dando berros como se bruxas lhe estivessem cravando no corpo agulhas aquecidas ao rubro. Edgar estava de pé junto da lareira, chorando em silêncio, e, no meio da mesa, achava-se um cãozinho, ganindo e mexendo as patas, o qual, pelas mútuas acusações, compreendemos que quase fora partido em dois pedaços. Idiotas!

Era assim que se divertiam: brigando para ver quem segurava um pouco de pelo quente e cada um chorando para o seu lado, porque, depois de brigarem para conseguir agarrá-lo, não queriam ficar com ele. Não contivemos o riso, diante daqueles pequenos mimados. Como os desprezávamos! Quando foi que você me pegou querendo ficar com alguma coisa que Catherine quisesse? Ou nos encontrou sozinhos achando graça em gritar, soluçar e rolar pelo chão, cada um para o seu lado, separados por toda a extensão da sala? Não troco, de modo algum, minha situação aqui pela de Edgard Linton na Granja Thrushcross, nem se eu tivesse o privilégio de atirar Joseph do rochedo, mais alto e pintar a fachada da casa com o sangue de Hindley!

– Cale a boca! – atalhei. – Você ainda não me contou, Heathcliff, como é que Cathy ficou lá.

– Como lhe disse, demos uma gargalhada – retrucou Heathcliff. – Os Linton ouviram e, ao mesmo tempo, correram a toda a velocidade para a porta. Houve um silêncio, depois um grito: "Mamãe, mamãe! Papai! Mamãe, venha cá! Papai!" Uivavam, de fato, qualquer coisa semelhante. Fizemos uma barulhada terrível para amedrontá-los ainda mais, depois pulamos da janela, porque alguém estava levantando as trancas e achamos melhor fugir. Dei a mão a Cathy e a estava levando para longe, quando, de repente, ela caiu: "Corra, Heathcliff, corra!", sussurrou. "Soltaram o cachorro e ele me agarrou!", O maldito havia lhe agarrado o calcanhar, Nelly; ouvi o maldito rosnando. E ela não gritou, não! Não teria gritado mesmo se tivesse sido apanhada pelos chifres de um boi bravo. Mas eu gritei! Vociferei pragas suficientes para aniquilar qualquer malvado em toda a cristandade. E peguei uma pedra e atirei-a na cara do cão e tentei, com todas as minhas forças, apertar-lhe o pescoço.

Um criado idiota apareceu com uma lanterna, afinal, e gritou: "Pega, Fujão! Pega!" Mudou de tom, contudo, quando viu o estado de Fujão. O cão estava sufocado, com meio palmo de língua vermelha pendendo da boca, da qual escorria uma baba sangrenta. O homem levantou Cathy, que estava se sentindo mal, não de medo, tenho certeza, mas por causa da dor. Carregou-a e eu o acompanhei, murmando palavras de ódio e vingança: "Que foi, Robert?", perguntou Linton, da entrada. "Fujão pegou uma menina – respondeu o criado. – E há um menino aqui – acrescentou apontando para mim – que parece um vagabundo!" "É muito provável que os ladrões os tenham mandado pular a janela e abrir as portas para, a quadrilha entrar, depois que todos estivessem dormindo, para assassinar nós todos, à vontade. Cale a boca, seu desbocado! Vai para a forca, pelo que fez. Sr. Linton, não abaixe o revólver." "Não, não, Robert – disse o velho. – Estes malfeitores sabiam que hoje é o dia em que recebo o dinheiro; pensaram que iam me apanhar direitinho. Entrem; vou lhes oferecer uma recepção. Vamos, John, prenda a corrente. Dê um pouco de água a Fujão, Jenny. É o cúmulo virem desafiar um magistrado em seu lar e em um dia de descanso do Senhor, ainda por cima! Até onde chegará sua ousadia? Oh, minha cara Mary, olhe aqui! Não tenha medo, é apenas um menino, embora a violência lhe esteja tão bem-estampada no rosto. Não seria um benefício ao país enforcá-lo de uma vez, antes que ele mostre a sua natureza não somente nas feições, mas também nos atos?" Puxou-me para debaixo do lustre e a Sra. Linton pôs os óculos no nariz e levantou os braços, horrorizada. As crianças acovardadas também se aproximaram e Isabela balbuciou:

– Que coisa horrível! Ponha-o na adega, papai. É igualzinho à filha da cigana que furtou meu faisão. Não é, Edgar?

Enquanto me examinavam, Cathy aproximou-se; ouvira as últimas palavras e deu uma risada. Edgar Linton, depois de um olhar inquisitivo, conseguiu reconhecê-la. Como sabe, eles nos veem na igreja, embora, raras vezes os encontremos em outro lugar.

– É, senhorita Earnshaw!... – sussurrou ele para sua mãe. – E veja como Fujão a mordeu: seus pés estão sangrando!

– Senhorita Earnshaw!... Tolice! – gritou a senhora. – senhorita Earnshaw vagueando pela região como uma cigana! E, contudo, meu filho, a criança está de luto... quanto a isto não resta dúvida e pode ficar defeituosa para o resto da vida!

– Como é que seu irmão pode ser tão desleixado?! – exclamou o Sr. Linton, dirigindo-se a Catherine. – Fui informado por Shiellders (que era o cura) que ele a deixa inteiramente abandonada. Mas quem é este? Onde foi que ela arranjou este companheiro? Ah! Garanto que é aquela estranha aquisição que meu falecido vizinho fez, quando foi a Liverpool, um enjeitado, um nativo das Índias Orientais, americano, ou espanhol.

– Um menino mau, seja como for – observou a velha – que não devia estar em uma casa decente! Notou sua linguagem, Linton?... Estou horrorizada, com medo de meus filhos a terem ouvido...

Recomecei a praguejar... não fique zangada, Nelly... de modo que Robert teve ordem de me levar para fora. Neguei-me a sair sem Cathy; ele me arrastou para o jardim, empurrou a lanterna para minha mão, assegurou-me que o Sr. Earnshaw ficaria sabendo de minha conduta e, obrigando-me a caminhar para a frente, fechou a porta de novo. As cortinas continuavam levantadas em um canto e eu voltei ao ponto de onde podia espionar, pois, se Catherine quisesse voltar, eu estava disposto a reduzir as grandes vidraças a um milhão de fragmentos, se a não deixassem sair. Ela sentou-se em um sofá, tranquilamente." A Sra. Linton tirou o casaco cinzento da leiteira, que tínhamos levado para a nossa excursão, sacudindo a cabeça e censurando Catherine, segundo suponho: ela era uma jovem dama e faziam uma distinção entre a maneira de tratá-la e a mim.

Depois, a criada trouxe uma bacia de água quente e lavou os pés de Catherine; a Sra. Linton preparou um ponche e Isabela esvaziou no regaço da menina um prato de bolos, enquanto Edgar ficava de pé a distância, espreitando. Finalmente, enxugaram e pentearam seus belos cabelos, deram-lhe um par de chinelos enormes e levaram-na até junto da lareira; e eu a deixei, muito satisfeita da vida, dividindo os bolos com o cãozinho Fujão, cujo focinho beliscava, enquanto ele comia, e ateando uma fagulha de espírito nos vazios olhos azuis dos Linton, um pálido reflexo de seu próprio rosto encantador. Percebi que eles estavam repletos de estúpida admiração; ela lhes é tão incomensuravelmente superior... a todo o mundo na terra, não é mesmo, Nelly?

– Esse caso terá mais consequências do que você pensa – respondi, cobrindo-o e apagando a luz. – Você é incorrigível, Heathcliff, e o Sr. Hindley vai agir com rigor, pode esperar!

Minhas palavras mostraram-se mais verdadeiras do que eu desejava. A triste aventura enfureceu Earnshaw. E depois, o próprio Sr. Linton, para consertar as coisas, nos fez uma visita, no dia seguinte, e pregou para o jovem patrão um tal sermão sobre a maneira com que dirigia a família, que este se impacientou.

Heathcliff não recebeu qualquer castigo, mas ordenaram-lhe que nunca mais dirigisse a palavra a senhorita Catherine, sob pena de ser expulso. E foi a própria Sr. Earnshaw que ficou responsável pelo isolamento monástico da cunhada assim que esta regressasse. Empregando, é claro, a astúcia e a diplomacia, e nunca a força, ciente de que pela força nada conseguiria.

∽ Capítulo VII ∾

athy ficou cinco semanas na Granja Thrushcross, mais ou menos até o Natal. O tornozelo estava completamente curado e o seu temperamento melhorara bastante. A patroa visitava-a regularmente dando cumprimento a um plano de reforma em que tentava conquistar a amizade da menina à custa de roupas caras e muitos mimos, que esta aceitava de bom grado. De tal forma que, certo dia, em vez daquela criança selvagem e livre em constante correria pela casa, sempre pronta a abraçar-nos, surgiu digníssima e elegante, montada em um belo potro negro, com os seus lindos caracóis castanhos pendendo soltos sob um chapéu de caça, e um traje de montar, tão comprido que tinha de o erguer com as mãos para não o pisar.

Hindley ajudou-a a descer do cavalo, exclamando deliciado:

– Você está linda, Cathy! Quase que não a reconheci: está parecendo uma dama. Isabela Linton não pode ser comparada com ela, não é mesmo, Frances?

– Isabela não tem suas vantagens naturais – replicou a esposa. – Mas ela deve ter juízo e não voltar a fazer o que fazia. Ellen, ajude senhorita Catherine a levar suas coisas... Pare, meu bem, vai atrapalhar seus cachos... Deixe-me tirar seu chapéu.

Tirei seu casaco e, por baixo, apareceu um vestido de seda, calças brancas e sapatos lustrosos. E, embora seus olhos brilhassem de alegria, quando os cães a receberam fazendo festas, ela mal os tocou, para que eles não lhe amarrotassem o lindo vestido. Beijou-me, carinhosamente: eu estava cheia de farinha do bolo de Natal que andava fazendo, e isso deveria impedir-me de receber um abraço. Depois, ela olhou em torno, procurando Heathcliff. O Sr. e a Sra. Earnshaw vigiaram, cuidadosamente, o encontro dos dois, pensando que poderiam julgar, de certo modo, com que possibilidades contariam de separar os dois amigos. Não foi fácil encontrar Heathcliff. Se, antes da ausência de Catherine, ele era desleixado, tornara-se, depois dez vezes mais. Ninguém, a não ser eu, tinha ao menos a bondade de dizer-lhe para deixar de ser porco e mandá-lo tomar um banho, uma vez por semana; e as crianças de sua idade raramente gostam, espontaneamente, da água e do sabão. Portanto, para nada dizer de suas roupas, que tinham estado em contato durante três meses com a lama e a poeira, e seus espessos cabelos despenteados, a superfície de seu rosto e de suas mãos achava-se horrivelmente escura. Era natural que ele se escondesse atrás do banco, ao ver entrar em casa uma donzela tão bela e graciosa, em vez de uma rude versão de si mesmo, como esperava.

– Heathcliff não está aqui? – perguntou a menina, tirando as luvas e mostrando dedos maravilhosamente alvos, de terem ficado sem nada fazer, e dentro de casa.

– Pode aproximar-se, Heathcliff – gritou o Sr. Hindley, deleitando-se com a atrapalhação do menino em vista, do horrível estado em que seria obrigado a se apresentar. – Pode vir dar as boas-vindas a senhorita Catherine, como os outros criados.

Cathy, vendo de relance o amigo, em seu esconderijo, correu a abraçá-lo; deu-lhe sete ou oito beijos na face, em um segundo, e depois parou e recuou, dobrando uma gargalhada.

– Que coisa! – exclamou. – Como você está sujo e preto! E como... como está engraçado e feio! Mas isso é porque estou acostumada com Edgar e Isabela Linton. Então, Heathcliff, esqueceu-se de mim?

Tinha certa razão de fazer a pergunta, pois a vergonha e o orgulho se refletiam, misturados, na fisionomia do menino e mantinham-no imóvel.

– Aperte as mãos dela, Heathcliff – disse o Sr. Earnshaw, condescendente. – De vez em quando, isto é permitido.

– Não – respondeu o menino, recuperando a fala, afinal. – Não vou ficar aqui para rirem de mim. Não suportarei isso!

E teria rompido o círculo, se senhorita Cathy não o agarrasse de novo.

– Não quis rir de você – disse ela. – Não pude me conter. Aperte as mãos, pelo menos, Heathcliff! Por que está com raiva? Foi só porque você estava engraçado. Se lavar a cara e pentear os cabelos, ficará bem. Mas está tão sujo!

Olhou, preocupada, para a mão suja que apertava entre a sua e também para seu vestido, esperando que nada lhe houvesse acontecido de seu contato com Heathcliff.

– Você não precisava ter-me tocado! – retrucou ele, acompanhando o olhar da menina e retirando a mão. – Ficarei tão sujo quanto quiser, gosto de ficar sujo e vou ficar!

Com isto, saiu rapidamente da sala, para gáudio do patrão e da patroa, e séria preocupação de Catherine, que não podia compreender por que suas observações haviam provocado aquela demonstração de mau gênio.

Depois de haver desempenhado o papel de camareira da recém-chegada e levado os bolos para o forno, e alegrado a casa e a cozinha com grandes fogos condizentes com a véspera de Natal, dispus-me a sentar e divertir-me entoando canções natalinas, sozinha, a despeito das afirmações de Joseph de que considerava os cânticos alegres que eu preferia como quase a mesma coisa que canções profanas. Ele fora para seu quarto, rezar sozinho, e o Sr. e a Sra. Earnshaw estavam distraindo a senhorita, com alguns brinquedinhos, comprados para ela oferecer aos Linton como prova de reconhecimento por sua hospitalidade. Eles haviam sido convidados para passar o dia seguinte no Morro dos Ventos Uivantes e o convite fora aceito, com uma condição: a Sra. Linton pedira que seus adorados filhinhos fossem mantidos afastados daquele "horrível menino que dizia nomes feios".

Fiquei sozinha e degustei o cheiro gostoso dos petiscos que estavam no fogo e admirei os brilhantes utensílios da cozinha, o relógio polido, as jarras de pratas arrumadas em uma bandeja, prontas para serem cheias de cerveja para a ceia; e, acima de tudo, a imaculada pureza daquilo que constituía minha tarefa particular: o assoalho bem limpo e bem esfregado. Dei a devida aprovação, intimamente, a todos os objetos e depois me lembrei de como o velho

Earnshaw costumava aparecer quando tudo estava arrumado, chamar-me de imprestável e meter na minha mão um xelim como presente de Natal. Isso me levou a pensar em sua afeição por Heathcliff e seu temor de que o menino fosse desprezado depois que a morte o levasse; e, naturalmente, passei a considerar a atual situação do pobre pequeno e, em vez de cantar, pus-me a chorar. Logo refleti, contudo, que seria muito mais sensato tratar de reparar alguns de seus erros do que derramar lágrimas por sua causa: levantei-me e dirigi-me ao pátio, para procurá-lo. Ele não estava longe; encontrei-o na estrebaria, alisando o pelo farto do novo pônei e dando comida aos outros animais, segundo o costume.

– Venha depressa, Heathcliff – eu lhe disse. – A cozinha está muito agradável e Joseph está lá em cima. Venha depressa e deixe-me vesti-lo direitinho, antes de senhorita Cathy aparecer e, então, vocês podem sentar-se um perto do outro, aproveitando o calor da lareira, e conversarem bastante, até a hora de ir para a cama.

Ele continuou com seu trabalho, e nem virou a cabeça para mim.

– Venha... Você vem? – continuei. – Há um pouquinho de bolo para cada um de vocês! Chega muito. E vai precisar de meia hora para isso.

Aguardei cinco minutos, mas, não obtendo resposta, deixei-o. Catherine ceou com o irmão e a cunhada; eu e Joseph participamos de uma refeição agradável, temperada com censuras de um lado e impertinências de outro. O bolo e o queijo que lhe eram destinados ficaram na mesa a noite toda, para as fadas. Ele continuou a trabalhar até às nove horas e então se dirigiu, calado e soturno, para seu quarto. Cathy recolheu-se tarde, tendo um mundo de coisas a arrumar para a recepção aos seus novos amigos: foi à cozinha uma vez, para conversar com seu velho amigo, mas ele não estava e ela se limitou a perguntar o que havia com ele e logo se retirou. De manhã, Heathcliff levantou-se cedo; e, como era dia santo, foi curtir seu mau humor pelas charnecas, só reaparecendo depois que a família saíra para a igreja. O jejum e a reflexão tornaram-no mais sensato, segundo parecia. Ficou junto de mim, por algum tempo, depois, tomando coragem, exclamou, bruscamente:

– Nelly, faça-me ficar decente! Vou ficar bonzinho.

– Já é tempo, Heathcliff – disse eu. – Você ofendeu Catherine; até parece que ela está aborrecida de ter voltado para casa. A gente tem a impressão de que você está com inveja dela, porque ela é mais sensata que você.

A ideia de invejar Catherine lhe era incompreensível, mas a de ofendê-la, ele compreendeu com clareza suficiente.

– Ela disse que estava ofendida? – perguntou ele, muito sério.

– Chorou, quando eu lhe disse que você saíra de novo esta manhã.

– Pois eu também chorei à noite passada – replicou ele – e tive mais razão de chorar do que ela.

– É verdade; você teve razão de ter ido deitar-se com o coração cheio de orgulho e o estômago vazio – disse eu. – As pessoas orgulhosas alimentam pensamentos tristes. Mas, se você se sente envergonhado de sua atitude, deve pedir-lhe perdão, quando ela chegar. Deve aproximar-se e mostrar-se disposto a beijá-la e dizer... Você sabe melhor do que eu o que dizer. Só lhe digo que deve fazê-lo cordialmente e não como se estivesse achando que ela virou uma estranha, por causa de seu belo vestido. E agora, embora eu tenha de aprontar o jantar, arranjarei um pouco de tempo para arrumá-lo de modo que Edgar Linton pareça uma boneca ao seu lado: e, de fato, ele parece. Você é mais moço e, no entanto, sou capaz de apostar, é mais alto e tem os ombros duas vezes mais largos do que os dele. Seria capaz de derrubá-lo em um piscar de olhos; não sabe disso?

A fisionomia de Heathcliff resplandeceu por um momento, depois obscureceu de novo e ele deu um suspiro.

– Mas, Nelly, mesmo se eu o derrubasse vinte vezes, isso não o tornaria menos bonito, nem me faria mais. Eu queria ter os cabelos louros e a pele clara, vestir-me e comportar-me bem a ser tão rico quanto ele!

– E chora chamando sua mãe, a todo o momento – acrescentei. – Treme quando algum menino levanta a mão contra ele e não tem coragem de pôr os pés fora de casa quando chove. Você está mostrando que tem pouco juízo, Heathcliff! Chegue diante do espelho e deixe-me ver o que quer. Está notando estas duas rugas entre seus olhos; estas sobrancelhas espessas que, em vez de se elevarem arqueadas se afundam no meio, e esses dois demônios negros, tão fundos, que jamais abrem suas janelas atrevidamente, mas brilham por baixo delas, como espiões do diabo? Queira e aprenda a acabar com essas rugas, levantar as pálpebras francamente e transformar os demônios em anjos confiantes e inocentes, não suspeitando nem desconfiando de coisa alguma, e sempre vendo amigos onde não existem, seguramente, inimigos. Não fique com essa expressão de um cão vagabundo que sabe que os pontapés que recebe são merecidos e, no entanto, odeia todo mundo, assim como aquele que o maltrata, por causa do que ele sofre.

– Em outras palavras: devo desejar os grandes olhos azuis e a testa lisa de Edgar Linton – replicou ele. – Desejo... e isso não me adianta coisa alguma.

– Um bom coração adiantará para você compensar um rosto desagradável – continuei. – E um mau coração tornará o rosto em algo pior que a feiura. E, agora, que já fizemos o trabalho de lavar e pentear e que você já se arrumou, diga-me se não se acha mais bonito. Vou dizer-lhe uma coisa: eu acho. Você está parecendo até um príncipe disfarçado. Quem sabe se seu pai não era imperador da China e sua mãe uma rainha indiana, cada um dos quais capaz de comprar, com a renda de uma semana, o Morro dos Ventos Uivantes e a Granja ao mesmo tempo? E você foi raptado por desalmados marinheiros e trazido para a Inglaterra. Se eu estivesse em seu lugar, teria ideias elevadas a respeito de minha origem e o pensamento do que eu era me daria coragem e dignidade para suportar a opressão de um pequeno fazendeiro!

Assim falava eu, e Heathcliff, pouco a pouco, perdeu a carranca e sua fisionomia começava a se mostrar muito satisfeita, quando, de repente, nossa conversa foi interrompida por um ruído retumbante, que veio da estrada e entrou no pátio. Ele correu para a janela e eu para a porta, justamente a tempo de ver os dois Linton descendo da carruagem da família, metidos em casacos e peliças, e os Earnshaw apeando de seus cavalos; frequentemente iam à igreja a cavalo, no inverno. Catherine segurou ambas as crianças pelas mãos e levou-as para dentro de casa, e fê-las sentarem-se diante do fogo, que logo avermelhou seus rostos brancos.

Insisti com meu companheiro para que se apressasse em mostrar sua disposição amável e ele obedeceu de boa vontade, mas, por falta de sorte, quando abriu a porta que saía da cozinha, de um lado, Hindley abriu a outra. Os dois se encontraram, o patrão irritado ao vê-lo limpo e alegre, ou, talvez desejoso de manter sua promessa à Sra. Linton empurrou-o com um gesto brusco e ordenou, furioso, a Joseph, para "conservar este sujeito fora da sala, mandá-lo para o sótão até depois do jantar. Ele vai meter mão nas tortas e furtar as frutas, se ficar sozinho com elas um minuto".

– Não, senhor – não pude deixar de retrucar —, ele não toca em coisa alguma. É incapaz. E acho que ele deve ter sua parte nas iguarias, assim como nós temos.

– Ele terá sua parte em meu braço, se o apanhar aqui embaixo, antes do anoitecer – gritou Hindley. – Suma-se, seu vagabundo! O quê? Está querendo virar peralvilho, hem? Eu tomo conta de sua elegância... Espere até que eu agarre estes belos cachos... e veja se eu não os farei ficar um pouco mais compridos.

– Já são bastante compridos – observou o jovem Linton, olhando da porta. – Ele deve até estar sentindo dor de cabeça. Parece a crina de um potro em cima de seus olhos.

Lançou essa observação sem qualquer intenção insultuosa; mas a natureza violenta de Heathcliff não estava disposta a sofrer uma aparente impertinência de quem ele parecia odiar, mesmo então, como rival.

Pegou uma terrina de molho de maçã quente (a primeira coisa que lhe caiu sob as mãos) e atirou-a com toda a força contra o rosto e o pescoço do que falara, o qual, imediatamente, começou uma gritaria que levou Isabela e Catherine ao local, apressadamente. O Sr. Earnshaw agarrou o culpado logo e levou-o ao seu quarto, onde, sem dúvida, lhe ministrou enérgico corretivo para lhe esfriar o fogo da paixão, pois voltou vermelho e ofegante. Peguei o pano de prato e, com bastante raiva, limpei a boca e o nariz de Edgar, afirmando-lhe que isso serviria para corrigi-lo. Sua irmã começou a chorar, pedindo para voltar para casa e Cathy estava de pé, confusa, corada de vergonha.

– Você não devia ter-lhe falado! – disse o Sr. Linton. – Ele estava mal-humorado e agora você estragou sua visita. E ele vai ser castigado. Não gosto que ele seja chibateado! Não vou poder jantar. Por que falou com ele, Edgar?

– Não falei – disse o menino, soluçando, escapando de minhas mãos e terminando o resto da purificação com seu lenço de cambraia. – Prometi à mamãe não lhe dirigir uma palavra e não dirigi.

– Está bem, não chore – disse Catherine, desdenhosamente. – Você não foi morto. Não cometa outros erros. Aí vem meu irmão. Fique quieto! Psiu, Isabela! Alguém a magoou?

– Vamos. Vamos, crianças, para os seus lugares! – gritou Hindley, nervoso. – O bruto daquele menino me cansou muito. Da próxima vez, "seu" Edgar, trate de fazer justiça com suas próprias mãos... isso lhe dará apetite!

O pequeno grupo recuperou o bom humor à vista da cheirosa comida. As crianças estavam famintas depois da jornada e consolaram-se, facilmente, uma vez que nenhum mal de verdade lhe acontecera. O Sr. Earnshaw enchia os pratos, opiparamente, e a menina alegrava os outros com sua conversa. Fiquei atrás da sua cadeira e senti-me triste ao contemplar Catherine, de olhos secos e ar indiferente, cortando a asa de um ganso que tinha no prato.

"Uma criança insensível", pensei comigo mesmo, "Com que displicência se esquece do velho companheiro de folguedos! Não podia imaginar que fosse tão egoísta."

Catherine levou à boca o garfo repleto; depois, baixou-o de novo: as faces enrubesceram e as lágrimas escorreram por elas. Deixou cair o garfo no chão e apressou-se em baixar sob a toalha, para esconder a emoção. Não mais a chamei de insensível, pois percebi que ela atravessara um purgatório durante o dia, e ansiava para achar uma oportunidade de ficar sozinha ou visitar Heathcliff, que fora trancado no quarto, pelo patrão, como descobri, tentando levar-lhe uma ração particular de vitualhas.

À noite, tivemos uma dança, Cathy pediu, então, que lhe permitissem ficar de fora, pois Isabela Linton não tinha par. Seus empenhos foram inúteis e fui escolhida para suprir a falta. Livramo-nos de toda a tristeza com a excitação do exercício e nosso prazer foi aumentado pela chegada da banda de música de Gimmerton formada por 15 figuras: um trompete, um trombone, clarinetas, baixos, cornos franceses e um contrabaixo, além de cantores. Esta banda visita, pelo Natal, todas as casas respeitáveis e recebe contribuições, e nós nos divertimos muito em ouvi-la. Depois de terem sido entoados os habituais hinos de Natal fizemos-lhes entoar canções madrigais. A Sra. Earnshaw gostava de música, e, assim, os músicos nos fartaram.

Catherine também gostava muito; mas disse que era mais agradável ouvir do alto da escada e subiu no escuro; eu a acompanhei. Fecharam a porta de baixo, sem sentir falta de nós, pois a casa estava cheia de gente. Catherine não parou no alto da escada, mas continuou a subir, para o sótão, onde Heathcliff estava preso, e chamou. Ele, teimosamente, negou-se a responder, durante algum tempo; ela insistiu e, finalmente, persuadiu-o a se comunicar com ela através das tábuas. Deixei os dois coitadinhos conversarem sem serem perturbados, até que percebi que as canções iam ser interrompidas, para os cantores comerem alguma coisa. Subi, então, a escada para adverti-los.

Em vez de encontrar Catherine de fora, ouvi sua voz do lado de dentro. A endiabrada saíra pela claraboia de um sótão, caminhara pelo telhado e entrara na claraboia do outro sótão e foi com grande dificuldade que consegui tirá-la de novo.

Quando saiu, trouxe Heathcliff consigo e fez questão de que eu o levasse para a cozinha, pois a outra criada fora para casa de um vizinho, para se livrar da "cantoria do diabo", como dizia. Retruquei-lhes que não pretendia, de modo algum" estimular suas artimanhas; mas, como o prisioneiro não quebrara o jejum desde o jantar da véspera, por aquela vez fecharia os olhos diante de seu embuste para com o Sr. Hindley. Ele desceu. Sentei-o em um tamborete perto do fogo e ofereci-lhe muita coisa boa. Ele, porém, sentia-se mal e comeu pouco, e todos os meus esforços para distraí-lo foram em vão. Firmou os cotovelos nos joelhos e apoiou o queixo nas mãos, entregando-se à profunda meditação. Como eu perguntasse em que estava pensando, respondeu, gravemente:

– Estou imaginando como pegarei Hindley. Não me importo de esperar muito tempo, desde que consiga, afinal. Espero que ele não morra antes disso!

– Que vergonha, Heathcliff! Cabe a Deus castigar os malvados. Nós devemos aprender a perdoar.

– Não, Deus não teria a satisfação que eu terei – retrucou ele. – Só queria saber a melhor maneira! Deixe-me sozinho, para planejá-la. Enquanto fico pensando nisso não sofro.

Estou me esquecendo, porém, Sr. Lockwood, de que estas descrições não podem diverti-lo. Estou aborrecida de ter falado dessa maneira, com o senhor sentindo frio e com vontade de ir para a cama! Eu podia ter contado a história de Heathcliff, tudo o que o senhor quisesse saber, em meia dúzia de palavras.

E assim se interrompendo a si mesma, a governanta levantou-se e começou a pôr de lado a costura; mas eu me sentia incapaz de afastar-me de perto da lareira e não estava, em absoluto, com sono.

– Continue sentada, Sra. Dean! – exclamei. – Continue sentada por outra meia hora. Fez muito bem de contar a história pormenorizadamente. É o método que aprecio, e a senhora deve acabá-la da mesma maneira. Estou, mais ou menos interessado em todos os tipos que a senhora mencionou.

– O relógio já vai dar 11 horas, Sr. Lockwood.

– Não faz mal... estou acostumado a deitar-me tarde. Uma hora da manhã, ou mesmo duas, é cedo para quem fica na cama até as dez horas.

– O senhor não devia ficar na cama até as dez. A pessoa que não fez metade de seu trabalho diário até as dez horas, corre o risco de deixar a outra metade por fazer.

– Seja como for, Sra. Dean, torne a sentar-se, porque amanhã pretendo prolongar a noite até tarde. Prevejo para mim pelo menos um resfriado renitente.

– Espero que não, meu senhor. Está bem. O senhor deve me permitir pular uns três anos. Durante esse espaço de tempo, a Sra. Earnshaw...

– Não, não! Não permito tal coisa em absoluto! Está familiarizada com o estado de espírito em que, quando se está sentado sozinho, com a gata lambendo seus gatinhos no tapete, diante de nós, contemplamos tão atentamente o que ela está fazendo que, quando a bichana se esquece de uma orelha, ficamos profundamente irritados?

– Uma atitude muito preguiçosa, diria eu.

– Ao contrário, ativa. É a minha atitude no momento. Portanto, continue a narrativa, bem pormenorizada. Verifico que as pessoas destas regiões adquirem, sobre os habitantes das cidades, o valor que a aranha de um calabouço tem sobre a aranha de uma casinha de arrabalde, para seus diversos ocupantes; e, contudo, a atração aprofundada não se deve inteiramente à situação daquele que a contempla.

Eles vivem mais intensamente, mais dedicados a si mesmos e menos às coisas superficiais, mutáveis e frívolas. Concebo ser quase possível aqui um amor que dure a vida inteira; e não acreditava, definitivamente, em um amor que durasse um ano. Uma situação parece consistir em colocar-se um homem faminto diante de um único prato, no qual ele pode concentrar todo o seu apetite e apaziguá-lo; a outra apresentar-lhe uma mesa preparada por cozinheiros franceses: talvez ele possa tirar muito prazer do conjunto; mas cada parte é um mero átomo ao seu olhar e à lembrança.

– Oh! Verá que somos aqui iguais às pessoas dos outros lugares quando nos conhecer – observou a Sra. Dean, um tanto intrigada com minhas palavras.

– Desculpe-me – retruquei —, mas a senhora, minha boa amiga, é uma prova gritante contra tal afirmativa. Com exceção de alguns poucos provincianismos sem consequência, a senhora não tem indício dos modos que considere peculiar à sua classe. Estou certo de que tem refletido muito mais do que o faz a maioria dos empregados domésticos. Foi compelida a cultivar suas qualidades de raciocínio por falta de ocasiões de esperdiçar sua vida em insignificâncias.

A Sra. Dean deu uma risada.

– Sem dúvida, considero-me uma pessoa sensata – disse ela –, não exatamente pelo fato de viver entre as montanhas e de ver um grupo de fisionomias e uma série de ações, de princípio a fim do ano; mas acostumei-me à severa disciplina, que me ensinou a sabedoria, e, depois, tenho lido mais que o senhor imagina, Sr. Lockwood. O senhor não pode abrir um livro na biblioteca pelo qual eu não tenha passado os olhos e dele extraído alguma coisa, também, a menos que seja grego, latim ou francês. E, a esses sei distinguir uns dos outros; é bastante para se esperar da filha de um homem pobre. No entanto, se é para contar a minha história com todos os pormenores, acho que o melhor é dar-lhe já seguimento; e então, em vez de saltar esses três anos, passo logo para o verão seguinte, o verão de 1778, isto é, há vinte e três anos atrás.

∽ Capítulo VIII ∽

Numa bela manhã de junho, nasceu um lindo bebê, o primeiro de quem fui ama e o último da velha estirpe dos Earnshaw. Andávamos ocupados com o feno em um dos campos, quando a jovem que normalmente nos trazia o lanche apareceu uma hora mais cedo que o habitual correndo pelo prado fora e pela vereda acima, me chamando.

– É um menino! – gritava, ofegante. – A criança mais linda que já vi! Mas o médico diz que a senhora não escapa, pois está tísica há muitos meses... foi o que eu o ouvi dizer a Sr. Hindley... e que agora já não há nada que a salve, e morrerá provavelmente antes do inverno. Vem, Nelly, vem depressa. Você é que vai cuidar do menino, dar-lhe leite com açúcar e olhar por ele dia e noite. Ah, Nelly, quem me dera estar no seu lugar! Olha que ele vai ficar aos seus cuidados assim que a senhora faltar.

– Mas ela está muito mal? – perguntei, largando meu ancinho e amarrando a touca.

– Acho que está; contudo, muito animada – replicou a rapariga – e conversa como se achasse que vai viver até ver o filho homem. Está fora de si de tanta alegria. Ele é tão bonito! Se eu fosse ela, não morreria: só de vê-lo melhoraria, apesar de Kenneth. Fiquei louca com ele. A Sra. Areher levou o pequeno querubim para o patrão, na casa, e seu rosto começara a iluminar-se, quando o velho agoureiro aproximou-se e lhe disse: "Earnshaw, foi uma felicidade que sua esposa tenha podido viver para lhe dar este filho. Quando ela voltou a si, fiquei convencido que não a conservaremos por muito tempo: e agora, posso lhe dizer que o inverno provavelmente acabará com ela. Não se amofine muito com isso! Não há remédio. E, além disso, você deveria ter pensado melhor antes de escolher uma moça assim!"

– E o que foi que o patrão respondeu? – indaguei.

– Acho que ele praguejou; mas não prestei muita atenção, pois estava ansiosa para ver o menino.

E começou de novo a descrevê-lo, extasiada. Eu, tão zelosa quanto ela própria, corri sem perda de tempo, para casa, a fim de admirar, de minha parte, embora estivesse muito triste por causa de Hindley. Ele só tinha espaço no coração para dois ídolos: sua esposa e ele próprio: amava ambos e adorava um, e eu não podia conceber como resistiria à sua perda.

Quando chegamos ao Morro dos Ventos Uivantes, ele estava de pé diante da porta da frente, e, ao passar, perguntei:

– Como está o bebê?

– Quase em condições de caminhar Nelly – respondeu ele, com um sorriso jovial.

– E a patroa? – aventurei-me a indagar. – O médico disse que ela...

– O médico que vá para o diabo! – atalhou ele, com o sangue lhe subindo ao rosto. – Frances está muito bem. Estará inteiramente boa daqui a uma semana. Você vai lá em cima? Diga-lhe que vou para lá, se ela prometer ficar calada. Saí de lá porque ela não estava querendo parar de falar, e precisa... Diga-lhe que o Sr. Kenneth acha que ela não deve falar.

Transmiti o recado à Sra. Earnshaw; ela parecia animada e respondeu jovialmente:

– Mal disse uma palavra, Ellen, e ele saiu duas vezes, chorando. Está bem. Diga-lhe que prometo não falar; mas isso não quer dizer que me comprometo a não rir dele!

Coitadinha! Até uma semana antes de sua morte, aquele coração animoso jamais a abandonou, e seu marido persistiu, teimosamente, para não dizer furiosamente, afirmando que seu estado de saúde melhorava de dia para dia. Quando Kenneth o advertiu que seus medicamentos eram inúteis naquela fase da moléstia, e que não precisava obrigá-lo a novas despesas para tratá-la, retrucou:

– Sei que o senhor não precisa... Ela está bem... Não necessita mais de sua assistência! Jamais esteve tísica. Foi uma febre, e já passou. Seu pulso está, agora, tão lento quanto o meu e suas faces igualmente frias.

Disse a mesma coisa a sua esposa e ela pareceu acreditar, mas uma noite, quando recostada em seu ombro, e no ato de dizer que achava que no dia seguinte conseguiria levantar-se, um acesso de tosse a tomou – uma tosse muito leve – e ele a levantou em seus braços. Ela o abraçou, pelo pescoço, seu rosto se transtornou, e morreu.

Como a rapariga previra, o menino Hareton ficou inteiramente sob os meus cuidados. O Sr. Earnshaw, contanto que o visse com saúde, e que o ouvisse chorar, dava-se por satisfeito. No que dizia respeito a si mesmo, continuava desesperado: seu sofrimento era daqueles que não dão lugar a lamúrias. Não chorava nem rezava: praguejava e desafiava; execrava Deus e os homens e entregava-se a uma desordenada dissipação. Os criados já não podiam suportar sua conduta tirânica e cruel; eu e Joseph fomos os dois únicos que continuamos. Não tinha coragem de abandonar meu dever; e, além disso, fora sua irmã colaça e mostrava-me mais disposta a desculpar sua conduta de que um estranho. Joseph continuava para atormentar os rendeiros e trabalhadores, e porque era sua vocação ficar onde houvesse bastante mal a reprovar.

O desregramento e as más companhias do patrão constituíam um belo exemplo para Catherine e Heathcliff. A maneira com que ele tratava o último era bastante para transformar um anjo em um demônio. E, na verdade, parecia que o menino estava possuído de algum espírito diabólico naquele tempo. Deleitava-se em ver Hindley degradando-se até além da redenção, e, de dia para dia, mais se destacava pelo mau gênio e ferocidade. Não tenho palavras para descrever metade de quanto era infernal nossa casa. O cura desistiu de aparecer e, afinal, todas as pessoas de bem passaram a não nos procurar, a não ser que as visitas de Edgar Linton a senhorita Cathy pudessem constituir uma exceção. Aos 15 anos, ela era a rainha da região; não tinha competidora, e transformara-se em uma criatura altiva, voluntariosa. Confesso que não gostava dela, depois que ela saiu da infância, a atormentava frequentemente, tentando dominar-lhe a arrogância. Ela, contudo, jamais tomou aversão por mim. Mantinha, com admirável constância, as velhas amizades: mesmo Heathcliff conservou inalterada a afeição que ela lhe dedicava; e o jovem Linton, com toda a sua superioridade, viu-se em dificuldade para dar uma impressão igualmente profunda. Ele era meu falecido patrão; seu retrato está sobre a lareira. Antes, ficava de um lado e o de sua esposa do outro, mas o dela foi retirado, senão o senhor poderia fazer uma ideia do que ela foi. Está vendo?

A Sra. Dean levantou a vela e divisei um rosto de feições delicadas, parecidíssimo com o da jovem senhora do Morro dos Ventos Uivantes, porém de expressão mais pensativa e amável. Era uma bela imagem, sem dúvida. Os compridos e claros cabelos ligeiramente anelados nas têmporas; os olhos grandes e graves; o rosto quase que belo em demasia. Não me admirei de que Catherine Earnshaw pudesse ter-se esquecido de seu primeiro companheiro por causa daquele indivíduo.

– Um belo retrato – observei à governanta. – Está parecido?

– Está – respondeu ela —, mas ele era mais bonito quando animado, isto é, em suas feições naturais: falta-lhe o espírito, de um modo geral.

Catherine conservou sua amizade com os Linton desde que residiu cinco semanas com eles: e, como não se sentiu tentada a revelar sua feição mais rude, em sua companhia, e teve a sensatez de mostrar-se envergonhada de ser grosseira onde era tratada com tão invariável cortesia, impôs-se, inconscientemente, ao velho casal por sua franca cordialidade, conquistou a admiração de Isabela e a alma e o coração de seu irmão: conquistas que a lisonjearam a princípio, pois era cheia de ambição, e levaram-na a adotar um duplo caráter, sem tencionar, exatamente, iludir a quem quer que seja. No lugar em que ouviu Heathcliff ser chamado de "jovem e vulgar desordeiro" e de "pior que um bruto", teve o cuidado de não agir à semelhança dele; em casa, porém, não se mostrava muito inclinada a praticar a polidez, que seria ridicularizada, e dominar uma natureza impulsiva, quando isso não lhe traria crédito nem louvor.

Poucas vezes o Sr. Edgar conseguia coragem para visitar o Morro dos Ventos Uivantes abertamente. Tinha terror da reputação de Earnshaw e evitava encontrar-se com ele. No entanto, era sempre recebido com os melhores esforços de civilidade: o próprio patrão evitava ofendê-lo, sabendo das razões de ele apareder; e, se não podia mostrar-se cortês, afastava-se do caminho. Tenho a impressão de que sua presença era desagradável a Catherine: ela não era astuciosa, jamais mostrou faceirice e, evidentemente, era contrária a um encontro entre seus dois amigos, pois, quando Heathcliff manifestava desprezo por Linton, na presença deste, ela não concordava de modo algum; e quando Linton manifestava repulsa e antipatia por Heathcliff, ela não se atrevia a encarar esses sentimentos com indiferença, como se a depreciação de seu companheiro de folguedos pouco lhe importasse. Tive muitas ocasiões de rir de suas hesitações e confusões inconfessadas, que ela, em vão, procurou esconder de minhas zombarias. Isso dá a impressão de que sou desnaturada; ela, porém, era tão orgulhosa que se tornou, realmente, impossível ter-se piedade dela em suas aflições, enquanto não lhe fosse imposta maior humildade. Finalmente, ela fez confidências. Não havia ninguém mais em que pudesse ver um conselheiro.

O Sr. Hindley saíra de casa uma tarde, e Heathcliff resolveu, em vista disso, fazer um feriado, por conta própria. Atingira, então, a idade de 16 anos e penso que, sem ser feio, ou deficiente em inteligência, ele conseguia dar uma impressão de repulsa interna e externa apesar de seu aspecto real. Em primeiro lugar, havia, então, perdido as vantagens da educação que tivera quando era mais moço; o constante trabalho pesado, começado cedo e terminado tarde, extinguira qualquer curiosidade que ele antes possuía para a aquisição de conhecimentos e qualquer amor pelos livros e pelo estudo. Seu sentimento infantil de superioridade, que os favores e a predileção do Sr. Earnshaw lhe insuflaram, havia desaparecido. Esforçou-se, durante muito tempo, para se manter em pé de igualdade com Catherine nos estudos e desistiu, com um pesar profundo, embora silencioso; resignou-se, porém, completamente; e não houve meio de fazê-lo dar um passo para subir, quando achou que devia, necessariamente, afundar-se para seu antigo nível. Depois, a aparência pessoal equiparou-se à decadência mental: seus modos tornaram-se desajeitados e seu aspecto ignóbil; seu gênio, naturalmente reservado, exagerou-se em um excesso de insociabilidade que chegava às raias de idiotismo. E ele se comprazia, amargamente, segundo parecia, em provocar a repulsa antes que procurar a estima de seus poucos conhecidos.

Ele e Catherine eram companheiros constantes, ainda, em suas alternativas fases de descanso e trabalho, mas ele deixou de exprimir-lhe sua amizade em palavras e se esquivava, com irritada desconfiança, dos carinhos da menina, como consciente de que não poderia haver compensação em esperdiçar com ele tais provas de afeto. Na ocasião acima citada, ele entrou em casa para anunciar sua intenção de ficar à toa, quando eu estava ajudando senhorita Cathy a arranjar seu vestido: ela não imaginara que lhe pudesse entrar na cabeça a ideia de folgar e, imaginando que toda a casa ficaria por sua conta, conseguira, não sei de que maneira, comunicar ao Sr. Edgar a ausência do irmão e estava, então, se preparando para recebê-lo.

– Está ocupada esta tarde, Cathy? – perguntou Heathcliff. – Vai a algum lugar?

– Não, está chovendo – respondeu ela.

– Então, por que está com este vestido de seda? – disse ele. – Não vem ninguém aqui, não é mesmo?

– Que eu saiba, não – gaguejou a menina. – Mas você devia estar no campo, Heathcliff. Já passa uma hora do jantar. Pensei que tivesse ido.

– Não é sempre que Hindley me livra de sua maldita presença – declarou o rapazinho. – Não vou trabalhar mais hoje; vou ficar com você.

– Ah! Mas Joseph vai contar – ela observou. – É melhor você ir!

– Joseph está carregando cal, do outro lado do penhasco de Penistone, isso vai ocupá-lo até ao anoitecer, e ele não ficará sabendo.

Assim dizendo, aproximou-se da lareira e sentou-se. Catherine refletiu um instante, de testa franzida, e achou necessário preparar o caminho para a visita.

– Isabela e Edgar Linton falaram em aparecer aqui esta tarde – disse ela, depois de um minuto de silêncio. – Como está chovendo, não creio que venham. Podem vir, contudo, e, se vierem, você vai correr o risco de ser repreendido à toa.

– Dê ordem a Ellen de ir dizer que você está comprometida, Cathy – insistiu o rapazinho. – Não me afaste por causa desses seus amigos tolos, idiotas! Às vezes, quase que sou levado a queixar-me de que eles... mas não...

– Que eles o quê?! – exclamou Catherine, fitando-o com a fisionomia conturbada. – Nelly – acrescentou, petulante, tirando a cabeça de minhas mãos —, já penteou meu cabelo que chegue! Vá embora.

– De que foi que você esteve a ponto de queixar-se. Heathcliff?

– De nada... mas olha só para a folhinha naquela parede – disse ele, apontando para a folhinha pendurada perto da janela, e continuando: – As cruzes marcam as tardes que você passou com os Linton, os pontos as que você passou comigo. Está vendo? Marquei todos os dias.

– Sim... Que tolice! Como se eu desse atenção! – replicou Catherine, mal-humorada. – E qual é a finalidade disso?

– Mostrar que eu prestei atenção – disse Heathcliff.

– E acha que devo estar sempre sentada ao seu lado? – perguntou a menina, tornando-se mais irritada. – Que vantagem terei? Sobre o que você conversará? Podia ser mudo, ou uma criancinha de colo, levando-se em conta o que diz para me distrair, ou o que faz, também!

– Você nunca me disse antes que eu falo pouco demais ou que não gostava de minha companhia, Cathy! – exclamou Heathcliff, muito nervoso.

A menina levantou-se, mas ele não teve mais tempo de exprimir seus sentimentos, pois o tropear de um cavalo se fez ouvir nas lajes, e, depois de bater de leve na porta, o jovem Linton entrou, com o rosto exultante de satisfação devido ao inesperado convite que recebera. Não há dúvida de que Catherine notou bem a diferença entre os dois amigos, quando um entrou e outro saiu. O contraste parecia o que se vê, quando se troca uma região carbonífera escura e montanhosa por um lindo vale fértil, e suas vozes e maneira de saudar e falar eram tão opostas quanto seu aspecto. Linton falava baixo, com um modo suave e pronunciava as palavras como o senhor pronuncia: é um modo menos rude, mais suave, de que falamos aqui.

– Terei chegado cedo demais? – perguntou, olhando-me.

Comecei a limpar a louça e a arrumar algumas gavetas na cômoda, na outra extremidade da sala.

– Não – respondeu Catherine. – Que está fazendo aí, Nelly?

– Meu trabalho, senhorita – respondi.

(O Sr. Hindley dera-me instruções de ficar presente a qualquer visita particular que Linton fizesse.)

Ela chegou por trás de mim e disse-me, baixinho, contrariada:

– Suma-se daqui com suas limpezas. Quando há visitas em casa, os criados não limpam e varrem a sala em que elas estão!

– É uma boa oportunidade, agora que o patrão saiu – respondi, em voz alta. – Ele detesta que eu mexa com essas coisas em sua presença. Tenho certeza de que o Sr. Edgar me desculpará.

– Eu detesto que você mexa com isto em minha presença! – exclamou a jovem, imperiosamente, não dando tempo ao seu convidado de falar: não conseguira recuperar a calma depois da pequena discussão que tivera com Heathcliff.

– Desculpe-me, senhorita Catherine – respondi, continuando ativamente o meu trabalho.

Ela, supondo que Edgar não podia vê-la, arrancou o pano da minha mão e beliscou-me, furiosa, no braço. Já disse que não gostava dela e gostava de ferir-lhe a vaidade, de vez em quando; além disso, ela me machucou muito; por isso, assim, pus-me de pé, gritando:

– Isto não se faz, senhorita! Não tem direito de me beliscar e não estou disposta a tolerar isto.

– Não encostei a mão em você, sua mentirosa! – gritou ela, com os dedos ansiosos para repetir o que havia dito e as orelhas vermelhas de raiva.

Ela jamais conseguiu esconder seus sentimentos de raiva, que sempre a afogueavam o rosto.

– Então, o que é isto? – retruquei, mostrando-lhe um testemunho bem vermelho para refutá-la.

Ela bateu o pé, hesitou por um momento e depois, impelida, irresistivelmente, pelo mau espírito que tinha dentro de si, deu-me um tapa na cara; uma pancada violenta, que fez com que as lágrimas me viessem aos olhos.

– Catherine, querida! Catherine – interpôs-se Linton, grandemente chocado com o duplo erro de falsidade e violência que seu ídolo havia cometido.

– Saia da sala, Ellen! – repetiu ela, tremendo da cabeça aos pés.

O pequeno Hareton, que me acompanhava por toda a parte e estava assentado perto de mim no chão, ao ver minhas lágrimas começou a chorar, soluçando lamúrias contra "a malvada tia Cathy", o que atraiu a fúria da mocinha sobre o coitadinho: ela o agarrou pelos ombros e sacudiu-o até que a pobre criança tornou-se lívida, e Edgar, sem refletir, segurou-a pelas mãos para desvencilhar o menino. Em um instante, o menino se viu livre e atônito, e Edgar sentiu um tapa aplicado contra seu ouvido, de um modo que não poderia ser tomado por brincadeira. Recuou, consternado. Tomei Hareton nos braços e levei-o para a cozinha, deixando a porta da comunicação aberta, pois estava com curiosidade de saber como os dois iriam resolver sua desavença.

O visitante, insultado, caminhou para o lugar onde deixara o chapéu, pálido e com os lábios trêmulos.

– Bem-feito! – disse a mim mesma. – Veja como são as coisas e vá-se embora! Foi uma grande coisa deixá-lo ter uma ideia de seu verdadeiro gênio.

– Aonde vai? – perguntou Catherine, encaminhando-se para a porta.

Ele se afastou para um lado e tentou passar.

– Não pode sair! – exclamou a menina, enérgica.

– Posso e vou sair! – replicou o rapazinho, com voz abafada.

– Não – insistiu Catherine, segurando o seu braço. – Ainda não, Edgar Linton; sente-se. Não deve deixar-me assim. Eu iria ficar sofrendo a noite toda e não quero sofrer por sua causa!

– Acha que posso ficar aqui depois de você haver-me batido? – perguntou Linton. Catherine não respondeu.

– Fez-me ficar com medo e sentir vergonha de você – continuou o rapazinho. – Não voltarei aqui!

Os olhos de Catherine começaram a brilhar e seus lábios a tremer.

– E disse uma mentira, deliberadamente! – exclamou Linton.

– Não disse! – gritou a menina, recuperando o dom da palavra. – Nada fiz deliberadamente. Está bem, vá embora, se quiser... Suma-se! E agora vou chorar... Vou chorar até ficar doente!

Caiu de joelhos, junto de uma cadeira e começou a chorar ruidosamente. Edgar manteve sua resolução até ao pátio; ali, hesitou. Resolvi encorajá-lo.

– A senhorita é intratável, meu senhor! – exclamei. – Parece uma criancinha sem juízo. É melhor o senhor voltar para casa, senão ela vai adoecer só para aborrecê-lo.

O pusilânime olhou pela janela de soslaio: era tão capaz de ir-se embora quanto o gato é capaz de deixar um camundongo meio morto ou um pássaro meio comido.

"Ah!" pensei. "Nada o salvará. Ele está condenado e caminha para o seu destino!"

E assim era: ele se voltou, bruscamente, entrou de novo na casa, apressado, fechou a porta por dentro. E, quando cheguei, pouco depois, para informá-los de que Earnshaw chegara a casa inteiramente bêbado, disposto a maltratar-nos de todo o jeito (seu habitual estado de espírito em tais condições), vi que a briga servira meramente para provocar maior intimidade – rompera a casca da timidez juvenil e levara os dois a se esquecerem do disfarce de amizade e se confessarem namorados.

A notícia da chegada de Sr. Hindley fez Linton correr apressadamente para o cavalo e Catherine fugir para o quarto. Eu tratei de ir esconder Hareton e descarregar a espingarda do patrão, porque um dos seus passatempos favoritos era pôr-se a brincar com a arma quando estava embriagado, pondo em perigo a vida de quem o provocasse ou lhe chamasse a atenção. Por isso que a tornei inofensiva, para que as consequências fossem mínimas, caso ele chegasse ao ponto de puxar o gatilho.

∽ Capítulo IX ∽

Ele entrou rogando pragas horríveis de serem ouvidas e me apanhou no ato de esconder seu filho no armário da cozinha. Hareton tinha pavor de se ver diante quer de seus afagos de animal selvagem, quer de sua ira de louco, pois, em um caso, corria o risco de morrer sufocado com os abraços e beijos, e no outro o risco de ser lançado ao fogo ou atirado de encontro à parede. E o coitadinho ficava completamentee quieto, fosse onde fosse que eu resolvesse pô-lo.

– Encontrei-o afinal! – gritou Hindley, puxando-me pelo pescoço, como um cão. – Juro pelo céu e pelo inferno que vocês combinaram entre si assassinar a criança! Eu sei agora por que ele está sempre afastado do meu caminho. Mas, com a ajuda de satã, vou obrigá-la a engolir a faca de trinchar, Nelly! Não precisa rir, pois acabo de atirar Kenneth, de cabeça para baixo, no pântano do Cavalo Preto. E um a mais ou a menos que não faz diferença... e preciso matar um de vocês. Não descanso enquanto não matar!

– Mas não gosto da faca de trinchar, Sr. Hindley – repliquei. – Tem andado alertando arenques. Prefiro ser morta a tiros, se me faz o favor.

– Você quer ir para o inferno! – disse ele. – E há de ir. Nenhuma lei da Inglaterra pode impedir um homem de consertar sua casa e a minha é abominável! Abra a boca!

Tinha a faca na mão e empurrou sua ponta entre meus dentes. Eu, porém, nunca tive muito medo de suas ameaças. Cuspi e afirmei que tinha um gosto horrível... e que não a engoliria, de modo algum.

– Ah! – disse ele, soltando-me. – Estou vendo que esta pestezinha aí não é Hareton. Peço-lhe perdão, Nelly. Se for ele, merece ser queimado vivo, por não ter corrido para me cumprimentar e ter gritado como se eu fosse um duende. Menino desnaturado, venha cá! Vou ensiná-lo a tratar um pai bondoso e iludido. Escute, não acha que o menino ficaria melhor com os cabelos cortados? Um cão com o pelo tosado fica mais feroz e gosto das coisas ferozes... Traga-me uma tesoura... Alguma coisa feroz e elegante! Além disso, é uma vaidade do diabo encobrir nossas orelhas... Já somos asnos suficientemente sem elas. Psiu, menino, psiu! Que é isto? É meu queridinho! Enxuga os olhos... Fique alegrinho. Beije-me... O quê? Não quer? Beije-me Hareton! Beije-me, seu cachorro! Por Deus que torço o pescoço deste pirralho!

O pobre Hareton gritava e esperneava nos braços do pai, com todas as forças de que dispunha e redobrou os gritos, quando Earnshaw o levou para o andar de cima e o levantou sobre o balaústre. Gritei que ele ia assustar a criança até fazê-la perder o fôlego e corri a socorrê-la. Quando cheguei junto deles, Hindley debruçou-se no corrimão, para ouvir um barulho embaixo, quase se esquecendo do que tinha nas mãos.

– Quem é? – perguntou, ouvindo os passos de alguém na escada.

Debrucei-me, também, a fim de fazer sinal a Heathcliff, cujos passos reconheci, para não avançar mais. E, no instante em que meus olhos deixaram Hareton, o menino atirou-se para a frente, de súbito, desprendeu-se das mãos descuidadas que o seguravam e caiu.

Mal houve tempo de sentir um arrepio de horror, antes que víssemos que o pobrezinho estava salvo. Heathcliff chegara embaixo justamente no momento crítico. Por um natural impulso, detivera a queda, pusera a criança de pé e levantara os olhos, para descobrir o autor do acidente. Um mendigo, que vendeu um bilhete de loteria por cinco xelins e verifica, no dia seguinte, que perdeu, na transação, cinco mil libras, não mostraria uma fisionomia mais desapontada que ele mostrou ao ver o rosto do Sr. Earnshaw em cima. Denotou, de maneira mais clara que as palavras poderiam revelar o profundo pesar de se ter feito o instrumento que frustrara sua própria vingança. Se fosse de noite, atrevo-me a dizer, ele teria tentado remediar o engano, esmagando o crânio de Hareton na escada. Testemunhamos sua salvação, contudo, e, em um instante, eu estava lá embaixo, com minha preciosa carga apertada de encontro ao coração. Hindley desceu com menos pressa, já sóbrio e deprimido.

– Foi sua culpa, Ellen – disse ele. – Não devia tê-lo escondido. Devia tê-lo tomado de mim! Está machucado?

– Machucado? – gritei, furiosa. – Se não morrer, vai ficar idiota! Não sei como sua mãe não se levanta da sepultura, para ver a maneira com que o senhor o trata. O senhor é pior que um pagão, tratando desta maneira a carne de sua carne e o sangue de seu sangue!

Ele tentou encostar a mão na criança, que, ao ver-se comigo, soluçava sem rebuços, aterrorizada. Mal sentiu sobre si, contudo, a mão de seu pai, tornou a gritar mais alto que antes, e lutou, como se estivesse sendo presa de convulsões.

– O senhor não vá meter-se com ele! – continuei. – Ele o odeia... Todos o odeiam... esta é a verdade! Uma família feliz a sua! E chegou a um belo estado, não há dúvida!

– Ainda vou chegar a um mais bonito, Nelly – disse ele, dobrando uma gargalhada e voltando à sua grosseria. – E, agora, trate de sumir, você e o menino. E cuidado, Heathcliff. Suma-se, também, para fora do meu alcance e longe das minhas vistas e dos meus ouvidos. Não quero assassiná-lo esta noite, salvo se me resolver a deitar fogo a casa. Mas isso fica por conta de minha fantasia.

Assim dizendo, tirou uma garrafa de aguardente da cômoda e serviu uma dose em um cálice.

– Não! – exclamei. – Reflita, Sr. Hindley. Tenha piedade deste pobrezinho, se não se importa consigo mesmo!

– Qualquer um fará melhor por ele do que eu – respondeu ele.

– Tenha piedade de sua própria alma! – disse eu, tentando arrebatar-lhe o copo da mão.

– Não! Ao contrário, terei grande prazer de enviá-lo à perdição, para punir seu Artífice – exclamou o blasfemo. – A sua completa danação!

Sorveu a bebida e, impaciente, insistiu para que fôssemos embora, terminando sua ordem com uma série de horríveis imprecações, que seria muito mau repetir ou lembrar.

– É uma pena que ele não possa matar-se com a bebida – observou Heathcliff, resmungando, como um eco, as pragas, quando a porta se fechou. – Está fazendo o que pode, mas sua constituição o desafia. O Sr. Kenneth diz que ele seria capaz de vencer sua égua, que viverá mais que qualquer homem deste lado de Gimmerton e irá para o túmulo como um pecador empedernido, a não ser que, por algum acaso feliz, lhe sobrevenha algum desastre.

Fui para a cozinha e sentei-me, para acalentar meu queridinho. Heathcliff, segundo me pareceu, foi para o celeiro. Mais tarde, fiquei sabendo que ele se chegara até o outro lado, onde se deixou cair assentado em um banco junto da parede, afastado do fogão, e conservou-se em silêncio.

Fiquei embalando Hareton e cantarolando quando senhorita Cathy, que ouvira a gritaria de seu quarto, enfiou a cabeça na porta e sussurrou:

– Está sozinha, Nelly?

– Estou sim, senhorita – respondi.

Ela entrou e aproximou-se do fogão. Eu, supondo que ela ia dizer alguma coisa, levantei os olhos. A expressão de seu rosto denotava perturbação e ansiedade. Os lábios estavam entreabertos, como se ela quisesse falar e emitiu uma respiração; mas foi um suspiro que saiu, em vez de uma frase. Continuei a cantar; não me esquecera de sua recente conduta.

– Que é de Heathcliff? – disse ela, interrompendo-me.

– Está trabalhando no estábulo – foi minha resposta.

Ele não me contradisse; talvez estivesse cochilando. Seguiu-se outra pausa prolongada, durante a qual percebi uma ou duas lágrimas caindo do rosto de Catherine nas lajes.

"Estaria arrependida de sua vergonhosa conduta?", perguntei a mim mesma.

Isso constituiria uma novidade; mas podia fazer o que quisesse, eu não a ajudaria! Não, ela pouco se incomodava com qualquer assunto, a não ser os que diziam respeito a si mesma.

– Oh, meu bem! – exclamou, afinal. – Sou muito infeliz!

– É uma pena – observei. – É difícil se dar por satisfeita. Tem tantos amigos e tão poucas preocupações e não pode contentar-se!

– Nelly, é capaz de guardar um segredo para mim? – prosseguiu Catherine, ajoelhando-se junto de mim e levantando seus belos olhos com aquela expressão que desarma os ímpetos de mau humor, mesmo quando se tenha todo o direito de se entregar a eles.

– É segredo que valha a pena guardar? – perguntei, menos rabugenta.

– É, sim, e está me preocupando, e preciso contá-lo! Preciso saber o que devo fazer. Hoje, Edgar Linton me pediu em casamento e eu lhe dei minha resposta. Agora, antes de dizer-lhe se foi um consentimento ou uma recusa, diga-me o que deveria ter sido.

– Para falar a verdade, senhorita Catherine, como posso saber? – respondi. – Confesso que, levando em consideração o que a menina fez esta tarde na presença dele, eu poderia dizer que seria mais sensato recusá-lo, pois, se ele fez o pedido depois disso, deve ser ou irremediavelmente estúpido, ou um louco perigoso.

– Se falar desse modo, não lhe direi mais coisa alguma – replicou Catherine, irritada, pondo-se de pé. – Aceito-o, Nelly. Diga-me, bem depressa, se fiz mal!

– Aceitou-o? Então, que adianta discutir o assunto? Deu sua palavra e não pode voltar atrás.

– Mas diga se eu devia ter feito isso... diga! – exclamou Catherine, em um tom de voz irritado, esfregando as mãos e fechando a cara.

– Há muitas coisas que devem ser levadas em consideração, antes que essa pergunta possa ser respondida devidamente – disse eu, sentenciosamente. – Em primeiro lugar e acima de tudo: ama o Sr. Edgar?

– Quem evitaria isso? Naturalmente eu o amo – respondeu.

Em seguida, submeti-a ao seguinte catecismo, para uma jovem de 22 anos, não era muito desrazoável:

– Por que o ama, senhorita Cathy?

– Que tolice! Amo-o... é o suficiente.

– De modo algum. Deve dizer por quê.

– Está bem. Porque ele é bonito e de presença agradável.

– Mau! – foi meu comentário.

– E porque ele é jovem e alegre.

– Ainda mau.

– E porque ele me ama.

– Indiferente. Continue.

– E ele será rico e gostarei de ser a mulher mais importante das redondezas, e ficarei orgulhosa de ter tal marido.

– Pior de todas. E, agora, diga-me como o ama.

– Como todo o mundo ama... Você é tola, Nelly.

– De modo algum... Responda...

– Amo o chão sob seus pés e o ar sobre sua cabeça e tudo que ele toca e todas as palavras que ele diz. Amo-o por toda a sua aparência e por todas as suas ações e por ele inteiro e completo. Aí está!

– E por quê?

– Ora! Você está levando o caso em brincadeira. Faz muito mal! Para mim, não se trata de uma brincadeira! – disse a mocinha, irritada, virando o rosto para o fogo.

– Não estou brincando, de modo algum, senhorita Catherine – repliquei. – A menina ama o Sr. Edgar porque ele é bonito, jovem, alegre, rico e a ama. Este último ponto, contudo, não se conta: a senhora o amaria sem isto, provavelmente, e, com isso, não o amaria, a menos que ele possuísse as quatro primeiras qualidades.

É verdade, não o amaria; teria piedade dele... talvez o odiasse, se ele fosse feio e rústico.

– Mas há vários homens jovens, ricos e bonitos no mundo; possivelmente mais bonitos e mais ricos que ele. O que a impediu de amá-los?

– Se há alguns, estão fora de meu caminho! Não vi nenhum igual a Edgar.

– Pode ver algum. E ele não será sempre bonito e jovem, e pode não ser sempre rico.

– E, agora. E se tenho a ver com o presente. Por que você não conversa sensatamente?

– Muito bem. Isso soluciona tudo. Se só tem a ver com o presente, case-se com o Sr. Linton.

– Não preciso de sua permissão para isso. Eu me casarei com ele. E, contudo, você não me disse se tenho razão.

– Tem toda razão, se as pessoas têm razão de se casarem olhando só o presente. E, agora, vamos saber o que a está aborrecendo. Seu irmão vai ficar satisfeito. A velha e o velho não se oporão, acredito. A menina deixará um lar desordenado e incômodo para uma casa rica e respeitável; ama Edgar e Edgar a ama. Tudo parece satisfatório e fácil. Onde está o obstáculo?

– Aqui e aqui! – replicou Catherine, batendo com uma das mãos na testa e com a outra no peito. – Seja onde for que a alma viva. Em meu espírito e no meu coração, estou convencida de que ando errada!

63

– Isso é muito estranho! Não posso compreender.

– É meu segredo. Mas, se não zombar de mim, vou explicá-lo: não posso explicar precisamente, mas lhe darei uma ideia do que sinto.

Sentou-se, de novo, ao meu lado. Sua fisionomia tornou-se mais triste e mais séria, e suas mãos cruzadas tremiam.

– Nelly, você nunca teve sonhos esquisitos?! – exclamou, de súbito, após alguns minutos de reflexão.

– Sim, de vez em quando – respondi.

– E eu também. Tenho tido, em minha vida, sonhos que ficaram comigo depois e mudaram minhas ideias: voltam repetidamente e afetam as minhas ideias e meu espírito. E trata-se de um sonho. Vou contar-lhe... mas tenha o cuidado de não rir de qualquer parte dele.

– Não, senhorita Catherine! – exclamei. – Já somos bastante tristes sem conjurar fantasmas e visões para nos desorientar. Vamos alegre-se, fique satisfeita! Veja o Hareton! Não está tendo sonhos amedrontadores. Como sorri docemente, enquanto dorme!

– É verdade. E como seu pai pragueja docemente em sua solidão! Creio que você se lembra dele, quando era igualzinha a este menino, tão novo e tão inocente. De qualquer maneira, vou obrigá-la a escutar meu sonho: não é longo e não estou em condições de me mostrar alegre esta noite.

– Não quero ouvi-lo, não quero ouvi-lo! – apressei-me em repetir.

Eu era supersticiosa, no que dizia respeito aos sonhos, então, e ainda sou; e a fisionomia de Catherine denotava uma melancolia pouco comum, que me fazia recear algo que pudesse significar uma profecia e fazer prever uma terrível catástrofe. Ela ficou vexada, mas não prosseguiu. Aparentemente mudando de assunto, recomeçou a falar, pouco depois.

– Se eu estivesse no céu, Nelly, sentir-me-ia profundamente abatida.

– Porque não está preparada para ir para lá – retruquei. – Todos os pecadores sentir-se-ão abatidos no céu.

– Mas não é por isso. Sonhei, certa vez, que estava lá.

– Já lhe disse que não vou ouvir seus sonhos, senhorita Catherine! – atalhei de novo. – Vou para a cama.

Ela deu uma risada e obrigou-me a ficar sentada, pois eu fizera menção de levantar-me da cadeira.

– Não é nada! – exclamou. – Eu ia só dizer que o céu não parecia ser meu lar, e eu chorava por não poder para voltar à Terra, e os anjos ficaram com tanta raiva que me atiraram no meio das urzes, no alto do Morro dos Ventos Uivantes, onde fiquei soluçando de alegria. Isso explicará meu segredo, assim como o outro. Não tenho mais vontade de casar-me com Edgar Linton do que tenho de estar no céu, e, se o maldito homem desta casa não tivesse rebaixado tanto Heathcliff, eu não teria pensado naquilo. Seria uma degradação para casar-me, agora, com Heathcliff. Por isso, ele jamais saberá como o amo, e isso não é porque ele seja bonito, Nelly, mas porque ele é mais eu mesma do que sou. Seja do que for que nossas almas sejam feitas, a sua e a minha são as mesmas, e a de Linton é tão diferente quanto um raio de luar de um relâmpago, ou o gelo do fogo.

Quando ela se calou, percebi a presença de Heathcliff. Tendo notado um leve movimento, virei a cabeça e o vi no banco e depois sair furtivamente. Escutara tudo, até ouvir Catherine dizer que seria uma degradação para ela casar-se com ele e, então, não pudera ouvir mais. Minha companheira, sentada no chão, ficara impedida, pelo encosto do banco, de notar a presença ou a saída dele; eu, porém, assustei-me e pedi-lhe que se calasse.

– Por quê? – perguntou ela, olhando em torno, nervosamente.

– Joseph está aí – respondi, aproveitando a oportunidade do barulho da sua carroça na estrada. – E Heathcliff virá com ele. Não posso saber se ele estava ou não na porta ainda agora.

– Ele não podia me ouvir da porta! – disse Catherine. – Deixe Hareton comigo, enquanto prepara a ceia, e, quando estiver pronta, chame-me para cear com você. Quero apaziguar minha atormentada consciência e convencer-me de que Heathcliff não faz ideia dessas coisas. Não faz, não é mesmo? Ele não sabe o que é amar, não é?

– Não vejo motivo para que ele não saiba, assim como a menina – retruquei – e, se ele a amar, será a mais desgraçada criatura jamais nascida! Logo que a menina se torne a Sra. Linton, ele perderá a amizade, o amor e tudo o mais! Já pensou como vai suportar a separação e como se sentirá abandonado no mundo? Porque senhorita Catherine...

– Ele inteiramente abandonado! Nós separados! – exclamou Catherine, com uma entonação indignada na voz. – Quem nos vai separar, diga-me, por favor? Enquanto eu viver, Ellen, não será nenhuma criatura mortal. Cada Linton da face da terra se dissolverá em nada, antes que eu consiga esquecer-me de Heathcliff. Não é isso que pretendo... não é o que tenho em vista! Não seria a Sra. Linton, se fosse exigido tal preço! Ele será para mim a mesma coisa que tem sido durante toda a sua vida. Edgar deve pôr de lado sua antipatia e, pelo menos, tolerá-lo. Fará isso, quando souber meus verdadeiros sentimentos para com ele. Nelly, compreendo agora que você pensa que sou uma egoísta desalmada; mas já imaginou que, se eu e Heathcliff nos casássemos, seríamos mendigos? Por outro lado, se eu me casar com Linton, posso ajudar Heathcliff a elevar-se e colocá-lo fora do poder de meu irmão.

– Com o dinheiro de seu marido, senhorita Catherine? – perguntei. – Vai ver que ele não é tão dócil quanto pensa, e, embora não possa julgar bem, creio que este é o pior motivo que apresentou para o fato de ir-se tornar esposa do jovem Linton.

– Não é, não, é o melhor! – replicou Catherine. – Os outros eram a satisfação de meus caprichos, e também para satisfazer Edgar. Este é para beneficiar um ser que abrange, em sua pessoa, meus sentimentos para com Edgar e para comigo mesma. Não sou capaz de exprimir isso, mas, sem dúvida, você e todo o mundo mais têm a impressão de que há, ou deve haver, uma existência além da nossa? Que utilidade teria minha criação, se tivesse de ser contida aqui? Meus maiores sofrimentos neste mundo têm sido os sofrimentos de Heathcliff e acompanho e sinto cada um deles desde o começo; minha grande preocupação na vida é ele mesmo. Se tudo o mais perecesse e ele continuasse, eu ainda deveria continuar a existir; e se tudo o mais continuasse e ele fosse aniquilado, o universo tornar-se-ia para mim completamente estranho; eu não pareceria fazer parte dele. Meu amor por Linton é semelhante à folhagem dos bosques: o tempo o mudará, sei bem disso, como o inverno muda as árvores. Meu amor por Heathcliff assemelha-se às rochas eternas debaixo: uma fonte de pouco regozijo visível, mas necessária. Nelly, eu sou Heathcliff! Ele está sempre em meu espírito, não como um prazer, do mesmo modo que não constituo sempre um prazer para mim própria, mas como meu próprio ser. Não fale, portanto, outra vez, em separação; ela é impraticável e...

Calou-se e escondeu o rosto nas dobras de meu vestido, mas eu a afastei à força. Suas loucuras já me tinham feito perder a paciência!

– Se é que consigo compreender alguma coisa em todas as suas insensatezes, senhorita – disse eu —, é somente para me convencer de sua ignorância no que diz respeito aos deveres que assumirá ao casar-se, ou, então, que a menina é uma moça sem juízo nem princípios. Mas não me aborreça mais com seus segredos. Não prometerei guardá-los.

– Guardará este? – perguntou Catherine, ansiosa.

– Não prometerei, não – repeti.

Ela ia insistir, quando a entrada de Joseph pôs fim à nossa conversa; Catherine foi sentar-se a um canto e ficou tomando conta de Hareton, enquanto eu preparava a ceia. Depois dela pronta, eu e meu colega de criadagem começamos a discutir para saber quem a levaria ao Sr. Hindley, e não conseguimos chegar a um acordo até a comida ficar quase fria. Concordamos, então, que o deixaríamos pedir, se quisesse, pois tínhamos muito medo de chegar à sua presença quando ele passara algum tempo só.

– E por que é que ele não voltou do campo a esta hora? – perguntou o velho, procurando Heathcliff. – Onde é que ele está?

– Vou chamá-lo – repliquei. – Está no celeiro, sem dúvida.

Saí e chamei, mas não houve resposta. Voltando, sussurrei a Catherine que tinha certeza de que ele ouvira boa parte do que ela dissera, e contei-lhe como o tinha visto sair da cozinha, justamente quando ela estava se queixando da conduta do irmão para com ele. A moça deu um pulo, assustada, soltou Hareton no banco e saiu correndo para procurar ela própria seu amigo, sem dar a si mesma tempo de refletir por que estava tão atarantada ou o efeito que suas palavras poderiam ter sobre ele. Ficou ausente durante tanto tempo que Joseph propôs que não esperássemos mais. Manhosamente, ele conjeturou que os dois tivessem saído para evitar ouvir suas demoradas rezas. Não eram dignos de segui-lo, afirmou. E, por causa deles, acrescentou, naquela noite, uma prece especial ao habitual quarto de hora de orações antes da refeição, e teria acrescentado outra, no fim das graças, se a jovem patroa não tivesse aparecido e lhe dado, apressadamente, ordem de sair e, fosse onde fosse que Heathcliff tivesse se metido, descobri-lo e fazê-lo entrar sem demora.

— Preciso falar com ele e tenho que falar, antes de ir lá para cima – disse ela. – E o portão está aberto, ele está longe, em um lugar onde não pode ouvir os chamados, pois não respondeu, embora eu tivesse gritado do aprisco, o mais alto que pude.

Joseph objetou, a princípio, mas Catherine estava muito aflita para admitir uma recusa, e, finalmente, ele pôs o chapéu na cabeça e saiu resmungando. Enquanto isto, Catherine punha-se a caminhar de um lado para o outro, exclamando:

— Onde está ele?!... Onde poderá estar? Que foi que eu disse, Nelly? Esqueci-me. Ele ficou aborrecido com meu mau humor desta tarde? Diga-me o que disse para magoá-lo! Tomara que ele volte! Podia já ter voltado!

— Quanto barulho por pouca coisa! – protestei, embora eu mesma estivesse bastante inquieta. – Fica com medo por causa de uma tolice dessas! Não há motivo para alarme pelo fato de Heathcliff ir dar um passeio ao luar pelas charnecas ou mesmo deitado, muito aborrecido para conversar conosco, nalgum montão de feno. Aposto que está escondido. Vou ver se o desencravo!

Saí para renovar a procura; o resultado foi decepcionante e a busca de Joseph terminou da mesma maneira.

— Seu rapazinho é um desastrado – disse ele ao voltar. – Deixou o portão escancarado —, e o pônei da senhorita pisou dois renques de trigo e fugiu para o prado! O patrão vai fazer o diabo amanhã. Ele já tem tão pouca paciência!

— Encontrou Heathcliff, seu burro? – atalhou Catherine. – Procurou-o, como ordenei?

— Achei melhor procurar o cavalo – replicou Joseph. – É mais sensato. Mas não posso procurar nem o cavalo nem o homem em uma noite assim, escura como breu! E Heathcliff não atendeu ao meu assovio, que era menos difícil de ouvir que sua voz!

Era uma noite muito escura para o verão; as nuvens ameaçavam trovoada e opinei que era melhor todos nos sentarmos; a chuva que se aproximava sem dúvida obrigaria Heathcliff a voltar para casa sem mais complicações. Catherine, contudo, não se deixou tranquilizar. Continuou a andar de cá para lá, do portão para a porta, em um estado de nervosismo que não lhe permitia descanso. E, depois de algum tempo, parou em um determinado lugar, ao lado da parede, perto da estrada, e ali permaneceu, apesar de meus rogos, dos relâmpagos cada vez mais fortes e das grossas gotas de chuva que começavam a cair em torno dela, gritando, de vez em quando e, depois chorando ruidosamente. Batia em Hareton, ou em qualquer criança, quando se tratava de uma crise de choro.

Lá para meia-noite, quando ainda estávamos sentados, a tempestade caiu furiosamente sobre o Morro dos Ventos Uivantes. Soprava uma ventania furiosa, além dos raios, dos quais alguns atingiram uma árvore em um canto da casa: um galho enorme caiu sobre o telhado e derrubou uma parte de chaminé do lado do nascente, atirando com estrondo pedras e fuligem no fogão da cozinha. Julgamos que um raio tivesse caído no meio de nós, e Joseph pôs-se de joelhos, pedindo ao Senhor que relembrasse os patriarcas Noé e Lot e, como nos velhos tempos, poupasse o homem reto, embora fustigando os ímpios. Tive a impressão de que esse devia ser um julgamento que nos abrangia também. O Jonas, em meu espírito, era o Sr. Earnshaw; e abri a porta de seu refúgio para certificar-me se ainda estava vivo. Ele respondeu de maneira suficientemente audível, com um modo que fez meu companheiro vociferar, mais ruidosamente que antes, que deveria ser estabelecida ampla distinção entre Santos, como ele próprio, e pecadores como seu patrão. Mas a tempestade passou em vinte minutos, deixando-nos incólumes. Exceto Cathy, que ficou inteiramente ensopada, devido à sua obstinação recusando-se a se abrigar, e ficando com a cabeça descoberta e sem um xale, apanhando tanta água quanto pôde nos cabelos e no vestido. Entrou e deitou-se no banco, ensopada como estava, virando o rosto para trás e escondendo-o com as mãos.

– Então, menina! – exclamei, tocando-lhe no ombro. – Não está disposta a provocar sua morte, está? Sabe que horas são? Doze e meia. Venha, venha para a cama! Não adianta esperar por mais tempo aquele doido; ele deve ter ido para Gimmerton e ficará por lá. Deve ter achado que não iríamos esperá-lo até esta hora da noite; pelo menos, achará que apenas o Sr. Hindley deve estar de pé, e não há de querer que a porta lhe seja aberta pelo patrão.

– Nada, nada, ele não está em Gimmerton – disse Joseph. – Não costumo conjeturar, mas ele deve estar no fundo de algum pântano atoleiro. Esta provação não veio à toa e eu desejaria que a menina prestasse atenção nisso... a senhora deve ser a próxima. Graças a Deus por tudo! Tudo trabalha ao mesmo tempo para o bem deles como foi disposto! A senhora sabe o que dizem as Escrituras.

E começou a citar várias passagens, dando os números dos capítulos e versículos onde poderíamos encontrá-los.

Eu, tendo em vão rogado à caprichosa mocinha para levantar-se e tirar a roupa molhada, deixei Joseph pregando e Catherine tremendo de frio e fui me meter na cama com o pequeno Hareton, que dormiu logo, como se todo o mundo estivesse dormindo em torno dele. Ouvi Joseph lendo durante mais algum tempo depois; afinal ouvi seus passos na escada e adormeci.

Acordando um pouco mais tarde que habitualmente, vi à luz do sol, que atravessava as fendas das janelas, senhorita Catherine ainda sentada perto do fogão. A porta da casa estava entreaberta, também a luz entrava através de seus batentes afastados. Hindley saíra e estava de pé junto ao fogão da cozinha, desfigurado e sonolento.

– Que a preocupa, Cathy? – dizia ele, quando entrei. – Está tão desanimada quanto um cachorrinho afogado. Por que está tão pálida e abatida, menina?

– Molhei-me e estou resfriada – respondeu Catherine, com relutância. – Só isto.

– Ela não tem juízo! – exclamei, percebendo que o patrão estava toleravelmente sóbrio. – Tomou aquela chuva de ontem e ficou sentada lá fora a noite toda, sem que eu conseguisse fazê-la mover-se.

O Sr. Earnshaw olhou-me, surpreendido.

– A noite toda – repetiu. – O que a prendeu lá fora? Naturalmente, não foi o medo dos raios, não é? Eles já haviam acabado horas antes.

Nenhuma de nós queria falar sobre a ausência de Heathcliff, enquanto a pudéssemos esconder, e, assim, respondi que não sabia por que dera na telha de Catherine fazer aquilo, e ela não disse coisa alguma.

A manhã estava fresca e agradável. Abri a janela e imediatamente o aposento se encheu com a suave fragrância do jardim. Catherine, porém, me disse rabugenta:

– Ellen, feche a janela. Estou morrendo de frio!

E seus dentes batiam, enquanto ela se debruçava sobre as brasas quase apagadas.

– Ela está doente – disse Hindley, tomando-lhe o pulso. – Acho que foi esta a razão de não ter ido para a cama. Com todos os diabos! Não quero ser importunado com mais doenças aqui. Por que foi meter-se na chuva?

– Procurando o rapazola, como habitualmente! – exclamou Joseph, aproveitando uma oportunidade, e abandonando a hesitação, de pôr em atividade sua língua virulenta. – Se eu fosse o senhor, patrão, tratava de bater a porta na cara de todos eles, sem mais nem menos! Não há um dia em que o senhor saia que Linton deixe de vir, furtivamente para cá, e senhorita Nelly é uma rapariga esperta! Fica sentada vigiando o senhor na cozinha e, quando o senhor entra por uma porta, ele sai pela outra, e, então, nossa grande dama sai para o seu lado! Uma conduta lamentável, andar pelos campos, depois de 12 horas da noite, com aquele cigano, maldito e diabólico, Heathcliff! Pensam que sou cego, mas não sou, não, de modo algum! Vi o jovem Linton chegando e saindo e vi você (passando a dirigir-me a palavra), você sua desgraçada! Entrou para a casa correndo, no momento em que ouviu o cavalo do patrão chegar à estrada!

– Cale a boca, espião! – gritou Catherine. – Não admito sua insolência diante de mim! Edgar Linton veio ontem aqui por acaso, Hindley, e fui eu que lhe disse para sair, porque sabia que você não gostaria de se encontrar com ele no estado em que você se encontrava.

– Você está mentindo, sem dúvida, Cathy, e não passa de uma simplória! – retrucou o irmão. – Mas Linton não interessa, presentemente. Diga-me: não esteve com Heathcliff a noite passada? Fale a verdade, agora. Não precisa ter medo de prejudicá-lo. Embora eu o deteste como sempre, ele me prestou, há pouco tempo, um serviço que levará minha consciência a não permitir-me lhe torcer o pescoço. Para impedir que isso acontecesse, ou aconteça, eu o mandarei ir cuidar de seu trabalho hoje bem cedinho, e, depois que ele tiver partido, aconselho a vocês dois a tomarem cuidado, pois reservarei para vocês todo o meu mau humor.

– Não vi Heathcliff a noite passada – retrucou Catherine, começando o soluçar —, e se você o mandar para fora de casa, irei com ele. Mas é bem capaz de não ter oportunidade; é bem capaz de ele ter ido embora.

Nesse ponto, ela se entregou a um sofrimento que não conseguiu dominar e o resto de suas palavras não pôde ser articulado.

Hindley insultou-a grosseiramente e intimou-a a ir imediatamente para o quarto, se insistisse em chorar sem motivo. Obriguei-a a obedecer. E jamais me esquecerei a cena que ela fez, quando chegamos ao seu quarto: aterrorizou-me. Pensei que ela estava enlouquecendo e pedi a Joseph que fosse correndo chamar o médico. Era o começo do delírio. O Sr. Kenneth, logo que a viu, declarou-a gravemente enferma, com febre. Sangrou-a e me disse para alimentá-la apenas com soro de leite coalhado e mingau ralo e ter muito cuidado para não deixá-la atirar-se da sacada abaixo ou da janela. Saiu, depois, pois tinha muito que fazer na paróquia, onde a distância comum entre uma casa e outra era de duas a três milhas.

Embora eu não possa dizer que era uma enfermeira delicada e Joseph e o patrão não fossem melhores enfermeiros, e embora nossa doente fosse a mais teimosa que se possa imaginar, ela resistiu. A velha Sra. Linton nos fez várias visitas, é verdade, e ajeitou as coisas, censurando-nos e dando ordem a todos. E, quando Catherine entrou em convalescença, fez questão de levá-la para a Granja Thrushcross, o que nos deu muita satisfação. A pobre senhora, contudo, teve motivos para arrepender-se de sua bondade: tanto ela como o marido apanharam a febre e morreram com a diferença de poucos dias um do outro.

A jovem patroa voltou para perto de nós, mais insolente, impetuosa e arrogante que sempre. De Heathcliff, nunca mais se teve notícia, desde a noite da tempestade, e, certo dia, tive a desventura de lançar sobre ela a culpa pelo seu desaparecimento, em um dia em que ela me provocara excessivamente.

Na verdade, nós todos sabíamos muito bem de quem era a culpa. A partir de então, durante vários meses, ela cessou em absoluto de se comunicar comigo, a não ser na qualidade de criada. Joseph também foi excomungado: continuava a expor suas ideias e a fazer-lhe seus sermões, da mesma maneira como se ela fosse uma menina, e ela se considerava uma mulher feita, e nossa patroa achava que sua recente enfermidade lhe dava o direito de ser tratada com consideração. Além disso, o médico dissera que ela não deveria ser muito mandada, que devia fazer o que queria; e seus olhos se tornavam verdadeiramente homicidas diante de qualquer pessoa que pretendesse enfrentá-la e contrariá-la. Mantinha-se afastada do Sr. Earnshaw e de seus companheiros: e, aconselhado por Kenneth e pelas sérias ameaças de um ataque que frequentemente se fazia sentir em seus acessos de raiva, seu irmão lhe permitia fazer tudo que lhe dava na cabeça e, geralmente, evitava agravar seu gênio furioso. Mostrava-se indulgente em excesso quando se tratava de satisfazer seus caprichos, não por afeição, mas por orgulho: desejava, ardentemente, que ela trouxesse lustre à família por mais de uma aliança com os Linton, contanto que a deixasse nos tratar como escravos, que era o que ele queria. Edgar Linton era convencido, como tanta gente tem sido antes dele e será depois, e se julgou o homem mais feliz do mundo no dia que a levou à capela de Gimmerton, três anos depois da morte de seu pai.

Bem contra a minha vontade, concordei em sair do Morro dos Ventos Uivantes para acompanhar Catherine até aqui. O pequeno Hareton tinha quase cinco anos e estava começando a aprender a ler. Despedimo-nos com pesar, mas as lágrimas de Catherine foram mais abundantes que as nossas. Quando me recusei a ir e ela constatou que seus rogos não me demoviam, queixou-se ao marido e ao irmão. O primeiro ofereceu-me um salário magnífico; o outro ordenou-me que eu arrumasse minhas coisas. Não precisava de mulheres na casa, agora que não havia patroa; quanto a Hareton, o cura cuidaria dele. Não tive, assim, outra alternativa senão fazer o que me ordenavam que fizesse. Disse ao patrão que ele me livrava de todas as pessoas de bem apenas para se arruinar inteiramente um pouco mais depressa. Beijei Hareton, disse-lhe adeus, e, a partir de então, ele se tornou um estranho para mim. É uma coisa engraçada de se imaginar, mas não tenho dúvida de que ele se esqueceu inteiramente de Ellen Dean e de que era para ela tudo no mundo, e ela para ele!

Nesse trecho do relato, a governanta olhou para o relógio na lareira, e ficou admirada ao ver que o ponteiro grande marcava meia hora depois de uma. Não quis ouvir falar em continuar, nem mais um segundo. Para falar a verdade, eu mesmo estava inclinado a adiar a continuação da narrativa. E agora que ela desapareceu para ir descansar e que meditei por mais uma ou duas horas, tomarei coragem para ir, também, a despeito da dolorosa preguiça da cabeça e dos membros.

❧ Capítulo X ☙

elo início para uma vida de ermitão! Quatro semanas de tortura, tosse e doença! Ventos gelados e este clima do Norte, tão agreste; e estas estradas intransitáveis, e estes médicos de província sempre tão morosos! Oh, sim, e esta ausência da humana fisionomia e, pior ainda, a sentença terrível do Kenneth de que nem pense em sair de casa antes da Primavera.

Sr. Heathcliff acaba de me honrar com a sua visita. Há cerca de uma semana mandou-me um par de faisões, os últimos da época. Grande velhaco! Sabe bem que não está completamente isento de culpa nesta minha doença, e era isso mesmo que eu tanto queria dizer-lhe. Mas, enfim! Como poderia eu maltratar um homem que teve o gesto caridoso de passar uma hora sentado à minha cabeceira a falar de outras coisas além de pílulas, tisanas, emplastros e sanguessugas?

Foram momentos agradáveis. Estou demasiado fraco para ler, mas apetece-me fazer qualquer coisa de interessante. Por que não chamar Sra. Dean para me acabar de contar a história? Sou capaz de me lembrar dos pontos principais até ao momento onde parou. É isso, lembro-me de que o herói tinha fugido e ninguém mais soubera nada dele durante três anos. E a heroína tinha casado. Vou tocar a campainha. Ela vai gostar de me ver com tanta disposição para conversar. A Sra. Dean entrou.

– Faltam vinte minutos para a hora de tomar o remédio – observou.

– Deixe isto para lá! – repliquei. – Desejo ter...

– O médico disse que o senhor deve suspender os pés.

– Com todo o gosto! Não me interrompa. Venha sentar-se aqui. Afaste a mão dessa lamentável falange de frascos. Tire o crochê do bolso... assim... e, agora, continue a história do Sr. Heathcliff, do ponto em que a interrompeu, até o dia de hoje. Ele completou sua educação no continente e voltou transformado em um cavaleiro; ou conseguiu pagar taxas reduzidas nalguma escola; ou fugiu para a América e se cobriu de glórias absorvendo o sangue de sua pátria adotiva; ou fez fortuna, mais rapidamente, nas estradas inglesas?

– Pode ter praticado um pouco de todas essas coisas, Sr. Lockwood, mas eu não afirmaria que praticou nenhuma delas. Declarei, antes, que não se sabia onde ele ganhou seu dinheiro. Ignoro, também, os recursos de que lançou mão para elevar seu espírito acima da selvagem ignorância em que estava afundado. Mas, com sua licença, prosseguirei à minha moda, se o senhor acha que isso o distrairá, sem fatigá-lo. Está-se sentindo melhor esta manhã?

– Muito.

– É uma boa notícia. Vim com senhorita Catherine para a Granja Thrushcross e, com agradável surpresa de minha parte, sua conduta foi infinitamente melhor do que eu me atrevia a esperar. Parecia gostar muito do Sr. Linton e mostrava-se cheia de afeição mesmo por sua irmã. Sem dúvida, eles se preocupavam muito com seu bem-estar. Não se tratava dos espinhos se curvando sobre a madressilva, mas das madressilvas abraçando o espinho. Não havia concessões recíprocas: uma se mantinha ereta e os outros curvavam-se. E quem pode se mostrar sem educação e mal-humorado, quando não encontra oposição nem indiferença? Observei que o Sr. Edgar tinha um receio profundo de pôr-lhe à prova o mau gênio. Escondia isso dela, mas, se alguma vez me ouvia responder rispidamente ou via qualquer outro criado fechar a cara diante de uma ordem imperiosa da esposa, ele mostrava sua preocupação por uma expressão de desprazer que jamais o anuviava por sua própria causa. Várias vezes censurou-me por meu atrevimento e demonstrava que uma punhalada não lhe causaria mais sofrimento do que ver sua senhora aborrecida. Para não atormentar um bom patrão, aprendi a ser menos sensível; e, durante o espaço de seis meses, a pólvora não se mostrou tão inofensiva quanto a areia, pois nenhum fogo se aproximou para fazê-la explodir. Catherine, de vez em quando, atravessava fases de tristeza e silêncio, que eram respeitadas, com compreensão, pelo marido, que as atribuía a uma alteração orgânica, produzida pela sua perigosa enfermidade; como se ela não fosse, antes, sujeita às depressões de espírito. A volta da alegria era recebida com igual alegria por parte dele. Creio poder afirmar que os dois estavam, realmente, de posse de profunda e crescente felicidade.

Essa felicidade terminou. Afinal de contas, todos nós temos de contar é conosco mesmo. Os bons e generosos são apenas mais sabiamente egoístas do que os dominadores. E aquilo terminou quando as circunstâncias levaram cada um a perceber que o interesse de um não era a principal consideração nos pensamentos do outro. Em uma bela noite de setembro, eu voltava do pomar com um pesado cesto de maçãs que andara colhendo. A lua aparecia sobre o alto muro do pátio, lançando sombras indefinidas nos cantos das inúmeras saliências da casa. Coloquei o cesto na escada que dava para a porta da cozinha e parei para descansar e respirar mais um pouco do ar puro e agradável. Tinha os olhos voltados para a lua e as costas para a entrada, quando ouvi uma voz dizer, atrás de mim:

– É você, Nelly?

Era uma voz profunda e de entonação estranha, mas, ainda assim, havia, no modo de pronunciar meu nome, algo que me pareceu familiar. Voltei-me, receosa, para ver quem falara. As portas estavam fechadas e eu não vira ninguém aproximar-se da escada. Algo se moveu, na varanda, e, aproximando-me, distingui um homem alto, vestido de escuro, de rosto moreno e cabelos pretos. Estava encostado de um lado e tinha a mão, na aldrava, como que querendo abri-la para passar.

"Quem pode ser?" pensei. "O Sr. Earnshaw? Não! A voz não se parece com a dele."

– Estou esperando aqui há uma hora – disse ele, enquanto eu continuava a olhar. – E, durante todo esse tempo, tudo aquilo esteve mortalmente quieto. Não me atrevi a entrar. Não está me conhecendo? Olha, não sou um estranho!

Um raio de luar caiu sobre seu rosto. Tinha as faces fundas e meio encobertas por suíças negras, as sobrancelhas baixas, os olhos profundos e singulares. Lembrava-me daqueles olhos.

– O quê! – gritei, sem saber se o receberia como uma visita de cerimônia, e levantando as mãos, de espanto. – O quê? Você voltou? É você mesmo? É?

– Sim, Heathcliff – respondeu ele, tirando os olhos de mim para fixá-los nas janelas, que refletiam os raios de luar, mas não coavam a luz de dentro. – Estão em casa? Onde é que ela está? Você não está satisfeita, Nelly. Não precisa ficar tão perturbada. Onde é que ela está? Fale. Quero dizer-lhe uma palavra... à sua patroa. Vá dizer-lhe que uma pessoa de Gimmerton deseja vê-la.

– Como é que ela receberá isso?! – exclamei. – Que fará? Eu fiquei atrapalhada com a surpresa... ela perderá a cabeça! E você é Heathcliff! Mas modificado! Não compreendo. Serviu como soldado?

– Vá dar-lhe o meu recado – atalhou ele, impaciente. – Vou ficar metido no inferno, até você fazer isso!

Levantou a aldrava e entrou, mas, quando me dirigia à sala onde o Sr. e a Sra. Linton se encontravam, não consegui persuadir a mim mesma a entrar. Afinal, resolvi, como desculpa, perguntar se eles queriam que eu acendesse as velas e abri a porta.

Eles estavam sentados juntos em uma janela cujo batente fora empurrado para a parede e mostrava, além das árvores do jardim e da verdura do parque selvagem, o vale do Gimmerton, com uma comprida linha de nevoeiro erguendo-as até quase seu cimo (pois, como o senhor deve ter notado, logo depois que se passa a capela, o córrego que corre do pântano se junta a um arroio que segue a curva do vale). Morro dos Ventos Uivantes elevava-se sobre esse vapor prateado, mas nossa velha casa era invisível, pois fica mais para o outro lado. Tanto a sala como seus ocupantes e a cena que contemplavam pareciam maravilhosamente pacíficos. Senti relutância em desempenhar a incumbência. E já estava me retirando, sem dar o recado, depois de ter feito a pergunta sobre as velas, quando a compreensão de minha loucura compeliu-me a voltar e resmungar:

– Uma pessoa de Gimmerton deseja vê-la, senhora.

– Que deseja ela? – perguntou a Sra. Linton.

– Não lhe perguntei – respondi.

– Está bem, feche as cortinas, Nelly – disse ela. – E traga chá. Irei logo.

Ela saiu da sala; o Sr. Edgar perguntou, despreocupadamente, quem era.

– Alguém que a patroa não espera – respondi. – Aquele Heathcliff... o senhor deve se lembrar dele... que morava em casa do Sr. Earnshaw.

– O quê? – gritou ele. – O cigano? O jornaleiro? Por que não disse isto a Catherine?

– Psiu! O senhor não deve chamá-lo por esses nomes, patrão – repliquei. – Ela ficaria muito ofendida se o ouvisse. Quase morreu de pesar quando ele fugiu. Creio que receberá com júbilo seu regresso.

O Sr. Linton caminhou até à janela do outro lado da sala que dava para o pátio. Abriu-a e debruçou-se nela. Eles deviam estar embaixo, pois ele se apressou em exclamar:

– Não fique aí, meu amor! Traga a pessoa para aqui, para dentro de casa, se tem algum assunto particular.

Logo depois, ouvi o ruído da aldrava e Catherine subindo as escadas, correndo, ofegante; estava muito excitada para mostrar alegria: na verdade, pela expressão de seu rosto, antes se imaginava ter ocorrido terrível calamidade.

– Edgar, Edgar! – exclamou, abraçando o marido pelo pescoço. – Edgar, querido! Heathcliff voltou! É ele!

E apertou-o em um abraço até torná-lo sufocante.

– Está bem, está bem! – gritou o marido, mal-humorado. – Não precisa me estrangular por causa disso! Nunca achei que ele fosse um tesouro tão maravilhoso. Não há necessidade de ficar tão excitada!

– Eu sei que você não gosta dele – replicou Catherine, reprimindo um pouco a intensidade de sua alegria. – Por minha causa, contudo, vocês devem ser amigos, agora. Posso dizer-lhe para subir?

– Aqui? – perguntou Edgar. – Na sala de visitas?

– Onde é que havia de ser?

Edgar pareceu vexado e sugeriu a cozinha como um lugar mais conveniente. A Sra. Linton fitou-o com uma expressão engraçada, em parte com raiva e em parte zombando de sua compenetração.

– Não – acrescentou, depois de algum tempo. – Não posso sentar-me na cozinha. Coloque duas mesas aqui, Ellen: uma para o seu patrão e senhorita Isabela, que são gente importante; a outra para mim e Heathcliff, que somos da classe mais baixa. Concorda com isto, meu bem? Ou tenho de mandar acender o fogo noutro lugar? Se o caso é esse, dê as ordens. Voltarei lá para baixo, a fim de receber minha visita. Receio que a alegria seja grande demais para ser verdadeira.

Estava prestes a começar de novo, mas Edgar a deteve.

– Traga-o para cá – disse ele, dirigindo-se a mim. – E você, Catherine, trate de ser alegre sem ser tão absurda! Não há necessidade de toda a criadagem vê-la recebendo um criado fujão como se fosse um irmão.

Desci e encontrei Heathcliff esperando na varanda, evidentemente aguardando um convite para entrar. Acompanhou-me, sem esperdiçar palavras; e eu o conduzi à presença do patrão e da patroa, cujos rostos corados revelavam que houvera uma discussão acalorada. A senhora, porém, resplandeceu com outro sentimento quando seu amigo apareceu à porta. Avançou, segurou-o por ambas as mãos e levou-o até junto de Linton e, pegando a mão relutante do último, obrigou-a a apertar a do outro. Agora, aclarada pela luz da vela, eu estava cada vez mais assombrada ao contemplar a transformação de Heathcliff. Tomara-se um homem alto, atlético, bem-constituído, ao lado do qual meu patrão parecia pequeno e juvenil. Seu porte desempenado fazia supor que tivesse servido ao Exército. O rosto parecia muito mais velho que o do Sr. Linton, pela expressão e pela decisão nele estampadas; aparentava, inteligência e não conservara os sinais da antiga degradação. Uma ferocidade semicivilizada ainda luzia nos olhos fundos, repletos de um brilho negro, mas estava dominada, e seus modos eram muito dignos; isentos de qualquer rudeza embora muito rígidos para serem graciosos. A surpresa do meu patrão igualou ou excedeu à minha: ficou, durante um minuto, sem saber como se dirigir ao jornaleiro como o chamara. Heathcliff largou sua mão e encarou-o com frieza, até que ele se dispôs a falar.

– Sente-se, cavalheiro – disse, afinal. – A Sra. Linton, relembrando os velhos tempos, pediu-me para recebê-lo cordialmente, e é claro que me sinto muito satisfeito quando acontece qualquer coisa que a alegre.

– E eu também – retrucou Heathcliff. – Especialmente se é alguma coisa de que participo. Ficarei, prazerosamente, uma ou duas horas.

Sentou-se em frente de Catherine, que fixou os olhos nele, como se receasse que ele desaparecesse se os afastasse. Heathcliff não levantou muitas vezes os olhos para Catherine: um rápido olhar, de vez em quando, era suficiente; mas revelava, cada vez com mais confiança, o indisfarçável prazer que bebia nos olhos dela. Ambos estavam muito absorvidos em sua mútua alegria para se embaraçarem. O mesmo, porém, não se dava com o Sr. Edgar, que empalidecera de irritação, sentimento que atingiu o auge quando sua esposa se levantando atravessou a sala, segurou de novo ambas as mãos de Heathcliff e deu uma risada.

– Amanhã vou pensar que foi um sonho! – exclamou. – Não conseguirei acreditar que o vi, o toquei e conversei com você. E, no entanto, cruel Heathcliff, você não merece esse acolhimento. Ficara ausente e em silêncio durante três anos, sem nunca pensar em mim!

– Um pouco mais do que pensou em mim – sussurrou ele. – Soube do seu casamento, Cathy, há bem pouco tempo. E, enquanto estava lá embaixo, no pátio, esperando, concebi este plano: apenas olhar de relance seu rosto, talvez um olhar de surpresa e de fingido prazer; depois, ajustar contas com Hindley, e, finalmente, prevenir a lei, executando-me a mim mesmo. Sua recepção baniu essas ideias do meu espírito; mas cuidado para não me receber de outro modo da próxima vez! Não me expulsará de novo. Sofreu realmente por minha causa, não foi? Pois fique sabendo, lutei amargamente pela vida, depois que ouvi sua voz pela última vez, e você deve me perdoar, pois lutei apenas por você!

– Catherine, faça o favor de vir para a mesa, senão vamos ter de tomar o chá frio – atalhou Linton, esforçando-se para manter o tom ordinário da voz, uma atitude cortês. – O Sr. Heathcliff terá de fazer uma longa caminhada, seja aonde for que vá se hospedar esta noite, e eu estou com sede.

Catherine ocupou seu lugar em frente do aparelho de chá e senhorita Isabela apareceu, chamada pela campainha. Depois de ter colocado as cadeiras em frente da mesa, saí da sala. A refeição não chegou a durar dez minutos. A chávena de Catherine nem se encheu; ela não conseguia comer nem beber. Edgar derramou chá no pires e mal bebeu um gole. O visitante não prolongou a estada naquela noite por mais uma hora. Perguntei-lhe, quando saiu, se ia para Gimmerton.

– Não, para o Morro dos Ventos Uivantes – respondeu. – O Sr. Earnshaw convidou-me, quando o procurei hoje de manhã...

O Sr. Earnshaw convidá-lo! E ele procurar o Sr. Earnshaw! Refleti, com esforço, nessa frase, depois de ele ter saído. Estaria ele se tornando um tanto hipócrita, e teria aparecido para agir protegido por um disfarce? Refleti; no fundo do coração, tive o pressentimento de que teria sido melhor ele ter continuado ausente.

No meio da noite, fui acordada de meu primeiro sono com a Sra. Linton entrando em meu quarto, sentando-se ao meu lado e puxando-me pelos cabelos para despertar-me.

– Não consigo dormir, Ellen – disse ela, à guisa de desculpa. – E preciso que alguma criatura viva me faça companhia em minha felicidade! Edgar está com raiva, porque estou alegre com uma coisa que não o interessa; não abre a boca senão para ralhar e resmungar, e afirma que sou cruel e egoísta por querer conversar quando ele está se sentindo mal e com sono. Ele sempre fica se sentindo mal, como último recurso! Eu disse algumas frases elogiando Heathcliff, e ele, ou por causa da dor de cabeça ou por causa da inveja, começou a chorar; por isso, levantei-me e sai do quarto.

– Para que elogiar Heathcliff com ele? – retruquei. – Quando eram meninos, eles tinham aversão um pelo outro, e Heathcliff também deve detestar ouvir elogios a ele; isso é da natureza humana. Não fale com o Sr. Linton sobre Heathcliff, a não ser que queira brigar abertamente com ele.

– Mas isso não revela uma grande fraqueza? – prosseguiu ela. – Não sou invejosa. Jamais me senti magoada com o brilho dos cabelos dourados de Isabela, com a brancura de sua pele, sua elegância e o afeto com que sua família a tratava. Mesmo você, Nelly, se, algumas vezes, temos uma discussão, você imediatamente fica ao lado de Isabela, e eu me submeto como se fosse uma mãe toleirona: chamo-a de queridinha e a agrado até que ela se acalme. Seu irmão fica satisfeito quando nos vê tratando cordialmente uma à outra, e eu também fico satisfeita. Mas os dois se parecem muito: são crianças mimadas e pensam que o mundo foi para se acomodar à sua vontade, e, embora eu faça a vontade de ambos, acho que um bom castigo pode melhorá-los.

– Está enganada, Sra. Linton – disse eu. – Eles é que fazem as suas vontades: eu sei como agiriam se assim não fosse. Pode se dar ao luxo de se curvar a seus caprichos passageiros, uma vez que a preocupação deles consiste em prever todos os desejos da senhora. Pode acontecer, contudo, que a senhora se veja diante de alguma coisa de igual consequência para ambas as partes, e, então, aqueles que chama de fracos, se mostram capazes de ser tão teimosos quanto a senhora.

– E, então, nós brigamos até a morte, não é, Nelly? – replicou Catherine rindo. – Não! Vou lhe dizer uma coisa: tenho tanta fé no amor de Linton, que acredito que poderia matá-lo e ele não desejaria vingar-se.

Aconselhei-a a avaliá-la melhor por sua afeição.

– Eu sei – retrucou Catherine —, mas ele precisava recorrer a lamúrias por causa de ninharias? É uma infantilidade e, em vez de derramar lágrimas porque eu disse que, atualmente, Heathcliff é digno do olhar de qualquer pessoa; e seria uma honra para o primeiro gentil-homem da região ser seu amigo, ele é que devia me ter dito isso, se mostrado acolhedor. Ele deve acostumar-se com Heathcliff e pode muito bem estimá-lo; levando em conta como Heathcliff tinha motivos para lhe ser hostil, estou convencida de que a maneira com que ele se conduziu foi excelente!

– Que acha de sua ida ao Morro dos Ventos Uivantes? – perguntei. – Segundo parece, ele está regenerado, sob todos os aspectos. Um verdadeiro cristão, oferecendo a mão direita à amizade de seus inimigos. Em toda parte!

– Ele explicou – disse ela. – Admirei-me tanto quanto você. Ele disse que foi lá para obter informações a meu respeito, pois supunha que eu ainda morasse lá, e

Joseph e Hindley apareceram e o interrogaram a respeito do que ele andara fazendo e de como vivera, e, finalmente, o convidaram para entrar. Havia algumas pessoas jogando cartas. Heathcliff se juntou a elas. Meu irmão perdeu algum dinheiro para ele e, vendo que ele estava bem-provido, convidou-o a voltar à noite, com o que ele concordou. Hindley não tem o cuidado de escolher com prudência suas companhias; não se preocupa em refletir sobre as causas que o poderiam ter levado a desconfiar de uma pessoa a quem tanto ofendera. Heathcliff, porém, afirma que o principal motivo que o levou a restabelecer relações com seu antigo perseguidor foi o desejo de se instalar em um lugar de onde poderia ir e vir a pé à Granja e por apego a casa onde vivemos juntos, assim como também a esperança de que eu teria mais oportunidade de vê-lo do que teria se ele ficasse residindo em Gimmerton. Tenciona oferecer pagamento liberal pela permissão de se hospedar no Morro dos Ventos Uivantes. E, sem dúvida, a ganância de meu irmão o levará prontamente a concordar com as condições, embora o que ele ganhe com uma das mãos jogue fora com a outra.

– É um belo lugar para um jovem fixar residência! – observei. – Não tem medo das consequências, Sra. Linton?

– Não para o meu amigo – replicou Catherine. – Sua boa cabeça o afastará do perigo. Há um pouco por parte de Hindley, mas não o podemos considerar moralmente pior do que é. O que se passou esta noite reconciliou-me com Deus e a Humanidade! Eu havia me levantado em rebelião contra a Providência. Sofri muita, muita amargura, Nelly! Se aquela criatura soubesse quanta amargura, teria se envergonhado de obumbrar seu afastamento com a vã petulância. Foi o afeto por ele que me induziu a sofrer sozinha; se eu tivesse manifestado o sofrimento que frequentemente sentia, ele teria sido levado a desejar seu alívio com tanto ardor quanto eu mesma. Isso já passou, porém, e não vou vingar-me da sua loucura. De agora em diante, estou disposta a sofrer tudo! Se o ser mais desprezível me esbofeteasse em uma face, eu não somente viraria a outra face, como lhe pediria perdão por havê-lo provocado. E, como para provar, vou fazer as pazes com Edgar, imediatamente. Boa noite. Sou um anjo!

Saiu com essa convicção de satisfação consigo mesma; e o êxito do cumprimento de sua resolução patenteou-se no dia seguinte: o Sr. Linton não somente renunciara ao seu mau humor (embora seu espírito ainda parecesse abatido com a exuberante vivacidade de Catherine), como não se atreveu a impedir que ela levasse Isabela consigo ao Morro dos Ventos Uivantes, naquela tarde. E ela o recompensou, em troca, como tantas provas de carinho e afeição, que fez da casa um paraíso, durante vários dias, tanto o patrão como os criados lucrando com seu constante bom humor.

Heathcliff – o Sr. Heathcliff deveria dizer no futuro – usou cautelosamente, a princípio, a liberdade de visitar a Granja Thrushcross; parecia estar avaliando até que ponto seu dono permitiria o intrometimento. Catherine, também, achou conveniente moderar suas manifestações de regozijo ao recebê-lo. E ele, pouco a pouco, firmou seu direito de ser esperado. Conservava muito da reserva pela qual se destacara na infância; e isso lhe servia para reprimir quaisquer demonstrações excessivas de sentimento. A inquietude de meu patrão experimentou uma trégua e outras circunstâncias o levaram a outro rumo, durante algum tempo.

Seu novo motivo de preocupação originou-se de um inesperado infortúnio de Isabela Linton, tomada de súbita e irresistível atração pelo tolerado conviva. Ela era, naquela ocasião, uma encantadora jovem de 18 anos; infantil nas maneiras, embora dotada de inteligência viva, sentimentos vivos e um gênio vivo também, quando irritado. Seu irmão, que a amava ternamente, ficou horrorizado com sua fantástica preferência. Mesmo se pondo de lado a degradação de uma aliança com um homem sem nome e a possibilidade de que seus bens, à falta de herdeiros varões, passassem ao seu poder, ele tinha sensatez bastante para compreender a disposição de Heathcliff, para saber que, embora sua aparência se tivesse alterado, seu espírito continuara o mesmo e imutável. E ele temia aquele espírito; revoltava-o. E ele se horrorizava à ideia de confiar Isabela aos seus cuidados. Teria se horrorizado ainda mais se soubesse que a afeição da moça não fora solicitada e não despertara reciprocidade de sentimento; pois, desde que descobriu sua existência, lançou a culpa no empenho deliberado de Heathcliff.

Nós todos notamos, durante algum tempo, que a senhorita Linton se preocupava com alguma coisa. Tornou-se irritada e irritante, censurando Catherine constantemente, com o risco iminente de esgotar sua limitada paciência. Desculpamo-la, até certo ponto, com a justificativa da saúde precária: estava emagrecendo a olhos vistos. Certo dia, porém, quando ela se mostrara particularmente mal-humorada, rejeitando a refeição matinal, queixando-se de que os criados não faziam o que ela mandava, que a patroa não permitia que ela tivesse a menor ingerência na casa e que Edgar não se preocupava com ela, que apanhara um resfriado porque as portas tinham sido deixadas abertas e que tínhamos deixado o fogo da sala de visitas apagar-se a fim de aborrecê-la, além de outras inúmeras acusações igualmente frívolas, a Sra. Linton insistiu, peremptoriamente, que ela fosse para a cama; e, tendo-a censurado com veemência, ameaçou-a de chamar um médico. A menção do nome de Kenneth fê-la exclamar, na mesma hora, que sua saúde era perfeita e que era apenas a dureza de Catherine que a fazia sofrer.

– Como tem coragem de dizer que sou rude, sua marotinha? – protestou a patroa, espantada com a desarrazoada afirmação. – Não há dúvida de que você está perdendo a razão. Quando foi que me mostrei rude, quer me dizer?

– Ontem – respondeu Isabela, soluçando – e agora!

– Ontem! – exclamou a cunhada. – Em que ocasião?

– Durante nosso passeio pela charneca; você me disse para andar por onde eu quisesse, enquanto caminhava com o Sr. Heathcliff.

– E é isso que você chama de rudeza? – perguntou Catherine, dando uma risada. – Não foi uma insinuação de que a sua companhia era supérflua: não nos importávamos se você continuasse conosco ou não. Pensei, apenas, que a conversa de Heathcliff não a pudesse interessar.

– Não! – lamuriou-se a jovem. – Você quis afastar-me porque sabia que eu queria ficar lá!

– Ela está em seu juízo perfeito? – perguntou a Sra. Linton, dirigindo-se a mim. – Vou repelir nossa conversa palavra por palavra, Isabela, e você me apontará qualquer interesse que ela poderia ter tido para você.

– Não me interessa a conversa – retrucou Isabela. – Eu queria ficar com...

– Então? – disse Catherine, percebendo que ela hesitava em completar a frase.

– Com ele. E não queria ser afastada sempre! – continuou Isabela, inflamando-se. – Você é como um cão comendo, Cathy, e não quer que ninguém seja amado, a não ser você!

– Você é uma tolinha impertinente! – exclamou a Sra. Linton, surpreendida. – Mas não acredito nessa idiotice! É impossível que você cobice a admiração de Heathcliff, que você o considere uma pessoa agradável! Devo tê-la interpretado mal, não é Isabela?

– Não, não interpretou mal – respondeu a mocinha apaixonada. – Eu o amo mais do que você jamais amou Edgar, e ele pode me amar, se você deixar!

– Eu não queria estar em seu lugar nem se ganhasse um reino, de modo algum! – declarou Catherine, enfaticamente, e parecendo falar com sinceridade. – Nelly, ajude-me a convencê-la de sua loucura. Diga-lhe quem é Heathcliff: uma criatura incivil, sem educação refinada nem cultura; uma árida vastidão de tojo e pedregulho. Eu preferia pôr aquele canarinho no parque, em um dia de inverno, do que induzi-la a entregar-lhe seu coração! É a deplorável ignorância do gênio dele, criança, e nada mais, que fez esse sonho entrar em sua cabeça. E não imagine que ele esconde no íntimo benevolência e afeição sob aquela carapaça rude! Ele não é um diamante sem lapidar, uma ostra que contenha uma pérola: é um homem altivo, implacável, cruel. Jamais lhe digo: "Deixe em paz este ou aquele inimigo, pois seria crueldade ou falta de generosidade fazer-lhe mal"; digo: "Deixe-os em paz, porque eu não quero que eles sejam molestados." E ele a esmagaria como um ovo de pardal, Isabela, se a achasse uma carga enfadonha. Eu sei que ele não poderia amar uma Linton; e, no entanto, é bem capaz de casar-se com sua fortuna e suas expectativas! A avareza é um pecado que o acossa cada vez mais. É assim que o vejo. E sou amiga dele, a tal ponto que, se ele tivesse pensado seriamente em apanhá-la, talvez eu ficasse calada e a deixasse cair em sua armadilha.

A senhorita Linton fitou com indignação, a cunhada.

– Que vergonha! Que vergonha! – repetiu, furiosa. – Você é pior do que vinte inimigos, sua amiga venenosa!

– Ah! Não está acreditando em mim, então? – disse Catherine. – Acha que estou falando só por egoísmo?

– Tenho certeza de que está – retrucou Isabela. – Você me causa horror!

– Pois muito bem! – gritou a outra. – Experimente você mesma, se é isso que quer. Já fiz o que tinha de fazer, e pode usar os argumentos à vontade de sua insolência.

– E tenho de sofrer por causa do egoísmo dela! – exclamou Isabela, soluçando, enquanto a Sra. Linton retirava-se da sala. – Todos, todos estão contra mim. Ela destruiu meu único consolo. Mas lançou mão de falsidades, não foi mesmo? O Sr. Heathcliff não é um demônio; é uma alma sensível e boa, pois, de outro modo, como teria se lembrado dela?

– Tire-o de seus pensamentos, senhorita – disse eu. – Ele é uma ave de mau agouro; não lhe serve. A Sra. Linton falou com rudeza, mas não posso contradizê-la. Ela conhece mais o coração dele do que eu, ou qualquer outra pessoa daqui, e jamais o representaria pior do que ele é. As pessoas honestas, jamais escondem o que fazem. Como é que ele tem vivido? Como enriqueceu? Por que está em Morro dos Ventos Uivantes, na casa de um homem que detesta? Dizem que o Sr. Earnshaw está cada vez pior, desde que ele chegou. Ficam sentados juntos a noite inteira e Hindley tem tomado dinheiro emprestado, com hipoteca de suas terras, e não faz outra coisa senão jogar e beber. Faz uma semana, encontrei Joseph em Gimmerton, e ele me disse: "Nelly, tivemos um inquérito policial por causa da gente que vem aqui. Um deles quase teve os dedos cortados impedindo o outro de o esfaquear como a uma vitela. O patrão, como você sabe está inteiramente desorientado. Não tem medo do banco dos réus, nem de Paulo, nem de Pedro, nem de João, nem de Mateus! Desafia a eles todos! E seu belo rapaz, Heathcliff, é uma raridade! Vive à tripa forra. Não conta a vocês quando vai à Granja, a beleza da vida em nossa casa? É assim que vive, até o cair do sol: dados, aguardente, janelas fechadas e luz de vela até o dia seguinte ao meio-dia: os doidos fazem uma barulhada danada em seu quarto, fazendo as pessoas decentes morrerem de vergonha. Naturalmente, ele diz à senhora Catherine como o ouro do pai dela está correndo para seu bolso e o filho do pai dela galopa para a perdição..." E, senhorita Linton, Joseph é um velho canalha, mas não é mentiroso. E, se o que ele diz da conduta de Heathcliff é verdade, a senhora não pode pensar em desejar tal marido, não é mesmo?

– Você está mancomunada com o resto, Ellen! – replicou ela. – Não darei ouvido às suas calúnias. Que malevolência deve você possuir, para querer-me convencer de que não há felicidade no mundo!

Se ela teria desistido da fantasia, se fosse entregue a si mesma, ou se teimaria em acalentá-la, perpetuamente, não posso dizer: não teve tempo de refletir. No dia seguinte, houve uma reunião no tribunal da cidade próxima a que meu patrão teve de comparecer, e o Sr. Heathcliff, ciente de sua ausência, apareceu mais cedo que de costume. Catherine e Isabela estavam sentadas na biblioteca, em atitude hostil, porém caladas. A última, alarmada com sua recente indiscrição, e a revelação que fizera de seus sentimentos secretos em um ímpeto passageiro de paixão; a primeira, depois de mais demorada consideração, realmente magoada com a companheira; e, se ria, de novo, de seu atrevimento, estava disposta a não deixá-lo servir mais de motivo de riso para ela. Riu quando viu Heathcliff passar sob a janela. Eu estava limpando o fogão e notei um sorriso malicioso em seus lábios. Isabela, absorvida em suas meditações, ou em um livro, ficou onde estava até a porta se abrir; e ficou muito tarde para tentar escapar, o que teria feito prazerosamente, se fosse praticável.

– Entre! Que bom! – exclamou a patroa, alegremente, puxando uma cadeira para perto do fogo. – Aqui estão duas pessoas, muito tristes, precisando de uma terceira para dissolver o gelo que se formou entre elas, e você é a única pessoa que nós ambas escolheríamos. Heathcliff, tenho o orgulho de mostrar-lhe, afinal, alguém que o preza mais do que eu mesma. Espero que se sinta lisonjeado. Ei-la! Não é Nelly; não olhe para ela! Minha pobre cunhadinha está com o coração despedaçado, só de contemplar sua beleza física e moral. Depende de sua própria vontade tornar-se irmão de Edgar! Não, não Isabela, não fuja – continuou, detendo, com fingida gaiatice, a pobre moça, que se levantara, indignada e confusa. – Estávamos brigando como cão com gato, por sua causa. Heathcliff. E fui lisamente derrotada em protestos de apreço e admiração, e, além disso, fui informada de que, se não me resignar simplesmente a pôr-me de lado, minha rival, como ela se considera, irá afetar-lhe a alma, a tal ponto que o prenderia para sempre e relegaria minha imagem ao esquecimento eterno!

– Catherine! – exclamou Isabela, apelando para sua dignidade e desistindo de tentar desvencilhar-se da mão que a segurava com força. – Ficaria grata se você respeitasse a verdade e não me caluniasse, mesmo brincando! Sr. Heathcliff, tenha a bondade de pedir à sua amiga para me soltar; ela está-se esquecendo de que eu e o senhor não nos conhecemos intimamente, e o que a diverte para mim é profundamente desagradável.

Como o visitante não respondesse coisa alguma, limitando-se a sentar-se e mostrando-se inteiramente indiferente aos sentimentos que ela podia acalentar a respeito dele, Isabela voltou-se e sussurrou um veemente apelo para sua libertação àquela que a atormentava.

– De modo algum! – exclamou a Sra. Linton, em resposta. – Não quero mais ser chamada de "cão comendo". Você vai ficar, ora esta! Heathcliff, por que não demonstra satisfação diante da agradável notícia que dei? Isabela jura que o amor que Edgar me tem não é nada, comparado com o que ela tem por você. Tenho certeza de que ela disse qualquer coisa nesse sentido, não disse, Ellen? E ela jejuou, desde o passeio de anteontem, com pesar e raiva porque a afastei da nossa companhia, com a desculpa de que era indesejável.

– Acho que você a está interpretando mal – disse Heathcliff, virando a cadeira, para voltar-se de frente para as duas. – Ela está querendo livrar-se de nossa companhia, agora, de qualquer maneira!

E encarou com dureza para o objeto da discussão, como se se tratasse de um animal estranho e repulsivo: uma centopeia das Índias, por exemplo, que a curiosidade leva a examinar, apesar da repulsa que provoca. A pobrezinha não conseguiu resistir àquilo: empalideceu e enrubesceu, sucessiva e rapidamente, e, com lágrimas escorregando-lhe pelos cílios, puxou a mãozinha com força, para afrouxar a firme pressão de Catherine; e, percebendo que mal retirava um dedo do seu braço outro a apertava, e que não podia afastá-los todos de uma vez, começou a se utilizar das próprias unhas, e a agudeza das unhas imediatamente ornamentou o rosto da que segurava com crescentes vermelhos.

– É uma tigresa! – exclamou a Sra. Linton, soltando-a e sacudindo a mão dolorida. – Vá-se embora, pelo amor de Deus, e esconda esse seu rosto de megera! Que tolice revelar a ele essas garras! Não imagina as conclusões a que ele vai chegar? Veja, Heathcliff! São instrumentos capazes de uma execução... Você deve ter cuidado com seus olhos.

– Eu as arrancarei de meus olhos, se jamais me ameaçarem – retrucou ele, brutalmente, quando a porta se fechou atrás de Isabela. – Mas que quis você, provocando aquela criatura desta maneira, Cathy? Não estava falando a verdade, estava?

– Asseguro-lhe que estava – replicou a jovem senhora. – Ela estava morrendo por sua causa, há várias semanas, e delirou por sua causa esta manhã, dizendo uma série de impropérios, porque apresentei seus defeitos à luz verdadeira, com o fim de mitigar-lhe a adoração que ela lhe vota. Mas deixe isto de lado: eu quis apenas castigar seu atrevimento. Gosto muito dela, meu caro Heathcliff, para deixá-lo dominá-la absolutamente e devorá-la.

– E eu a quero muito mal para tentar isso – disse ele —, a não ser de um modo muito vampiresco. Você teria notícias de coisas estranhas se eu vivesse sozinho com aquele repulsivo rosto de cera: a mais comum seria a de pintar em sua brancura as cores do arco-íris e tornar preto o azul de seus olhos, diariamente ou de dois em dois dias. Eles se parecem horrivelmente com os de Linton.

– Deleitavelmente – observou Catherine. – São olhos de pomba... de anjo!

– Ela é herdeira do irmão, não é? – perguntou Heathcliff, depois de um breve silêncio.

– Eu devia ficar triste de lembrar-me disso – replicou sua companheira. – Meia dúzia de sobrinhos riscariam seu título, se Deus quisesse. Abstraia de seu espírito esse assunto, no presente: você está muito inclinado a cobiçar os bens de seu vizinho; lembre-se de que os bens do seu vizinho são meus.

– Se eles fossem meus, não o seriam menos – disse Heathcliff. – Mas, embora Isabela Linton possa ser tola, doida é que não é, e, dentro em pouco, irá tirar essa ideia da cabeça, como você aconselha.

Afastaram o assunto da conversa e, provavelmente, Catherine de seus pensamentos. A outra, tive certeza, relembrou-se muito do assunto. Eu a vi sorrir consigo – mais uma careta – e cair em triste meditação sempre que a Sra. Linton se achava ausente do aposento.

Resolvi espreitar seus movimentos. Meu coração invariavelmente pendia para o lado do patrão, que para o lado de Catherine: com razão, pensava eu, pois ele era bom, digno de confiança e honrado; e ela... ela não podia ser chamada do contrário, mas parecia se conceder tal latitude que eu tinha pouca fé em seus princípios e ainda menos afinidade com seus sentimentos. Desejava que acontecesse alguma coisa que pudesse livrar tanto o Morro dos Ventos Uivantes como a Granja do Sr. Heathcliff, deixando-nos como estávamos antes de seu advento. Suas visitas constituíam, para mim, um pesadelo constante, e, desconfio, também para o meu patrão. Sua permanência no Morro dos Ventos Uivantes era um tormento que não há palavras para descrever. Eu tinha a impressão de que Deus abandonara a ovelha tresmalhada à sua própria e desgraçada sorte e uma fera maligna andava entre ela e o aprisco, esperando a ocasião de atacar e destruir.

∾ Capítulo XI ∾

Às vezes, enquanto meditava sozinha sobre tudo isto, me levantava tomada de súbito terror, punha a touca e ia ver como estavam as coisas no Morro dos Ventos. Estava convencida de que era meu dever avisar Sr. Earnshaw do que diziam do seu comportamento, mas lembrava-me dos seus indiscutíveis maus hábitos e, sem esperança de ajudá-lo, desistia de entrar de novo naquela casa lúgubre, duvidando que me desse ouvido .

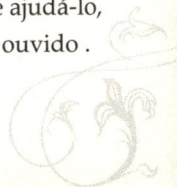

De certa vez, passei pelo velho portão, saindo do caminho em direção a Gimmerton. Isso se deu mais ou menos no período a que chegou minha narrativa: uma tarde fria e brilhante; o chão estava nu e a estrada, seca e dura. Cheguei a uma pedra, onde a estrada se bifurca perto da charneca à esquerda. Um grande pilar de pedra, com as iniciais do Morro dos Ventos Uivantes, do lado norte, da Granja no lado leste e da aldeia a sudeste, serve de guia para aquelas direções. O sol brilhava amarelado sobre sua cabeça cinzenta, relembrando-me o verão; e, não sei por que, mas imediatamente veio-me ao coração um jorro de sensações da infância...

Aquele lugar era favorito meu e de Hindley, vinte anos antes. Olhei ao longo do bloco gasto pelo tempo e, abaixando-me, percebi um buraco perto de sua base ainda cheio de conchas e pedrinhas, que gostávamos de guardar ali com outras coisas mais perecíveis. E tão claro como a realidade, pareceu-me que contemplava meu companheiro de brinquedo dos velhos dias sentado na turfa crestada, com sua cabeça escura e quadrada, curvada para a frente e suas mãozinhas cavando a terra com um pedaço de ardósia.

– Coitado de Hindley! – exclamei, involuntariamente. Estremeci: meus olhos corpóreos deixaram-se levar, momentaneamente, à crença de que a criança levantara o rosto e me olhava de frente! A impressão se desvaneceu, em um piscar de olhos, mas, imediatamente, senti uma necessidade irresistível de ir ao Morro dos Ventos Uivantes. A superstição me compelia a obedecer a esse impulso: "e se ele estivesse morto?", pensei, ou se for morrer em breve! E se aquilo fosse um presságio de morte? Quanto mais perto chegava da casa, tanto mais nervosa ia ficando, e, ao avistá-la, eu tremia da cabeça aos pés. A aparição me precedera; olhava através do portão. Essa foi a minha primeira impressão, ao observar um menino semelhante a um elfo, de olhos castanhos, com o rosto corado encostado à grade. Refletindo melhor, percebi que devia ser Hareton, meu Hareton, que não mudara muito, desde que o deixara, dez meses antes.

– Deus te abençoe, querido! – gritei, esquecendo-me imediatamente dos loucos temores. – É Nelly, Hareton! Nelly, Nelly, tua ama!

Ele se afastou do alcance dos meus braços e pegou uma pedra.

– Vim para ver teu pai, Hareton – acrescentei, deduzindo pelo seu modo de agir que Nelly, se é que ainda restava alguma coisa dela em sua memória, não se parecia comigo.

Ele levantou a pedra para atirá-la. Tratei de dizer-lhe palavras suasórias, mas não pude deter-lhe a mão: a pedra atingiu minha touca. Em seguida, dos lábios gaguejantes do menino, saiu um rosário de injúrias que, quer ele as compreendesse quer não, o fato é que eram ditas com uma ênfase que denotava prática e desfiguravam suas feições infantis, dando-lhe uma chocante expressão de maldade. Pode acreditar que isso me fez mais pena do que raiva. Quase chorando, tirei uma laranja do bolso e ofereci-lhe, para apaziguá-lo. Ele hesitou, depois arrebatou-a de minha mão, como se achando que eu tencionava apenas tentá-lo e desapontá-lo. Mostrei-lhe outra, mantendo-a afastada do seu alcance.

– Quem lhe ensinou essas belas palavras, menino? – perguntei. – O cura?

– O cura que vá para o inferno, e tu também! Dá-me isto aí – replicou.

– Dize-me onde aprendes tuas lições e a terás – disse eu. – Quem é teu mestre?

– O diabo de meu pai – foi a resposta.

– E que aprendes com teu pai? – insisti.

Ele deu um pulo para pegar a fruta; levantei-a mais alto.

– Que é que ele te ensina? – perguntei.

– Nada, a não ser afastar-me do seu caminho. Papai não me tolera, porque eu o xingo.

– Ah! E o diabo te ensina a xingar teu pai? – indaguei.

– Ah!... Não – respondeu ele.

– Quem é, então?

– Heathcliff.

Perguntei-lhe se gostava do Sr. Heathcliff.

– Sim! – respondeu.

Desejando saber os motivos que o levaram a gostar de Heathcliff, só pude ouvir as frases:

– Não sei. Ele paga a papai o que papai faz comigo... xinga papai quando papai me xinga. Diz que devo fazer o que quero.

– E o cura não te ensina a ler e escrever? – insisti.

– Não. Disseram-me que o cura engolirá os dentes, se passar do limiar da casa... Heathcliff prometeu!

Coloquei a laranja em sua mão e pedi-lhe para dizer ao pai que uma mulher chamada Nelly Dean estava esperando para falar com ele, no portão do jardim. Ele se afastou e entrou na casa; mas, em lugar de Hindley, foi Heathcliff que apareceu na porta, e eu tratei logo de virar as costas e correr o mais depressa que pude, não parando enquanto não cheguei ao marco da encruzilhada e sentindo tanto medo como se tivesse espantado um duende.

Isto não está muito relacionado com o caso de senhorita Isabela, a não ser que me dispôs ainda mais a montar guarda vigilante e fazer o que pudesse para evitar que tão más influências se espalhassem até a Granja, embora eu provocasse uma tempestade doméstica, frustrando a alegria da Sra. Linton.

Na vez seguinte que Heathcliff apareceu aqui, minha jovem patroa estava, por acaso, dando de comer aos pombos, no pátio. Há três dias que não dava uma palavra com a cunhada, mas havia, também, deixado de lado o mau humor, o que nos era muito grato. Eu sabia que Heathcliff não tinha o hábito de mostrar para com Linton uma única civilidade inútil. Dessa vez, logo que a viu, sua primeira precaução foi lançar um olhar sobre toda a frente da casa. Eu estava de pé à janela da cozinha, mas afastei-me de sua vista. Ele, então, atravessou a calçada, até junto da moça e disse-lhe alguma coisa; ela pareceu embaraçada e desejosa de retirar-se; para impedir, ele a segurou pelo braço. Ela virou o rosto. Ao que parece, ele lhe fez alguma pergunta, que ela não quis responder. Houve outro olhar para a casa e, supondo que não estava sendo visto, o canalha teve o desplante de beijá-la.

– Judas! traidor! – gritei. – Você é um hipócrita também, não é? Um enganador deliberado!

– Quem é, Nelly? – disse a voz de Catherine, ao meu lado.

Entretida em observar o casal ao lado de fora, eu não notara sua entrada.

– Seu indigno amigo! – respondi, calorosamente. – Aquele canalha, covarde! Ah! Ele nos viu... Lá vem entrando! Quero só ver se terá coragem de apresentar uma desculpa plausível por fazer a corte à senhorita, quando lhe disse que a detestava.

A Sra. Linton viu Isabela desvencilhar-se e correr para o jardim e, um minuto depois, Heathcliff abriu a porta. Não pude deixar de dar vazão à minha indignação, mas Catherine, furiosa, exigiu silêncio e ameaçou de me fazer sair da cozinha, se eu me atrevesse a falar com insolência.

– Quem a ouve falar pensa que você é que é a patroa – gritou. – Fique no lugar que lhe compete! Heathcliff, que fez você, provocando todo esse barulho? Já lhe disse que não deve perseguir Isabela! Peço-lhe que faça isto, a não ser que esteja enfarado de ser recebido aqui e queira que Linton mande fechar as portas para você não entrar!

– Deus que não lhe permita tentar isso! – retrucou o trigueiro vilão. Odiei-o. – Deus que lhe dê calma e paciência! De dia para dia, sinto mais vontade de mandá-lo para o céu!

– Psiu! – disse Catherine, fechando a porta interna. – Não me aborreça. Por que motivo não cumpriu o meu pedido? Ela se aproximou de você propositalmente?

– Que tem você com isto? – murmurou Heathcliff. – Tenho o direito de beijá-la, se ela quiser, e você não tem direito de objetar. Não sou seu marido. Não precisa ter ciúme de mim.

– Não tenho ciúme de você – replicou a patroa. – Tenho zelo por você. Não fique com esta cara! Não pode fechar a cara para mim! Se gosta de Isabela, casará com ela. Mas gosta dela? Diga a verdade, Heathcliff! Aí está. Você não responde. Tenho certeza de que não!

– E o Sr. Linton concordaria que sua irmã se casasse com este homem? – perguntei.

– O Sr. Linton concordaria – retrucou minha patroa, decisiva.

– Ele não precisa se dar a esse trabalho – disse Heathcliff. – Posso casar-me muito bem sem sua aprovação. E quanto a você, Catherine, pretendo dizer-lhe algumas palavras, agora que estamos tocando nesse assunto. Quero que compreenda que sei que você me tratou infernalmente... infernalmente! Está ouvindo? E, se acalenta a ilusão de que não percebo isto, você é uma tola; e, se pensa que posso ser consolado com palavras amáveis, é, uma idiota, e, se meteu na cabeça a ideia de que sofrerei sem me vingar, vou convencê-la do contrário, dentro de muito pouco tempo! Por enquanto, agradeço-lhe por ter-me revelado o segredo de sua cunhada. Juro que vou tirar dele o máximo proveito. E você fique de lado!

– Que novo aspecto de seu caráter é este? – indagou a Sra. Linton, espantada. – Eu o tratei infernalmente e você se vingará! Como tomará essa vingança, seu ingrato, estúpido? Como foi que o tratei infernalmente?

– Não procuro vingar-me em você – replicou Heathcliff, com menos veemência. – O plano não é este. O tirano esmaga seus escravos e estes não se voltam contra ele; esmagam os que estão por baixo deles. Você poderá torturar-me até à morte, para se divertir. Mas permita-me, apenas, que eu me divirta, um pouco, da mesma maneira, e evite insultar, tanto quanto puder. Tendo arrasado meu palácio, não construa uma choupana e, complacentemente, admire sua própria caridade de me dá-la para moradia. Se eu imaginasse que você, realmente, quis que eu me casasse com Isabela, eu teria me degolado.

– Ah! O mal é eu não estar com ciúme, não é? – gritou Catherine. – Pois bem, não repito minha oferta de uma esposa; isso é tão mau quanto oferecer a satã uma alma perdida. Sua alegria, como a dele, é a de fazer o mal. Você prova isso. Edgar venceu a crise do mau humor a que se entregou quando você apareceu; eu estou começando a me sentir segura e tranquila; e você, inquieto ao saber que estamos em paz, parece disposto a provocar uma briga. Brigue com Edgar, se quiser, Heathcliff, e iluda sua irmã: conseguirá exatamente o método mais eficiente de vingar-se de mim.

A conversa cessou. A Sra. Linton sentou-se junto do fogo, corada e de cara fechada. O espírito que a servia estava se tornando intratável: ela não podia abandoná-lo nem dominá-lo. Ele ficou de pé, junto à lareira, de braços cruzados, entregue aos seus maus pensamentos. E assim os deixei, para ir procurar o patrão, que estava preocupado em saber o que pretendia Catherine lá embaixo durante tanto tempo.

– Ellen – disse ele, quando entrei —, viu sua patroa?

– Vi, sim – respondi. – Está na cozinha, muito triste com a conduta do Sr. Heathcliff, e, na verdade, acho que é tempo de se arranjar outro lugar para as suas visitas. É um mal ser demasiadamente benevolente, e, agora, as coisas chegaram a este ponto.

E contei a cena do pátio e, tanto quanto me atrevi, toda a discussão subsequente. Achei que isso não seria muito prejudicial à Sra. Linton, a não ser que ela o tornasse depois, assumindo a defesa de seu convidado. Edgar Linton custou a me ouvir até ao fim. Suas palavras indicavam que não isentava a esposa de censura.

– Isto é intolerável! – exclamou. – É o cúmulo que ela o tome por amigo e me force a aceitar sua companhia! Chame dois homens da fazenda, Ellen. Catherine não irá discutir mais com esse ordinário. Já estou farto!

Desceu e, dando ordem aos criados de esperar no corredor, foi seguido por mim, à cozinha. Seus ocupantes haviam recomeçado sua irritada discussão: pelo menos a Sra. Linton gritava com redobrado vigor; Heathcliff caminhara até a janela e curvara a cabeça, um tanto intimidado, aparentemente, com a violenta descompostura. Viu o patrão primeiro e fez um gesto apressado, mandando-a calar-se, o que ela obedeceu, bruscamente, ao descobrir o motivo da intimação.

– Que quer dizer isto? – indagou Linton, dirigindo-se a ela. – Que noção de conveniência tem de continuar aqui, depois da maneira com que este canalha se dirigiu a você? Suponho que, uma vez que essa é sua maneira comum de se expressar, você não tenha notado. Está acostumada com sua baixeza e talvez pense que eu também estou!

– Estava escutando atrás da porta, Edgar? – perguntou a patroa, em um tom deliberadamente calculado para provocar o marido, implicando tanto displicência quanto desdém por sua irritação.

Heathcliff, que levantara os olhos às palavras do primeiro, deu uma gargalhada zombeteira ao ouvir as últimas, com o objetivo, parece, de chamar para si a atenção do Sr. Linton. Conseguiu, mas Edgar não estava disposto a entretê-lo com ímpetos de exaltação.

– Tenho sido, até agora, muito paciente com o senhor, cavalheiro – disse, com calma. – Não porque ignorasse seu caráter miserável e degradado, mas porque acho que o senhor apenas em parte é responsável por isso, e, como Catherine desejasse continuar a manter relações com o senhor, concordei... insensatamente. Sua presença é um veneno moral, capaz de contaminar os mais virtuosos. Por isso e, para impedir piores consequências, não admitirei, de agora em diante, sua entrada nesta casa e faço-lhe saber que exijo que se retire imediatamente. Uma demora de três minutos tornará essa retirada involuntária e ignominiosa.

Heathcliff contemplou o outro, com uma expressão desdenhosa.

– Cathy, este seu cordeirinho ameaça como se fosse um touro! – exclamou. – Está correndo o perigo de arrebentar seu crânio de encontro as minhas mãos. Por Deus! Sr. Linton, sinto profundamente que o senhor não seja digno de ser derrubado!

Meu patrão olhou de relance para o corredor e fez-me sinal para chamar os homens; não tencionava arriscar-se a um encontro pessoal. Obedeci ao sinal, mas a Sra. Linton, desconfiando de alguma coisa, seguiu-me, e, quando tentei chamar os homens, ela me empurrou, bateu a porta e fechou-a a chave.

– Que bela atitude! – exclamou, em resposta ao olhar de raiva e surpresa do marido. – Se não tem coragem de atacá-lo, peça-lhe desculpas ou se resigne a apanhar. Assim se corrigirá de fingir mais bravura que possui. Não. Prefiro engolir a chave a deixar que você a tome! Fui maravilhosamente recompensada por minha bondade para cada um! Depois da indulgência constante para a fraqueza de um e a maldade do outro, recebo, como recompensa, duas amostras de ingratidão cega, estúpida até ao absurdo! Edgar, eu estava defendendo você e os seus, e queria que Heathcliff o açoitasse até fazê-lo sentir-se mal, por ter-se atrevido a fazer mau juízo de mim!

Não foi preciso recorrer a chibatadas para produzir aquele efeito sobre meu patrão. Ele tentou tomar a chave de Catherine e, para livrar-se, ela as atirou na parte mais quente do fogão. Isso provocou um tremor nervoso no Sr. Edgar, cujo rosto ficou mortalmente pálido. Não pôde, de modo algum, evitar aquele excesso de emoção; a mistura de angústia e humilhação o arrasou completamente. Apoiou-se no encosto de uma cadeira e escondeu o rosto nas mãos.

– Céus! Antigamente isso lhe teria custado sua fidalguia! – exclamou a Sra. Linton. – Estamos vencidos! Estamos vencidos! Seria mais fácil Heathcliff levantar um dedo contra você do que um rei levar seu exército contra uma colônia de ratos. Anime-se! Não será machucado! Não é um cordeiro, mas um filhote de lebre.

– Desejo que aproveite este covarde de sangue de barata, Cathy! – disse seu amigo. – Cumprimento-a pelo seu gosto. Foi esse poltrão que você preferiu a mim! Não o esmurraria, daria um pontapé, com grande satisfação. Ele está chorando, ou vai desmaiar de medo?

Aproximou-se e deu um empurrão na cadeira em que Linton se encostara. Teria sido preferível manter-se a distância. Meu patrão rapidamente se pôs ereto e desfechou-lhe bem na garganta um murro que teria atirado ao chão alguém mais leve. Isso cortou-lhe a respiração por um minuto, e, enquanto ele se refazia, o Sr. Linton saiu para o pátio, pela porta dos fundos, e foi dali para a porta da frente.

– Aí está o que você arranjou vindo aqui – gritou Catherine. – Agora, trate de retirar-se. Ele vai voltar com duas pistolas e meia dúzia de ajudantes. Se ouviu o que dizíamos, naturalmente não o perdoará jamais. Você lhe pregou uma peça, Heathcliff. Mas vá... depressa! Prefiro conter Edgar a você.

– Acha que me vou embora com aquele murro queimando-me a garganta? – berrou Heathcliff. – Não, pelo inferno! Vou esmagar-lhe as costelas como uma amêndoa podre antes de atravessar o limiar da porta! Se não o derrubar agora, vou assassiná-lo mais tarde. Portanto, como você dá valor à sua existência, deixe-me pegá-lo!

– Ele não vai voltar – interpus, forjando uma mentira. – Lá fora estão o porteiro e dois jardineiros. O senhor, certamente, não irá esperar para ser atirado à estrada por eles! Todos estão armados de cacetes e o patrão, muito provavelmente, vai ficar olhando da janela da sala, para ver se suas ordens serão cumpridas.

Os jardineiros e o porteiro estavam lá, mas Linton estava com eles. Já haviam entrado no pátio. Heathcliff, refletindo melhor, resolveu evitar uma luta contra os três criados: agarrou o atiçador, arrancou a fechadura da porta interna e saiu por onde entrara.

A Sra. Linton, que estava muito excitada, me fez acompanhá-la ao andar de cima. Não estava a par da minha contribuição para os seus aborrecimentos e eu estava muito desejosa de mantê-la na ignorância.

– Estou ficando louca, Nelly! – exclamou, atirando-se no sofá. – Sinto a cabeça latejar! Diga a Isabella para que não me apareça. Esse barulho todo é culpa sua. Se se ela, ou qualquer outra pessoa, agravar minha raiva, perderei a cabeça. E diga a Edgar, Nelly, se tornar a vê-lo esta noite, que estou correndo o perigo de adoecer gravemente. Tomara que isso fosse verdade! Ele ficou chocado e me ofendeu terrivelmente! Preciso amedrontá-lo. Além disso, ele é capaz de vir aqui e começar a se entregar a uma explosão de insultos ou lamentações. Tenho certeza de que eu replicaria e só Deus sabe como iríamos terminar! Fará isto, minha boa Nelly? Você sabe que não tenho culpa alguma nesse caso. Que o levou a ir escutar atrás das portas? As palavras de Heathcliff, depois que você nos deixou, tornaram-se ofensivas, mas eu poderia, dentro em pouco, tê-lo afastado de Isabela e o resto nada queria dizer. Agora, tudo está atrapalhado pelo desejo do tolo de ouvir o mal que falam dele próprio, esse desejo que persegue algumas pessoas como um demônio! Se Edgar não tivesse ouvido a nossa conversa, nada lhe teria acontecido de pior. Realmente, quando ele se dirigiu a mim com aquela insensata má vontade, depois que eu havia censurado Heathcliff até ao ponto de ter sido grosseira para com ele, pouco me preocupei com o que os dois fizessem um ao outro, especialmente porque achava que, fosse qual fosse o desfecho da cena, nós todos seríamos separados uns dos outros por não sei quanto tempo! Pois bem, se não puder conservar a amizade de Heathcliff, se Edgar se mostrar mesquinho e ciumento, tratarei de destruir-lhes o coração, destruindo o meu próprio. Isso será, um meio pronto de acabar com tudo, quando eu for empurrada ao extremo. Mas é uma coisa que deve ser reservada para uma esperança desfeita; não tomarei Linton de surpresa. A esse respeito, ele tem-se mostrado discreto em me provocar; você deve mostrar o perigo de abandonar essa atitude e lembrá-lo de meu gênio arrebatado, que se torna frenético, quando inflamado. Queria que você deixasse essa apatia que se reflete em seu rosto e se mostrasse mais interessada por mim.

O ar atoleimado com que recebi essas instruções foi, sem dúvida, irritante, pois elas eram dadas com toda a sinceridade. Eu, porém, achava que uma pessoa capaz de planejar o aproveitamento de seus acessos de nervos no futuro, poderia, lançando mão de sua força de vontade, dominar-se toleravelmente, mesmo quando sob sua influência, e não desejar "amedrontar" seu marido, como disse, e multiplicar suas pre-ocupações com o objetivo de satisfazer seu egoísmo. Portanto, eu nada disse quando encontrei o patrão, que se dirigia à sala de visitas; tomei, contudo, a liberdade de voltar para escutar se os dois iriam reiniciar a discussão. Ele falou em primeiro lugar.

– Fique onde está, Catherine – disse, sem que a voz denotasse raiva, mas sim muito desânimo e tristeza. – Não me vou demorar. Não vim nem para brigar nem para me reconciliar, mas desejo apenas saber se, depois do que se passou esta noite, você pretende manter sua intimidade com...

– Por misericórdia – interrompeu a patroa, pondo-se de pé —, por misericórdia, não falemos mais nisto agora! Seu sangue é muito frio para poder ferver com uma febre; suas veias estão cheias de água gelada, mas as minhas fervem e a vista de tal frieza as faz dançar.

– Para se livrar de mim, responda à minha pergunta – insistiu o Sr. Linton. – Você deve responder e essa violência não me assusta. Constatei que você pode mostrar-se tão calma como qualquer pessoa, quando quer. Vai desistir de Heathcliff, de agora em diante, ou desistir de mim? É impossível para você ser minha amiga e sua amiga, ao mesmo tempo. E faço questão absoluta de saber quem você vai escolher.

– Exijo que me deixe sozinha! – exclamou, Catherine, furiosa. – Peço-lhe! Não está vendo que mal posso me sustentar em pé? Edgar, você... você... deixe-me!

Tocou a campainha até esta se quebrar. Entrei sem me apressar. Aqueles acessos de raiva insensatos, execrandos, eram capazes de fazer um santo perder a paciência! Ela lá estava, lançando a cabeça contra o braço de um sofá e rangendo os dentes, de tal modo que dava a impressão que ia reduzi-los a pedaços! O Sr. Linton a contemplava, tomado, de súbito, pelo arrependimento e pelo medo. Disse-me para trazer um pouco de água. Catherine não conseguiu falar. Levei um copo cheio e, como vendo que ela não o beberia, salpiquei-o em seu rosto. Em poucos segundos, ela se inteiriçou e virou os olhos para cima, enquanto suas faces, empalidecendo de repente, tomaram um aspecto de morte. Linton mostrou-se aterrorizado.

– Não há motivo algum para preocupar-se – murmurei, não querendo vê-lo abatido, embora eu própria não conseguisse afastar o temor de meu coração.

– Ela está sem uma gota de sangue nos lábios! – disse ele, tremendo.

– Não se importe! – retruquei, com certa rispidez.

E contei-lhe como que ela havia resolvido, antes da chegada dele, exibir um acesso de fúria. Incautamente, contei em voz alta e ela me ouviu, pois se levantou, com os cabelos caindo sobre os ombros, os olhos cintilando, os músculos do pescoço e dos braços salientando-se desmesuradamente. Imaginei que ia haver fraturas de ossos, pelo menos; mas ela apenas olhou em torno de si, por um instante, e correu para fora do aposento. O patrão ordenou-me que a seguisse; obedeci até a porta do quarto; ela me impediu de ir mais adiante, empurrando a porta em cima de mim.

Como Catherine não desceu, na manhã seguinte, para o café da manhã, fui perguntar-lhe se queria que eu lhe levasse alguma coisa para comer.

– Não! – respondeu, com firmeza.

A mesma pergunta foi repetida no jantar e no chá, e novamente no dia seguinte, recebendo a mesma resposta. O Sr. Linton, por sua vez, passava o tempo na biblioteca e não me fazia quaisquer perguntas sobre as ocupações da esposa. Isabella e ele tiveram uma breve troca de palavras, durante a qual Edgar tentou fazer vir à tona alguns sentimentos de horror em relação às atitudes de Heathcliff. Mas não conseguiu saber nada de concreto, pois ela apenas dava respostas evasivas. Viu-se, assim, obrigado a terminar a conversa insatisfeito. Contudo, acrescentou que, se ela fosse louca ao ponto de encorajar aquele pretendente desprezível, cortaria todos os laços de parentesco com ela.

∾ Capítulo XII ∾

Enquanto senhorita Linton vagueava pelo parque, sempre em silêncio e quase sempre chorando, e o irmão se fechava na biblioteca com livros que nunca abria, na vã esperança, julgo eu, de que Catherine se arrependesse da sua conduta e se dispusesse a pedir-lhe desculpa e a procurar uma reconciliação, e Catherine continuava teimosamente a jejuar, convencida talvez de que Edgar morria de saudades sem a sua companhia às refeições e de que apenas o orgulho o impedia de correr a rojar-se aos seus pés, eu continuava na minha lida, convencida de que a Granja albergava apenas uma única alma sensata entre as suas paredes e de que essa alma era a que habitava o meu corpo.

Não me dava ao trabalho de lastimar a menina, nem de repreender a minha patroa, nem tão-pouco ligava aos suspiros do meu patrão, que ansiava por ouvir o nome da esposa, já que não podia ouvir a sua voz.

Resolvi que as coisas deveriam seguir o seu rumo sem a minha interferência. Apesar de o processo se desenrolar com enfadonha lentidão, comecei a ter uma vaga esperança de que tudo se resolveria como eu a princípio imaginara. A Sra. Linton, no terceiro dia, tirou a tranca de sua porta e, tendo acabado com a água da talha e da garrafa, desejou renovar o suprimento e uma terrina de caldo, pois julgava estar à morte. Tomei tal coisa como palavras destinadas aos ouvidos de Edgar; não acreditava em tal coisa, portanto guardei aquilo comigo mesmo e lhe servi um pouco de chá com torradas. Ela comeu e bebeu avidamente; e afundou-se de novo no travesseiro, torcendo as mãos e gemendo.

– Oh! Vou morrer! – exclamou. – Ninguém se importa comigo. Antes eu não tivesse tomado isso.

Algum tempo depois, contudo ouvi-a murmurar:

– Não, não vou morrer... Ele ficaria satisfeito... Não me ama... Não sentiria falta de mim!

– Deseja alguma coisa, senhora? – perguntei, ainda conservando minha compostura externa, a despeito de sua fisionomia cadavérica e de seus modos estranhamente exagerados.

– O que é que aquele apático está fazendo? – perguntou ela, afastando os espessos cabelos emaranhados do rosto lívido.

– Nada – repliquei —, se está se referindo ao Sr. Linton. Acho que ele está passando toleravelmente bem, embora seus estudos o ocupem um pouco mais do que deveriam. Fica, constantemente, no meio de seus livros, uma vez que não tem outra companhia.

Eu não teria dito isso, se conhecesse seu estado, mas não podia tirar da cabeça a ideia, de que, em parte, sua enfermidade era fingida.

– Entre seus livros! – ela gritou, perturbada. – E eu morrendo, eu à beira da cova! Meu Deus! Ele sabe como estou alterada? – continuou, olhando para a sua imagem em um espelho pendente da parede em frente. – Aquilo é Catherine Linton? Ele pensa que estou amuada... fingindo, talvez. Você não pode contar-lhe que não estou brincando? Nelly, se não for demasiadamente tarde, logo que eu fique sabendo como ele se sente, escolherei uma destas duas coisas: ou morrer de fome imediatamente, o que não seria castigo, de modo algum, a não ser que ele tenha um coração, ou restabelecer-me e ir-me embora daqui. Você está falando a verdade a respeito dele, agora? Tenha cuidado. Ele, na verdade, mostra tão completa indiferença por minha vida?

– Ora, senhora – respondi. – O patrão não tem a menor ideia de que a senhora está perturbada. E, naturalmente, não receia que a senhora se deixe morrer de fome.

– Você acha que não? Não pode dizer-lhe que morrerei? – replicou Catherine. – Persuada-o! Fale o que você mesmo pensa, diga-lhe que tem certeza de que vou!

– Não, está-se esquecendo, Sra. Linton – observei —, que a senhora comeu um pouco, de boa vontade, esta noite, e amanhã sentirá o efeito satisfatório disso.

– Se eu tivesse certeza de que isso o mataria – ela atalhou —, eu mesma me mataria imediatamente! Nestas três noites horríveis, eu nem fechei os olhos... e como fui atormentada! Fui atormentada, Nelly! Mas estou começando a achar que você não gosta de mim. Que coisa estranha! Eu pensava que, embora todo o mundo odiasse e desprezasse uns aos outros, ninguém poderia deixar de amar-me. E todos se tornaram inimigos em poucas horas: tornaram-se, tenho certeza, as pessoas daqui. Como é triste morrer rodeada de rostos indiferentes! Isabela aterrorizada e repelida, com medo de entrar no quarto, pois seria horrível ver Catherine partir. E Edgar de pé, solenemente, para ver até ao fim, depois dirigindo preces de agradecimento a Deus, por haver restabelecido a paz em sua casa e voltando para seus livros! Que, em nome de todos esses sentimentos, tem ele de fazer com os livros, quando estou à morte?

Não podia suportar a ideia que eu pusera em sua cabeça da resignação filosófica do Sr. Linton. Levou até a loucura sua agitação febril e rasgou o travesseiro com os dentes; depois, levantando-se, esfogueada, quis que eu abrisse a janela. Estávamos no meio do inverno, o vento soprava com força do nordeste, e eu objetei. A expressão de seu rosto e a mudança de seus modos começaram a me alarmar terrivelmente, e vieram-me à lembrança sua antiga enfermidade e as advertências do médico de que ela não podia ser contrariada. Um minuto antes, ela se mostrava violenta; logo, apoiando-se em um braço e não notando minha recusa em obedecer-lhe, parecia distrair-se, infantilmente, tirando as penas dos rasgões que acabara de fazer e colocando-as em fileira sobre o lençol, de acordo com suas diferentes espécies: seu espírito perdera-se em outras cogitações.

– Esta é de peru – sussurrou consigo mesma. – E esta é de um pato selvagem, e esta é de pombo. Ah! põem penas de pombos nos travesseiros... Não é de se admirar que eu não pudesse morrer! Vou tratar de atirá-las ao chão, quando eu me deitar. E esta aqui é de galinha-d'água, e esta... eu seria capaz de reconhecê-la entre outras mil... é de um pavoncino. Uma linda ave, voando sobre nossas cabeças no meio da charneca. Ele queria alcançar seu ninho, pois as nuvens haviam-se engrossado e ele pressentia a chuva que ia cair. Esta pena foi apanhada entre as urzes, o pássaro não foi abatido a tiros: encontramos seu ninho no inverno, cheio de pequenos esqueletos. Heathcliff pôs uma armadilha em cima dele e as aves grandes não se atreveram a chegar. Fi-lo prometer que jamais mataria um pavoncino depois disso e ele cumpriu a promessa. Sim, aqui estão mais!" Ele matou meus pavoncinos, Nelly? São vermelhos, todos eles! Deixe-me ver.

– Deixe desta criancice! – atalhei, tomando-lhe o travesseiro e virando os buracos para o colchão, pois ela estava tirando o recheio aos punhados. – Deite-se e feche os olhos. A senhora está delirando. Que confusão! A penugem está voando como se fosse neve.

E saí por aqui e por ali, apanhando-a.

– Vejo em você, Nelly – continuou Catherine, pensativa —, uma mulher velha: tem cabelos brancos e está curva. Este leito é uma caverna encantada, embaixo do penhasco de Penistone, e você está colhendo ervas para fazer mal aos nossos bezerros, fingindo que, embora eu esteja perto, elas são apenas flocos de lã. É assim que você será daqui a cinquenta anos; sei que não é assim agora. Não estou delirando. Você está enganada, pois, do contrário, eu acreditaria que você era realmente essa bruxa velha e pensaria que estava, realmente, sob o penhasco de Penistone, e estou consciente de que é noite e de que há duas velas na mesa, fazendo a prensa negra brilhar como azeviche.

– A prensa negra? Onde está? – perguntei. – A senhora está falando dormindo!

– Está encostada na parede, como sempre – ela replicou. – Está esquisita! Estou vendo um rosto nela!

– Não há prensa neste quarto, e nunca houve – disse eu, tornando a assentar-me e levantando o cortinado, para vigiá-la.

– Não está vendo aquele rosto? – ela perguntou, olhando ansiosamente para o espelho.

E por mais que eu dissesse, não seria incapaz de fazê-la compreender que era seu próprio rosto. Por isso, levantei-me e cobri o espelho com um xale.

– Ainda está ali atrás! – insistiu ela, ansiosamente. – E mexeu-se. Quem é? Tomara que não venha depois de você ter saído. Oh! Nelly, este quarto é mal-assombrado! Tenho medo de ficar sozinha.

Segurei-lhe a mão e pedi-lhe que se acalmasse, pois uma sucessão de tremores convulsionou o corpo e ela não tirava o olhar do espelho.

– Não há ninguém aqui! – insisti. – Foi a senhora mesma, Sra. Linton. A senhora viu, logo depois.

– Eu mesma! – ela exclamou horrorizada. – E o relógio está batendo 12 horas! Então é verdade! É horrível!

Agarrou as cobertas e escondeu o rosto nelas. Tentei dirigir-me à porta, com a intenção de chamar seu marido, mas fui detida por um grito estridente; o xale caíra do espelho.

– Que é? – gritei. – Que covardia é esta? Acorde! É o espelho, o espelho, Sra. Linton! E a senhora está-se vendo nele e lá estou eu, também, ao seu lado.

Tremendo, apavorada, ela me agarrou com força, mas o medo desapareceu, aos poucos de seu rosto. A palidez cedeu lugar a um rubor de vergonha.

– Ah! minha cara! Pensei que estava em casa – disse, suspirando. – Pensei que estava deitada em meu quarto no Morro dos Ventos Uivantes. Como estou muito fraca, meu cérebro ficou confuso e gritei, inconscientemente. Não diga coisa alguma, mas fique comigo. Estou com medo de dormir: meus sonhos me apavoram.

– Um sono profundo lhe faria bem, senhora – retruquei. – Espero que esse sofrimento a impeça de tentar de novo morrer de fome.

– Oh, se eu estivesse em minha própria cama na velha casa! – continuou Cathe-rine, amargamente, torcendo as mãos. – E este vento uivando nos abetos junto da janela. Deixe-me senti-lo... ele vem através da charneca... deixe-me respirá-lo!

Para apaziguá-la, entreabri a janela por alguns segundos. Uma rajada fria pene-trou através da greta; fechei-a e voltei ao meu posto. Ela estava imóvel, então, com o rosto coberto de lágrimas. O esgotamento do corpo dominara-lhe inteiramente o espírito: nossa altiva Catherine não passa de uma criança chorona.

– Há quanto tempo eu me tranquei aqui? – perguntou, de repente, revivendo.

– Foi na noite de segunda-feira e estamos na noite de quinta-feira, ou melhor, na madrugada de sexta – respondi.

– O quê! Na mesma semana?! – exclamou. – Só tão pouco tempo?

– Bastante para viver só de água fria e mau gênio – observei.

– Está bem. Parece um número enfadonho de horas – murmurou, em tom de dúvida. – Deve ter sido mais. Lembro-me de ter estado na sala depois de eles terem brigado e Edgar cruelmente provocante e eu correndo para este quarto, desesperada. Logo que acabei de passar a tranca na porta, uma escuridão completa me envolveu e eu caí no chão. Não podia explicar a Edgar como estava certa de ter um ataque ou enlouquecer, se ele teimasse em me atormentar! Eu não tinha domínio sobre a língua ou o cérebro e ele talvez não soubesse do meu sofrimento: mal me restava raciocínio para tratar de fugir dele e de sua voz. Antes que eu me restabelecesse su-ficientemente para ver e ouvir, o dia começou a clarear e vou dizer-lhe o que pensei, Nelly, e que continuei pensando e tornando a pensar, até ficar com medo de perder o juízo. Pensei, enquanto estava deitada aqui, com a cabeça encostada no pé daquela mesa, e os olhos mal divisando o quadrado cinzento da janela, que estava na cama de carvalho entalhado, em casa; e meu coração se confrangia com uma grande dor da qual, depois que acordei, não pude me lembrar. Refleti e preocupei-me em descobrir o que podia ser e, estranhamente, todos os últimos sete anos de minha vida desapa-receram de minha memória! Não me lembrei, em absoluto, do que eles tinham sido. Eu era criança; meu pai acabara de ser enterrado e meu sofrimento originara-se de minha separação de Heathcliff, que Hindley ordenara. Eu era deixada sozinha, pela primeira vez; e, acordando-me depois de um cochilo desanimado, após uma noite de pranto, ergui o braço para abrir as janelas: minha mão esbarrou no tampo da mesa! Arrastei-a pelo tapete e, então, a memória explodiu: meu último sofrimento foi tra-gado em um paroxismo de desespero. Não posso dizer por que me senti tão terrivel-mente desgraçada: deve ter sido um transtorno passageiro, pois não havia motivo. Suponha, porém, que, aos 12 anos, eu tivesse sido arrancada do Morro dos Ventos Uivantes e de tudo que Heathcliff representava para mim naquele tempo, e tivesse sido convertida, de repente, na Sra. Linton, dona da Granja Thrushcross e mulher de um estranho: uma exilada e desterrada, de então para diante, do que tinha sido meu mundo. Você pode imaginar o abismo que me engolfou. Pode sacudir a cabeça quanto quiser, Nelly, mas você cooperou para me desorientar! Podia ter conversado com Edgar, devia ter conversado, e o obrigado a deixar-me em paz! Oh! Estou escaldando! Antes estivesse ao ar livre! Antes fosse menina de novo, semisselvagem, resistente e livre, e rindo dos agravos sofridos, em vez de enlouquecer por causa deles! Por que mudei assim? Por que bastam poucas palavras para fazer meu sangue correr em um tumulto infernal? Tenho certeza de que seria eu mesma se me visse uma vez de novo entre as urzes daqueles morros. Abra a janela de novo, bem aberta. Abra-a! Depressa! Por que não se move?

– Porque não quero permitir que a senhora morra de frio – respondi.

– Você não me dá possibilidade de viver, isto sim – disse ela, abatida. – Mas ainda não estou desesperada; eu mesma a abrirei.

E, saindo da cama, antes que eu a pudesse impedir, atravessou o quarto caminhando com passos muito incertos, empurrou a janela e debruçou-se, sem se importar com o ar gelado que cortava seus ombros como uma faca. Supliquei-lhe e, afinal, tentei obrigá-la a retirar-se. Mas não tardei a descobrir que sua força delirante ultrapassava a minha (ela estava tomada por delírio, convenci-me por suas ações e caprichos subsequentes). Não havia lua e tudo abaixo jazia em uma escuridão nebulosa; nenhuma luz brilhava em qualquer casa, longe ou perto – todas haviam-se apagado há muito tempo; e as do Morro dos Ventos Uivantes jamais podiam ser vistas – e, no entanto, Catherine asseverou que estava vendo seu clarão.

– Veja! – gritou, impetuosamente. – Lá está meu quarto com a vela e as árvores balouçando-se em sua frente, e a outra vela no sótão de Joseph. Joseph fica acordado até tarde, não é? Está esperando que eu volte para casa, a fim de poder trancar o portão. Pois bem, ainda vai esperar algum tempo. É uma rude viagem e um coração desalentado para fazê-la, e temos de passar pela igreja de Gimmerton para fazer essa viagem! Desafiamos juntos, muitas vezes, seus fantasmas e nos atrevemos, muitas vezes, a nos postarmos entre os túmulos e convidá-los a aparecer. Mas se eu o desafiasse agora, Heathcliff, você se arriscaria? Se fizer, eu o prenderei. Não ficarei ali sozinha: podem enterrar-me em uma cova de 12 pés de fundura e pôr a igreja em cima de mim, mas não descansarei enquanto você não estiver comigo. Jamais!

Fez uma pausa e continuou, com um sorriso estranho:

– Ele está refletindo... Preferia que eu fosse buscá-lo! Encontre um meio, então! Não através daquele cemitério. Está vagaroso! Fique contente, você sempre me seguiu!

Percebendo que era inútil tentar dissuadi-la de sua loucura, eu estava refletindo como poderia pegar alguma coisa para cobri-la, sem largá-la (pois não tinha confian-

ça de deixá-la sozinha perto da janela aberta), quando, para minha consternação, ouvi a aldrava da porta mover-se e o Sr. Linton entrou. Somente então ele saíra da biblioteca e, passando pelo corredor, ouviu nossa conversa e foi levado, pela curiosidade, ou pelo receio, a constatar qual era a sua significação, a uma hora tão tardia.

– Oh! Sr. Linton! – exclamei, vendo uma exclamação de espanto esboçar-se em seus lábios diante do que via e do ambiente desolador do quarto. – Minha pobre patroa está passando mal e me supera inteiramente, não consigo dominá-la. Por favor, venha persuadi-la a ir para a cama. Esqueça de sua raiva, pois é difícil obrigá-la a fazer qualquer coisa contra a sua vontade.

– Catherine está doente? – disse ele, apressando-se a vir para junto de nós. – Feche a janela, Ellen! Catherine? Por que...

Calou-se. A horrível aparência da Sra. Linton cortou-lhe a palavra e ele apenas pôde ficar olhando dela para mim, atônito e horrorizado.

– Ela estava metida aqui, quase sem comer e sem se queixar – prossegui. – Não deixou nenhum de nós entrar, a não ser esta noite, de maneira que não podíamos informá-lo a respeito do seu estado, pois nós próprios não o conhecíamos. Mas isso não é nada.

Senti que dei minhas explicações desajeitadamente; o patrão fechou a cara.

– Não é nada, hem, Ellen Dean? – disse, com energia. – Você devia explicar mais claramente por que me deixou na ignorância disso!

E, tomando a esposa nos braços, encarou-a, com angústia.

A princípio, ela não deu sinal de reconhecimento; ele estava invisível ao seu olhar distraído. O delírio não era fixo, contudo. Tendo afastado os olhos da contemplação das trevas que reinavam do lado de fora, ela, pouco a pouco, concentrou no marido sua atenção e descobriu quem a estava segurando.

– Ah! você veio, não veio, Edgar Linton?! – exclamou, com irritada animação. – Você é uma daquelas coisas que são sempre encontradas quando menos procuradas e jamais quando muito desejadas! Suponho que vamos ter, agora, muito motivo para lamentações... Vejo que teremos... mas elas não podem me afastar de minha estreita casa de além, o lugar de meu descanso, aonde irei antes da primavera terminar! E é assim: não entre os Linton, presta atenção, sob o teto da capela, mas ao ar livre, com uma lápide; e você poderá resolver, você mesmo, se irá com eles ou virá comigo!

– Catherine, que fez? – disse o patrão. – Não represento mais nada para você? Você ama aquele amaldiçoado Heath...

– Psiu! – gritou a Sra. Linton. – Cale-se, neste momento! Mencione esse nome e porei um fim em tudo, imediatamente, dando um pulo da janela! Você poderá ter o que está tocando neste momento, porém minha alma irá para o alto daquele monte, antes que você possa pôr as mãos nela de novo. Não preciso de você, Edgar; não preciso mais de você. Volte para os seus livros. Sinto-me feliz de você possuir um consolo, pois tudo que você tinha em mim desapareceu.

– Seu espírito desvaria, Sr. Linton – atalhei. – Ela tem dito coisas insensatas a noite toda. Deixe-a, porém, ficar quieta e ter os cuidados adequados; que se restabelecerá. De agora em diante, devemos ter cuidado para não irritá-la.

– Não desejo mais seus conselhos – retrucou o Sr. Linton. – Conhece o gênio de sua patroa e me insuflou para irritá-la. E não me disse uma palavra a respeito de seu estado nestes três dias! Foi uma crueldade! Meses de enfermidade não poderiam ter causado tal mudança!

Comecei a defender-me, achando que era uma injustiça ser censurada pela falta de juízo e malícia de outra.

– Sei que o gênio da Sra. Linton é teimoso e autoritário! – exclamei. – Mas não sabia que o senhor queria estimular seu mau gênio. Não sabia que, para agradá-la, tinha de piscar o olho para o Sr. Heathcliff. Cumpri com o dever de criada fiel, contando ao senhor e recebi um salário de criada fiel! Muito bem, isso me ensinará a ter cuidado da próxima vez. Da próxima vez, o senhor poderá saber sozinho!

– Da próxima vez que vier contar-me as coisas, deixará meu serviço, Ellen Dean – replicou ele.

– Quer dizer que o senhor prefere nada saber a respeito, Sr. Linton? – disse eu. – Heathcliff teve sua permissão para vir fazer a corte à senhorita e aparecer em todas as oportunidades que sua ausência oferece, com o fim de envenenar o espírito da patroa contra o senhor?

Por mais confusa que estivesse Catherine, sua inteligência prestava atenção à nossa conversa.

– Ah! Nelly agiu como traidora! – exclamou, impetuosamente. – Nelly é minha inimiga oculta. Sua bruxa! Então, você anda procurando ervas daninhas para nos fazer mal! Deixe-me ir, que eu a farei arrepender-se! Eu a obrigarei a uivar uma retratação!

Uma fúria maníaca pintou-se em seu rosto; ela lutou desesperadamente para desvencilhar-se dos braços de Linton. Não me dispus a assistir ao desenrolar dos acontecimentos; e, disposta a procurar assistência médica por minha própria responsabilidade, saí do quarto.

Ao passar pelo jardim, para ganhar a estrada, no lugar onde havia no muro um gancho para amarrar animais, vi uma coisa branca movendo-se de maneira irregular, evidentemente sob outra ação que não era a do vento. Apesar de minha pressa, parei para examiná-la, receando que, depois, eu ficaria convencida de que se tratava de uma criatura do outro mundo. Minha surpresa e perplexidade foram grandes, ao descobrir, mais pelo tato que pela vista, a cadelinha de senhorita Isabela, Fanny, pendurada por um lenço e quase sem respiração. Sem perder tempo, libertei o animal e levei-o para o jardim. Eu a havia visto acompanhar sua dona para o andar superior, quando aquela fora deitar-se, e fiquei muito admirada de como a cadelinha podia ter saído para ali e imaginando quem teria sido o malvado que a tratara daquela maneira. Enquanto desatava o nó preso ao gancho, tive a impressão de ter ouvido, repetidamente, o galopar de cavalos a alguma distância. Havia, contudo, tanta coisa para me preocupar, que mal dei atenção àquela circunstância, embora se tratasse de um ruído estranho, naquele lugar, às duas horas da manhã.

Por sorte, o Sr. Kenneth estava justamente saindo de sua casa para ver um doente na aldeia, quando cheguei, e a descrição que fiz do estado de Catherine Linton o induziu a acompanhar-me sem demora. Era um homem muito rude, e não teve escrúpulos em manifestar suas dúvidas sobre a possibilidade de ela sobreviver àquele segundo ataque, a não ser que se mostrasse mais obediente às suas prescrições do que se mostrara antes.

– Nelly Dean – disse ele —, não posso deixar de imaginar que há alguma outra causa disso. Que tem acontecido na Granja? Chegaram-nos aqui notícias estranhas. Uma jovem forte e vigorosa como Catherine não adoece à toa. E é um trabalho pesado conseguir livrar tais pessoas das febres e semelhantes coisas. Como foi que isso começou?

– O patrão vai contar-lhe – respondi. – Mas o senhor conhece bem o gênio violento dos Earnshaw e a Sra. Linton suplanta a todos. Posso dizer-lhe uma coisa: o caso começou com uma briga. Durante um acesso de raiva, ela teve um ataque. Pelo menos, é o que ela conta, pois fugiu durante tal acesso e se trancou no quarto. Depois disso, negou-se a comer e agora, ora fica furiosa, ora permanece em uma espécie de torpor como que sonhando, reconhecendo as coisas que a rodeiam, mas com o espírito repleto de toda a sorte de estranhas ideias e ilusões.

– O Sr. Linton vai sentir? – perguntou Kenneth.

– Sentir? Ficará com o coração despedaçado, se lhe acontecer alguma coisa – respondi. – Não o assuste mais do que o necessário.

– Bem – respondeu meu companheiro —, eu lhe disse para ter cuidado e ele é responsável pelas consequências de haver negligenciado meu aviso! Ele não tem visto muito o Sr. Heathcliff, ultimamente?

– Heathcliff visita com frequência a Granja – respondi —, embora mais porque a patroa o conheceu quando menino que pelo fato de o patrão apreciar a sua companhia. Presentemente, ele se desembaraçou do trabalho de fazer visitas, devido a alguma presunçosa aspiração que manifestou por senhorita Linton. Não creio que torne a aparecer.

– E senhorita Linton mostrou-se fria para com ele? – foi a pergunta seguinte do médico.

– Não gozo de sua confiança – repliquei, relutando em continuar a falar sobre o assunto.

– Não, ela é dissimulada – observou ele, sacudindo a cabeça. – Guia-se por sua própria opinião! Mas é uma verdadeira tolinha. Eu soube de boa fonte que, à noite passada (e já era noite mesmo!), ela e Heathcliff andaram caminhando na plantação que há nos fundos de sua casa, mais de duas horas, e ele instou com ela para que não tornasse a entrar em casa, mas montasse em seu cavalo e fosse embora com ele! Meu informante disse que ela só conseguiu negar dando sua palavra de honra de que estaria preparada para o primeiro encontro depois daquele; quando seria esse encontro, ele não ouviu, mas você deve avisar ao Sr. Linton para andar alerta!

Essas novidades me encheram de novos temores. Passei à frente de Kenneth e voltei, correndo a maior parte do caminho. A cadelinha ainda estava ganindo no jardim. Perdi um minuto para abrir-lhe o portão, mas, em vez de ir para a porta da casa, ela começou a andar de um lado para o outro, cheirando a grama, e teria fugido para a estrada, se eu a não tivesse agarrado e levado comigo. Quando subi ao quarto de Isabela, minhas suspeitas foram confirmadas: estava vazio.

Se eu tivesse estado lá algumas horas antes, a enfermidade da Sra. Linton poderia ter detido o passo precipitado da moça. Mas que se poderia fazer agora? Havia uma fraca probabilidade de alcançá-los, se fossem perseguidos imediatamente. Eu não os podia perseguir, contudo; e não me atrevia a acordar a família e encher a casa de confusão, e menos ainda expor o caso ao meu patrão, absorvido como ele estava, com a presente calamidade e não tendo coração disponível para uma segunda desgraça! Não vi outro recurso senão calar-me e deixar as coisas seguirem seu curso. E quando Kenneth chegou, fui, com o rosto compungido, anunciá-lo. Catherine dormia um sono agitado, seu marido conseguira acalmar o excesso de nervosismo: estava, agora, debruçado sobre o travesseiro, observando cada sombra e cada mudança nas feições dolorosamente expressivas da esposa.

O médico examinando o caso por si mesmo, falou-lhe esperançosamente da possibilidade de um desfecho favorável, bastando para isso conseguirmos preservar em torno dela uma perfeita e constante tranquilidade. Para mim, isso significava que o perigo que a ameaçava não era tanto a morte, como a alienação permanente da inteligência.

Não preguei os olhos, naquela noite, e o mesmo aconteceu com o Sr. Linton. Na verdade, nem nos fomos deitar. E todos os criados estavam de pé muito antes da hora habitual, caminhando pela casa com passos furtivos e cochichando quando se encontravam uns com os outros. Todo o mundo estava muito ativo, menos senhorita

Isabela, e eles começaram a notar quanto seu sono era profundo. Também seu irmão perguntou se ela já se havia levantado e mostrou-se impaciente por sua presença e magoado pelo fato de ela denotar tão pouco interesse pela cunhada. Tremi de medo que ele me mandasse chamá-la, mas fui poupada no desgosto de ser a primeira a anunciar sua fuga. Uma das criadas, uma desmiolada, que fora bem cedo desempenhar uma incumbência em Gimmerton, subiu a escada ofegante, abriu a boca e entrou no quarto, gritando:

– Que coisa, que coisa! Só faltava esta! Patrão, patrão, nossa patroazinha...

– Acabe com este barulho! – apressei-me em gritar, irritada com o estardalhaço.

– Fale mais baixo, Mary... Que houve? – disse o Sr. Linton. – Que houve com a patroazinha?

– Ela se foi embora, foi embora! Aquele Heathcliff fugiu com ela – disse a rapariga, arquejante.

– Não é verdade! – exclamou Linton, levantando-se, muito agitado. – Não pode ser. Como foi que esta ideia entrou em sua cabeça? Ellen Dean, vá procurá-la. É incrível! Não pode ser!

Enquanto falava, levou a criada até à porta e mandou-a de novo dizer o motivo de suas afirmativas.

– Encontrei-me na estrada com um rapaz que traz leite para cá – gaguejou a rapariga —, e ele me perguntou se não havia novidade na Granja. Pensei que se estava referindo à doença da patroa e respondi que sim. Ele disse então: "Naturalmente, alguém foi atrás deles!" Espantei-me. Ele percebeu que eu nada sabia a respeito e me contou que um cavalheiro e uma dama haviam parado, para mandar pregar a ferradura de um cavalo em uma ferraria a duas milhas de Gimmerton, não muito depois de meia-noite, e a filha do ferreiro se levantara para ver quem era. Reconheceu-os imediatamente. E notou que o homem ... era Heathcliff, teve certeza, pois ninguém o deixaria de reconhecer ... pôs uma moeda de uma libra na mão de seu pai para o pagamento. A dama tinha um manto em torno do rosto; mas, tendo pedido um gole de água, deixou-o cair, enquanto bebia, e a moça a viu perfeitamente. Heathcliff segurava as rédeas de ambos os animais, quando partiram e afastaram-se da aldeia, seguindo tão depressa quanto o mau estado das estradas permitia. A rapariga nada disse ao pai, mas contou a todo o mundo em Gimmerton, esta manhã.

Corri para espreitar ao quarto de Isabella, apenas por descargo de consciência, e, quando regressei, confirmei as declarações da criada. Sr. Linton estava sentado de novo na cama. Ergueu os olhos quando entrei e adivinhou a verdade na lividez do meu rosto. Tornou a baixar os olhos, sem proferir palavra.

– Devo tomar alguma providência para o interceptar e trazer a menina de volta? – perguntei. – Que podemos nós fazer?

– Ela foi por sua livre vontade. Estava no seu direito. Não falemos mais no assunto, pois de hoje em diante ela só é minha irmã de nome. Não fui eu que a reneguei, foi ela que me renegou a mim!

Foi tudo o que disse sobre esse assunto. Não voltou a fazer qualquer pergunta, nem a mencionar o nome da menina, exceto quando me ordenou que enviasse todos os seus pertences para a nova morada, logo que se soubesse onde era.

☙ Capítulo XIII ❧

or dois meses, nada se soube dos fugitivos. E, nesses dois meses, Sra. Linton sofreu e venceu sua pior crise de febre cerebral. Nenhuma mãe teria cuidado de um filho único mais extremosamente do que Edgar cuidou de Catherine. Vigiava-a noite e dia, sofrendo pacientemente todos os aborrecimentos que os nervos alterados e uma razão abalada podem causar. Apesar de o médico o ter avisado de que o gesto de a salvar da morte apenas teria como recompensa uma permanente ansiedade no futuro, uma vez que a saúde e as forças tinham de ser sacrificadas à preservação deste mero farrapo humano, Edgar só descansou e ficou mais animado quando a soube livre de perigo. Passava horas seguidas à cabeceira da mulher, acompanhando as suas melhoras físicas e acalentando esperanças ilusórias de que Catherine recuperasse também mentalmente, para voltar a ser o que era.

A primeira vez que ela saiu de seu quarto foi no começo do mês de março seguinte. O Sr. Linton pusera em seu travesseiro, naquela manhã, uma braçada de açafrões dourados; seus olhos, de onde de há muito se ausentara qualquer brilho de prazer, viram as flores, ao caminhar, e resplandeceram de prazer, e ela as agarrou avidamente.

– Estas são as primeiras flores que nascem no Morro dos Ventos Uivantes! – exclamou. – Fazem-me lembrar dos ventos do degelo, do sol aquecedor e da neve quase derretida. Edgar, não está soprando o vento sul e a neve não está quase desaparecida?

– A neve já desapareceu aqui, minha querida – respondeu o marido –, e só vejo duas manchas brancas em toda a extensão das charnecas. O céu está azul, as cotovias estão cantando e os regatos e arroios bem cheios. Catherine, na primavera passada, por esta ocasião, eu ansiava por tê-la sob este teto e, agora, quisera que você estivesse a uma ou duas milhas daqui, naqueles montes. O ar está tão puro que tenho certeza de que a curaria.

– Nunca mais irei lá, a não ser uma única vez – disse a inválida. – E, então, você me deixará lá e lá eu ficarei para sempre. Na próxima primavera, você terá de novo vontade de me ter sob este teto, recordará e pensará que era feliz hoje.

Linton cumulou-a das mais ternas carícias e tentou animá-la com palavras de afeto; mas, olhando para as flores, distraída, ela deixou as lágrimas gotejarem dos cílios e escorrerem pelas faces, livremente. Vimos que estava realmente melhor e, portanto, chegamos à conclusão de que a prolongada reclusão em um único lugar produzira grande parte daquela tristeza e esta podia ser, em parte, afastada, por uma mudança de ambiente.

O patrão me deu ordem de acender fogo na sala de visitas, deserta há muitas semanas e colocar uma espreguiçadeira ao sol, perto da janela. E, depois, levou Catherine para lá e ela ficou sentada por muito tempo, gozando o vivo calor, e, como esperávamos, os objetos que a cercavam fizeram-na reviver; esses objetos, embora familiares, estavam livres das sombrias associações de ideias produzidas por seu odiado quarto de doente.

Ao anoitecer, ela parecia exausta; no entanto, nenhum argumento pôde persuadi-la a voltar àquele aposento e tive de arrumar o sofá da sala para servir-lhe de cama, até que outro quarto pudesse ser preparado. Para evitar a fadiga de subir e descer a escada, arrumamos este, onde o senhor dorme atualmente, no mesmo andar da sala, e ela ficou, em breve, bastante forte para ir de um para o outro, apoiando-se no braço de Edgar. Pensei que pudesse restabelecer-se apesar do abatimento em que se encontrava. E tinha dois motivos para desejar tal coisa, pois de sua existência dependia uma outra: acariciávamos a esperança de que, dentro em pouco, o coração do Sr. Linton se alegraria e suas terras estariam livres de cair em poder de um estranho, pelo nascimento de um herdeiro.

Devo dizer que Isabela enviou ao irmão, cerca de seis semanas depois da partida, um curto bilhete, comunicando seu casamento com Heathcliff. Era seco e conciso, mas, embaixo, estava rabiscada, a lápis, uma obscura desculpa e protestos de saudades e reconciliação, se o que fizera o ofendera, afirmando que não se contivera então e, já tendo feito, não podia voltar atrás. Linton não respondeu, acredito. E, uma quinzena depois, recebi uma longa carta, que achei esquisita, vinda da pena de uma recém-casada, mal saída da lua de mel. Vou lê-la, pois ainda a guardo comigo. Qualquer recordação dos mortos é preciosa, se os estimamos em vida.

Querida Ellen

Cheguei à noite passada ao Morro dos Ventos Uivantes e, soube, pela primeira vez, que Catherine esteve, e ainda está, muito doente. Não devo escrever-lhe, suponho, e meu irmão está com muita raiva ou muito preocupado para responder à carta que lhe enviei. De qualquer maneira, preciso escrever para alguém, e a única alternativa que me restava era você.

Diga a Edgar que daria tudo para ver seu rosto de novo – que meu coração voltou para a Granja Thrushcross 24 horas depois de tê-la deixado, e que está, neste momento, repleto de afeição por ele e Catherine! Não posso, porém, seguir o meu coração (essas palavras estão sublinhadas); *não precisam esperar-me e podem tirar as conclusões que quiserem, tomando o cuidado, contudo, de nada atribuir à fraqueza de vontade ou falta de afeto de minha parte.*

O restante da carta é só para você. Quero fazer-lhe duas perguntas. A primeira é: como é que você conseguiu preservar os sentimentos comuns à natureza humana, quando morou aqui? Não descubro qualquer sentimento que os que me rodeiam compartilhem comigo.

Tenho grande interesse pela segunda pergunta. É a seguinte: o Sr. Heathcliff é um homem? Se é, é um louco? E se não é, é um demônio? Não darei razões de fazer tal pergunta, mas peço-lhe que me explique, se puder, com quem me casei. Isto é, quando vier procurar-me. E deve aparecer aqui, para me ver. E deve vir bem depressa, Ellen. Não escreva, mas venha e traga-me alguma coisa de Edgar.

Agora, vou contar-lhe como fui recebida em meu novo lar, como imaginei que Morro dos Ventos Uivantes seria. É para distrair-me que insisto em questões tais como a falta de comodidades externas: elas jamais ocupam meus pensamentos, exceto no momento em que as sinto. Eu dobraria gargalhadas e dançaria de alegria, se verificasse que sua ausência constituía todas as minhas misérias e o resto um sonho sobrenatural!

O sol estava se pondo atrás da Granja, quando fizemos a volta e entramos na charneca. Por isso, calculei que fossem seis horas. E meu companheiro fez uma alta de meia hora para olhar o parque e os jardins e, provavelmente, a própria casa, tanto quanto pôde, de maneira que já estava escuro quando apeamos no pátio calçado da casa da fazenda e seu velho ex-colega Joseph apareceu para nos receber à luz de uma vela de sebo. Mostrou uma cortesia que muito o recomendou. Seu primeiro gesto foi levantar a chama ao nível do meu rosto, olhar de revés, malignamente, projetar o lábio inferior para a frente, virar as costas e afastar-se. Depois, pegou os dois cavalos e levou-os à estrebaria, reaparecendo a fim de fechar o portão de fora, como se morássemos em um velho castelo.

Heathcliff esperou para conversar com ele e eu entrei na cozinha. – um buraco escuro e sujo. Atrevo-me a dizer que você não a reconheceria, tanto mudou, depois que não mais se encontra sob os seus cuidados. Junto ao fogão, estava um menino de aspecto horrível, forte de corpo e sujo na roupa, cujos olhos e boca se pareciam com Catherine.

Este é o sobrinho por afinidade de Edgar, refleti, meu também, de certo modo. Devo apertar-lhe a mão e... sim, devo beijá-lo. Convém estabelecer um bom entendimento, desde o começo.

Aproximei-me e tentei pegar sua mão roliça, disse:

– Como está passando, meu caro?

Ele replicou em um jargão que não compreendi.

– Eu e você vamos ser amigos, Hareton? – foi minha tentativa seguinte de entabular conversa.

Uma praga e uma ameaça de lançar Esganador contra mim, se eu não sumisse, recompensaram minha perseverança.

– Eh! Esganador! – sussurrou o diabinho, acordando um buldogue de meio sangue em seu canil, a um canto. – E agora, tu vês? – perguntou, autoritariamente.

O amor pela vida levou-me a obedecer; parei na soleira da porta, esperando até que os outros entrassem. O Sr. Heathcliff não estava visível, e Joseph, a quem segui até a estrebaria, e pedi para acompanhar-me, dentro de casa, depois de olhar e murmurar consigo mesmo, torceu o nariz e disse:

– Ora esta, que modos de falar! Como é que vou entender o que a senhora está dizendo?

– Eu disse que quero que você me acompanhe até dentro de casa! – gritei, pensando que ele era surdo, embora muito aborrecida com sua grosseria.

– Eu, não! Vou mandar outra pessoa ir – respondeu ele.

E continuou seu trabalho, movendo, ao mesmo tempo, a mandíbula quadrada e fitando meu vestido e meu rosto, o primeiro muito bonito, mas o último, estou certa, tão triste quanto ele poderia desejar, com soberano desprezo.

Fiz a volta do pátio e, passando por uma portinhola, fui à outra porta, na qual tomei a liberdade de bater, esperando que aparecesse um criado mais bem-educado. Depois de uma curta demora, a porta foi aberta por um homem alto, magro, sem gravata e extremamente desleixado em tudo o mais; suas feições perdiam-se na massa dos cabelos despenteados, que caíam até aos ombros, seus olhos, também, assemelhavam-se aos de uma Catherine... de um fantasma de Catherine, com toda a sua beleza aniquilada.

– Que vem fazer aqui? – perguntou ele.

– Chamo-me Isabela Linton – repliquei. – O senhor já me conhece. Casei-me com o Sr. Heathcliff e ele me trouxe para aqui... suponho que com sua permissão...

– Ele voltou, então? – perguntou o eremita, com um olhar de lobo faminto.

– Sim... chegamos agora mesmo – disse eu –, mas ele me deixou perto da porta da cozinha, e, quando fui entrar, seu menino estava servindo de sentinela e me amedrontou com a ajuda de um buldogue.

– O deslavado vilão cumpriu a palavra! – murmurou meu futuro hospedeiro, olhando na escuridão atrás de mim, na esperança de descobrir Heathcliff, e entregando-se, depois, a um solilóquio de maldições e ameaças do que faria, se o demônio o iludisse.

Arrependi-me de ter tentado passar por aquela segunda entrada, e estava quase inclinada a afastar-me, antes que ele acabasse de praguejar, mas, antes que pudesse pôr em prática essa intenção, ele me mandou entrar e tornou a trancar a porta. Havia ali um grande fogão e seu fogo era a única iluminação no enorme aposento, cujo assoalho tornara-se de um cinzento uniforme, e os pratos de estanho, outrora brilhantes, que costumavam atrair meus olhares quando eu era menina, partilhavam de uma obscuridade semelhante, criada pela perda de brilho e pela poeira. Perguntei se podia chamar a criada e ser levada para um quarto de dor-

mir. O Sr. Earnshaw não deu resposta. Caminhava de um lado para o outro, com as mãos nos bolsos, parecendo ter-se esquecido inteiramente de minha presença; e sua distração era, evidentemente, tão profunda e seu aspecto geral tão misantrópico que não tive coragem de perturbá-lo de novo.

Você não ficará surpreendida, Ellen, com o fato de me sentir particularmente desalentada, sentada em algo pior que a solidão em frente daquele fogo pouco hospitaleiro, e lembrando--me que a quatro milhas de distância ficava meu querido lar, onde se encontravam as únicas pessoas de que eu gostava na Terra; e que podia muito bem haver entre nós o Atlântico para nos separar, em vez daquelas quatro milhas: eu não podia vencê-las! Perguntei a mim mesma para onde deveria voltar-me em busca de consolo! E — tome cuidado, não conte a Edgar ou Catherine — acima de cada pesar, este se erguia, proeminente: o desespero de não encontrar qualquer pessoa que pudesse ou quisesse ser meu aliado contra Heathcliff! Eu procurara abri-go no Morro dos Ventos Uivantes, quase alegremente, porque estava livre, por esse meio, de viver sozinha com ele; mas ele conhecia a gente para o meio da qual estávamos vindo e não temia o seu intrometimento.

Sentei-me e fiquei pensando por muito tempo; o relógio deu oito, depois nove horas, e meu companheiro continuava a caminhar de um lado para o outro, com a cabeça curvada sobre o peito e guardando completo silêncio, a não ser para dar um gemido ou soltar uma imprecação amarga, de vez em quando. Apurei os ouvidos, para perceber uma voz de mulher na casa, e me entregava, nos intervalos, a vivos sofrimentos e desanimadoras previsões, que, afinal se manifestaram, audivelmente, em um irreprimível suspiro e pranto. Não percebi quão abertamente expandi meu sofrimento, até que Earnshaw parou diante de mim, detendo seu caminhar compassado, e me fitou com uma surpresa recém-despertada. Aproveitando-me de sua recuperada atenção, exclamei:

— Estou cansada com a viagem e quero ir para a cama! Onde está a criada? Leve-me até ela, já que ela não vem até junto de mim!

— Não temos criada — respondeu ele. — Você mesma terá que cuidar de si!

— Onde devo dormir, então? — perguntei, soluçando.

Eu já perdera o amor-próprio, curvada sob o peso da fadiga e do sofrimento.

— Joseph lhe mostrará o quarto de Heathcliff — disse ele. — Abra aquela porta. Ele está lá.

Tratei de obedecer, mas ele, de repente, prendeu-me e acrescentou, em um tom estranho:

— Faça o favor de fechar e pôr a tranca... não se esqueça disso!

— Está bem! — disse eu. — Mas por que, Sr. Earnshaw?

Não me seduzia a ideia de trancar-me, deliberadamente, com Heathcliff...

— Olhe aqui! — replicou ele, tirando do colete uma pistola curiosamente construída, tendo uma faca de mola dupla presa ao cano. — É uma grande tentação para um homem desesperado, não é? Não posso resistir a ir, todas as noites, tentar abrir a porta do quarto dele. Se alguma vez eu a encontrar aberta, ele estará perdido! Faço isso, invariavelmente, embora um minuto

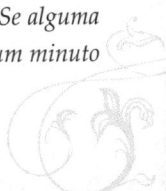

antes eu tenha estado relembrando centenas de motivos, que razões que me devem fazer abster; é algum demônio que me impele a prejudicar meus próprios planos, matando-o. A gente luta contra o diabo por amor enquanto se pode, quando chega a ocasião, nem todos os anjos do céu podem nos salvar!

Olhei a arma, com curiosidade. Uma horrível ideia me veio: como me tornaria poderosa usando tal instrumento! Tomei-a de sua mão e toquei-lhe na lâmina. Ele pareceu atônito com a expressão que meu rosto assumiu, durante um breve segundo; não era de horror, era de ganância. Ele puxou a pistola, zelosamente; fechou a faca e tornou a escondê-la.

— Não me importo que você lhe diga! — exclamou. — Ponha-o em guarda e tenha cuidado por ele. Estou vendo que você sabe os termos em que estamos: não se mostra chocada com o perigo que ele corre.

— Que lhe fez Heathcliff? — perguntei. — Que mal lhe causou para merecer esse terrível ódio? Não seria mais sensato fazê-lo deixar a casa?

— Não! — gritou Earnshaw. — Se ele propuser deixar-me, será um homem morto. Se você persuadi-lo a fazer isso, será uma assassina! Irei perder tudo, sem possibilidade de recuperação? Hareton irá ser um mendigo? Danação! Eu recuperarei. E recuperarei o ouro dele, também, e depois o seu sangue, e o inferno terá a sua alma! Ele será dez vezes mais negro com aquela hóspede do que era antes!

Você me havia familiarizado, Ellen, com os hábitos do seu antigo patrão. Ele está, claramente, nas raias da loucura; pelo menos estava à noite passada. Tremi de medo de ficar perto dele e lembrei-me da má vontade do grosseiro criado, achando-o relativamente agradável. Ele recomeçara sua tediosa caminhada e eu levantei a aldrava e fugi para a cozinha. Joseph estava debruçado sobre o fogo, olhando uma grande panela pendurada em cima dele e tendo perto de si uma gamela de aveia. O conteúdo da panela começou a ferver e ele se voltou para enfiar a mão na gamela. Imaginei que aquele preparativo se destinava, provavelmente, à nossa sopa e, estando faminta, dispus-me a torná-lo tragável. Assim, gritando estridentemente: "Eu farei o mingau!", tirei a vasilha do alcance de sua mão e tratei de tirar o chapéu e a amazona.

— O Sr. Earnshaw — continuei — mandou-me esperar sozinha. É o que vou fazer. Não vou agir, entre vocês, como uma grande dama, por medo de morrer de fome.

— Senhor Deus! — murmurou Joseph, sentando-se e alisando as meias enrugadas do joelho ao calcanhar. — Se vai haver mais gente dando ordem, justamente quando eu estava começando a ficar acostumado com dois patrões, se vou ter que deixar uma patroa sentar-se em cima da minha cabeça, parece já ser tempo de ir embora. Nunca pensei ver o dia que tivesse de deixar esta velha casa... mas não há dúvida de que está bem próximo!

Essas lamentações não mereceram atenção de minha parte: entreguei-me ativamente ao trabalho, suspirando ao lembrar-me de um tempo em que tudo teria sido uma alegre diversão. Obriguei-me, contudo, logo a afastar a lembrança. Torturava-me relembrar a felicidade passada e, quanto maior era o perigo de conjurar sua aparição, tanto mais rapidamente a colher *corria em torno e mais rápidos os punhados de aveia caiam na água. Joseph contemplava meu estilo de cozinhar com crescente indignação.*

– Veja! – gritou – Hareton, não cearás teu mingau esta noite: ele não passará de pedaços de todo o tamanho! Quem é que vai aguentar comer uma coisa destas?

Reconheço que o mingau era uma massa grosseira, quando colocado nos pratos. Tinham sido postos quatro na mesa, e foi trazida do estábulo uma tigela de galão com leite fresco, que Hareton agarrou e começou a beber, deixando o líquido escorrer pela boca afora. Intervim, pedindo-lhe para beber por uma tigela menor, afirmando que ele não podia sentir o gosto do leite tratado de maneira tão pouco asseada. O velho cínico resolveu mostrar-se muito ofendido com esse escrúpulo, afirmando, repetidamente, "que o estábulo era muito limpo" e eu "muito aborrecida" e admirando-se de como eu conseguia ser tão presunçosa. Enquanto isto, o endiabrado menino continuava sugando o mingau e me olhava desafiadoramente, ao beber na tigela.

– Vou cear em outro lugar – disse eu. – Não tem um lugar que chamem de sala de visitas?

– Sala de visitas! – repetiu ele, zombeteiramente. – Sala de visitas! Ora, não temos salas! Se a senhora não gosta de compartilhar nossa companhia, há a do patrão. Se não gostar da companhia do patrão, terá a nossa.

– Então, vou lá para cima! – retruquei. – Mostre-me algum quarto.

– Pus meu prato em uma bandeja e fui procurar um pouco mais de leite. Resmungando muito, o homem levantou-se e subiu na minha frente. Fomos ao sótão. Ele abria uma porta, de vez em quando, para, olhar para dentro dos aposentos pelos quais passávamos.

– Aqui está, o quarto – disse, afinal, empurrando uma tábua que rangia em seus gonzos. – É bastante pra nele se comer um pouco de mingau. Há um monte de trigo no canto, ali, muito limpo. Se a senhora tem medo de sujar seu belo vestido de seda, ponha um lenço em cima dele.

O quarto era uma espécie de depósito de refugos, cheirando muito a malte e trigo, vários sacos dos quais estavam empilhados em torno, deixando no meio um amplo espaço vazio.

– Que é isto, homem?! – exclamei, encarando-o furiosa. – Isto não é lugar para se dormir. Quero ver meu quarto de dormir.

– Quarto de dormir! – repetiu ele, em tom de zombaria. – Vai ver todos os quartos de dormir, perto daqui... é o meu.

Apontou-me para o segundo sótão, que apenas diferia do primeiro pelo fato de suas paredes serem mais nuas e ter um grande catre, baixo, sem cortinado, com uma colcha cor de anil em uma extremidade.

– Que tenho a fazer com seu quarto? – repliquei. – Suponho que o Sr. Heathcliff não está alojado no alto da casa. Está?

– Oh! É o Sr. Heathcliff que a senhora está procurando! – gritou ele, como se estivesse fazendo uma nova descoberta. – Não podia ter dito isto logo? Então eu lhe teria dito, sem essa trabalheira toda, que ele é uma pessoa que a senhora não pode ver... ele sempre conserva a porta fechada e não deixa ninguém entrar, a não ser ele mesmo.

– *Você tem uma bela casa, Joseph, e companheiros muito agradáveis* – não pude deixar de observar. – *Creio que toda a essência de loucura concentrada no mundo penetrou em meu cérebro, no dia em que uni o meu destino ao deles! Contudo, não é este o presente objetivo... há outros quartos. Pelo amor de Deus, ande depressa e deixe acomodar-me em algum lugar!*

Ele não respondeu a esse apelo; apenas, desceu os degraus de madeira e parou diante de um aposento, que, pela sua altura e pela qualidade superior de seus móveis, conjeturei que deveria ser o melhor. Havia um tapete: um bom tapete, mas o desenho estava escondido pela poeira; uma lareira coberta de papel de parede caindo aos pedaços; um belo leito de carvalho com cortinados carmesins de material caro e de fabricação moderna, mas que haviam, evidentemente, sido usados sem cuidado. As sanefas pendiam em festões, arrancadas de seus anéis e a vareta de ferro que as sustentava estava dobrada, fazendo um arco de um lado e a cortina se arrastava no chão. As cadeiras também estavam estragadas, muitas delas seriamente; e profundos entalhes deformavam os painéis das paredes. Eu estava me preparando para entrar e tomar posse, quando o idiota do meu guia anunciou:

– Este aqui é do patrão.

Por esse tempo, minha ceia estava fria, meu apetite passado e minha paciência esgotada. Insisti que me desse, imediatamente, um local de refúgio e meios de repousar.

– *Onde diabo poderá ser?* – começou o velho beato. – *Deus que tenha misericórdia de nós! Deus que nos perdoe! Onde diabo poderá a senhora alojar-se? A senhora já viu tudo, menos o quartinho de Hareton. Não há outro lugar para se deitar nesta casa!*

Fiquei tão aborrecida que deixei cair ao chão a bandeja e seu conteúdo. Depois, sentei-me no primeiro degrau da escada, escondi a cabeça nas mãos e comecei a chorar.

– *Ora, ora!* – exclamou Joseph. – *Bem-feito, senhorita Cathy! Bem-feito, senhorita Cathy! Vamos saber como será, doida imprestável! Você merece castigo, por haver pisado os dons preciosos de Deus sob os pés em seus loucos acessos de raiva! Mas há de ver! Acha que Heathcliff vai trilhar caminhos muito agradáveis! Só desejo que ele a leve para onde vai! É a única coisa que quero!*

E assim saiu, praguejando, para seu refúgio embaixo, levando a vela consigo; e eu fiquei na escuridão. O período de reflexão que sucedeu àquela tola atitude, compeliu-me a admitir a necessidade de resfriar meu orgulho e dominar minha raiva e esforçar-me para afastar seus efeitos. Uma inesperada ajuda surgiu logo, sob a forma de Esganador, que reconheci como filho de nosso velho Fujão, que nascera na Granja e fora oferecido por meu pai ao Sr. Hindley. Tenho a impressão de que ele me reconheceu; esfregou o focinho em meu rosto, à guisa de cumprimento, e, depois, tratou de devorar o mingau, enquanto eu andava às apalpadelas, apanhando os cacos de louça e limpando as manchas de leite do balaústre, com meu lenço.

Nossos trabalhos mal haviam terminado, quando ouvi os passos de Earnshaw no corredor; meu ajudante meteu o rabo entre as pernas e encostou-se na parede; eu me meti no vão de porta mais próximo. A tentativa do cão de evitá-lo foi improfícua, segundo deduzi do barulho que

ele fez, rolando pela escada, e de um ganido doloroso e prolongado. Tive mais sorte! Earnshaw
passou, entrou em seu quarto e fechou a porta. Logo depois, Joseph passou com Hareton, a
fim de levá-lo para a cama. Refugiei-me no quarto de Hareton e o velho, ao me ver, exclamou:

— Eles foram procurá-la e ao seu orgulho, agora, creio eu, na casa! Está vazia. A senhora
pode ficar com ela toda para si, sozinha e com Aquele, que é sempre um terceiro, em tão má
companhia.

Na maior boa vontade obedeci ao seu convite e logo que me sentei em uma cadeira, perto
do fogo, cochilei e dormi. Meu sono foi profundo e agradável, embora não tardasse a terminar.
O Sr. Heathcliff acordou-me. Acabara de entrar e perguntou-me, com seu modo tão amável, o
que estava fazendo ali. Respondi-lhe que era por já ser muito tarde e ele estar com a chave de
nosso quarto no bolso. O adjetivo nosso quarto constituiu uma ofensa mortal. Ele jurou que o
quarto não era, nem mesmo seria meu e... Mas não vou repetir sua linguagem, nem descrever
sua conduta habitual. Ele se mostra engenhoso e incansável procurando conquistar minha
repulsa! Às vezes, eu me espanto, diante dele com uma intensidade que mata meu medo. No
entanto, asseguro-lhe, um tigre ou uma serpente venenosa não me causaria horror igual ao
que ele me desperta. Falou-me sobre a doença de Catherine e acusou meu irmão de ser o causa-
dor, prometendo que eu sofreria em substituição a Edgar, até que pudesse apanhá-lo.

Odeio-o... sou uma desgraçada... fui uma louca! Tenha cuidado para não deixar que nada
disso transpareça na Granja. Vou esperá-la diariamente... não me decepcione!

Isabela.

Capítulo XIV

ogo que li esta carta, fui procurar o patrão e contei-lhe que sua irmã
chegara ao Morro dos Ventos Uivantes e me escrevera, manifestando seu pesar pelo estado da Sra. Linton e seu ardente desejo de que
ele lhe transmitisse, o mais cedo possível, algum sinal de perdão, por
meu intermédio.

— Perdão! – disse Linton. – Não tenho nada a perdoar-lhe, Ellen. Você pode ir,
esta tarde, ao Morro dos Ventos Uivantes e dizer-lhe que não estou com raiva e sim
pesaroso de tê-la perdido, principalmente porque não posso conceber que ela seja
feliz. A possibilidade de ir vê-la, contudo, está fora de minhas cogitações: estamos
eternamente separados, e se ela quiser, realmente, me fazer um favor, que persuada
aquele vilão com quem se casou a sair daqui.

— E o senhor não lhe escreverá um bilhetinho? – perguntei, em tom de súplica.

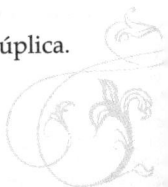

– Não – respondeu ele. – É inútil. Minhas comunicações com a família de Heathcliff serão tão escassas quanto as dele com a minha. Não existirão!

A frieza do Sr. Edgar me abateu profundamente. E durante todo o caminho, depois que sai da Granja, fui quebrando a cabeça para imaginar como emprestaria mais calor às suas palavras, quando as repetisse, e como desculpar sua recusa de escrever mesmo algumas poucas linhas para consolar Isabela. Posso dizer que ela estava esperando por mim, desde manhã cedo. Vi-a olhando pela janela, quando atravessei o jardim e fiz-lhe um aceno com a cabeça, mas ela entrou, como se receando ser observada. Entrei sem bater.

Não podia haver um ambiente mais terrível, mais desanimador, do que o que apresentava a casa outrora tão alegre! Devo confessar que, se estivesse no lugar da jovem senhora, eu teria, pelo menos, varrido a lareira e espanado as mesas. Ela, porém, já apresentava o espírito de negligência que a dominou. Seu lindo rosto mostrava-se abatido, sem vida; os cabelos despenteados: alguns cachos caindo soltos e alguns descuidadamente enrolados em torno da cabeça.

Parecia não ter tocado no vestido desde a noite anterior. Hindley não estava lá. O Sr. Heathcliff achava-se sentado a uma mesa, examinando alguns papéis em sua carteira, mas levantou-se quando apareci, perguntou-me como estava, com muita amabilidade, e ofereceu-me uma cadeira.

Era a única coisa ali que parecia decente; e achei que ele jamais tivera melhor aspecto. A tal ponto as circunstâncias haviam alterado suas posições, que, sem dúvida, ele teria sido considerado por um estranho como um gentil-homem, por origem e educação, e sua esposa uma pobrezinha desmazelada! Ela se aproximou, avidamente, para me cumprimentar, e estendeu a mão para receber a esperada carta. Sacudi a cabeça. Ela não entendeu o sinal e acompanhou-me até um aparador e pediu-me, sussurrando, que lhe entregasse logo o que trouxera. Heathcliff percebeu o sentido de suas manobras e disse:

– Se tem alguma coisa para Isabela (pois sem dúvida tem Nelly), dê-lhe. Não precisa fazer segredo disso! Não temos segredo entre nós.

– Não trouxe nada – repliquei, achando melhor falar logo a verdade. – Meu patrão mandou-me dizer à sua irmã que não deve esperar carta ou visita dele, presentemente... Manda-lhe lembranças muito afetuosas, senhora, e faz votos por sua felicidade e perdoa-lhe o sofrimento que lhe causou, mas acha que, de agora em diante, sua casa e esta casa devem se manter incomunicáveis.

Os lábios da Sra. Heathcliff tremeram ligeiramente e ela voltou ao seu lugar na janela. Seu marido foi-se colocar de pé em frente à lareira, perto de mim, e começou a fazer perguntas sobre Catherine. Contei-lhe tanto quanto me pareceu adequado a respeito de sua moléstia e ele inquirindo-me cerradamente, extorquiu de mim a maior parte dos fatos ligados à origem de tal moléstia. Censurei-a, como merecia, pelo que causara a si mesma, e terminei manifestando a esperança de que ele seguisse o exemplo do Sr. Linton e evitasse futuras interferências com sua família, acontecesse o que acontecesse.

– A Sra. Linton está apenas se restabelecendo agora – disse eu. – Jamais será igual ao que era, mas sua vida foi poupada. E se o senhor realmente tem interesse por ela, deve se abster de atravessar de novo o seu caminho. Ou melhor: o senhor deixará esta região, e, para que isso não lhe possa causar pesar, devo informá-lo de que Catherine Linton está diferente, agora, de sua antiga amiga Catherine Earnshaw, tanto quanto aquela jovem é diferente de mim.

A aparência dela mudou muito, e seu caráter muito mais, e a pessoa que está obrigada, por necessidade, a ser seu companheiro apenas sustentará sua afeição de agora em diante pela lembrança do que ela foi outrora, pelo sentimento comum de Humanidade e pelo sentimento do dever!

– Isso é muito possível – observou Heathcliff, forçando-se a parecer calmo. – É muito possível que seu patrão só tenha para apoiar-se a Humanidade comum e o sentimento do dever. Mas imagina que vou deixar Catherine entregue ao seu dever e Humanidade? E pode comparar com os dele meus sentimentos a respeito de Catherine? Antes de você sair desta casa, tenho de obter uma promessa sua, de que me arranjará um encontro com ela; consinta ou recuse, hei de vê-la! Que diz você?

– Digo, Sr. Heathcliff, que o senhor não deve fazer isto. Não fará, de modo algum. Outro encontro entre o senhor e o patrão a acabará de matar.

– Com sua ajuda, isso pode ser evitado – continuou ele – e se houvesse perigo de tal acontecimento... se ele fosse a causa de acrescentar um único aborrecimento a mais ao sofrimento dela... acho que eu teria justificação para ir aos extremos! Queria que você tivesse a sinceridade bastante para me dizer se Catherine sofrerá muito com a morte dele, se perdê-lo; o receio de que ela vá sofrer me impede. E nisso você pode ver a diferença entre os nossos sentimentos. Se ele estivesse em meu lugar e eu no dele, embora eu o odiasse com um ódio que transformasse minha vida em fel, eu não teria levantado a mão contra ele. Você pode mostrar-se incrédula, quanto quiser! Eu jamais o baniria da companhia dela, enquanto ela a desejasse. No momento em que seus olhos se fechassem, eu teria arrancado seu coração e bebido seu sangue! Mas, até então (se você não me acredita é porque não me conhece), até então, eu morreria aos poucos antes de tocar um fio de cabelo de sua cabeça!

– E, no entanto – atalhei —, o senhor não teve escrúpulo de arruinar completamente todas as esperanças de seu completo restabelecimento, lançando-se em sua lembrança agora, quando ela quase o havia esquecido, e envolvendo-a em um novo tumulto de discórdia e desalento.

– Você acha que ela já havia quase se esquecido de mim? – disse ele. – Não a conhece, Nelly! Sabe tão bem quanto eu que, para cada pensamento que ela dedica a Linton, dedica-me mil pensamentos! No mais desgraçado período da minha vida, tive uma ideia: ela me perseguiu no meu regresso para estes lados, no verão passado, mas somente depois que ela própria me garantiu, pude admitir a horrível ideia de novo. E, então, Linton não valia nada, nem Hindley, nem todos os sonhos que sempre sonhei. Duas palavras compreenderiam meu futuro: morte e inferno; a existência, depois de perdê-la, seria o inferno. No entanto, fui bastante louco, por um momento, para imaginar que ela dava mais valor à dedicação de Edgar Linton que à minha. Se ele amasse com toda a força de seu ser mesquinho, poderia amar tanto em oitenta anos quanto eu durante um dia. E Catherine tem um coração tão profundo quanto o meu: seria tão fácil o mar caber no buraco aberto por uma ferradura do que toda a sua afeição ser monopolizada por ele! Ora! Ela gosta pouco mais dele que de seu cão ou de seu cavalo. Ele não tem nada para ser amado como tenho; como poderia ela amar nele o que ele não tem?

– Catherine e Edgar gostam tanto um do outro como duas pessoas podem gostar – gritou Isabela, com sua súbita vivacidade. – Ninguém tem o direito de falar dessa maneira, e não deixarei meu irmão ser depreciado sem um protesto!

– Seu irmão gosta muitíssimo de você também, não é mesmo? – perguntou Heathcliff desdenhosamente. – Deixou-a desgarrada no mundo com surpreendente alegria.

– Ele não sabe o que estou sofrendo – replicou a jovem. – Não lhe contei.

– No entanto, você andou lhe contando alguma coisa: escreveu-lhe, não é verdade?

– Escrevi-lhe para dizer que estava casada. Você viu o bilhete.

– E nada mais, depois disso?

– Não.

– Minha jovem patroa está de mal a pior depois de sua mudança de estado – observei. – Evidentemente, falta-lhe o amor de alguém. Imagino quem seja, mas talvez não deva dizer.

– Acho que foi o dela própria – disse Heathcliff. – Ela se transformou em uma completa desleixada! Está cansada de procurar agradar-me, demasiadamente cedo. Você talvez não acredite, mas no dia seguinte ao do nosso casamento estava chorando para ir para casa. Fica muito bem nesta casa, contudo, com seu desleixo, tomarei cuidado para que não me desgrace indo vagabundar lá fora.

– Está bem, senhor – retruquei. – Espero que se lembre que a Sra. Heathcliff está acostumada a ser tratada como filha única, a quem todos estavam prontos para servir. O senhor deve ter uma criada para arrumar as coisas para ela e deve tratá-la com delicadeza. Seja o que for que pense do Sr. Edgar, não pode duvidar que ela é muito afetiva, pois, de outro modo, não teria abandonado o luxo, a comodidade e os afetos de seu antigo lar para se fixar, de boa vontade, com o senhor, em um lugar tão desprovido de recursos quanto este.

– Ela os abandonou com uma ilusão – retrucou Heathcliff. – Tomava-me por um herói de romance e esperava ilimitadas satisfações de minha dedicação cavalheiresca. Dificilmente posso considerá-la como uma criatura racional, tal foi a obstinação com que teimou em fazer uma ideia fabulosa do meu caráter e agir baseando-se nas falsas impressões que acalentou.

Porém, acho que ela está começando a me conhecer: não percebo mais os tolos sorrisos e caretinhas com que me tentava, a princípio, e a insensata incapacidade de compreender que não estava brincando, quando dei minha opinião sobre sua paixão e sobre ela própria. Foi preciso um esforço maravilhoso de perspicácia para descobrir que eu não a amava. E pode acreditar, em certa ocasião, não havia lição capaz de ensinar-lhe tal coisa! E ainda agora, a lição está mal-aprendida, pois esta manhã ela anunciou, como prova de esmagadora inteligência, que eu havia na verdade, conseguido fazê-la odiar-me!

Um verdadeiro trabalho de Hércules, asseguro-lhe! Se foi conseguido, tenho motivos para agradecer-lhe. Posso confiar em sua afirmação, Isabela? Tem certeza de que me odeia? Se eu a deixasse sozinha durante metade de um dia, você não ficaria suspirando e choramingando por me querer de novo? Sou capaz de apostar que ela desejaria que eu tivesse me mostrado bem terno diante de você. Sente a vaidade ferida, quando a verdade é exposta. Eu, porém, não me importo que saibam que a paixão estava inteiramente de um lado. E nunca lhe disse uma mentira a esse respeito. Ela não pode acusar-me de ter mostrado nem um pouquinho de ilusória brandura.

A primeira coisa que ela me viu fazer, chegando à Granja, foi enforcar sua cadelinha; e, quando implorou por ela, as primeiras palavras que eu disse foram no sentido de manifestar o desejo de enforcar todos os seres pertencentes a ela, exceto um; possivelmente, ela tomou essa exceção por ela própria. Nenhuma brutalidade, porém, a desgostou; suponho que tem uma inata admiração por tal brutalidade, contanto que sua preciosa pessoa esteja a salvo da injúria! Não é isso o abismo do absurdo, da perfeita idiotice, desta cadelinha servil, pobre de espírito, pensar que possa amá-la? Diga a seu patrão, Nelly, que jamais, em toda a minha vida, conheci uma coisa tão abjeta quanto ela. Chega a degradar o nome dos Linton. E tenho às vezes parado, por pura incapacidade de invenção, em minhas experiências a respeito do que ela poderia suportar e ainda voltar, humilhando-se abjetamente! Mas diga-lhe, também, que pode ficar tranquilo seu coração fraternal e judicial: eu me mantenho estritamente dentro dos limites da lei. Tenho evitado, até agora, dar a sua irmã o mais leve direito de pedir uma separação, e, o que é mais, ela não pede a ninguém que nos separe. Se

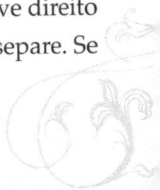

ela quiser ir, pode ir: o aborrecimento que causa sua presença é maior que o prazer que sinto em atormentá-la.

– Sr. Heathcliff – disse eu —, estas palavras são de um louco. Sua esposa, muito provavelmente, está convencida de que o senhor é louco, e, por esta razão, está até hoje consigo, mas, agora, que o senhor disse que ela pode ir, sem dúvida vai aproveitar-se da permissão. A senhora não está tão enfeitiçada, a ponto de ficar com ele por sua própria vontade, não é mesmo, senhora?

– Cuidado, Ellen! – respondeu Isabela, com os olhos brilhando de raiva; pela sua expressão não se podia duvidar do pleno êxito dos esforços de seu marido no sentido de se fazer detestar. – Não acredite em uma palavra que ele diz. Ele é um demônio mentiroso, um monstro e não um ser humano! Já me disse antes que eu poderia deixá-lo, e fiz uma tentativa, mas não me atrevo a repeti-la! Peço só, Ellen, que você prometa não mencionar uma sílaba de suas infames palavras a meu irmão ou a Catherine. Seja o que for que ele pretenda, seu desejo é levar Edgar ao desespero. Ele diz que se casou comigo a fim de dominá-lo. E não conseguirá isso: prefiro morrer! Apenas espero, e imploro a Deus, que ele venha a se esquecer de sua diabólica prudência e me mate! O único prazer que posso imaginar é morrer ou vê-lo morto!

– Vamos dar um jeito nisso! – exclamou Heathcliff. – Se você for chamada a depor em um tribunal, lembre-se de sua linguagem, Nelly! E repare bem sua fisionomia: está quase no ponto que me convém. Não, você não está em condições de tomar deliberações por conta própria presentemente, Isabela. E, sendo seu protetor legal, devo conservá-la em custódia, por mais desagradável que possa ser essa obrigação. Vá para o andar de cima; preciso dizer uma coisa em particular a Ellen Dean. Não é este o caminho. Para cima, já lhe disse! Ora, este é que o caminho lá de cima, menina!

Agarrou-a e empurrou-a do quarto, e voltou, resmungando:

– Não tenho piedade! Não tenho piedade! Quanto mais os vermes se enroscam, mais tenho vontade de esmagar suas entranhas! Sinto-me, moralmente, como uma criancinha a quem estão nascendo os dentes, e eu mordo com mais energia à medida que a dor aumenta.

– Compreende o que significa a palavra piedade? – disse eu, apressando-me em pôr a touca. – Já sentiu, alguma vez em sua vida, um pouco de piedade?

– Desista disso – atalhou ele, percebendo minha intenção de partir. – Ainda não vai embora. Venha cá, Nelly: devo persuadi-la ou obrigá-la a ajudar-me a conseguir meu intento de ver Catherine e sem demora. Juro que não medito qualquer mal. Não pretendo causar qualquer distúrbio, ou exasperar ou insultar o Sr. Linton. Apenas desejo ouvir ela mesma dizer como está e por que tem estado doente, e perguntar-lhe se poderei fazer qualquer coisa que lhe seja útil. Na noite passada, estive seis horas no jardim da Granja e voltarei lá esta noite. Andarei todas as noites e todos os dias lá por perto, até encontrar uma oportunidade de entrar. Se Edgar Linton me encontrar, não hesitarei em derrubá-lo com um murro e espancá-lo bastante para assegurar sua imobilidade, enquanto eu estiver lá. Se os criados me enfrentarem, eu os ameaçarei com estas pistolas. Não seria melhor, porém, evitar que eu entre em contato com eles ou com seu patrão? E você poderia fazer isso com toda a facilidade. Eu a avisaria, quando chegasse, e você poderia, então, me deixar entrar sem ser observado, logo que ela ficasse sozinha, e vigiar até eu partir, com a consciência absolutamente tranquila: estaria evitando o mal.

Protestei contra a ideia de desempenhar aquele papel traiçoeiro em casa de meu patrão, e, além disso, salientei a crueldade e o egoísmo de destruir a tranquilidade da Sra. Linton para sua satisfação.

– Os fatos mais corriqueiros a assustam dolorosamente – disse. – Ela está um feixe de nervos e tenho certeza de que não resistirá à surpresa. Não insista, senhor! Do contrário, serei obrigada a comunicar a meu patrão as suas intenções, e ele tomará providências para proteger sua casa e seus moradores contra intrusos tão intoleráveis!

– Então, tomarei medidas para detê-la, mulher! – exclamou Heathcliff. – Você não sairá de Morro dos Ventos Uivantes até amanhã cedo. É uma tolice dizer que Catherine não suportaria me ver, e, quanto a causar-lhe surpresa, não desejo tal coisa: você iria prepará-la... perguntar-lhe se eu posso ir. Você diz que ela jamais mencionou meu nome e que meu nome não lhe é mencionado. A quem havia ela de mencionar-me, se sou assunto proibido na casa? Ela pensa que vocês todos são espiões de seu marido. Não tenho dúvida de que está em um inferno, no meio de vocês! Adivinho, pelo seu silêncio, perfeitamente, o que ela sente. Você diz que ela fica muitas vezes agitada e aflita. Isso é prova de tranquilidade? Falou-me sobre a falta de fixação de seu espírito. Como poderia ser diferente, com todos os diabos, em seu terrível isolamento? E aquela criatura insípida, desprezível, tratando-a com base no dever e na Humanidade! É mais fácil ele plantar um carvalho em um vaso e querer que se torne viçoso do que pensar que pode fazê-la reconquistar as forças no solo de seus superficiais cuidados! Vamos resolver isso de uma vez; quer ficar aqui enquanto eu irei abrir caminho até junto de Catherine, enfrentando Linton e seus lacaios, ou será minha amiga, como tem sido até agora, e fará o que peço? Decida, pois não há razão para que eu espere mais outro minuto, se você teimar em seu teimoso mau humor!

– Sr. Lockwood. – Protestei e lamuriei, e recusei-me, redondamente, cinquenta vezes; mas, afinal, ele me forçou a um acordo. Concordei em levar uma carta dele para minha patroa e, se ela consentisse, prometi-lhe revelar-lhe a próxima ausência de Linton, quando ele poderia aparecer e entrar na casa logo que conseguisse; eu não estaria lá e os outros criados estariam igualmente afastados do caminho. Fiz bem ou

mal? Receio que fosse um ato mau, censurável. Achei que evitaria outra explosão com a minha concordância, e pensei, também, que aquilo poderia provocar uma crise favorável na enfermidade mental de Catherine, e, além disso, lembrei-me da acre censura que o Sr. Edgar me fizera quando fui contar-lhe o que sabia, e tentei apaziguar toda a inquietação, afirmando, com frequência, que a violação da verdade, se é que merecia tão severa denominação, seria a última. De qualquer maneira, meu regresso à casa foi mais triste que a minha partida de lá. E muitos aborrecimentos tive, até que conseguisse vencer a mim mesma e entregar a missiva à Sra. Linton... Mas eis Kenneth. Vou descer para contar-lhe como o senhor melhorou. Minha narrativa pode ser interrompida e continuada outra manhã.

"História sombria!" pensei, enquanto a boa mulher descia para receber o médico. "E não exatamente do gênero que eu teria escolhido para distrair-me."

Mas não importa! Extrairei medicamentos completos das ervas amargas da Sra. Dean. E, antes de mais nada, devo tomar cuidado com a fascinação que reluz nos olhos brilhantes de Catherine Heathcliff. Ficarei em uma situação curiosa se entregar meu coração à jovem e a filha for uma segunda edição da mãe!

∾ Capítulo XV ∾

Transcorreu outra semana – e eis-me muitos dias mais próximo da saúde e da primavera! Já ouvi toda a história de meus vizinhos, em diferentes sessões, quando a governanta podia poupar tempo de ocupações mais importantes. Continuo com suas próprias palavras, apenas um tanto condensadas. De um modo geral, ela é uma narradora muito boa e não me julgo capaz de melhorar seu estilo.

– Na noite de minha visita ao Morro dos Ventos Uivantes – disse ela – eu sabia, tão bem como se tivesse visto, que o Sr. Heathcliff estava pelas proximidades da casa, e evitei sair, porque ainda estava com a carta no bolso e não queria ser mais ameaçada ou perseguida. Resolvera não entregá-la senão quando o meu patrão fosse a algum lugar, pois não podia saber até que ponto o seu conteúdo afetaria Catherine. A consequência foi que a carta não lhe chegou às mãos antes de três dias. O quarto dia foi domingo e eu a levei ao quarto de Catherine, depois da família ter saído para a igreja. Um criado era deixado comigo para tomar conta da casa e, geralmente, tínhamos o hábito de fechar as portas a chave durante as horas de serviço; naquela ocasião, porém, o tempo estava tão quente e agradável que as deixei abertas e, para cumprir minha promessa, como sabia que iria acontecer, disse ao meu companheiro que a patroa estava com muita vontade de que lhe arranjassem algumas laranjas e que ele deveria ir à aldeia, obter algumas, que seriam pagas no dia seguinte. Ele saiu e eu subi para o andar de cima.

A Sra. Linton estava sentada no vão da janela aberta, como de costume, trajando um vestido branco e frouxo, com um xale leve sobre os ombros. Seus cabelos espessos e compridos tinham sido cortados, em parte, no começo de sua doença, e agora ela os usava penteados com simplicidade, com suas tranças naturais sobre as têmporas e o pescoço. Sua aparência alterara-se, como eu dissera a Heathcliff, mas, quando ficava calma, parecia de uma beleza sobrenatural com a mudança. O brilho de seus olhos fora substituído por uma brandura sonhadora e melancólica; já não davam a impressão de fitarem os objetos que a rodeavam: pareciam sempre contemplar mais longe, além – a gente diria que fora deste mundo. Além disso, a palidez de seu rosto – seu aspecto cadavérico desaparecera, quando ela recuperou o peso – e a expressão peculiar provocada por seu estado mental, embora mostrando de maneira sugestivamente dolorosa suas causas, acentuavam o tocante interesse que ela despertava – infalivelmente para mim e, penso eu, para qualquer pessoa que a visse —, refutavam provas mais tangíveis de convalescença e marcavam-na como condenada ao perecimento.

No batente da janela, diante dela, estava um livro, e uma brisa quase imperceptível agitava suas folhas, a intervalos. Creio que fora Linton que o colocara ali, pois ela jamais tentou se distrair com a leitura ou uma ocupação de qualquer espécie, e ele gastava muitas horas tentando atrair-lhe a atenção para algum objeto que, antes, muito a divertiria. Ela tomava consciência do desejo do marido e, quando de bom humor, suportava seus esforços com placidez, apenas mostrando sua inutilidade, de vez em quando, ao abafar um suspiro de cansaço, e interrompendo-o, afinal, com os mais tristes sorrisos e beijos. Em outras ocasiões, virava as costas, arrogante, e escondia o rosto nas mãos, ou mesmo o empurrava, furiosa. E, então, ele tratava de deixá-la só, pois tinha certeza de que aquilo não lhe faria bem.

Os sinos da capela de Gimmerton ainda estavam tocando e o ruído suave do arroio, no vale chegava, adormecedor, aos meus ouvidos. Era um amável substituto do murmúrio ainda ausente da folhagem de verão, que espalhava aquela música sobre a Granja, quando as árvores estavam cobertas de folhas. No Morro dos Ventos Uivantes, ele sempre soava nos dias tranquilos depois de um grande degelo ou de uma temporada de chuva constante. E Catherine pensava no Morro dos Ventos Uivantes ao ouvi-lo: isto é, se é que ela pensava ou escutava alguma coisa. Tinha, contudo, o olhar vago, distante, a que me referi antes, que não expressava o reconhecimento das coisas materiais pelos ouvidos ou pelos olhos.

– Há uma carta para a senhora – disse eu, colocando, delicadamente, a carta na mão que estava apoiada em seu joelho. – Deve lê-la imediatamente, Sra. Linton, pois tem resposta. Quer que eu tire o selo?

– Quero – respondeu ela, sem alterar a direção do olhar.

Abri-a. Era muito curta.

– Agora – continuei – leia-a.

Ela afastou a mão e deixou a carta cair. Tornei a colocá-la em seu regaço, e continuei esperando até que ela se dignasse a olhar para baixo; mas esse movimento foi adiado por tanto tempo que, afinal, perguntei:

– Quer que eu a leia, senhora? É do Sr. Heathcliff.

Houve um movimento de agitação e um raio confuso de lembrança e uma luta para concatenar as ideias. Levantou a carta e pareceu passar por ela os olhos e, quando chegou à assinatura, suspirou. Compreendi, contudo, que não se apercebera de seu teor, pois, quando manifestei desejo de ouvir sua resposta, ela se limitou a apontar para o nome e me fitou com ansiedade dolorosa e interrogativa.

– Bem, ele deseja vê-la – disse eu, adivinhando sua necessidade de um intérprete. – Neste momento, já deve estar no jardim, impaciente, à espera de uma resposta.

Enquanto falava, vi um grande cão, deitado na grama ensolarada embaixo, levantar as orelhas como se fosse ladrar e, depois, encolhendo-as, anunciar, agitando a cauda, que se aproximava alguém que não considerava como estranho. A Sra. Linton debruçou-se e escutou, contendo a respiração. Um minuto mais tarde, passos atravessaram o corredor: a casa aberta era demasiadamente tentadora para que Heathcliff resistisse ao desejo de entrar; muito provavelmente, supôs que eu estava inclinada a não cumprir a promessa e, assim, resolveu confiar em sua própria audácia. Com viva ansiedade, Catherine olhou para a entrada de seu quarto. Como ele não chegasse ao quarto que procurava diretamente, ela me fez sinal para fazê-lo entrar, mas ele o encontrou antes que eu chegasse à porta e, com um ou dois passos, estava ao lado dela e apertava-a entre os braços.

Não falou nem afrouxou o abraço por uns cinco minutos, durante os quais deu mais beijos do que dera, antes, em toda a sua vida, ouso afirmar; mas a verdade é que a minha patroa o beijara primeiro e vi, claramente, que ele mal podia suportar, de tanta angústia, fitá-la no rosto! A mesma convicção o atingira, como a mim, desde o instante em que a vira, de que não havia perspectiva de restabelecimento final – que ela estava condenada, sem apelo, à morte.

– Oh, Cathy! Oh, minha vida! Como posso tolerar isto? – foram as primeiras palavras que ele disse, em um tom em que não procurava disfarçar seu desespero.

E olhou-a, então, tão ansiosamente que pensei que a própria intensidade de seu olhar traria lágrimas aos seus olhos; estes, porém, queimavam de angústia: não se umedeceram.

– E agora? – disse Catherine, recostando-se e olhando-o também, com uma fisionomia de súbito anuviada: seu gênio era uma simples ventoinha, que variava constantemente com seus caprichos. – Você e Edgar despedaçaram meu coração, Heathcliff! E ambos vieram se prantear comigo, como se fossem vocês que merecessem pena! Não tenho pena de você, nem de mim. Você me matou... e lucrou com isto, penso. Como é forte! Quantos anos pretende viver depois que eu tiver partido?

Heathcliff apoiara-se em um joelho para beijá-la; tentou levantar-se, mas ela agarrou-o pelos cabelos e manteve-o como estava.

– Queria apertá-lo entre os braços – continuou Catherine, com amargura – até que nós dois estivéssemos mortos! Não me importaria com o que você sofresse. Não me importo com seus sofrimentos. Por que você não devia sofrer? Eu sofro! Você se esquecerá de mim? Será feliz quando eu estiver dentro da terra? Irá dizer, daqui a vinte anos: "Esta é a sepultura de Catherine Earnshaw. Amei-a há muito tempo e sofri muito quando a perdi, mas isso passou. Amei muitas outras pessoas depois disso; meus filhos me são mais queridos do que ela era; e não me regozijarei de estar indo para junto dela, com a morte; sentirei deixá-los!" Dirá isto, Heathcliff?

– Não me torture até eu ficar tão doido quanto você – gritou ele, desvencilhando o rosto e rilhando os dentes.

Para um espectador imparcial, os dois apresentavam um quadro estranho e terrível. Bem poderia Catherine julgar que o céu lhe seria uma terra de exílio, a não ser que, com seu corpo mortal, ela se livrasse também de seu caráter moral. Seu semblante, no momento, ostentava uma vingança selvagem, na brancura das faces, nos lábios sem sangue e nos olhos cintilantes; e ela retinha, entre os dedos fechados uma parte dos cabelos a que se agarrara. Quanto a seu companheiro, enquanto se apoiava em uma das mãos para levantar-se, segurara-lhe o braço com a outra; e tão inadequado eram seus esforços de gentileza ao estado de Catherine, que, quando a largou, vi distintamente quatro manchas azuis na pele descolorida.

– Está possuída por um demônio – prosseguiu ele, selvagemente – para falar desta maneira, quando está à morte. Refletiu que todas estas palavras ficarão em minha memória, devorando-me eternamente, depois de você me ter deixado? Sabe que está mentindo quando diz que a matei, e sabe, Catherine, que tão cedo eu a esqueceria quanto da minha existência! Não é suficiente para o seu infernal egoísmo que, enquanto você estiver em paz, eu estarei me contorcendo nos tormentos do inferno?

– Não ficarei em paz – gemeu Catherine, levada de novo a um estado de fraqueza física pelo pulsar violento e desigual do coração, que batia visível e audivelmente sob os excessos da agitação.

Nada mais disse, até ter passado o paroxismo, depois continuou, mais calma:

– Não lhe desejo maior tormento do que tenho, Heathcliff. Queria apenas que jamais nos separássemos, e se uma de minhas palavras o ferir, de agora em diante, lembre-se que sinto o mesmo pesar debaixo da terra e, por minha salvação, perdoe-me! Venha cá e ajoelhe-se de novo! Você nunca me fez mal em sua vida. Não, se for acalentar a ira, isso será pior para relembrar minhas palavras duras! Não vem aqui de novo? Venha!

Heathcliff caminhou até atrás de sua cadeira e nela se encostou, sem deixar, contudo, ver o rosto, que estava lívido de emoção. Catherine virou-se para vê-lo; ele não permitiu: abruptamente, caminhou até a lareira, onde ficou em silêncio, de costas para nós. O olhar da Sra. Linton o acompanhou, desconfiado: cada movimento despertava nela um novo sentimento. Depois de uma pausa e de um olhar prolongado, ela prosseguiu, dirigindo-se a mim, em um tom que denotava indignada decepção:

– Está vendo, Nelly? Ele não se enternece um momento, para me deixar fora da sepultura. Eis como sou amada! Mas não faz mal. Este não é o meu Heathcliff. Continuarei a amar o meu e o levarei comigo, ele é minha alma. E – acrescentou, pensativa – o que mais me atormenta é esta prisão despedaçada, afinal de contas. Estou cansada de ficar presa aqui. Anseio fugir para aquele mundo glorioso e lá ficar para sempre: não vê-lo obscuramente, através de lágrimas e anelá-lo através das paredes de um coração dolorido, mas realmente estar com ele e nele. Nelly, você pensa que é mais feliz e afortunada que eu, cheia de saúde e vigor. Tem dó de mim... Muito em breve isso será alterado. Eu terei dó de você. Estarei incomparavelmente além e acima de vocês todos. Não sei se ele estará perto de mim! – Voltou a si mesma. – Pensei que queria. Heathcliff, meu querido! Não deve ficar triste comigo. Venha para junto de mim, Heathcliff!

Em sua ansiedade, levantou-se e apoiou-se no braço da cadeira. Ante aquele apelo veemente, ele se voltou para ela, mostrando um desespero absoluto. Seus olhos, arregalados e úmidos, afinal fitaram-na chamejando selvagemente; seu peito arquejava convulsamente. Durante um instante, os dois ficaram separados, e depois, mal vi quando se encontraram, mas Catherine atirou-se em um pulo e ele a segurou, e os dois se apertaram em um abraço do qual pensei que minha patroa não saísse viva: de fato, aos meus olhos, ela parecia inteiramente insensível. Ele se deixou cair assentado no sofá mais próximo e, quando corri para ver se ela havia desmaiado, ele rangeu os dentes para mim e sua boca espumou como a de um cão danado e apertou-a ao seu encontro, com voraz ciúme. Tive a impressão de não estar em companhia de uma criatura de minha própria espécie; ele parecia não compreender, embora eu lhe falasse. Mantive-me afastada e calei-me, inteiramente perplexa.

Um movimento de Catherine me tranquilizou um pouco, logo depois: pôs as mãos em torno do pescoço de Heathcliff e encostou o rosto no dele, enquanto ele, por sua vez, cobrindo-a de carícias frenéticas, dizia, excitado:

– Você me mostra agora como foi cruel... cruel e falsa. Por que me desprezou? Por que traiu seu próprio coração, Cathy? Não tive uma palavra de consolo. Você merece isto. Você se matou. Sim, pode beijar-me e chorar e torturar-se com meus beijos e lágrimas: elas a empestarão, elas a danarão. Você me amou... que direito tinha, então, de abandonar-me? Que direito, responda-me, para o mesquinho capricho que você sentiu por Linton? Porque a miséria, a degradação, a morte e coisa alguma, que Deus ou Satã poderiam infligir nos separariam, você, por sua própria vontade, nos separou. Não fui eu que despedacei seu coração, foi você mesma; e, ao despedaçá-lo, despedaçou o meu também. Pior para mim que eu seja forte. Quero viver? Que espécie de vida será quando você... Oh! Meu Deus! Gostaria de viver com sua alma na sepultura?

– Deixe-me só! Deixe-me só! – soluçou Catherine. – Se cometi um erro, estou morrendo por causa dele. É bastante! Você também me deixou, mas não o censuro. Perdoo. Perdoe-me!

– É difícil perdoar e olhar para estes olhos e sentir estas mãos estragadas – retrucou ele. – Beije-me de novo, e não me deixe ver seus olhos! Perdoo o que você fez comigo. Amo minha assassina... mas a sua! Como poderei?

Ficaram em silêncio, com os rostos escondidos um no outro, lavados pelas lágrimas um do outro. Pelo menos, eu suponho que o pranto era de ambos os lados; parecia que Heathcliff era capaz de chorar, em uma grande ocasião como essa.

Enquanto isto, eu me sentia cada vez mais inquieta, pois a tarde passava rapidamente, o homem que eu mandara sair voltara depois de cumprida sua incumbência e eu podia distinguir, pelo brilho do sol poente acima do vale, uma crescente afluência de gente do lado de fora da capela de Gimmerton.

– O serviço religioso terminou – anunciei. – Meu patrão estará aqui dentro de meia hora.

Heathcliff resmungou uma praga e apertou Catherine nos braços com mais força: ela não se moveu.

Pouco depois, percebi um grupo de criados passando pela estrada em direção à ala da cozinha. O Sr. Linton não vinha muito atrás; ele mesmo abriu o portão e caminhou devagar, provavelmente gozando a beleza da tarde, cujo ar estava tão leve como o do verão.

– Aí vem ele – exclamei. – Pelo amor de Deus, corra para baixo! Não encontrará ninguém na escada da frente. Vá depressa e fique no meio das árvores, até que ele já tenha entrado.

– Preciso ir, Cathy – disse Heathcliff, procurando desvencilhar-se dos braços da companheira. – Mas, se eu viver, hei de vê-la, de novo, antes de você adormecer. Não me afastarei cinco jardas de sua janela.

– Você não deve ir! – replicou Catherine, segurando-o tão firmemente quanto suas forças permitiam. – Não irá, estou-lhe dizendo.

– Por uma hora – implorou ele, ansioso.

– Nem por um minuto – retrucou ela.

– Preciso. Linton vai subir imediatamente – insistiu o alarmado intruso.

Quis levantar-se e desvencilhar-se de suas mãos; ela o agarrou com mais força; havia em seu rosto uma expressão de louca resolução.

– Não! – gritou. – Não vá, não vá! É a última vez! Edgar não nos fará mal. Vou morrer, Heathcliff! Vou morrer!

– O idiota que se dane! Ei-lo! – exclamou Heathcliff, tornando a sentar-se. – Psiu, minha querida! Psiu, psiu, Catherine! Vou ficar. Se ele me alvejar, morrerei com uma bênção nos lábios.

E os dois se abraçaram de novo. Ouvi os passos de meu patrão subindo a escada. O suor frio escorria por minha testa. Eu estava horrorizada.

– O senhor vai escutar seus delírios? – perguntei, com veemência. – Ela não sabe o que diz. Vai arruiná-la, porque ela não tem juízo para se valer? Levante-se! O senhor pode livrar-se imediatamente. Esta é a mais diabólica ação que já praticou. Nós todos estamos liquidados: patrão, patroa e criada.

Torci as mãos e gritei. O Sr. Linton, ouvindo o barulho, apressou o passo. No meio de minha agitação, fiquei sinceramente alegre observando que os braços de Catherine relaxaram e sua cabeça caíra para a frente.

"Está desmaiada ou morta", pensei. Tanto melhor. É muito melhor que esteja morta do que arrastando um pesado fardo e tornando desgraçados todos que a rodeiam."

Edgar investiu para o visitante não convidado, lívido de espanto e de raiva. O que pretendia fazer, não posso dizer; o outro, contudo, fez cessar todas as demonstrações imediatamente, colocando a forma aparentemente sem vida em seus braços.

– Veja! – exclamou. – A não ser que o senhor seja um demônio, ajude-me primeiro... e depois converse comigo!

Foi para a sala, de visitas, onde se sentou. O Sr. Linton chamou-me e, com grande dificuldade, depois de lançarmos mão de vários recursos, conseguimos fazê-la recuperar os sentidos. Ela, porém, estava inteiramente transtornada: suspirava e gemia e não conhecia ninguém. Edgar, em sua aflição por sua causa, esqueceu-se do seu odiado amigo. Eu não. Na primeira oportunidade, fui implorar-lhe que fosse embora, afirmando que Catherine estava melhor e que, de manhã cedo, eu lhe daria notícias a respeito de como passara a noite.

– Não me negarei a sair desta casa – retrucou ele –, mas ficarei no jardim. E não deixe de cumprir sua palavra amanhã, Nelly. Estarei embaixo daqueles lariços. Tome cuidado! Do contrário, virei fazer outra visita, sem Linton ou com ele.

Lançou um rápido olhar através da porta entreaberta do quarto e, verificando que o que eu dissera era aparentemente verdade, livrou a casa de sua odiosa presença.

⟡ Capítulo XVI ⟡

Por volta de meia-noite nasceu a Catherine que o senhor viu no Morro dos Ventos Uivantes: uma franzina criança de sete meses; e duas horas depois, a mãe morreu, sem ter chegado a recuperar a consciência suficientemente para sentir falta de Heathcliff ou reconhecer Edgar. O modo com que o último foi arrancado ao seu sofrimento é um assunto demasiadamente penoso para nele se demorar; seus efeitos posteriores mostraram quão profundo era o pesar. Esse pesar tornava-se muito maior, creio eu, pelo fato de ele ter ficado sem herdeiro. Lamentei tal fato, ao olhar a frágil orfãzinha e, mentalmente, maldisse o velho Linton por haver (o que era apenas uma natural parcialidade) assegurado sua propriedade à filha, em vez de ser à filha de seu filho. Era uma criança infeliz, coitadinha! Poderia ter morrido sem que ninguém se importasse, durante aquelas primeiras horas de existência. Redimimos a negligência mais tarde; mas seu começo foi tão sem afeto como seu fim provavelmente será.

Na manhã seguinte Edgar Linton tinha a cabeça no travesseiro e os olhos fechados. Suas feições jovens e belas pareciam quase tão mortas quanto as da criatura ao seu lado e quase tão imóveis: mas, nele se tratava do silêncio da angústia esgotante e nela da paz absoluta e perfeita. Sua testa lisa, as pálpebras fechadas, os lábios entreabertos na expressão de um sorriso... nenhum anjo do céu poderia ser mais belo do que ela parecia. E compartilhei a calma infinita em que ela jazia; meu espírito não se sentiu jamais tão santificado do que ao contemplar a imagem imperturbável do repouso eterno. Instintivamente, fiz eco às palavras que ela dissera poucas horas antes:

– Inquestionavelmente além e acima de nós todos! Esteja ainda na Terra ou já no céu, seu espírito está em casa com Deus!

Poucas vezes deixo de me sentir feliz contemplando uma cama mortuária, se não estou ao lado de alguém que chora, frenético ou desesperado. Vejo um descanso que nem a Terra nem o céu podem destruir e sinto uma garantia do interminável e imperturbável dali por diante – a Eternidade em que os mortos entraram – onde a vida é sem limite em sua duração, o amor em sua compreensão e a alegria em sua plenitude.

Notei, naquela ocasião, quanto egoísmo há mesmo em um amor como o do Sr. Linton, quando ele tanto lamentava a abençoada libertação de Catherine! Para falar a verdade, poder-se-ia duvidar, depois da existência caprichosa e impaciente que levara, se merecia afinal um abrigo de paz; não agora, porém, na presença de seu cadáver. Este afirmava sua própria tranquilidade, que parecia uma prova de igual quietude de sua antiga habitante.

– O senhor acredita que tais pessoas são felizes no outro mundo? Eu daria muita coisa para saber.

Declinei responder à pergunta da Sra. Dean, que me pareceu um tanto heterodoxa. Ela prosseguiu.

Remontando a vida de Catherine Linton, receio que não tenhamos o direito de esperar que ela seja; mas deixemo-la com seu Criador.

– O patrão parecia estar dormindo e eu me aventurei, logo que o sol nasceu, a sair do quarto e ir tomar um pouco de ar. Os criados pensaram que eu tivesse ido para vencer a sonolência, fruto de minha prolongada vigília; na realidade, o principal motivo que me levava era avistar-me com o Sr. Heathcliff. Se ele tivesse permanecido durante toda a noite entre os lariços, não teria ouvido um ruído na Granja, a não ser, talvez, o ruído do galope do cavalo do mensageiro indo a Gimmerton. Se ele estivesse mais próximo, provavelmente notaria, pelas luzes que iam de um lado para o outro e pelas portas externas que se abriam e se fechavam, que havia novidade dentro de casa. Eu desejava e, ao mesmo tempo, receava encontrá-lo. Sabia que a terrível notícia tinha que ser contada e ansiava por ficar livre dela; como fazer isso, porém, é que não sabia. Ele estava lá – pelo menos a algumas jardas para dentro do parque, encostado a um velho freixo, com os cabelos ensopados de orvalho que escorria dos galhos e caía em torno dele. Devia estar imóvel naquela posição há muito tempo, pois vi um casal de melros passando e repassando a uma distância de três pés, no máximo, de onde ele estava, muito ocupados em construir seu ninho e não considerando sua proximidade sem prestar mais atenção à sua presença que a de um pedaço de madeira. Os pássaros voaram quando me aproximei e ele levantou os olhos e disse:

– Ela morreu! Não esperei você para saber disso. Esconda o lenço... Não choramingue diante de mim. Danem-se vocês todos! Ela não precisa de suas lágrimas!

Eu estava chorando tanto por causa dele quanto dela. Às vezes, acontece termos piedade de criaturas que não têm nenhum sentimento, para si mesmas ou para os outros. Quando olhei para o seu rosto, percebi que ele tomara conhecimento da catástrofe; e assaltou-me o espírito a louca ideia de que seu coração se abrandara e ele rezava, pois seus lábios se moviam e seu olhar baixara-se para o chão.

– Sim, ela está morta! – exclamei, contendo os soluços e enxugando o rosto. – Espero que tenha ido para o céu, onde poderemos, cada um de nós ir nos juntar a ela, se levarmos na devida consideração a advertência e abandonarmos os caminhos do mal para seguirmos o bem!

– Quer dizer, então, que ela tomou na devida consideração a advertência? – perguntou Heathcliff, tentando sorrir sardonicamente. – Ela morreu como uma santa? Vamos! Conte-me o caso como foi na realidade. Como foi que...

Tentou pronunciar o nome, mas não conseguiu, e, apertando a boca, travou um combate silencioso com sua angústia interior, desafiando, ao mesmo tempo, minha compaixão com um olhar inflexível e feroz.

– Como foi que ela morreu? – continuou, afinal, resignado, apesar de sua dureza ter um apoio fora de si, portanto, após a luta, tremia, malgrado seu, até as pontas dos dedos.

"Pobre desgraçado!" pensei. "Você tem coração e nervos como seus irmãos homens! Por que tem tanta vontade de escondê-los? Seu orgulho não pode cegar Deus! Você O tenta a atormentá-los, até que Ele o obrigue a um grito de humilhação!"

– Sossegada como um cordeirinho! – respondi, em voz alta. – Deu um suspiro e se retesou, como uma criança que acorda e torna a dormir. E cinco minutos depois, senti uma pequena palpitação em seu coração e nada mais!

– E... ela disse meu nome? – perguntou ele, hesitante, como se receasse que a resposta à sua pergunta trouxesse pormenores que ele não suportaria ouvir.

– Não recuperou os sentidos. Não reconheceu ninguém, depois que o senhor a deixou – disse eu. – Ela está com um doce sorriso nos lábios e seus últimos pensamentos voltaram aos dias felizes de outrora. Sua via encerrou-se em um belo sonho... possa despertar tão suavemente no outro mundo!

– Que ela desperte atormentada! – gritou Heathcliff, com terrível veemência, batendo o pé e rugindo, em um súbito paroxismo de paixão ingovernável. – Mentiu até o fim! Onde está? Não está ali... não está no céu... não pereceu... onde? Você disse que não se importa com meus sofrimentos! E eu rezo uma prece... repito-a até minha língua cansar-se... Catherine Earnshaw, que não descanses, enquanto eu estiver vivo! Disseste que te matei... vem perseguir-me, então! O assassinado persegue seu assassino, creio eu. Sei que fantasmas têm andado na terra. Sê sempre comigo... toma qualquer forma... empurra-me à loucura! Mas não me deixes neste abismo, onde não posso encontrar-te! Oh! meu Deus! É indivisível! Não posso viver sem minha vida! Não posso viver sem minha alma!

Atirou a cabeça de encontro ao tronco da árvore e, levantando os olhos, uivou, não como um homem, mas como uma fera, que está sendo morta, com facas e lanças. Observei várias manchas de sangue no casco da árvore e suas mãos e sua testa estavam ensanguentadas. Provavelmente, a cena que eu testemunhava era a repetição de outras ocorridas durante a noite. Não chegou a despertar-me compaixão – horrorizou-me. Hesitava, contudo, em deixá-lo naquele estado. No momento, porém, em que ele se dominou bastante para ver que eu o observava, ordenou-me que me retirasse, e obedeci. Estava além de minha capacidade aquietá-lo ou consolá-lo.

O enterro da Sra. Linton foi marcado para a sexta-feira depois de sua morte, e, até então, seu caixão ficou descoberto e espargido de flores e folhas odoríferas, na grande sala de visitas. Linton passou ali os dias e as noites, como um guardião insone. E – circunstância que ninguém, exceto eu sabia – Heathcliff passou, pelo menos as noites, do lado de fora, igualmente sem repouso. Não me comuniquei com ele, mas, ainda assim, estava ciente do seu desejo de entrar, se pudesse. E na terça-feira, um pouco depois de anoitecer, quando meu patrão, vencido pela fadiga, fora obrigado a retirar-se por umas duas horas, abri uma das janelas, comovida com a sua perseverança, para dar-lhe uma oportunidade de apresentar o último adeus à imagem fanada de seu ídolo. Ele não deixou de se valer da oportunidade, cautelosa e brevemente: com bastante cuidado para não trair sua presença pelo menor ruído. Na verdade, eu não descobriria que ele estivera ali, a não ser pelo desarranjo da tapeçaria perto do rosto da defunta e por ter visto no chão um cacho de cabelos louros, presos com um cordão de prata, que verifiquei, ao examiná-lo, ter sido tirado de um medalhão que Catherine trazia ao pescoço. Heathcliff abrira o berloque e esvaziara-o de seu conteúdo, substituindo-o por uma madeixa escura de seus próprios cabelos. Enrolei as duas uma na outra e guardei-as juntas.

É claro que Sr. Earnshaw foi convidado para acompanhar os restos mortais da irmã. Todavia, não compareceu, nem apresentou qualquer desculpa. Assim, para além do marido, assistiram apenas ao funeral os caseiros e os criados, já que Isabella não fora informada.

Para surpresa das gentes de Gimmerton, a sepultura de Catherine não ficava, nem junto à capela, no jazigo dos Linton, nem junto às campas dos seus familiares. Catherine foi enterrada em uma encosta relvada no extremo do cemitério, onde o muro era tão baixo que as urzes e as silvas da charneca passaram para dentro, e cobriram a campa, misturando-se com a relva. O marido jaz agora no mesmo local. À cabeceira de cada um deles foi colocada uma simples lápide e, no extremo oposto, um bloco de pedra cinza, apenas para demarcar as sepulturas.

∽ Capítulo XVII ∼

quela sexta-feira foi o último dia de bom tempo no mês. Ao anoitecer, o tempo mudou: o vento começou a soprar de sul para nordeste e trouxe consigo a chuva e, depois, granizo e neve.

Na manhã seguinte dificilmente se diria que havíamos tido três semanas de verão: as plantas vergavam-se agora às ventanias de Inverno; calaram-se as cotovias, amareleceram e caíram as folhas das árvores temporãs; fria, soturna e sombria, a manhã arrastava-se preguiçosa! O meu patrão não saiu dos seus aposentos. Tomei posse da sala vazia e transformei-a em um quarto de bebê. E ali estava eu, sentada, com a bebê chorona ao colo, embalando-a de um lado para o outro e contemplando os flocos de neve que não paravam de cair e se acumulavam no peitoril da janela sem cortinas, quando a porta se abriu e alguém entrou, a rir-se e ofegante. Por momentos a minha fúria suplantou o meu espanto; pensando que fosse uma das criadas, gritei:

– Cala-te! Como te atreves a entrar aqui nesse despropósito? Que diria Sr. Linton, se te ouvisse?

– Desculpe-me! – replicou uma voz conhecida. – Mas sei que Edgar está deitado e não me pude conter.

Assim dizendo, aquela que falava aproximou-se do fogo, ofegante e com o braço pendente.

– Corri desde o Morro dos Ventos Uivantes até aqui! – continuou ela, depois de uma pausa. – Sem parar a não ser quando voei. Não posso contar o número de quedas que levei. Estou com o corpo inteiro doendo! Não se assuste! Vai ter uma explicação, logo que eu puder dá-la. Faça o favor, apenas, de descer e dar ordem à carruagem para me levar a Gimmerton e dizer à criada para procurar alguns vestidos em meu guarda-roupa.

A intrusa era a Sra. Heathcliff. Não parecia, de modo algum, ter motivo para rir; os cabelos caíam-lhe pelos ombros, pingando neve e água; trazia trajes de mocinha, que em geral usava, mais de acordo com sua idade do que com sua posição: um vestido decotado, de mangas curtas e sem gola. Era de seda leve e estava agarrado ao corpo com a umidade, e os pés achavam-se protegidos apenas por finas chinelas. Ajunte-se a isso um corte profundo sob uma das orelhas, que apenas o frio impedia de sangrar profusamente, um rosto branco arranhado e machucado e um corpo que mal podia sustentar-se, devido ao cansaço, e o senhor pode imaginar que minha primeira sensação de susto não se abrandou muito, quando tive ocasião de examiná-la mais atentamente.

– Minha prezada senhora! – exclamei. – Não sairei daqui para ir a lugar algum, enquanto a senhora não tirar toda a roupa e vestir roupas enxutas. E, certamente, a senhora não vai a Gimmerton esta noite de modo que não há necessidade de encomendar a carruagem.

– Vou, sim – disse ela. – A pé ou de carruagem. Não me oponho, porém, a vestir-me decentemente. E... veja como a água está escorrendo, agora de meu pescoço! O fogo a fez derreter.

Fez questão de que eu cumprisse suas ordens, antes de me deixar tocá-la, e somente depois de o cocheiro ter recebido instruções para ficar à sua disposição e uma criada preparou um maço de algumas roupas necessárias, consegui seu consentimento para tratar do ferimento e ajudá-la a mudar de roupa.

– Agora, Ellen – disse ela, depois que acabei de executar minha tarefa e que ela estava sentada junto à lareira, diante de uma xícara de chá —, sente-se em frente a mim e deixe para um lado o bebê de Catherine; não quero vê-lo! Não deve pensar que não me importo com Catherine, por causa de minha atitude ao entrar aqui. Chorei muito, também, mais do que qualquer outro tinha razão para chorar. Separamo-nos sem fazer as pazes, você deve lembrar-se, e não perdoo isso a mim mesma. Mas, apesar de tudo, não ia ter compaixão dele, aquele monstro! Dê-me o atiçador! Isto é a última coisa dele que tenho comigo. – Tirou a aliança de ouro do dedo anular e atirou-a ao chão.

– Vou esmagá-la! – continuou, amassando-a, com uma fúria infantil. – E depois queimá-la! – E pegou o anel amassado, atirando-o no meio das brasas – Pronto! Ele comprará outro, se me quiser de volta. É capaz de vir procurar-me, para aborrecer Edgar. Eu não me atreveria a ficar, se ele metesse essa ideia naquela maldita cabeça! E, além de tudo, Edgar não tem sido bom, não é mesmo? E não vim pedir sua ajuda, nem trazer-lhe mais aborrecimentos. A necessidade compeliu-me a procurar abrigo aqui. Contudo, se eu não soubesse que ele não estava aqui, eu teria parado na cozinha, lavado o rosto, aquecido-me, mandado você procurar o que eu precisava e partido de novo para qualquer lugar fora do alcance de meu maldito... daquele demônio encarnado! É uma pena que Earnshaw não tenha tanta força quanto ele; eu não teria fugido senão depois de tê-lo visto arrasado, se Hindley, fosse capaz de fazer isso!

– Está bem, não fale tão depressa, menina! – interrompi. – Vai atrapalhar o lenço que amarrei em torno de seu rosto e fazer o corte sangrar de novo. Tome o chá, descanse e não dê mais gargalhadas: não se deve rir assim sob este teto e em sua situação!

– É uma verdade incontestável – ela replicou. – Escute aquela criança! Choraminga constantemente... atormenta meu ouvido há uma hora. Não vou ficar por mais tempo.

Toquei a campainha, transmiti minha incumbência a uma criada e, depois, perguntei o que a fizera fugir do Morro dos Ventos Uivantes em trajos tão impróprios e aonde pretendia ir, uma vez que não queria ficar conosco.

– Eu devia e queria ficar aqui, para consolar Edgar e tomar conta do bebê, e porque a Granja é meu verdadeiro lar. Mas já lhe disse que ele não me deixaria aqui! Acha que ele toleraria ver-me ficar gorda e alegre, suportaria pensar que estamos tranquilos, sem se dispor a envenenar nosso bem-estar? Agora, sinto-me satisfeita tendo certeza de que ele me detesta, a ponto de aborrecê-lo seriamente, ter-me ao alcance de seus ouvidos ou de seus olhos; noto, quando chego à sua presença, que os músculos de seu rosto se contorcem, involuntariamente, em uma expressão de ódio, em parte devido ao fato de saber as boas razões que tenho de nutrir por ele tal sentimento e em parte à aversão original. Isso é bem forte para me dar certeza de que ele não me procuraria por toda a Inglaterra, se eu conseguir fugir de fato, e, portanto, devo ir para bem longe. Já me curei do desejo que sentia a princípio de ser morta por ele; prefiro que ele mate a si mesmo! Ele acabou com meu amor definitivamente, e assim, sinto-me à vontade. Ainda posso lembrar-me quanto o amei e posso, vagamente, imaginar que podia ainda amá-lo se... não, não! Mesmo se ele me tivesse idolatrado, sua natureza diabólica teria revelado sua existência, de algum modo. Catherine tinha um gosto horrivelmente pervertido, estimando-o tanto e conhecendo-o tão bem. Monstro! Pudesse ele ser riscado da criação e de minha memória!

– Psiu! Psiu! Ele é um ser humano – disse eu. – Seja mais caridosa. Há homens ainda piores do que ele!

– Ele não é um ser humano – retrucou ela – e não tem direito à minha caridade. Dei-lhe meu coração e ele o tomou e torturou-o até a morte e depois me devolveu. As pessoas sentem com o coração, Ellen: e como ele destruiu o meu, não tenho capacidade de sentir por ele e não sentiria, mesmo que ele chorasse sem parar desde hoje até o dia de sua morte e derramasse lágrimas de sangue por Catherine. Não, na verdade não sentiria. – E, neste ponto, Isabela começou a chorar; mas, sacudindo as lágrimas dos olhos, prosseguiu. – Você me perguntou o que me levou a fugir finalmente? Fui compelida a tentar, porque conseguira elevar a raiva dele um tanto acima de sua maldade. Arrancar os nervos com tenazes aquecidas ao rubro exige mais sangue-frio que dar pancadas na cabeça. Ele foi levado a esquecer-se da diabólica prudência de que se blasona e entregou-se a uma violência homicida. Experimentei prazer em conseguir exasperá-lo; a sensação de prazer despertou meu instinto de autopreservação de modo que me tornei bem livre; e, se alguma vez voltar às suas mãos, ele estará marcado para uma memorável vingança.

"Ontem, você sabe, o Sr. Earnshaw devia ir ao enterro. Ele se conservou sóbrio para esse fim, toleravelmente sóbrio, não indo bêbado para a cama às seis horas e le-

vantando-se bêbado às 12. Em consequência, levantou-se abatidíssimo, tão disposto a ir à igreja quanto a um baile; e, em vez de ir, sentou-se perto do fogo, ingerindo gim ou aguardente aos copázios.

Heathcliff – estremeço ao dizer-lhe o nome! – sumira-se da casa, desde domingo passado até hoje. Se eram os anjos que o alimentavam ou sua carne que se consumia não posso dizer; mas o fato é que não tomara uma refeição conosco há cerca de uma semana. Voltara para casa justamente ao amanhecer e subira para o seu quarto, onde se trancou, como se alguém desejasse sua companhia! Ali continuou a rezar como um metodista, com a diferença de que a deidade a que implorava era a insensível cinza e poeira, e Deus, quando a ele se dirigira, era curiosamente confundido com seu próprio e negro pai! Depois de concluir suas preciosas orações – e elas duravam geralmente até que ele se tornava rouco e a voz ficava estrangulada na garganta —, recomeçava outra vez, sempre voltado para a Granja! Não sei como Edgar não mandou um policial levá-lo para a prisão! Para mim, apesar de sentida como estava por causa de Catherine, era impossível deixar de considerar aquela ocasião de livramento da degradante opressão como um dia de festa.

Recuperei o espírito de maneira suficiente para ouvir sem chorar os eternos sermões de Joseph e para andar pela casa, abaixo e acima, menos do que antes com os pés de um ladrão amedrontado. Você não acreditaria que eu fosse chorar com qualquer coisa que Joseph dissesse, mas ele e Hareton são companheiros detestáveis. Prefiro sentar-me em companhia de Hindley e ouvir sua horrível conversa à patrãozinho e seu zeloso patrono, aquele velho odiento! Quando Heathcliff está em casa, sou muitas vezes obrigada a procurar a companhia do pessoal da cozinha, ou tremer de frio pelos quartos úmidos e desabitados; quando ele não está, como é o caso esta semana, ponho uma mesa e uma cadeira em um canto da lareira da casa e não me preocupo em saber o que o Sr. Earnshaw está fazendo, e ele não se intromete em meus arranjos. Ele, agora, fica mais quieto do que ficava, se ninguém o provoca: mais abatido e deprimido e menos furioso. Joseph afirma que não há dúvida de que ele está diferente, que o Senhor tocou seu coração e que está salvo "como pelo fogo". Não consigo descobrir indícios da grata modificação: mas isso não é de minha conta.

Ontem à noitinha, fiquei sentada no meu canto, lendo alguns velhos livros, até tarde, lá pelas 12 horas. Não me animava a ir para cima, com a neve batendo furiosamente do lado de fora e meus pensamentos voltando ao cemitério e ao túmulo recém-aberto! Mal me atrevia a levantar os olhos da página que tinha diante de mim, sem que aquela cena melancólica imediatamente ocupasse seu lugar. Hindley estava sentado do outro lado, com a cabeça apoiada nas mãos, talvez meditando sobre a mesma coisa. Parara de beber a um ponto abaixo da irracionalidade e havia duas ou três horas que não se mexia nem falava. Não havia ruído na casa, além do vento gemebundo, que sacudia as janelas, de vez em quando; o fraco crepitar das brasas e o tique de minha espevitadeira, quando eu removia, a intervalos, o comprido pavio da vela. Hareton e Joseph estavam, provavelmente, na cama, já dormindo. Era triste, muito triste; e, eu suspirava quando lia, pois tinha a impressão de que toda a alegria desaparecera do mundo, para nunca mais voltar.

O lúgubre silêncio foi rompido, afinal, pelo ruído da aldrava da cozinha; Heathcliff voltara de sua vigília mais cedo que de costume, devido, creio eu, à repentina tempestade. A porta foi fechada e ouvimos o ruído de seus passos ao aproximar-se da outra. Levantei-me, tendo nos lábios uma expressão irreprimível do que eu sentia, o que induziu meu companheiro, que estivera olhando para a porta a virar-se e olhar para mim.

– Vou impedir a entrada dele durante cinco minutos – disse. – Você não se opõe?

– Não, para mim você pode impedir a sua entrada o resto da noite – respondi. – Vamos! Ponha a chave na fechadura e feche a porta.

Earnshaw fez isso quando seu hóspede chegava à frente; depois voltou e levou sua cadeira para o outro lado da mesa, debruçou-se sobre esta e procurou em meus olhos um sinal de solidariedade com o ódio ardente que brilhava nos seus: não podia saber exatamente que tinha a aparência e os sentimentos de um assassino, mas eu descobri o bastante para encorajá-lo a falar.

– Eu e a senhora temos, cada um, uma grande dívida a saldar com o homem que está lá fora! Se não somos ambos covardes, devemos combinar para livrarmo-nos dele. A senhora tem coração tão manso quanto seu irmão? Está disposta a aturar até o fim e não tentar, uma vez sequer, retribuição?

– Já estou farta de aturar – respondi – e sentir-me-ia feliz com uma retaliação que não recaísse sobre mim; mas a traição e a violência são facas de dois gumes; ferem mais aqueles que a elas recorrem que seus inimigos.

– A traição e a violência são apenas uma justa retribuição da traição e da violência! – gritou Hindley. – Sra. Heathcliff, peço-lhe que não faça nada, limitando-se a ficar sentada, imóvel e muda. Diga-me, pode fazer isso? Estou certo de que teria tanto prazer quanto eu assistindo ao fim da existência do demônio; ele acarretará a morte da senhora, a não ser que o consiga burlar, e minha ruína. Maldito seja o infernal vilão! Bate na porta como se já fosse dono daqui! Prometa-me não falar e antes do relógio tocar, faltam três minutos para uma, a senhora será uma mulher livre!

Tirou do peito os instrumentos que descrevi em minha carta e ia apagar a vela. Eu a arrebatei, contudo, e segurei-o pelo braço.

– Não ficarei calada! – disse. – O senhor não deve tocá-lo. Deixe a porta fechada e fique quieto!

– Não!... Tomei minha decisão e, por Deus, hei de executá-la! – gritou o desesperado ser. – Vou fazer-lhe um bem, mesmo contra a sua vontade, e fazer justiça a Hareton! E a senhora não precisa preocupar-se em proteger-me. Catherine partiu. Nenhum vivo sentiria saudade, ou falta, ou vergonha de mim, se eu cortasse o pescoço agora mesmo, e chegou a ocasião de pôr um fim nisso!

Teria sido a mesma coisa lutar com um urso ou discutir com um lunático. O único que me restou foi correr para a gelosia e avisar à tencionada vítima do destino que a aguardava.

– É melhor você ir procurar abrigo em outro lugar esta noite! – exclamei, em um tom de triunfo. – O Sr. Earnshaw está disposto a alvejá-lo, se continuar tentando entrar.

– É melhor abrir a porta, sua... – retrucou ele, usando, para dirigir-se a mim, um termo elegante, que não preciso repetir.

– Não me vou meter nisto – retruquei. – Entre e receba um tiro, se quiser! Cumpri meu dever.

Com isso, fechei a janela e voltei ao meu lugar perto do fogo, tendo à minha disposição uma reserva demasiadamente pequena de hipocrisia para fingir qualquer ansiedade ante o perigo que o ameaçava. Earnshaw insultou-me com veemência, afirmando que eu ainda amava o vilão e chamando-me de todos os nomes feios pela baixeza de espírito que eu evidenciava. E, no segredo do meu coração (e a consciência jamais me censurou) pensava que bênção seria para ele se Heathcliff o livrasse de sua miséria, e que bênção seria para mim se ele enviasse Heathcliff ao seu justo destino! Enquanto eu estava entregue a essas reflexões, a janela atrás de mim foi arrancada de seus gonzos e caiu no chão pelo último daqueles indivíduos e sua escura fisionomia surgiu, sinistramente. A passagem era muito apertada para permitir que seus ombros acompanhassem a cabeça e eu sorri, exultante, em minha imaginada segurança. Seus cabelos e sua roupa estavam brancos de neve e seus dentes agudos de canibal, revelados pelo frio e pela ira, brilhavam na escuridão.

– Isabela, deixe-me entrar, ou se arrependerá – advertiu ele, enquanto Joseph gritava.

– Não posso cometer um assassinato – repliquei. – O Sr. Hindley está de sentinela, com um punhal e uma pistola carregada.

– Deixe-me entrar pela porta da cozinha – disse ele.

– Hindley chegará lá antes de você – respondi – e deve ser bem fraco o seu amor, para não poder suportar uma nevada! Fomos deixados em paz em nossos leitos, enquanto brilhou a lua de verão, mas, no momento em que volta uma rajada de inverno, você tem de correr para procurar abrigo! Heathcliff, se eu fosse você, iria deitar-me sobre o túmulo dela e lá ficar, como um cão fiel. O mundo já não é um lugar em que valha a pena viver, não é mesmo? Você me deu a impressão perfeita de que Catherine era toda a alegria de sua vida; não posso conceber como queira viver depois de sua morte.

-- Ele está aí, não está? – exclamou meu companheiro, correndo para a brecha. – Se eu puder pôr o braço para fora, conseguirei atingi-lo!

Receio, Ellen, que você me considere uma verdadeira malvada; mas abstenha-se de julgar, pois não sabe de tudo. De modo algum eu teria ajudado ou auxiliado uma tentativa contra a sua vida. Desejar que ele estivesse morto, eu desejava, e, portanto, senti-me profundamente decepcionada, nervosa, receando as consequências de minhas palavras, quando ele avançou contra a arma de Earnshaw e arrebatou-a de suas mãos.

A carga explodiu e a faca, com a mola recuando, fechou-se na mão de seu próprio dono. Heathcliff arrebatou-a à força raspando a pele ao passar, e meteu-a no bolso. Depois, pegou uma pedra, bateu com ela na separação dos dois batentes da janela e arrebentou-a. Seu adversário caíra sem sentidos, com a dor excessiva, e o sangue que jorrava de alguma artéria ou veia grande. O miserável pulou e deu-lhe pontapés e pisou-o, empurrando sua cabeça repetidamente contra as lajes do chão, segurando-me, ao mesmo tempo, com uma das mãos, para impedir que eu chamasse Joseph. Revelou um desprendimento sobre-humano abstendo-se de liquidar completamente a vítima, mas perdendo a respiração, desistiu afinal e arrastou o corpo aparentemente inanimado para o banco. Ali, rasgou a manga do casaco de Earnshaw e amarrou o ferimento com toda a brutalidade, cuspindo e praguejando durante o trabalho com a mesma energia com que antes desfechara pontapés. Vendo-me em liberdade, não perdi tempo e fui procurar o velho criado, que, tendo compreendido, aos poucos, o sentido de minha apressada narrativa, correu para baixo, arquejando, ao descer os degraus, dois a dois.

– Que fazer agora? Que fazer?

– Que fazer – gritou Heathcliff – é que seu patrão está doido e, se ele durar mais um mês, vou metê-lo em um hospício. E como é que você se atreve a me segurar, seu rafeiro sem dentes? Não fique aí resmungando. Venha, que não vou ficar tomando conta dele. Lave aquilo ali. E tenha cuidado com as fagulhas da vela. Mais da metade dele é pura aguardente!

– E então o senhor o estava assassinando?! – exclamou Joseph, levantando as mãos e os olhos, horrorizado. – Se jamais eu tivesse visto espetáculo semelhante! Que o Senhor...

Heathcliff empurrou-o, fazendo-o cair de joelhos no meio do sangue e lhe atirou uma toalha; mas, em vez de enxugar, ele juntou as mãos e começou a rezar uma prece que me provocou gargalhadas, pela sua estúrdia fraseologia. Eu estava em um estado de espírito de ficar chocada com a menor coisa: na verdade, tão indiferente como alguns malfeitores se mostram ao pé da forca.

– Deixe de conversa! – exclamou o tirano. – Ande depressa! Vamos com isso! E você está combinando com ele contra mim, sua víbora? Muito bem, há um trabalho para você.

Sacudiu-me até meus dentes rilharem e me colocou ao lado de Joseph, que, firmemente, concluiu suas súplicas e depois se levantou, ameaçando ir diretamente para a Granja. O Sr. Linton era um magistrado e, mesmo se tivesse perdido cinquenta esposas, iria fazer um inquérito àquele respeito. Mostrava-se tão obstinado em sua resolução que Heathcliff achou conveniente arrancar de meus lábios uma recapitulação do que se passara; de pé acima de mim, dominando-me com sua maldade, enquanto eu, com relutância, fazia a narrativa, em resposta às suas perguntas. Foi preciso muito trabalho para convencer ao velho de que Heathcliff não fora o agressor, especialmente com as minhas respostas espremidas. O Sr. Earnshaw, contudo, cedo o convenceu de que ainda estava vivo; Joseph apressou-se em ministrar-lhe uma dose de álcool, e, com o socorro, seu patrão reconquistou, de pronto, o movimento e a consciência. Heathcliff, certo de que seu opositor ignorava o tratamento que recebera, quando insensível, acusou-o de estar delirando de bebedeira e disse que não levaria mais em conta sua conduta atroz, mas o aconselhou a ir para a cama. Para minha alegria, ele nos deixou, depois de dar esse judicioso conselho, e Hindley se estendeu na pedra da lareira. Fui para o meu quarto, maravilhada por haver escapado tão facilmente.

Hoje de manhã, quando desci, cerca de meia hora antes do meio-dia, o Sr. Earnshaw estava sentado junto do fogo, abatidíssimo; seu gênio do mal, quase tão pálido e desfeito quanto ele, estava debruçado na lareira. Nenhum dos dois parecia disposto a comer e, tendo esperado até tudo esfriar na mesa, comecei sozinha. Nada me impedia de comer com vontade e experimentei um certo sentimento de satisfação e superioridade, quando, nos intervalos, lançava um olhar aos meus silenciosos companheiros e sentia, dentro de mim, o consolo de uma consciência tranquila. Depois de ter comido, aventurei-me a tomar a pouco habitual liberdade de aproximar-me do fogo, por trás da cadeira de Earnshaw e ajoelhar-me no canto, ao lado dele.

Heathcliff não olhou para mim e eu levantei os olhos e contemplei suas feições quase com tanta confiança como se elas se tivessem petrificado. Sua fronte, que eu outrora achava tão máscula e que agora achava tão diabólica, estava profundamente sombria; seus olhos de basilisco mostravam-se quase apagados pela falta de sono e, talvez, pelo pranto, pois os cílios ainda estavam úmidos; os lábios, livres do sorriso feroz, selados com uma expressão de indizível tristeza. Se fosse um outro, eu teria escondido o rosto, na presença de tal sofrimento. No seu caso, senti-me satisfeita; e por mais ignóbil que parecesse insultar um inimigo tombado, não pude perder aquela oportunidade de feri-lo: sua fraqueza oferecia-me a única ocasião em que eu podia deleitar-me com o gosto de pagar o mal com o mal.

– Com efeito, menina! – interrompi-a. – Parece até que a senhora nunca abriu a Bíblia em sua vida. Se Deus aflige seus inimigos, sem dúvida isso lhe basta. É mesquinhez e presunção, ao mesmo tempo, querer acrescentar a sua tortura à dele.

– Em geral, eu admito que assim seja, Ellen – prosseguiu ela —, mas aquela miséria estampada em Heathcliff poderia contentar-me, a menos que eu o afetasse de certo modo? Eu teria sofrido menos se pudesse causar os sofrimentos dele e ele soubesse que eu era a causa. Oh!, devo-lhe tanto! Só sob uma condição posso ter esperança de perdoá-lo. É se eu puder pagar com olho por olho, dente por dente; para cada tortura, retribuir com uma tortura: reduzi-lo ao meu nível. Como ele foi o primeiro a injuriar, fazê-lo ser o primeiro a implorar perdão; e depois... depois, Ellen, eu poderia mostrar alguma generosidade. É de todo impossível, porém, que eu seja vingada jamais e, portanto, não posso perdoá-lo. Hindley queria água e eu levei-lhe um copo e perguntei-lhe como estava.

– Não tão mal quanto desejava – respondeu ele. – Mas, a não ser o braço, cada polegada de meu corpo dói tanto como se eu tivesse lutado com uma legião de diabos!

– Sim, não é de se admirar – comentei – Catherine costumava blasonar que se colocava entre o senhor e os sofrimentos corporais; queria dizer que certas pessoas não o maltratariam com medo de magoá-la. É bom que as pessoas não saiam, realmente, de seus túmulos, pois, se assim não fosse, na noite passada ela teria presenciado uma cena repulsiva! O senhor não está pisado e cortado no peito e nos ombros?

– Não posso afirmar – respondeu ele. – Mas o que está querendo dizer? Atreveu-se ele a me espancar quando eu estava desmaiado?

– Ele o pisou, deu-lhe pontapés e atirou-o ao chão – murmurei. – E sua boca aguava para estraçalhá-lo com os dentes, porque ele é apenas metade homem, ou nem tanto, e o resto é um demônio.

O Sr. Earnshaw levantou os olhos, como eu para o rosto de nosso inimigo comum, que, absorvido por sua angústia, parecia insensível a tudo em torno de si: quanto mais tempo se passava, mais evidentemente velava o negrume de suas reflexões em seu rosto.

– Oh! Se Deus me desse apenas a força para estrangulá-lo em minha agonia, eu partiria alegre para o inferno – murmurou o impaciente homem, esforçando-se para levantar-se e tornando a afundar-se na cadeira, desesperado, convencido da sua incapacidade para lutar.

– Não. É bastante que ele tenha assassinado um dos seus – observei, em voz alta. – Na Granja, todo o mundo sabe que sua irmã estaria viva a estas horas, se não fosse o Sr. Heathcliff. Afinal de contas, é preferível ser odiada a ser amada por ele. Quan-

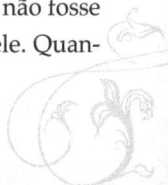

do me lembro como éramos felizes, como Catherine era feliz antes de ele aparecer, amaldiçoo aquele dia.

Muito provavelmente, Heathcliff notou mais a verdade do que era dito que o espírito da pessoa que o dissera. Vi que sua atenção fora despertada, pois seus olhos verteram lágrimas entre as cinzas e sua respiração foi entrecortada por suspiros profundos. Encarei-o bem de frente e dei uma risada de desdém. As janelas sombrias do inferno relampejaram um momento em minha direção. O demônio, que habitualmente vigilava, contudo, estava tão abatido e sorumbático que não temi arriscar outra manifestação de desprezo.

– Levante-se e suma-se de minha vista – disse ele. Creio que articulou estas palavras, pelo menos, apesar de sua voz ser quase ininteligível.

– Peço-lhe desculpas – repliquei. – Mas eu também amava Catherine, e seu irmão exige atenção que, em homenagem à sua memória, irei prestar. Agora que ela está morta, eu a vejo em Hindley: Hindley tem olhos iguaizinhos aos dela, se você não tivesse tentado arrancá-los ou torná-los pretos e vermelhos e sua...

– Levante-se, miserável idiota, antes que eu a mate! – gritou ele, fazendo um movimento, que me levou a fazer um outro, também.

– Mas, então – continuei, preparando-me para fugir —, se a pobre Catherine tivesse confiado em você e assumido o ridículo, desprezível, degradante título de Sra. Heathcliff, ela teria, dentro em pouco, apresentado um quadro semelhante! Não teria suportado tranquilamente sua abominável conduta; sua repulsa e desgosto teriam-se feito ouvir.

As costas do banco e a pessoa de Earnshaw interpunham-se entre mim e ele: assim, em vez de tentar alcançar-me, ele tirou uma faca da mesa e atirou-a à minha cabeça. A faca alcançou-me abaixo da orelha e cortou pelo meio a frase que eu estava dizendo, mas, puxando-a, eu corri para a porta e atirei outra, que, espero, tenha penetrado um pouco mais fundo que seu projétil. A última visão que tive dele foi de uma furiosa investida de sua parte, detida pelo abraço de seu hospedeiro, e ambos caíram juntos engalfinhados na lareira. Enquanto fugia através da cozinha, pedi a Joseph que corresse para junto do patrão; derrubei Hareton, que estava na porta, carregando uma ninhada de cachorrinhos nas costas de uma cadeira, e, feliz como uma alma que escapa do purgatório, saltei, pulei e corri velozmente pela íngreme estrada; depois, deixando suas sinuosidades, enfiei-me diretamente através da charneca, rolando pelos barrancos e enfiando-me nos brejos: precipitando-me, na expressão da palavra, rumo à luz orientadora da Granja. E antes mil vezes ser condenada a morar eternamente nas regiões infernais do que, mesmo por uma noite, morar de novo sob o teto do Morro dos Ventos Uivantes!"

Isabela cessou de falar e tomou um gole de chá; depois se levantou e, pedindo-me para pôr-lhe a touca e o grande xale que eu trouxera e fazendo ouvidos moucos aos meus apelos para que ficasse mais uma hora, trepou em uma cadeira, beijou os retratos de Edgar e Catherine, outorgou-me a mesma saudação e desceu para ir tomar a carruagem, acompanhada por Fanny, que gritava de alegria, com o restabelecimento de sua patroa. Foi levada, para não mais visitar estes lugares, mas estabeleceu-se uma correspondência regular entre ela e meu patrão, quando as coisas se normalizaram mais. Creio que sua nova residência era no sul, perto de Londres; ali lhe nasceu um filho, poucos meses depois de sua fuga. Foi batizado como Linton e, desde o princípio, ela informou que ele era uma criatura doente e rabugenta.

O Sr. Heathcliff, encontrando-me certo dia na aldeia, perguntou-me onde ela vivia. Neguei-me a dizer. Ele observou que isso não tinha importância, mas apenas ela devia ter cuidado de não vir ficar com o irmão: não deveria ficar com ele, se queria proteger-se. Embora eu não tivesse dado qualquer informação, ele descobriu, por intermédio de algum outro criado, tanto o lugar de moradia como a existência da criança. Contudo, não a molestou: pelo que ela poderia agradecer à sua aversão, suponho. Muitas vezes ele perguntou pelo menino, quando me encontrava, e ouvindo seu nome, sorriu e observou:

– Querem que eu o odeie, também?

– Não creio que eles desejem que o senhor saiba de coisa alguma a seu respeito – respondi.

– Mas eu o terei, quando quiser – disse ele. – Podem ficar sabendo disso!

Felizmente, sua mãe morreu antes de chegar essa ocasião; uns 13 anos depois da morte de Catherine, quando Linton tinha 12 anos, ou pouco mais.

No dia seguinte ao da inesperada visita de Isabela, não tive oportunidade de falar ao meu patrão: ele evitava a conversa e não se mostrava disposto a discutir qualquer assunto. Quando consegui fazê-lo escutar, vi que ficara satisfeito sabendo que a irmã deixara o marido a quem ele detestava com uma intensidade que a brandura de seu temperamento mal parecia permitir. Tão profunda e sensível era sua aversão, que ele evitava ir a qualquer lugar onde tivesse probabilidade de ver Heathcliff ou dele ouvir falar. O sofrimento, combinado com isso, transformou-o em um completo eremita: renunciou a seu cargo de magistrado, deixou mesmo de ir à igreja, evitava a aldeia em todas as ocasiões e passou a ter uma vida de completa reclusão, dentro dos limites de seu parque e de suas terras, apenas variando com passeios solitários pelas charnecas e visitas ao túmulo da esposa, em geral à noitinha ou de manhã cedo, antes que outros caminhantes tivessem saído. Ele era muito bom, contudo, para ficar completamente infeliz durante muito tempo. Ele não implorava à alma de Catherine que o perseguisse. O tempo trouxe a resignação e uma melancolia mais doce que a

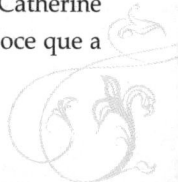

alegria comum. Relembrava-se de sua memória com amor terno e ardente e aspirando, esperançado, um mundo melhor, onde não tinha dúvida de que ela se achava.

E tinha, também, consolo e afeições terrenas. Durante alguns dias, como eu disse, pareceu indiferente à débil sucessora da falecida; a frieza se fundiu, tão rapidamente quanto a neve, em abril, e, antes que o pequeno ser pudesse gaguejar uma palavra ou dar um passo, já trazia forjado em seu coração um cetro de déspota. Chamava-se Catherine, porém ele jamais a chamava pelo nome todo, como nunca chamara a primeira Catherine, pelo diminutivo, provavelmente porque Heathcliff tinha o hábito de assim fazer. A pequena era sempre Cathy; constituía, para ele, uma distinção de sua mãe e, ao mesmo tempo, uma ligação com ela; e seu grande afeto pela pequena provinha muito mais da relação desta com a mãe do que de ser sua própria filha.

Eu costumava fazer uma comparação entre ele e Hindley Earnshaw e ficava atônita para explicar satisfatoriamente por que a conduta dos dois era tão diferente em circunstâncias semelhantes. Ambos tinham sido maridos afetuosos e ambos eram dedicados a seus filhos; e eu não podia compreender por que ambos não haviam seguido o mesmo caminho, para o bem ou para o mal. Mas, pensava comigo, Hindley, que, aparentemente, tinha a mentalidade mais forte, mostrara-se um homem muito pior e mais fraco. Quando seu navio naufragou, o capitão abandonou o posto, e a tripulação, em vez de tentar salvá-lo, entregou-se ao motim e à confusão, não deixando esperança de salvação para o infortunado barco. Linton, ao contrário, mostrou a verdadeira coragem de um espírito leal e fiel; confiou em Deus e Deus amparou-o. Um esperou e o outro desesperou: escolheram seus próprios destinos e foram devidamente sentenciados a enfrentá-los. O senhor porém, não deve estar querendo ouvir minhas considerações de ordem moral; julgará, tão bem quanto posso, todas essas coisas; pelo menos, pensará que julga e isso dá na mesma. O fim de Earnshaw foi o que se poderia esperar; seguiu a irmã bem depressa: mal se passaram seis meses. Nós, na Granja, não chegamos a saber, nem de maneira sucinta, qual era o seu estado antes da morte; só fiquei sabendo quando chegou a ocasião de ir ajudar os preparativos do enterro. O Sr. Kenneth veio anunciar o acontecimento a meu patrão.

– Bem, Nelly – disse ele, chegando a cavalo ao pátio, em uma certa manhã, demasiadamente cedo para não alarmar com um instantâneo pressentimento de más notícias —, chegou, agora, a minha e a sua vez de chorarmos. Adivinha quem morreu desta vez.

– Quem? – perguntei, nervosa.

– Vamos, adivinhe! – retrucou ele, apeando e amarrando a rédea em um gancho junto à porta. – E levante a barra do avental; vai precisar disso, sem dúvida.

– Naturalmente não foi o Sr. Heathcliff? – perguntei.

– O quê? Você derramaria lágrimas por ele? – disse o médico. – Não, Heathcliff é um homem robusto. Está hoje com um aspecto florescente. Acabei de vê-lo. Está engordando rapidamente, depois de perder sua cara-metade...

– Quem foi, então, Sr. Kenneth? – perguntei, impaciente.

– Hindley Earnshaw! Seu velho amigo Hindley – replicou ele – e meu mau companheiro, embora ele se viesse mostrando muito arredio de mim, há muito tempo. Ai está! Eu disse que você ia chorar. Mas anime-se. Ele morreu de acordo com seu caráter: bêbado como uma cabra. Coitado! Eu também estou sentindo. Não se pode deixar de sentir falta de um velho companheiro, embora ele tivesse consigo as piores artimanhas de que um homem possa imaginar e tivesse me pregado muitas peças de mau gosto. Parece que mal completara 27 anos. É a sua idade. Quem diria que vocês nasceram no mesmo ano?

Confesso que esse golpe foi mais forte para mim que o choque da morte da Sra. Linton; velhas recordações surgiam em meu coração. Sentei-me na varanda e chorei como se fosse por um parente de sangue, desejando que o Sr. Kenneth fosse procurar outra criada para dar a notícia ao meu patrão. Não pude deixar de fazer a pergunta: "Teria sido tratado em vida como merecia?" Fosse o que fosse que eu estivesse fazendo, aquela ideia me atormentava: era tão irritantemente pertinaz que resolvi pedir licença para ir ao Morro dos Ventos Uivantes e ajudar nas últimas homenagens ao morto. O Sr. Linton mostrou-se extremamente relutante em consentir, mas eu implorei com eloquência, salientando a situação em que ele se encontrava, sem amigos. Além disso, lembrei-lhe de que o menino Hareton era sobrinho de sua esposa e, na ausência de parente mais próximo, ele deveria ser seu tutor, e por consequência indagar quais os bens que tinham sido deixados e tratar dos interesses de seu cunhado. Ele não estava em condições de tratar de tais assuntos, então, mas encarregou-me de conversar com seu advogado, e, afinal, permitiu que eu fosse. Seu advogado fora também de Earnshaw; procurei-o na aldeia e pedi-lhe que me acompanhasse. Ele sacudiu a cabeça e aconselhou-me a deixar Heathcliff em paz, afirmando-me que, quando se descobrisse a verdade, verificar-se-ia que Hareton era pouco mais que um mendigo.

– Seu pai morreu cheio de dívidas – disse ele. – A propriedade inteira está hipotecada e a única possibilidade que existe para o herdeiro natural é a de despertar algum interesse no coração do credor, que talvez se mostre inclinado a tratá-lo com benevolência.

Quando cheguei ao Morro dos Ventos Uivantes, expliquei que fora ver se tudo estava sendo feito devidamente, e Joseph, que aparentava bastante sofrimento, manifestou sua satisfação pela minha vinda. O Sr. Heathcliff disse que não atinou com a necessidade de minha presença, mas que eu podia ficar e tomar as providências que julgasse conveniente para o enterro.

– Na verdade – observou —, o corpo daquele louco deveria ser enterrado em uma encruzilhada, sem cerimônia de qualquer espécie. Separei-me dele dez minutos na tarde de ontem e, nesse intervalo, ele fechou contra mim as duas portas da casa e passou a noite bebendo até a morte, deliberadamente! Arrombamos as portas, hoje de manhã, pois o ouvimos grunhindo como um porco, e lá estava ele, estendido no banco. Nem o esfolamento nem o escalpamento não o teriam despertado. Mandei chamar Kenneth, que veio, mas não antes que a besta tivesse se transformado em carcaça: já estava morto, frio e esticado, e, assim, você tem de concordar que era inútil fazer tanto barulho por causa dele.

O velho criado confirmou esta narrativa, mas murmurou:

– Eu preferia que ele mesmo tivesse ido chamar o médico. Eu teria tratado o patrão melhor que ele tratou e garanto que, quando o médico chegasse, ele não estaria morto!

Insisti que o enterro devia ser respeitável. O Sr. Heathcliff disse que eu poderia fazê-lo como quisesse, apenas desejava lembrar-me de que o dinheiro para tudo saía de seu bolso. Manteve uma atitude dura, descuidada, que não indicava nem alegria nem pesar. Se expressava alguma coisa, era uma insensível satisfação de ter executado com êxito um trabalho difícil. Na verdade, observei, certa vez, algo como que regozijo em seu aspecto: foi justamente quando estavam levando o caixão para fora da casa. Teve a hipocrisia de acompanhar o enterro e, antes de sair com Hareton, e levantou a infeliz criança para a mesa e murmurou, com prazer especial:

– Agora, meu belo menino, você é meu! E vamos ver se uma árvore não cresce tão torta quanto a outra, com o mesmo vento para torcê-la!

O inocentinho gostou destas palavras: brincou com as suíças de Heathcliff e deu-lhe tapinhas nas faces. Eu, porém, adivinhei o sentido e observei, causticamente:

– Este menino deve voltar comigo para a Granja Thrushcross, meu senhor. Nada existe no mundo menos seu do que ele!

– Linton disse isso?

– Naturalmente... ele me deu ordem de levá-lo – respondi.

– Está bem – disse o canalha. – Vamos agora discutir o assunto. Mas estou com vontade de fazer uma experiência criando um jovem; portanto, comunique ao seu patrão que irei ocupar o lugar deste com o meu próprio filho, se ele tentar afastá-lo. Não me comprometo a deixar Hareton ir sem disputá-lo, mas tenho certeza absoluta de que farei o outro voltar! Não se esqueça de dizer-lhe.

Essa advertência foi bastante para atar-me as mãos. Repeti-a, em sua substância, quando voltei, e Edgar Linton, pouco interessado, desde o começo, não falou mais

dos Ventos Uivantes. Edgar não tinha coragem de segui-la, e, assim, ela recebia, constantemente, a resposta de "Ainda não, meu amor; ainda não".

Eu disse que a Sra. Heathcliff viveu cerca de 12 anos depois de abandonar o marido. Sua família era de constituição delicada; faltava-lhe, assim como a Edgar, a rosada saúde que geralmente é encontrada por aqui. Não tenho certeza de qual foi sua última doença: conjeturo que ambos morreram da mesma coisa, uma espécie de febre, lenta no começo, mas incurável e consumindo rapidamente a vida, no fim.

Ela escreveu, a fim de informar ao irmão do provável desfecho de uma indisposição que vinha sofrendo há quatro meses e pediu-lhe que fosse vê-la, se pudesse, pois tinha muita coisa para ajustar e desejava despedir-se dele e entregar-lhe Linton, são e salvo, em suas próprias mãos. Sua esperança era a de que Linton pudesse ficar com o irmão, como ficara com ela; o pai do menino, ela se convencera, não queria assumir o encargo do sustento e da educação da criança. Meu patrão não hesitou um momento em atender ao pedido; apesar da relutância que mostrava em sair de casa para encargos comuns, correu para atender àquele, entregando-me Catherine à minha vigilância particular, em sua ausência, com ordens reiteradas de que ela não deveria sair do parque, mesmo acompanhada por mim; nem imaginava, que ela pudesse sair desacompanhada.

Esteve fora durante três semanas. Nos primeiros dois ou três dias, a menina ficou sentada a um canto da biblioteca, triste demais para ler ou brincar. Naquela atitude tranquila, deu-me pouco trabalho; essa atitude, porém, foi sucedida por um intervalo de mau humor agitado e impaciente, e, sendo, então, muito ocupada e muito velha para correr para baixo e para cima, divertindo-a, descobri um método pelo qual ela própria poderia divertir-se. Costumava mandá-la dar um passeio pelas terras, ora a pé, ora no pônei, e ouvia, com paciência, quando ela voltava, a descrição de todas as suas aventuras reais e imaginárias. O tempo se mostrou muito belo desde o começo do verão, e ela tomou tanto gosto por esses passeios solitários que, muitas vezes, ficava fora desde a refeição matinal até o chá, e, então as noites eram aproveitadas para recontar suas narrativas fantasiosas. Eu não receava que ela ultrapassasse os limites, porque os portões ficavam, geralmente, fechados e era muito duvidoso que ela se aventurasse sozinha além deles, mesmo se ficassem escancarados.

Lamentavelmente, minha confiança era mal calculada. Catherine aproximou-se de mim, certa manhã, às oito horas, e me disse que era, naquele dia, um mercador árabe, que ia atravessar o Deserto com sua caravana e que eu deveria dar-lhe provisão suficiente para ela própria e os animais: um cavalo, e três camelos, personificados por um grande sabujo e dois cães de caça. Coloquei boa porção de guloseimas em um cesto de um dos lados da sela, e ela montou, feliz como uma fada, protegida pelo chapéu de abas largas e pelo véu de gaze, contra o sol de julho, e saiu com o animal a trote, dando gargalhadas, zombando de meus conselhos para ter cuidado, não deixar o pônei galopar e voltar cedo. A traquinas não apareceu para o chá. Um dos viajantes, o sabujo, sendo um cão velho e amigo do descanso, voltou; mas nem Cathy, nem o pônei, nem os dois outros cães foram vistos, em qualquer direção. Despachei emissários para este e aquele caminho, e, afinal, saí eu mesma procurando. Um jardineiro trabalhava em uma cerca que fechava uma plantação, perto dos limites da Granja. Perguntei-lhe se não vira nossa patroazinha.

– Vi-a de manhã – respondeu ele. – Ela me fez cortar uma vara de aveleira e fez o cavalo saltar aquela sebe ali, no ponto mais baixo, e sumiu-se, galopando.

O senhor pode imaginar como me senti ao ouvir essa novidade. Tive, imediatamente, a ideia de que ela devia ter ido para o penhasco de Penistone.

– Que será dela? – gritei, passando pela brecha que o homem estava reparando e caminhando em linha reta para a estrada real.

Caminhei como se estivesse querendo ganhar uma aposta, milha após milha, até que uma curva me desvendou a vista do Morro dos Ventos Uivantes, mas não pude ver Catherine, longe ou perto. Os penhascos ficam a uma milha e meia além da propriedade do Sr. Heathcliff e a quatro da Granja, de modo que comecei a ter medo de que a noite caísse antes que os alcançasse.

– E se ela escorregou ao galgá-los? – refleti. – E se morreu ou fraturou algum osso?

Minha expectativa era verdadeiramente dolorosa; e, a princípio, causou-me um delicioso alívio observar, ao apressar o passo perto da fazenda, Charlie, o mais bravo dos cães, deitado debaixo de uma janela, com a cabeça inchada e uma orelha sangrando. Abri o portão, corri até a porta, batendo com força, pedindo entrada. Uma mulher que eu conhecia e que antes morava em Gimmerton atendeu; era criada lá, desde a morte do Sr. Earnshaw.

– Ah! – disse ela. – A senhora veio procurar sua patroazinha! Não tenha medo. Ela está aqui, sã e salva. Sinto-me satisfeita, porém, de não ser o patrão.

– Então, ele não está em casa?

Eu arquejava, quase sem respiração, com o susto e a caminhada apressada que fizera...

– Não, não – respondeu ela. – Ele e Joseph saíram e creio que não vão voltar tão cedo. Entre e descanse um pouco.

Entrei e encontrei minha ovelhinha sentada perto da lareira, em uma cadeirinha que fora de sua mãe, quando criança. Seu chapéu estava pendurado na parede e ela parecia inteiramente à vontade, rindo e conversando, na maior animação imaginável, com Hareton – agora um rapagão de 18 anos – que a fitava com muita curiosidade e espanto, compreendendo muito pouco da fluente sucessão de observações e perguntas que não cessavam de escapar da sua boca.

– Muito bem, senhorita! – exclamei, escondendo minha alegria sob uma fisionomia irada. – Este foi seu último passeio a cavalo, até seu pai voltar. Não terei confiança de deixá-la sair da soleira da porta, de novo, menina desobediente, traquinas!

– Ah, Ellen! – ela gritou alegremente, erguendo-se de um pulo e correndo para junto de mim. – Vou ter uma bela história para contar esta noite. Você já esteve aqui alguma vez em sua vida?

– Ponha aquele chapéu e venha para casa, imediatamente – disse eu. – Estou muito sentida com a senhora, senhorita Cathy; agiu muitíssimo mal. Não adianta espichar os lábios e chorar. Isso não vai reparar as preocupações que tive, andando por toda a parte à sua procura. Lembrar-me de como o Sr. Linton me encarregou de tomar conta da menina e fugir dessa maneira! Isso mostra que é uma raposinha matreira em que ninguém mais pode confiar.

– Que foi que eu fiz? – disse ela, soluçando e refreando-se imediatamente. – Papai nunca me acusou de coisa alguma; ele não ralhará comigo, Ellen... ele jamais me contraria, como você!

– Vamos, vamos! – repeti. – Vou dar o laço na fita. Agora, acabe com essa petulância. Que vergonha! Com treze anos e parecendo um bebê!

Esta exclamação foi provocada pelo fato de ela ter empurrado o chapéu da cabeça e se retirado para a lareira, fora do meu alcance.

– Não! – exclamou a criada. – Não seja tão rude para com esta bonita menina, Sra. Dean. De bom grado ela teria seguido para a frente, receando que a senhora ficasse inquieta, Hareton ofereceu-se para ir com ela e achei que ele devia ir; o caminho nas montanhas é selvagem.

Hareton, durante a discussão, estava de pé, com as mãos nos bolsos, muito sem jeito para falar, embora parecesse que não aprovava minha intromissão.

– Quanto tempo terei que esperar? – continuei, sem dar consideração à interferência da criada. – Dentro de dez minutos será noite fechada. Onde está o pônei, senhorita Cathy? E que é de Phoenix? Vou deixá-la aí, se não andar depressa. Faça o que quiser, portanto.

– O pônei está no pátio – ela respondeu – e Phoenix está fechado ali. Foi mordido, e Charlie, também. Eu ia contar-lhe o que houve, mas você está muito furiosa e não merece ouvir.

Peguei seu chapéu e aproximei-me para recolocá-lo, mas, percebendo que o pessoal da casa estava ao seu lado, ela começou a pular em torno da sala, e, enquanto eu a perseguia, corria como um camundongo por cima, por baixo e por trás dos móveis tornando ridícula a minha perseguição. Hareton e a criada dobravam gargalhadas e ela se juntou a eles, tornando-se ainda mais impertinente, até que gritei, irritada:

– Está bem, senhorita Cathy, se soubesse de quem é esta casa ficaria muito satisfeita em sair dela.

– A casa é de seu pai, não é? – disse ela, dirigindo-se a Hareton.

– Não – respondeu ele, abaixando os olhos e corando, envergonhado, sem ter coragem de enfrentar o olhar firme da menina.

– De quem é então... de seu patrão? – ela perguntou.

Ele corou ainda mais, com um sentimento diferente, resmungou uma praga, virou as costas e afastou-se.

– Quem é seu patrão? – continuou a irritante menina, dirigindo-se a mim. – Ele falou a respeito de "nossa casa" e "nossa gente". Pensei que fosse filho do proprietário. E ele não me chamou de senhorita. Não devia ter chamado, se é criado?

A fisionomia de Hareton ficou sombria como uma nuvem de tempestade, diante desse palavreado infantil. Sacudiu, em silêncio, minha interlocutora e afinal consegui prepará-la para sair.

– Agora, vá pegar meu cavalo – disse ela, dirigindo-se a seu desconhecido parente, como faria a um dos cavalariços na Granja. – E pode vir comigo. Quero ver onde o caçador de duendes se levanta no pântano e ouvir falar a respeito dessas bruxarias como você as chama. Mas ande depressa! Que há? Vá buscar meu cavalo, já lhe disse.

– Antes hei de ver-te danada do que ser teu criado! – murmurou o rapaz.

– Antes me ver o quê? – perguntou Catherine, surpreendida.

– Danada... bruxa maldita! – replicou ele.

– Aí está, senhorita Cathy! Está vendo em que bela companhia se meteu? – atalhei. – Belas palavras para serem usadas com uma jovem dama! Por favor, não comece a brigar com ele. Venha, vamos nós mesmas procurar Minny e retiremo-nos.

– Mas, Ellen – ela gritou, olhando fixamente, atônita —, como é que ele se atreve a falar desse modo comigo? Não deve ser obrigado a fazer o que eu lhe disse? Seu malcriado, vou contar a papai o que você disse. Desaforo!

Hareton não pareceu impressionado com a ameaça, de sorte que as lágrimas começaram a lhe escorrer dos olhos, com a indignação.

– Traga o meu cavalo! – exclamou a menina, voltando-se para a criada. – E solte meu cão, imediatamente.

– Devagar, menina – retrucou a interpelada. – Não perde nada sendo bem-educada. Embora o Sr. Hareton, aqui, não seja filho do patrão, é seu primo, e eu não fui contratada para servi-la.

– Ele, meu primo! – exclamou Cathy, dando uma risada de desdém.

– É, sim – retrucou a outra.

– Oh! Ellen! Não os deixe dizer estas coisas – prosseguiu a menina, visivelmente perturbada. – Papai foi buscar meu primo em Londres. Meu primo é filho de um gentil-homem. Este meu...

Parou e começou a chorar, abalada pela simples ideia de ser parente de tal rústico.

– Psiu! – murmurei. – As pessoas podem ter muitos primos e de todas as espécies, senhorita Cathy, sem serem piores por isso. Apenas não precisam andar em sua companhia, se esta é desagradável e má.

– Ele não é... não é meu primo, Ellen! – continuou a menina, mais triste ainda depois que tivera tempo de refletir, lançando-se em meus braços, para se proteger contra aquela ideia.

Eu estava muito irritada com ela e com a criada, por suas mútuas revelações, não tendo dúvida de que a próxima chegada de Linton, revelada pela primeira, iria cair nos ouvidos do Sr. Heathcliff e igualmente certa de que o primeiro pensamento de Catherine, após o regresso de seu pai, seria procurar uma explicação a respeito da afirmativa da segunda concernente ao seu mal-educado parente. Hareton, restabelecido de seu desgosto de ser tomado por um criado, parecia comovido com o sofrimento da menina, e tendo puxado o pônei para junto da porta, para agradá-la, tirou do canil um belo cachorrinho de pernas tortas e, pondo-lhe nas mãos, pediu-lhe que o aceitasse. Fazendo uma pausa em suas lamentações, ela o encarou com uma expressão de pasmo e terror, depois correu de novo.

Custei a reprimir um sorriso, vendo sua antipatia pelo pobre sujeito, que era um jovem de formas atléticas, bonito de rosto, robusto e saudável, mas vestido com trajos que revelavam suas ocupações diárias de trabalhador na fazenda e suas andanças pelas charnecas, atrás de coelhos e outras caças. Ainda assim, julguei perceber refletido em sua fisionomia um espírito possuidor de melhores qualidades que seu pai jamais possuíra. Sem dúvida, boas plantas perdidas no meio de uma vastidão de ervas daninhas, cujo viço superava de muito seu cultivo negligenciado; evidenciando, contudo, um solo fértil, capaz de produzir colheitas luxuriantes sob outras circunstâncias mais favoráveis.

O Sr. Heathcliff, acredito, não o tratara mal, do ponto de vista físico, graças à sua natureza destemorosa, que não oferecia tentação àquele sistema de opressão: ele não tinha nenhuma das tímidas suscetibilidades que daria azo ao mau tratamento, no juízo de Heathcliff. Parecia, ter-se curvado à malignidade deste de fazê-lo um bruto: não aprendeu a ler e escrever, jamais foi impedido de adquirir qualquer mau hábito que não aborrecesse seu guardião; nunca foi levado a dar um único passo para a virtude ou protegido por um simples preceito contra o vício. E, pelo que ouvi dizer, Joseph contribuiu muito para prejudicá-lo, por uma parcialidade obtusa, que o levara a lisonjeá-lo e acarinhá-lo, quando menino, porque ele seria o chefe da velha

família. E, como tivera o hábito de acusar Catherine Earnshaw e Heathcliff, quando crianças, de esgotarem a paciência do patrão e obrigarem-no a buscar consolo na bebida, presentemente lançava todo o peso dos defeitos de Hareton sobre os ombros do usurpador de seus bens. Se o menino praguejava, não o corrigia; nem o fazia por mais censurável que fosse a sua conduta.

Dava impressão que Joseph gostava de vê-lo ir de mal a pior: admitia que o rapaz estava arruinado, que sua alma estava condenada à perdição, mas refletia, depois, que Heathcliff é que devia responder por isso. O sangue de Hareton seria reclamado em suas mãos; e esse pensamento trazia-lhe um imenso consolo. Joseph insuflara-lhe o orgulho do nome e de sua linhagem; se se atrevesse, teria fomentado o ódio entre ele e o atual proprietário do Morro dos Ventos Uivantes: o medo que tinha desse proprietário, contudo, atingia as raias da superstição e ele limitava os sentimentos a seu respeito a insinuações murmuradas e ameaças sem testemunhos.

Não pretendo estar, intimamente, a par da maneira de vida habitual ao Morro dos Ventos Uivantes: só falo por ouvir dizer, pois vi pouca coisa. Os aldeões afirmavam que o Sr. Heathcliff era um proprietário cruel e duro para seus rendeiros; a casa, contudo, em seu interior, readquirira o antigo aspecto de comodidade, sob a direção feminina, e as cenas de desordem, comuns nos tempos de Hindley, já não se repetiam dentro de suas paredes. O patrão era demasiadamente taciturno para procurar a companhia de qualquer pessoa, boa ou má; e ainda é.

Isso, contudo, está-me fazendo afastar de minha narrativa. Senhorita Cathy rejeitou a oferta de paz com o oferecimento do cãozinho e pediu seus próprios cães, Charlie e Phoenix. Estes estavam coxeando e de cabeça baixa; e tomamos o caminho de casa, ambas muito tristes. Não consegui que a patroazinha contasse como passara o dia, a não ser que, como eu supunha, o objetivo de sua peregrinação fora o penhasco de Penistone e que chegara, sem aventuras, ao portão da fazenda, quando, por acaso, Hareton saía, acompanhado por alguns seguidores caninos, que atacaram os dela.

Tiveram uma renhida batalha, antes que seus donos conseguissem separá-los: isso serviu de apresentação. Catherine contou a Hareton quem era e aonde estava indo; pediu-lhe para ensinar o caminho e, finalmente, implorou que a acompanhasse. Ele revelou os mistérios da gruta das Fadas e de vinte outros lugares estranhos. Estando, porém, em desgraça, não me foi dado ouvir uma descrição das coisas interessantes que ela vira.

Fiquei sabendo, no entanto, que seu guia muito a agradara, até que ela feriu seus sentimentos, dirigindo-se a ele como a um criado, e que a governanta de Heathcliff a ofendesse dizendo que ele era seu primo. Além disso, sentia-se ainda vexada pela linguagem usada por Hareton: ela, que na Granja era para toda a gente "meu amor", "minha querida", "minha princesa" e " meu anjo", ver-se agora insultada de forma tão chocante por um estranho! Podia lá admitir tal coisa; e bom trabalho me deu fazê-la prometer que não levaria a ofensa ao conhecimento do pai.

Expliquei-lhe que Sr. Linton se opunha a quaisquer contatos com todos os que viviam no Morro dos Ventos Uivantes e que ficaria deveras aborrecido quando descobrisse que a filha lá estivera; insisti sobretudo em que, se ela mencionasse a minha desobediência às ordens que ele me dera, o pai era capaz de ficar tão zangado que eu teria de me ir embora, ideia essa que Cathy não podia suportar. Deu-me por isso a sua palavra e cumpriu-a em nome da amizade que me tinha. Era afinal uma boa menina.

∾ Capítulo XIX ∾

ma carta com tarja preta anunciou o dia do regresso do meu patrão. Isabella morrera e ele me escreveu para pedir que mandasse fazer vestidos de luto para a filha e preparasse um quarto e o mais que fosse necessário para receber o sobrinho.

Catherine ficou louca de alegria com a ideia de ter o pai de volta, e entregou-se às mais esperançadas conjecturas sobre as inúmeras qualidades do seu primo de verdade. Chegou enfim o anoitecer, a hora do tão desejado regresso. Ela andara atarefadíssima durante todo o dia, desde muito cedo, a arrumar as suas coisas e agora, para terminar, apareceu-me muito bem ataviada no seu novo vestido preto (coitadinha, a morte da tia não era para ela mais que um sentimento indefinido) e obrigou-me à viva força a ir com ela até ao fundo da propriedade, ao encontro deles.

– Linton é só seis meses mais moço do que eu – foi dizendo, enquanto caminhávamos, sem nos apressar sobre os montículos e buracos da turfa musgosa, à sombra das árvores. – Como será delicioso tê-lo como companheiro de brinquedos! Tia Isabela mandou para papai um belo cacho de seus cabelos; são mais louros que os meus, mais claros do que os meus, mais louros e igualmente finos. Guardei-os, cuidadosamente, em uma caixinha de vidro: e pensei muitas vezes que prazer seria ver seu dono. Oh! Sou feliz... e papai, querido papai! Venha Ellen, vamos correr! Corra!

Correu, voltou, tornou a correr muitas vezes, antes que meus passos moderados chegassem ao portão e se sentou, depois, no barranco coberto de mato, à beira do caminho, e esforçou-se para esperar pacientemente. Era impossível, porém: não conseguia ficar quieta durante um minuto.

– Como estão demorando! – exclamou. – Ah! Estou vendo uma poeira na estrada... estão chegando? Não! Quando chegarão? Não podemos andar um pouco mais...

meia milha, Ellen, apenas meia milha? Diga que sim: até aquela moita de bétulas, naquela curva!

Recusei-me peremptoriamente. Afinal, sua expectativa terminou: a carruagem dos viajantes apareceu. Senhorita Cathy gritou e estendeu os braços, logo que viu o rosto de seu pai olhando pela janela. Ele desceu, quase tão ansioso quanto ela própria; e passou-se muito tempo antes que os dois pudessem pensar em mais alguém além deles próprios. Enquanto trocavam carícias, espiei na carruagem, procurando Linton. Ele estava dormindo em um canto, envolto, em um manto quente, debruado de pele, como se estivéssemos no inverno. Era um menino pálido, delicado, efeminado, que poderia ser tomado por um irmão mais moço de meu patrão, tão forte era a sua semelhança; havia, porém, em seu aspecto, uma rabugice enfermiça que Edgar Linton jamais tivera. Este me viu olhando, e, depois de apertar-me a mão, disse-me para fechar a porta e não perturbar o menino, pois a viagem o fatigara. Cathy queria olhar, mas seu pai lhe disse para vir e os dois caminharam juntos pelo parque, enquanto eu seguia apressadamente na frente deles, a fim de preparar os criados.

– Uma coisa, querida – disse o Sr. Linton, dirigindo-se à sua filha, quando pararam embaixo da escada da frente. – Seu primo não é tão forte nem tão alegre como você e lembre-se de que ele perdeu a mãe há muito pouco tempo. Não espere, portanto, que ele corra e brinque com você logo. E não o perturbe com muita conversa. Deixe-o em paz, pelo menos esta noite, sim?

– Sim papai – respondeu Catherine. – Mas quero vê-lo, e ele não olhou uma só vez.

A carruagem parou, e o dorminhoco, depois de acordado, foi carregado para o chão pelo tio.

– Esta é sua prima Cathy, Linton – disse este, unindo as duas mãozinhas. – Ela já gosta muito de você e faça o favor de não aborrecê-la, chorando esta noite. Procure ficar alegre; a viagem acabou e você não precisa fazer mais nada senão descansar e divertir-se como quiser.

– Então, quero ir para a cama – disse o menino, soltando a mão de Catherine e levando-a aos olhos, para enxugar as lágrimas, que começavam a cair.

– Vamos, vamos, seja bonzinho! – murmurei, levando-o para, dentro. – Está fazendo com que ela chore também... veja como está triste por sua causa!

Não sei se era por causa dele, mas o fato é que sua prima estava com uma cara tão triste quanto a sua própria e voltou para junto do pai. Todos os três entraram e subiram para a biblioteca, onde o chá já estava servido. Tratei de tirar o boné e o manto de Linton e colocá-los em uma cadeira perto da mesa; ele, porém, mal se sentou, começou a chorar de novo. Meu patrão indagou qual era o motivo.

– Não posso sentar-me em uma cadeira – disse o menino, soluçando.

– Vá para o sofá, então, e Ellen lhe servirá o chá – respondeu seu tio, pacientemente.

Fora submetido a severa provação durante a viagem, convenci-me, pelo doentio e rabugento menino que trazia. Linton afastou-se, devagar, e deitou-se. Cathy levou um escabelo e sua chávena para perto dele. A princípio, manteve-se em silêncio; isso, porém, não podia durar: ela resolveu tratar o priminho como um animalzinho de estimação, como queria que ele fosse, e começou passando a mão por seus cabelos anelados, beijando-lhe as faces e oferecendo-lhe chá em um pires, como a um bebê. Isso o agradou, pois ele não era muito mais que um bebê; enxugou os olhos e um leve sorriso iluminou-lhe o rosto.

– Oh! Ele ficará muito bem – disse-me o patrão, depois de os observar, durante um minuto. – Muito bem, se o pudermos conservar, Ellen. A companhia de uma criança de sua própria idade lhe dará novo ânimo, em breve, e, aspirando ao vigor, ele o alcançará.

– Ah, se o pudéssemos conservar! – disse a mim mesma.

E tristes pressentimentos me vieram de que era muito leve a esperança nesse sentido. E então, pensei, aquele ser doentio poderia viver no Morro dos Ventos Uivantes? Entre seu pai e Hareton, que companheiros de folguedos e instrutores seriam eles!

Nossas dúvidas foram imediatamente decididas, mais cedo mesmo do que eu esperava. Eu acabara de levar as crianças para cima, depois de ter acabado o chá, e vira Linton adormecer – ele não permitira que eu o deixasse antes disso – havia descido e estava de pé junto à mesa da saleta, acendendo uma vela para o Sr. Edgar levar para o quarto, quando entrou uma criada, vindo da cozinha, e me disse que Joseph, criado do Sr. Heathcliff, estava à porta e queria falar com o patrão.

– Vou perguntar-lhe primeiro o que quer – disse eu muito nervosa. – Uma hora muito imprópria para procurar as pessoas, e justamente quando elas acabam de voltar de uma longa viagem. Acho que o patrão não poderá recebê-lo.

Joseph entrara pela cozinha, enquanto eu dizia estas palavras, e apresentou-se diante de mim na saleta. Vestia suas roupas domingueiras com a fisionomia mais triste e hipocritamente santa e, segurando o chapéu com uma das mãos e a bengala com a outra, começou a limpar os pés no capacho.

– Boa noite, Joseph – disse eu, com frieza. – O que o traz aqui esta noite?

– É com o Sr. Linton que devo falar – respondeu ele, empurrando-me para um lado, com desdém.

– O Sr. Linton já foi se deitar, e acho que não o atenderá, a não ser que seja uma coisa muito importante – continuei. – É melhor você sentar-se aqui e deixar o recado comigo.

– Qual é seu quarto? – prosseguiu Joseph, olhando para a fileira de portas fechadas.

Percebi que ele estava disposto a recusar minha mediação e assim, muito relutante, fui à biblioteca e anunciei o desarrazoado visitante, aconselhando que ele só fosse recebido no dia seguinte. O Sr. Linton não teve tempo de me autorizar a fazer isso, pois Joseph subira logo atrás de mim, e, entrando no aposento, plantou-se junto à extremidade da mesa, com as duas mãos segurando o castão da bengala e começou, elevando a voz, como se prevendo oposição:

– Heathcliff mandou-me buscar o menino e não devo voltar sem ele.

Edgar Linton ficou em silêncio, durante um minuto; uma expressão de indizível pesar pintou-se em sua fisionomia.

Teria tido pena do menino, por causa dele próprio, mas, relembrando as esperanças e temores de Isabela, suas preocupações a seu respeito, sofria amargamente ante a perspectiva de entregá-lo e procurava, ansiosamente, um meio de evitar tal coisa. Nenhum plano se apresentou: a própria exibição do desejo de conservar o menino teria tornado a exigência mais peremptória: não havia outro recurso senão resignar--se. Não iria acordá-lo, contudo.

– Diga ao Sr. Heathcliff – respondeu, calmamente – que seu filho irá amanhã para o Morro dos Ventos Uivantes. Está na cama e demasiadamente cansado para ir a tal distância, agora. Pode também dizer que a mãe de Linton manifestou a vontade de que ele ficasse sob a minha guarda, e, presentemente, sua saúde é muito precária.

– Não senhor! – exclamou Joseph, afivelando um ar autoritário e batendo com a bengala no chão. Não senhor! Isso não interessa. Sr. Heathcliff quer lá saber do que a mãe disse ou do que o senhor disse. O que ele quer é o menino, e eu tenho de o levar, sabe?

– Mas não esta noite – replicou Edgar Linton, peremptório. – Saia daqui imediatamente e repita ao teu patrão o que acabei de dizer. Leve-o daqui, Ellen. Vá!

E, agarrando o velho tratante pelo braço, expulsou-o da sala e fechou a porta à chave.

– Pois muito bem! – berrou Joseph, enquanto se afastava

– Amanhã há-de vir ele em pessoa e depois veremos se o senhor se atreve a correr com *ele*!

⟶ Capítulo XX ⟵

ara que a ameaça não se concretizasse, Sr. Linton encarregou-me de levar o garoto a casa do pai logo pela manhã no cavalo de Catherine, recomendando:

– Como de agora em diante não teremos qualquer influência sobre o seu destino, seja ela boa ou má, não digas à minha filha para onde ele foi. Já que a convivência entre ambos deixou de ser possível, é preferível ocultar-lhe a sua proximidade, pois, caso contrário, ela não descansará enquanto não for ao Morro. Diz-lhe apenas que o pai o mandou buscar inesperadamente e que, por isso, ele teve de nos deixar.

Linton mostrou-se muito relutante em sair da cama às cinco da manhã e ficou boquiaberto quando lhe disseram que se preparasse para nova viagem. Mas lá consegui acalmá-lo, dizendo-lhe que iria passar algum tempo com o pai, Sr. Heathcliff, que estava tão ansioso por conhecê-lo que não podia protelar esse prazer até que ele se recompusesse da viagem do dia anterior.

O meu pai?! – exclamou, perplexo. – A mamãe nunca me disse que eu tinha um pai. E onde é que ele vive? Preferia ficar aqui com o meu tio.

– Vive a pouca distância da Granja – respondi. – Logo por detrás daqueles montes... não é muito longe, e o menino pode vir a pé ate cá quando estiver mais fortezinho. Até devia estar contente por ir para a sua casa e conhecer o seu pai. Procure gostar dele como gostava da sua mãe, e verá como ele também vai gostar de você.

– Mas por que não me falaram dele há mais tempo? – perguntou Linton. – Por que é que ele e a mamãe não moravam juntos, como outras pessoas vivem?

– Porque os negócios o retinham no Norte e a saúde da sua mãe a obrigava a viver no Sul – expliquei.

– Mas por que razão é que a mamãe não falava nele? – insistiu o garoto. – No tio, ela falava muitas vezes, e eu habituei-me a gostar dele há muito tempo. Como é que hei-de gostar do meu pai, se nem o conheço?

– Ora essa, como todos os filhos gostam dos seus pais – disse eu. – Talvez a sua mãe pensasse que, se lhe falasse nele muitas vezes, o menino quisesse vir viver com ele. Vá lá, temos de nos apressar! Um passeio a cavalo em uma manhã bonita como esta vale bem uma hora de sono.

– E ela também vem conosco? – perguntou. – Aquela menina que eu vi ontem?

– Não, hoje não vem. – retorqui.

– E o meu tio? – continuou.

– Também não. Quem o vai levar sou eu.

Linton afundou-se de novo na almofada, com cara de poucos amigos.

– Sem o meu tio, não vou. – disse, amuado. – Nem sei para onde me leva!

Tentei convencê-lo de que era uma tolice mostrar-se tão relutante em ir ver o pai. Mas ele resistia com tal obstinação, que tive de ir chamar o meu patrão para o vir arrancar da cama.

Tentei persuadi-lo de quanto era errado mostrar relutância em ir encontrar-se com seu pai; ele, contudo, resistiu obstinadamente, a se vestir e tive de chamar a ajuda de meu patrão, para fazê-lo sair da cama. O coitadinho levantou-se, saiu, afinal, com várias e ilusórias afirmações de que sua ausência seria curta, que o Sr. Edgar e Cathy o visitariam e com outras promessas igualmente sem fundamento, que inventei e reiterei a intervalos pelo caminho. O ar puro e cheirando a urzes, o sol brilhante e o agradável meio galope de Minny curaram-lhe a melancolia, dentro de pouco tempo. Ele começou a fazer perguntas relativas ao seu novo lar e seus moradores, com maior interesse e vigor.

– Morro dos Ventos Uivantes é um lugar tão agradável quanto a Granja Thrushcross? – indagou, virando-se para lançar um último olhar ao vale, de onde subia uma névoa leve formando uma nuvem lanosa na orla do azul.

– Não fica tão metida no meio das árvores e não é tão grande – respondi —, mas pode-se de lá admirar uma bela vista da região em torno; e o ar é mais saudável para o menino, mais fresco e mais seco. Talvez, a princípio, ache a casa velha e escura, embora seja uma casa respeitável, a segunda da região. E poderá fazer belos passeios pelas charnecas. Hareton Earnshaw, que é primo-irmão de senhorita Cathy, e, portanto, seu primo, também, de certo modo, lhe mostrará todos os lugares bonitos. E, quando o tempo estiver bom, o menino poderá levar um livro e fazer de um valezinho de verdura sua sala de estudos. E, de vez em quando, seu tio poderá passear em sua companhia. Ele passeia a pé, frequentemente, pelos montes.

– E como é meu pai? – perguntou o menino. – É jovem e bonito como meu tio?

– É tão jovem, mas tem cabelos e olhos pretos e fisionomia mais severa – disse eu. – E é mais alto e bem mais robusto. Talvez, a princípio, não o ache muito gentil e delicado, pois seu gênio não dá para isso. Preste atenção, contudo: seja franco e cordial com ele e, naturalmente, ele irá gostar mais do menino que qualquer tio, pois você é seu filho.

– Cabelos e olhos pretos! – admirou-se Linton. – Não posso conceber. Então não me pareço com ele, não é?

– Não se parece muito – respondi.

"Nem um pouquinho", pensei, observando, com pesar, a cútis clara e a compleição delicada de meu companheiro e seus olhos grandes e lânguidos – os olhos de sua mãe, com a diferença de que, a não ser que uma mórbida irritabilidade os perturbasse por um momento, não tinham vestígios do gênio afogueado daquela.

– Como é estranho que ele nunca tivesse ido ver a mim e mamãe! – sussurrou o menino. – Ele já me viu? Se já viu, eu devia ser um bebê. Não me lembro de coisa alguma a respeito dele!

– Ora, seu Linton – disse eu. – Trezentas milhas são uma distância muito grande, e dez anos parecem de duração muito diferente para um adulto em comparação do que lhe parece. É provável que o Sr. Heathcliff tencionasse ir, mas fosse adiando, de verão para verão, sem jamais encontrar uma oportunidade conveniente, e agora é tarde demais. Não o aborreça com perguntas nesse sentido: ele ficaria perturbado sem vantagem alguma.

O menino esteve muito preocupado com suas próprias cogitações durante o resto do caminho, até pararmos diante do portão da fazenda. Procurei colher-lhe as impressões pela sua fisionomia. Ele olhou o frontal esculpido e as janelas baixas, as moitas espadas de groselhas e os abetos contorcidos, com solene atenção, e depois sacudiu a cabeça: seus sentimentos particulares desaprovavam inteiramente o exterior de sua nova residência. Teve o bom senso de adiar a queixa, contudo: poderia haver compensação no interior. Antes de ele apear-se, fui abrir a porta. Eram seis e meia; a família acabara a refeição matinal; a criada estava limpando e tirando a mesa. Joseph achava-se de pé, junto à cadeira do patrão, falando a respeito de um cavalo estropiado, e Hareton preparava-se para ir ao campo de feno.

– Olá, Nelly! – disse o Sr. Heathcliff, quando me viu. – Tive medo de ter de ir eu próprio procurar minha propriedade. Você o trouxe, não é? Vejamos o que podemos fazer dele.

Levantou-se e encaminhou-se para a porta, seguido por Hareton e Joseph, que não escondiam sua curiosidade. O pobre Linton correu um olhar amedrontado pelos rostos dos três.

– Sem dúvida – disse Joseph, depois de circunspecto exame —, está assustado com o senhor, patrão.

Heathcliff, tendo fitado o filho até pô-lo confundido, dobrou uma gargalhada zombeteira.

– Meu Deus! Que beleza! Que coisa linda, encantadora! – exclamou. – Não o criaram com caramujos e leite azedo, Nelly? Minha alma que fique danada, mas ele é pior do que eu esperava, e o diabo sabe que não sou otimista!

Fiz o menino trêmulo e atrapalhado apear e entrar. Ele não compreendeu inteiramente o sentido das palavras de seu pai, ou se a ele se referiam: na verdade, ainda não tinha certeza se aquele estranho, cruel e sarcástico era seu pai. Agarrou-se a mim, contudo, cada vez mais nervoso, e, como o Sr. Heathcliff tivesse sentado e lhe dito "venha cá", escondeu o rosto em meu ombro e começou a chorar.

– Ora, ora! – disse Heathcliff, estendendo o braço e puxando-o rudemente para colocá-lo entre seus joelhos e depois levantou sua cabeça, segurando-o pelo queixo. – Deixe dessas tolices! Não te vamos fazer mal, Linton... não é este teu nome? É filho de sua mãe, inteiramente! Qual foi minha contribuição em você, seu chorão?

Tirou o boné do menino e empurrou para trás seus espessos cachos louros, apalpou seus braços finos e seus dedinhos, exame durante o qual Linton parou de chorar e levantou os grandes olhos azuis para examinar o examinador.

– Conhece-me? – perguntou Heathcliff, depois de ter verificado que as pernas eram igualmente finas e frágeis.

– Não – disse Linton, com um olhar de apático de terror.

– Não ouviu falar de mim?

– Não – respondeu o menino de novo.

– Não? Que vergonha para sua mãe jamais ter despertado seu afeto familiar para comigo! Pois fique sabendo que você é meu filho e sua mãe foi uma reles desavergonhada de deixá-lo na ignorância da espécie de pai que você possuía. Agora, não trema e anime-se! Embora já seja alguma coisa ver que você não tem sangue branco. Se você for um bom menino, eu o ajudarei. Nelly, se está cansada, pode sentar-se; se não está, volte para casa. Sei que você vai contar o que viu e ouviu àquele idiota da Granja, e esta coisinha aqui não vai sossegar enquanto você estiver perto dela.

– Está bem – repliquei. – Espero que o senhor seja bom para o menino, Sr. Heathcliff, ou, do contrário, não o guardará por muito tempo. E ele é o único parente que o senhor conheceu em todo este vasto mundo... não se esqueça.

– Serei muito bom para ele, não precisa ter medo – disse Heathcliff, rindo. – Apenas ninguém mais deve ser bom para ele: sou zeloso em monopolizar seu afeto. E para começar minha bondade, Joseph, traga comida para o menino. Hareton, sua besta do inferno, vá trabalhar! Sim, Nelly – acrescentou, quando eles saíram —, meu filho é o proprietário em perspectiva de sua casa e eu não quero que ele morra, enquanto não tiver certeza de ser meu sucessor. Além disso, é meu e quero o triunfo de ver meu descendente senhor legítimo das propriedades dele: meu filho tendo como assalariados seus filhos para cultivar as terras de seus pais. Isso é a única consideração que me pode fazer suportar o rapazelho: desprezo-o por ele próprio e odeio pelas recordações que me traz! Mas esta consideração é suficiente: ele está a salvo comigo e será tratado com tanto cuidado como seu patrão trata o dele. Tenho um quarto no andar de cima, mobiliado para ele, em um belo estilo; também contratei um mestre para vir três vezes por semana, de vinte milhas de distância, para ensinar-lhe o que ele quiser aprender. Dei ordem a Hareton de obedecer a ele; de fato, tomei todas as providências com o fim de mantê-lo superior e gentil-homem, acima de seus companheiros. Lamento, contudo, que ele mereça tão pouco esses cuidados: se eu desejasse qualquer favor no mundo seria de achá-lo digno de provocar orgulho, e fiquei amargamente desapontado com esse desgraçado raquítico e descolorido!

Enquanto estava falando, Joseph voltou, trazendo um prato de mingau de leite e colocou-o diante de Linton, que mexeu a grosseira comida com um olhar de nojo e disse que não podia comer aquilo. Percebi que o velho criado compartilhava amplamente o desprezo de seu patrão pela criança, embora obrigado a guardar seu sentimento no coração, porque Heathcliff deu claramente a entender a seus subalternos a obrigação de tratá-lo com deferência.

– Não pode comer isto? – repetiu ele, olhando para o rosto de Linton e reduzindo a voz a um sussurro, com medo de que o ouvissem. – Mas o Sr. Hareton nunca comeu outra coisa quando era pequeno e acho que o que era bom para ele é bom para você!

– Não vou comer isto! – retrucou Linton, irritado. – Leve isto para longe.

Joseph retirou o prato, indignado, e levou-o até nós.

– Devo jogar a comida fora? – perguntou, pondo a bandeja sob o nariz de Heathcliff.

– Por que haveria de jogar? – redarguiu este.

– Ora! – respondeu Joseph. – Seu belo rapaz diz que não pode comer. Mas acho que ele tem razão! Sua mãe era igualzinha. Achava que éramos porcos demais para plantar o trigo com que era feito o seu pão.

– Não me fale na mãe dele! – exclamou o patrão, irritado. Arranja-lhe outra coisa para comer e não se fala mais nisso. O que é que ele costuma comer, Nelly?

Sugeri leite fervido, ou chá, e a governanta recebeu ordens nesse sentido. Afinal, pensei eu, o egoísmo do pai é bem capaz de contribuir para o conforto do filho. Já se apercebeu da sua constituição frágil e da necessidade de o tratar com paciência. Para consolar Sr. Edgar, vou dar-lhe conta desta mudança de humor de Heathcliff.

Sem desculpa para ficar por mais tempo, saí pela calada enquanto Linton estava ocupado a repelir timidamente as demonstrações de afeto de um simpático cão ovelheiro, mas de sentidos bem alerta para não se deixar enganar: mal fechei a porta, ouvi-o dar um grito e repetir em desesperado frenesim:

,– Não me abandone! Não quero aqui ficar! Não quero aqui ficar!

Logo seguir, a aldraba foi levantada, mas caiu de novo: eles não tinham deixado que Linton saísse cá para fora. Montei na Minny e meti-a a trote pela estrada fora. E assim chegou ao fim o meu breve papel de guardiã.

∾ Capítulo XXI ∾

Tivemos trabalhos dobrados naquele dia com a Cathy. Ela levantou-se toda entusiasmada, ansiosa para se juntar ao primo; porém, quando soube da sua partida, foi tal o pranto que o próprio Sr. Edgar se viu obrigado a acalmá-la, prometendo-lhe que Linton em breve estaria de volta, mas não sem acrescentar "se isso depender de mim", o que não deixava grandes esperanças de isso vir a acontecer.

A promessa não a acalmou, mas o tempo tudo apaga, e apesar de ela continuar a perguntar ao pai, de vez em quando, se ainda faltava muito para o primo voltar, os traços dele apagaram-se-lhe de tal modo da lembrança, que não o reconheceu no dia em que tornou a encontrá-lo.

Quando eu encontrava, por acaso, a governanta do Morro dos Ventos Uivantes, ao fazer minhas visitas de negócio a Gimmerton, costumava perguntar-lhe como ia indo o patrãozinho, pois ele vivia quase tão recluso quanto a própria Catherine e não era visto jamais. Fui informada, por intermédio dela, de que ele continuava com a saúde precária e era um desagradável companheiro de casa. Disse ela que o Sr. Heathcliff parecia ter por ele uma aversão cada vez mais acentuada, embora fizesse algum esforço para esconder: tinha antipatia de sua voz e não conseguia ficar em sua companhia, no mesmo aposento, durante muitos minutos. Raramente os dois conversavam; Linton estudava suas lições e passava as noites, antes de dormir, em um pequeno aposento que chamavam de sala: ou, então, ficava deitado na cama todo o dia, pois andava constantemente, com tosse, resfriados ou dores variadas.

– E nunca vi uma criatura tão fraca – acrescentou a mulher —, nem uma pessoa que tenha tanto cuidado consigo. Reclama se eu deixo a janela aberta um pouquinho mais tarde à noite. Oh! É de matar! Uma baforada do ar noturno! E precisa de fogo na lareira no meio do verão e o cachimbo de Joseph é um veneno, e quer sempre doces e guloseimas, e sempre leite, e fica lá sentado, envolto em seu manto de pele, na cadeira, perto do fogo, com torradas e água ou outra lavagem na lareira, para ir tomando. E se Hareton, com pena dele, aproxima-se para distraí-lo… Hareton não é mau, apesar de ser rude… pode-se ter certeza de que o caso termina com um praguejando e o outro chorando. Creio que o patrão ficaria satisfeito se Earnshaw lhe desse uma surra, se ele não fosse seu filho, e tenho certeza de que estaria disposto a expulsá-lo, se tomasse com ele metade do trabalho que ele dá. Mas ele não corre o risco dessa tentação; nunca entrou na sala e, se Linton aparece nos lugares da casa em que se encontra, manda-o imediatamente para cima.

Deduzi, por essa narrativa, que a completa falta de carinho e atenção tornara o jovem Heathcliff egoísta e desagradável, se assim não era de início, o meu interesse diminuiu, por consequência, embora continuasse a ter pena dele, e desejasse que tivesse sido deixado conosco. O Sr. Edgar me animava a tomar informações; acho que ele pensava muito em Linton e estaria disposto e correr algum risco para vê-lo; disse-me, certa vez, para perguntar à governanta se ele não costumava ir à aldeia. A mulher respondeu que ele apenas fora duas vezes, a cavalo, acompanhando o pai, e, de ambas as vezes, dissera ter ficado muito fatigado, nos três ou quatro dias seguintes. A governanta deixou o emprego, se não me engano, dois anos depois que ele veio; foi sucedida por outra mulher que não conheço e que ainda está lá.

O tempo passou, na Granja, agradavelmente como antes, até senhorita Cathy chegar aos 16 anos. No dia de seu aniversário, jamais manifestávamos qualquer sinal de regozijo, pois era, também, o aniversário da morte da minha defunta patroa. Seu pai, invariavelmente, passava aquele dia sozinho na biblioteca e ia a pé, ao anoitecer, ao cemitério de Gimmerton, onde frequentemente ele se deixava ficar até depois de meia-noite. Assim, Catherine era obrigada a lançar mão de seus próprios recursos para se entreter. Aquele 20 de março foi um belo dia primaveril e, quando seu pai saiu, minha jovem patroa desceu já pronta e pediu-me para dar um passeio com ela pela orla da charneca; o Sr. Linton dera-lhe permissão, contanto que não nos afastássemos muito e voltássemos dentro de uma hora.

– Trate de andar depressa, pois, Ellen! – gritou a menina. – Sei aonde quero ir; é onde se encontra uma colônia de aves; quero ver se elas já fizeram seus ninhos ali.

– Devem estar muito mais longe – repliquei. – As aves não são criadas na beira da charneca.

– Não é, não – contestou a menina. – Cheguei muito perto com papai.

Pus a touca e saí, sem pensar mais no caso. Senhorita Cathy correu na minha frente, depois voltou para o meu lado, depois partiu de novo, como um galgo novo; e, a princípio, distraí-me muito, ouvindo as cotovias cantando, perto e ao longe e gozando o sol quente e agradável; e contemplando aquela menina, que era toda a minha alegria, com seus cachos louros caindo em torno das faces brilhantes, tão macias e puras como uma rosa selvagem e seus olhos radiantes de um prazer sem sombra. Era, naqueles dias, uma criatura feliz e um anjo. É uma pena que não tenha podido continuar assim.

– Muito bem – disse eu. – Onde estão suas aves, senhorita Cathy? Já devemos estar perto delas. A cerca do parque da Granja fica a longa distância.

– Oh! É um pouquinho para diante... só um pouquinho. Ellen – era sua constante resposta. – Vamos subir aquele outeiro, passar por aquele barranco e, quando chegarmos ao outro lado, espantaremos as aves.

Mas havia tantos outeiros e barrancos para galgar e atravessar que, afinal, me cansei e disse-lhe que devíamos parar e voltar para trás. Gritei para a menina, que estava muito na minha frente; ela ou não ouviu ou não olhou, pois a distância entre nós aumentou mais ainda e fui obrigada a seguir. Afinal, ela mergulhou em um valo e, antes de aparecer de novo, estava a duas milhas mais próxima do Morro dos Ventos Uivantes que de sua própria casa, e vi duas pessoas que a faziam parar, uma das quais fiquei convencida de que era o próprio Sr. Heathcliff.

Cathy fora apanhada no ato de pilhar, ou pelo menos de descobrir, os ninhos dos galos silvestres. O Morro era terra de Heathcliff e ele estava censurando a intrusa.

– Não tirei nenhum nem encontrei nenhum – dizia a menina, quando me aproximei, mostrando as mãos, para corroborar a afirmativa. – Não tencionava tirá-los, mas papai me disse que havia muitos aqui e eu tinha vontade de ver os ovos.

Heathcliff olhou-me de relance, com um sorriso mau, mostrando que estava a par de quem se tratava e, consequentemente, denotando sua má vontade para com ela e perguntou quem era papai.

– O Sr. Linton, da Granja Thrushcross – replicou a menina. – Achei que o senhor não me conhecia, pois, de outro modo, não me teria falado daquela maneira.

– Então, acha que seu papai é muito estimado e respeitado? – disse Heathcliff, sarcasticamente.

– E quem é o senhor? – perguntou Catherine, olhando, com curiosidade, para seu interlocutor. – Aquele homem eu já vi antes. É seu filho?

Apontou para Hareton, o outro indivíduo que não ganhara coisa alguma, além de aumentar de corpo e vigor, com o acréscimo de dois anos à sua idade: mostrava-se tão rude e desajeitado como sempre.

– Senhorita Cathy – atalhei —, já são quase três horas que estamos fora, em vez de uma. Precisamos voltar, realmente.

– Não, aquele homem não é meu filho – respondeu Heathcliff, empurrando-me para um lado. – Mas eu tenho um e você já o viu antes, e agora, embora sua ama esteja apressada, acho que ela e você fariam bem em descansar um pouco. Quer apenas contornar esta moita de urzes e chegar até minha casa? Poderá voltar para casa mais cedo, descansada, e será bem acolhida.

Murmurei a Catherine que ela não devia, na minha opinião, aceder à proposta, que era inteiramente inaceitável.

– Por quê? – perguntou ela, em voz alta. – Estou cansada de correr e o chão está molhado. Não posso sentar-me aqui. Vamos, Ellen. Além disso, ele diz que já vi seu filho. Acho que está enganado, mas sei onde ele mora: na fazenda onde estive ao voltar do penhasco de Penistone. Não é?

– É. Venha, Nelly, cale-se... será um prazer para ela nos ver. Hareton, vá na frente com a menina. Você virá comigo, Nelly.

– Não, ela não vai a lugar algum – gritei, lutando para desvencilhar o braço, que ele agarrara.

A menina, porém, já estava quase no portão, correndo em disparada. O companheiro que fora escolhido não fez questão de acompanhá-la: meteu-se de um lado da estrada e desapareceu.

– Está fazendo muito mal, Sr. Heathcliff – continuei. – O senhor sabe que isso não pode ser. Ela verá Linton e tudo será contado, logo que regressarmos, e eu é que terei a culpa.

– Quero que ela veja Linton – retrucou Heathcliff. – Ele está com um aspecto melhor estes dias; não é sempre que pode ser visto. E nós a persuadiremos a manter a visita em segredo. Que mal há nisso?

– O mal está em que o pai dela tomaria ódio de mim se descobrisse que eu a deixei entrar em sua casa e estou convencida de que o senhor tem um mau intuito ao levá-la a fazer isso – repliquei.

– Meu intuito é o melhor possível – disse ele. – Vou expor-lhe todo o meu objetivo. Aqueles dois primos vão apaixonar-se um pelo outro e se casar. Estou agindo generosamente para com seu patrão: sua própria filha não tem expectativas e se ela secundar meus desejos se tornará, imediatamente, a herdeira conjunta, com Linton.

– Se Linton morrer, e sua sobrevivência é muito duvidosa, Catherine será a herdeira – observei.

– Não será, não – disse ele. – Não há cláusula no testamento a esse respeito: seus bens passariam para mim. Para impedir disputas, contudo, desejo a união dos dois e estou disposto a promovê-la.

– E eu estou disposta a não permitir que ela se aproxime comigo de sua casa – respondi, quando alcançávamos o portão, onde senhorita Cathy esperava nossa chegada.

Heathcliff mandou-me ficar quieta e, andando na nossa frente, apressou-se em abrir a porta. Minha jovem patroa olhou-o repetidas vezes, como se não pudesse saber exatamente o que pensar dele; mas, agora, ele sorria quando encontrava o seu olhar e abrandava a voz ao lhe falar, e eu fui bastante tola para imaginar que a memória de sua mãe pudesse impedi-lo de desejar-lhe mal. Linton estava de pé junto da lareira. Andara pelos campos, pois tinha o boné na cabeça e estava gritando a Joseph para lhe trazer sapatos secos. Era alto para a sua idade, pois ainda faltavam alguns meses para completar 16 anos. Suas feições ainda eram bonitas e os olhos e a cútis mais brilhantes do que eu me lembrava, embora com um brilho meramente temporário, emprestado ao ar salubre e ao sol quente.

– E então, quem é este? – perguntou o Sr. Heathcliff, voltando-se para Cathy. – Pode dizer.

– É seu filho? – disse ela, tendo olhado, com ar de dúvida, primeiro para um e depois para o outro.

– É, sim – respondeu ele. – Mas é a primeira vez que o vê? Lembre-se! Ah!... tem a memória fraca. Linton, não se lembra da sua prima, depois de nos ter atormentado tanto, desejando vê-la?

– O quê, Linton? – gritou Cathy, entregando-se a uma alegre surpresa ao ouvir esse nome. – É o pequeno Linton? Está mais alto do que eu. Não está, Linton?

O jovem avançou e deu-se a reconhecer: a mocinha o beijou com fervor e os dois olharam, maravilhados, a mudança que o tempo trouxera à aparência de ambos. Catherine atingira seu pleno desenvolvimento: seu corpo era, ao mesmo tempo, cheio e esbelto, elástico como aço, e toda ela desprendia saúde e vivacidade. O aspecto e os movimentos de Linton eram muito lânguidos e seu corpo muito leve; havia, contudo, uma graciosidade em seus modos que não o tornava desagradável. Depois de trocar com ele várias manifestações de amizade, sua prima dirigiu-se ao Sr. Heathcliff, que ficara junto da porta, dividindo sua atenção entre os objetos do lado de dentro e os do lado de fora, isto é, fingindo observar os últimos, mas realmente observando apenas os primeiros.

– E, então, o senhor é meu tio! – exclamou, estendendo a mão para cumprimentá-lo. – Achei que gostava do senhor, apesar de ter sido grosseira a princípio. Por que não vai à Granja com Linton? É esquisito vivermos todos estes anos como vizinhos próximos e nunca nos vermos. Que fez para isso?

– Estive lá uma ou duas vezes antes de você nascer – respondeu ele. – Ora!... acabe com isto! Se tem beijos de sobra, dê a Linton; não esperdiçados comigo.

– Ellen, tola! – exclamou Catherine, correndo, em seguida, a atacar-me com suas carícias. – Malvada Ellen! Tentar impedir-me de entrar aqui! Hei de fazer este passeio todas as manhãs, daqui em diante. Posso, tio? E, às vezes, trarei papai. Não ficará satisfeito por nos ver?

– Naturalmente! – replicou o tio, mal contendo uma careta, resultante de sua aversão por ambos os propostos visitantes. – Mas fique – continuou, voltando-se para a mocinha. – Agora refleti e acho melhor lhe dizer. O Sr. Linton tem má vontade para comigo; brigamos, certa vez, com uma ferocidade indigna de cristãos, e, se você falar com ele a respeito daqui, ele proibirá suas visitas inteiramente. Portanto, não deve falar nisso, a não ser que esteja desinteressada de ver seu primo de agora em diante; pode vir, se quiser, mas não pode contar.

– Por que brigaram? – perguntou Catherine, visivelmente menos entusiasmada.

– Ele me achava muito pobre para casar com sua irmã e ficou com raiva porque eu a conquistei – respondeu Heathcliff. – Seu orgulho ficou ferido e ele jamais me perdoará.

– Não está direito! – disse a mocinha. – Ainda hei de lhe dizer isto. Eu e Linton, porém, não participamos dessa briga. Não virei aqui, pois então; ele irá à Granja.

– É muito longe para mim – sussurrou o primo. – Caminhar quatro milhas a pé me mataria. Não, venha cá, senhorita Catherine, de vez em quando; não todas as manhãs, mas uma ou duas vezes por semana.

O pai lançou sobre o filho um olhar de profundo desprezo.

– Receio, Nelly, perder o meu trabalho – sussurrou para mim. – senhorita Catherine, como aquele toleirão a amava, vai acabar descobrindo quanto ele vale e mandá-lo para o inferno. Se tivesse sido Hareton! Sabe que, vinte vezes por dia, tenho inveja de Hareton, com toda a sua degradação? Gostaria de que o menino tivesse sido diferente. Mas acho que está livre do amor dela. Calculamos que ele mal chegue a viver até os 18 anos. Que idiota! Está muito preocupado em enxugar os pés nem olha para ela... Linton!

– Que é, papai? – respondeu o rapazinho.

– Não tem nada para mostrar a sua prima, por aí? Nem mesmo um coelho ou um ninho de doninha? Leve-a ao jardim, antes de trocar os sapatos, e à estrebaria, para ver seu cavalo.

– Não é melhor ficarmos sentados aqui? – perguntou Linton a Cathy, em um tom que mostrava sua relutância em se mover de novo.

– Não sei – respondeu ela, lançando um olhar demorado à porta e evidentemente desejosa do movimento.

Linton ficou em seu lugar e debruçou-se mais para perto do fogo. Heathcliff levantou-se e foi à cozinha e dali ao pátio, chamando Hareton aos gritos. Hareton respondeu e logo depois os dois tornaram a entrar. O jovem andara se lavando, como era visível, pelo brilho de suas faces e pelos cabelos úmidos.

– Oh! Vou perguntar-lhe uma coisa! – exclamou senhorita Cathy, lembrando-se da afirmação da caseira. – Este não é meu primo, é?

– É, sim – respondeu Heathcliff. – Sobrinho de sua mãe. Não gostas dele?

Catherine fez uma cara esquisita.

– Não é um bonito rapaz? – continuou Heathcliff.

A incrível menina levantou-se na ponta dos pés e sussurrou uma frase no ouvido de Heathcliff, que riu. Hareton fechou a cara. Percebi que ele era muito sensível a supostas manifestações de desdém, e tinha, evidentemente, perfeita noção de sua inferioridade. Seu patrão ou tutor, porém, desanuviou-lhe a fisionomia, exclamando:

– Você vai ser o favorito entre nós, Hareton! Ela disse que você é um... O que mesmo? Bem, algo de muito lisonjeiro. Pronto! Vá levá-la para ver a fazenda. E tenha o comportamento de um cavalheiro, não se esqueça! Não diga palavrões, não olhe quando a mocinha não estiver olhando para você e esconda sua face quando ela estiver; e, quando falar, articule as palavras vagarosamente e não meta as mãos nos bolsos. Vá e a distraia o melhor que puder.

Olhou, pela janela, os dois passarem. Earnshaw tinha o rosto virado para o outro lado, evitando olhar para a companheira. Parecia examinar a paisagem familiar com o interesse de um estranho e de um artista. Catherine lançou-lhe um olhar malicioso, expressando sua pouca admiração. Depois, voltou sua atenção para a procura de

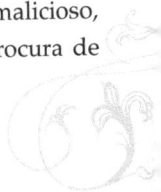

objetos que interessassem a ela própria e saltitava alegremente, cantarolando uma melodia, para compensar a falta de conversa.

– Amarrei a língua dele – observou Heathcliff. – Não vai arriscar-se a dizer uma palavra, durante o tempo todo! Você se lembra de mim nessa idade... ou melhor, alguns anos mais moço, Nelly. Será que eu parecia tão estúpido assim?

– Pior, porque rabugento também – respondi.

– Estou satisfeito com ele – continuou Heathcliff, refletindo em voz alta. – Correspondeu às minhas expectativas. Se fosse bobo de nascença, minha satisfação não seria nem metade do que é. Mas ele não é tolo, e posso compreender todos os seus sentimentos, porque eu próprio os experimentei. Agora, por exemplo, sei, exatamente, o que ele está sofrendo: é, contudo, apenas o começo do que irá sofrer. E ele jamais poderá emergir da profundidade de sua grosseria e ignorância. Apanhei mais depressa e levei-o mais baixo que o salafrário de seu pai me levou, pois ele sente orgulho de sua brutalidade. Ensinei-o a escarnecer de tudo que não seja animal, como tolice e fraqueza. Não acha que Hindley teria orgulho de seu filho, se pudesse vê-lo? Quase tanto orgulho quanto tenho do meu. Há uma diferença, porém: um é ouro usado como pedra de calçamento e o outro é estanho polido para macaquear um serviço de prata. O meu nada tem de valioso, mas terei o mérito de fazê-lo ir tão longe quanto pode ir um material tão pobre. O dele tinha qualidades de primeira grandeza e estão perdidas: tornadas piores do que as não existentes. Nada tenho a lamentar; ele teria mais que qualquer um, mas eu estava ciente. E o melhor de tudo é que Hareton gosta muitíssimo de mim! Você terá que admitir que superei Hindley nesse ponto. Se aquele defunto vilão pudesse levantar de seu túmulo para me perseguir pelo mal que fiz a seu rebento, eu iria divertir-me, apreciando o dito rebento repeli-lo, indignado ao vê-lo atrever-se a injuriar o único amigo que ele tem no mundo!

A essa ideia Heathcliff dobrou uma gargalhada diabólica. Não repliquei, pois percebi que ele não esperava réplica. Entrementes, nosso jovem companheiro, que estava sentado muito afastado de nós para ouvir o que se dizia, começou a apresentar sinais de inquietação, provavelmente arrependido por ter-se privado do prazer da companhia de Catherine, por temor de um pouco de cansaço. Seu pai observou os olhares inquietos que ele lançava à janela e a mão irresolutamente estendida para o boné.

– Levante-se, preguiçoso! – exclamou, com pretensa afabilidade. – Vá atrás deles! Ainda estão ali no canto, perto do cortiço.

Linton reuniu todas as suas forças e afastou-se da lareira. A porta se abriu e, quando ele saiu, ouvi Cathy perguntando a seu insociável companheiro que inscrição era aquela em cima da porta. Hareton levantou os olhos e coçou a cabeça, como um verdadeiro rústico.

– Está escrito. É alguma maldita inscrição – respondeu. – Não posso ler.

– Não pode ler? – indagou Catherine. – Eu posso; é inglês. Mas não sei por que está ali.

Linton deu uma risada, sua primeira manifestação de alegria.

– Ele não sabe ler – disse à sua prima. – Concebe a existência de tal ignorante?

– Ele é como devia ser? – perguntou senhorita Cathy, muito séria. – Ou não é normal? Perguntei-lhe duas vezes e, de ambas as vezes ele me pareceu tão estúpido que acho que não me compreende. Eu não consigo compreendê-lo, palavra!

Linton tornou a dar uma risada e olhou, com escárnio, para Hareton, o qual, sem dúvida, não parecia, naquele momento, estar compreendendo muito bem.

– Não há nada, além de preguiça, não é, Earnshaw? disse. – Minha prima está pensando que você é idiota. Aí estão as consequências de sua zombaria ao estudo. Já notou a horrível pronúncia dele, Catherine?

– Ora, para que diabo adianta estudar? – murmurou Hareton, mais disposto a responder a seu companheiro quotidiano.

Ia continuar, mas os dois mais moços entregaram-se a ruidosa manifestação de alegria, tendo minha estouvada patroazinha se deleitado ao descobrir que podia transformar em diversão a estranha maneira de falar de Hareton.

– Para que o uso do diabo nessa frase? – indagou Linton. – Papai lhe recomendou para não dizer palavrões e você não pode abrir a boca sem soltar um, vamos, trate de comportar-se como um cavalheiro!

– Se tu não fosses mais um menino do que um rapaz, eu te derrubaria agora mesmo, seu magrelo! – retorquiu o furioso labrego, afastando-se, com o rosto vermelho de raiva e humilhação ao mesmo tempo, pois tinha consciência de que fora insultado e não sabia direito o que deveria fazer.

O Sr. Heathcliff, tendo ouvido a conversa, como eu ouvira, sorriu, ao vê-lo afastar-se. Mas, imediatamente depois, lançou um olhar de singular aversão ao impertinente casal, que continuara conversando à porta: o rapazinho, bastante animado ao discutir os defeitos e deficiências de Hareton e a contar suas aventuras, e a mocinha deleitando-se com suas observações atrevidas e malévolas, sem atentar para a má natureza que revelavam. Comecei a me antipatizar, mais do que lamentar Linton e a desculpar seu pai, de certo modo, pelo pouco caso que fazia dele.

Ficamos até a tarde; não consegui tirar senhorita Cathy de lá mais cedo. Felizmente, porém, meu patrão não saíra de seus aposentos e não ficou sabendo de nossa prolongada ausência. Ao voltarmos para casa, achei que devia esclarecer a menina sobre o caráter das pessoas que havíamos deixado, mas ela meteu na cabeça a ideia de que eu tinha o espírito preconcebido contra elas.

– Você fica do lado de papai, Ellen! – exclamou. – Sei que é parcial, de outro modo não me teria dito, durante tantos anos, que Linton morava muito longe daqui. Estou, na verdade, com muita raiva, mas, por outro lado, estou tão satisfeita que nem posso mostrar! Mas você não deve falar de meu tio. Não se esqueça de que é meu tio e eu vou dizer a papai que não devia ter brigado com ele.

– E assim continuou, até que desisti da tentativa de convencê-la de seu erro. Não falou sobre a visita naquela noite, porque não viu o Sr. Linton. No dia seguinte, tudo estourou, para grande sofrimento meu, se bem que eu não tenha ficado de todo triste: achava que o encargo de dirigir e advertir seria executado com mais eficiência por ele do que por mim. Ele, porém, mostrava-se muito tímido ao dar razões satisfatórias para justificar seu desejo de que Catherine cortasse relações com a casa do Morro dos Ventos Uivantes e Catherine exigia boas razões para cada restrição que era imposta às suas vontades de criança mimada.

– Papai! – exclamou, depois das saudações matinais. – Adivinhe quem vi ontem, em meu passeio pela charneca? Ah, papai! O senhor assustou-se! Não está agindo direito, não é mesmo? Eu vi... Mas ouça e verá como descobri o que o senhor vinha fazendo. E Ellen, que está mancomunada com o senhor e, no entanto, fingia estar com dó de mim, quando eu me mostrava esperançosa e sofria sempre decepções, esperando o regresso de Linton!

Fez um fiel relato de sua excursão e das consequências desta, e meu patrão, embora me lançasse mais de um olhar de reprovação, nada disse, até ela haver concluído. Depois, puxou-a para junto de si e perguntou-lhe se sabia por que havia escondido dela a presença de Linton a pequena distância. Poderia conceber que fosse para privá-la de um prazer inofensivo?

– Foi porque o senhor não gostava do Sr. Heathcliff – respondeu ela.

– Então, você acredita que levo mais em consideração meus próprios sentimentos do que os seus, Cathy? – disse ele. – Não, não foi porque eu não gostasse do Sr. Heathcliff, mas porque o Sr. Heathcliff não gosta de mim, e ele é um homem diabólico, que se deleita em fazer mal e arruinar aqueles que odeia, se lhe dão a menor oportunidade. Eu sabia que você não podia manter relações com seu primo sem entrar em contato com ele, e sabia que ele a detestaria, por minha causa; assim, por seu próprio bem, e nada mais, tomei precauções a fim de que você não visse Linton de novo. Tencionava explicar-lhe isso, quando você ficasse mais velha e estou arrependido de haver adiado.

– Mas o Sr. Heathcliff foi muito cordial, papai – observou Catherine, de modo algum convencida. – E ele não se opõe a que nos vejamos: disse que posso ir à sua casa quando quiser, apenas não lhe devia contar, porque o senhor havia brigado com ele e não o perdoava por ter-se casado com tia Isabela. E o senhor não perdoou mesmo. A culpa é somente sua; ele, pelo menos, está disposto a deixar que eu e Linton sejamos amigos, e o senhor não está.

Meu patrão, percebendo que ela não aceitaria sua simples palavra para acreditar na malvadez de seu tio por afinidade, descreveu, em poucas palavras, a conduta de Isabela e a maneira pela qual o Morro dos Ventos Uivantes passara a ser propriedade de Heathcliff. Não pôde discorrer muito tempo sobre o assunto, pois, embora falasse pouco a esse respeito, ainda sentia o mesmo horror e ódio pelo seu antigo inimigo, como sempre, desde a morte da Sra. Linton. "Ela ainda podia estar viva, se não fosse ele!" – era sua constante e amarga reflexão, e, a seus olhos, Heathcliff mostrava-se como um assassino. Senhorita Cathy – que não tivera ocasião de travar conhecimento com qualquer má ação, exceto pequenos atos sem importância de desobediência, injustiça e arrebatamento, provocados pelo mau gênio e pela falta de reflexão e dos quais se arrependia no dia em que os praticava – ficou atônita diante do negrume do espírito capaz de conceber e executar a vingança, durante anos, e deliberadamente prosseguir seus planos, sem um vislumbre de remorso. Mostrou-se tão profundamente impressionada e chocada com esse novo aspecto da natureza humana – excluído, até então, de seus estudos e de todas as suas concepções – que o Sr. Edgar achou desnecessário prosseguir o assunto, limitando-se a acrescentar:

– Você saberá, de agora em diante, querida, porque desejo que evite aquela casa e aquela família. Volte às suas antigas atividades e diversões e não pense mais neles.

Catherine beijou o pai e sentou-se, muito calma, para estudar as lições, durante umas duas horas, segundo o costume, depois acompanhou-o em um passeio pelas terras da Granja e o dia se passou como habitualmente. À noite, porém, quando se retirou para o quarto e eu fui ajudá-la a tirar a roupa, encontrei-a chorando, de joelhos no pé da cama.

– Que vergonha, menina tola! – exclamei. – Se tivesse sofrimentos de verdade, teria vergonha de derramar uma lágrima por causa dessa pequena contrariedade. Nunca teve um sofrimento de verdade, senhorita Catherine. Suponha, por um momento, que eu e o patrão morrêssemos e que a menina ficasse sozinha no mundo; como se sentiria então? Compare a situação presente com uma aflição igual àquela e dê graças a Deus pelos amigos que tem, em vez de cobiçar mais.

– Não estou chorando por minha própria causa, mas por causa dele, Ellen – retrucou. – Ele estava esperando me ver amanhã de novo e vai ficar decepcionado; vai esperar por mim e eu não irei!

– Tolice! – disse eu. – Está pensando que ele vai lembrar tanto da menina quanto a menina dele? Ele não tem Hareton como companheiro? Nenhuma pessoa em cem choraria por perder um conhecido que só viu duas vezes. Linton vai imaginar o que há e não se preocupará mais por sua causa.

– Mas não poderei escrever-lhe um bilhete, para dizer-lhe por que não posso ir? – perguntou ela, pondo-se de pé. – E mandar-lhe aqueles livros que lhe prometi? Seus livros não são tão bons quanto os meus e ele ficou louco de vontade de tê-los, quando eu lhe contei como eram interessantes. Não posso, Ellen?

– Não, é claro! Não! – repliquei, enérgica. – Depois, ele lhe escreverá, e não haverá mais um fim nisso. Não, senhorita Catherine, essa amizade deve terminar completamente: é o que seu pai deseja e eu tratarei que assim seja feito.

– Mas como é que um bilhetinho pode... – ela recomeçou com uma expressão de súplica no rosto.

– Silêncio! – atalhei. – Não vamos recomeçar com os seus bilhetinhos. Vá para a cama.

Ela me olhou com tanta raiva que não a beijei, para lhe dar boa noite, a princípio: cobria-a e fechei a porta, muito aborrecida da vida. Mas, arrependendo-me, no meio do caminho voltei, sem fazer barulho e, imagine, lá estava a menina sentada à mesa, com um pedaço de papel em branco diante de si, e tendo na mão um lápis que, com um sentimento de culpa, escondeu, quando entrei.

– Não vai encontrar ninguém para levá-lo, se o escrever, Catherine – disse eu. – E, agora, vou apagar a vela.

Estendi o apagador sobre a chama, recebendo, quando o fiz, um tapa na mão e um petulante "Peste!" Deixei-a de novo e ela fechou a porta, mal-humorada como poucas vezes. A carta foi terminada e enviada ao seu destino por um leiteiro que vinha da aldeia, mas só fiquei sabendo disso algum tempo depois. Passaram-se semanas e Cathy recuperou o bom humor, embora começasse a gostar muito de ficar pelos cantos, sozinha, e, muitas vezes, se eu me aproximava dela de repente, enquanto estava lendo, assustava-se e fechava o livro, evidentemente desejosa de escondê-lo, e eu notava margens de papel saindo das folhas do livro. Também adquiriu o hábito de descer, de manhã bem cedo e ficar na cozinha, como que esperando a chegada de alguma coisa, e tinha uma gavetinha em um armário da biblioteca, na qual remexia horas e cuja chave tinha sempre o cuidado de tirar, quando se afastava.

Certo dia, quando ela estava olhando a gaveta, observei que as bugigangas que formavam, recentemente, seu conteúdo, se haviam transmudado em maços de papel dobrado. Isso despertou-me a curiosidade e a desconfiança; resolvi dar uma olhadela naqueles tesouros misteriosos. E assim, uma noite, logo que ela e meu patrão foram para baixo, procurei e encontrei, sem demora, entre minhas chaves, uma que abria aquela fechadura. Tendo aberto a gaveta, esvaziei todo o seu conteúdo em meu avental e levei-o comigo, para examiná-lo à vontade em meu quarto. Embora não pudesse deixar de suspeitar, ainda fiquei surpreendida ao descobrir que se tratava de cartas – correspondência que devia ser quase diária – de Linton Heathcliff em resposta a cartas escritas por Catherine. As de data mais antiga eram curtas e embaraçadas. Pouco a pouco, contudo, foram-se expandindo em copiosas missivas de amor, tolas, como a idade do missivista tornava natural, tendo, contudo, aqui e ali, trechos que me pareceram emprestados a fonte mais experiente. Algumas delas me chamaram a atenção, por serem estranhas combinações de ardor e chatice, começando com a manifestação de sentimentos fortes e terminando com o estilo afetado, palavroso que um escolar poderia usar dirigindo-se a uma namorada imaginada, incorpórea. Se satisfaziam a Cathy, não sei; a mim, contudo, pareceram um palavrório vazio. Depois de folhear tantas quanto achei conveniente, amarrei-as em um lenço e coloquei-as de lado, tornando a fechar a gaveta vazia.

De acordo com seu hábito, minha jovem patroa desceu bem cedo e foi à cozinha; observei que foi até a porta, quando chegou certo menino, e, quando o leiteiro enchia sua lata, ela enfiou alguma coisa no bolso da jaqueta do menino e tirou de lá outra coisa. Fiz a volta do jardim e fui esperar o mensageiro, que lutou valorosamente para defender o que lhe fora confiado e entornou o leite entre nós. Eu, porém, consegui tomar a carta e, ameaçando sérias consequências, se ele não fosse logo para casa, fiquei atrás do muro e passei os olhos pela afetada composição de senhorita Cathy. Era mais simples e mais eloquente do que a de seu primo; muito bonita e muito tola. Sacudi a cabeça e entrei em casa, meditando. Como o dia estava úmido, ela não se divertiu passeando pelo parque; e assim, quando terminou os estudos matinais, ela recorreu ao consolo da gaveta. Seu pai estava lendo à mesa, e eu, muito de propósito, procurara trabalho em uma franja amarrotada da cortina da janela, sem tirar os olhos de suas idas e vindas. Jamais um pássaro, voltando ao ninho saqueado onde deixara os filhotes, expressou mais completo desespero em seus angustiosos gritos e bater de asas, do que ela pelo simples "Oh!" e pela mudança que transfigurou sua fisionomia, antes feliz. O Sr. Linton levantou os olhos.

– Que houve, meu amor? – disse ele. – Machucou-se?

O tom de sua voz e seu olhar deixaram bem claro à mocinha que não fora ele o descobridor do tesouro.

– Não, papai! – respondeu, com dificuldade. – Ellen! Ellen! Venha para cima... estou me sentindo mal!

Obedeci e acompanhei-a.

– Ellen, você as tirou – disse ela imediatamente, caindo de joelhos, quando ficamos fechadas sozinhas. – Nunca mais, nunca mais, farei isso de novo! Não conte a papai. Não contou a papai, Ellen? Diga se não contou. Fiz muito mal, mas não vou fazer mais isso!

Com o rosto muito sério, pedi-lhe que se levantasse.

– Então, senhorita Catherine! – exclamei. – Foi bem longe, segundo parece. Deve estar envergonhada! Um belo papelório para estudar em suas horas de lazer, não resta dúvida! Já é suficiente para imprimir, até! E que acha que o patrão vai pensar, quando eu as colocar diante dele? Ainda não lhe mostrei, mas não vá imaginar que esconderei seus ridículos segredos. Que vergonha! E a menina é que deve ter tomado a iniciativa de escrever tais absurdos; tenho certeza de que ele não teria ideia de começar.

– Não fui eu, não fui eu! – exclamou Cathy, soluçando de cortar o coração. – Não pensei em amá-lo até que...

– Amá-lo! – gritei, no tom mais desdenhoso que pude. – Amar! Já se ouviu coisa semelhante? Eu poderia também falar que estou amando o moleiro que vem uma vez por ano comprar o nosso trigo. Que belo amor, com efeito! De ambas as vezes, mal viu Linton durante quatro horas em toda a sua vida! Aqui está este papelório infantil. Vou levá-lo à biblioteca, e vamos ver o que seu pai diz desse amor!

Ela tentou arrebatar as preciosas cartas, mas eu as mantive acima da cabeça. E, então, ela implorou, de novo, freneticamente, que eu as queimasse – que fizesse qualquer coisa, mas não as mostrasse. E estando realmente tão disposta a rir como a atormentá-la – pois achava que tudo aquilo não passava de um capricho pueril —, afinal cedi, de certo modo, e perguntei:

– Se eu consentir em queimá-las, promete, sinceramente, não enviar nem receber uma carta de novo, nem um livro (pois percebi que ela lhe enviara livros) nem cachos de cabelos, nem anéis, nem brinquedos?

– Não mandamos brinquedos! – exclamou Catherine, com orgulho, vencendo a vergonha.

– Nem coisa alguma, então, minha senhora – disse eu. – A não ser que prometa, já vou.

– Prometo, Ellen! – ela gritou, agarrando meu vestido. – Ponha-as no fogo, vamos, vamos!

Quando, porém, tratei de abrir um lugar com o atiçador, o sacrifício foi excessivamente penoso para ser suportado. Suplicou-me, ansiosamente, que lhe poupasse uma ou duas cartas.

– Uma ou duas, Ellen, para conservar como recordação de Linton!

Desamarrei o lenço e comecei a atirá-las de lado, e a chama subiu pela chaminé.

– Vou ficar com uma, sua bruxa malvada! – ela gritou, enfiando a mão no fogo e retirando alguns fragmentos semiconsumidos, à custa dos dedos.

– Muito bem... e eu terei algumas para mostrar a seu pai! – retruquei, recolhendo o resto das cartas à trouxa e virando as costas para dirigir-me à porta.

Ela atirou às chamas os pedaços enegrecidos e convidou-me, com um gesto, a terminar a imolação. Isso foi feito; aticei as brasas e cinzas e enterrei-as sob uma pá de carvão; e Catherine, em silêncio, com uma expressão de intenso sofrimento, retirou-se para seu quarto. Desci para dizer ao patrão que o acesso de doença da jovem tinha quase passado, mas que eu achara melhor ela ficar deitada, por enquanto. Ela não jantou, mas tornou a aparecer na hora do chá, pálida e com os olhos vermelhos e maravilhosamente resignada, na aparência. Na manhã seguinte, respondi à carta com uma tira de papel onde estava inscrito:

"O Sr. Heathcliff é solicitado a não mais enviar bilhetes à senhorita Linton, uma vez que ela não mais os receberá." E, dali em diante, o menino veio com os bolsos vazios.

∾ Capítulo XXII ∾

verão acabou e o princípio do outono começava. Já passara o dia de são Miguel, mas a ceifa estava atrasada naquele ano. O Sr. Linton e sua filha passeavam, frequentemente, entre os cegadores; quando foram transportados os últimos molhos, eles ficaram até o anoitecer e, como a tarde estava úmida e fria, meu patrão apanhou um resfriado sério que se aferrou teimosamente a seus pulmões e prendeu-o em casa durante todo o inverno, quase sem interrupção.

A pobre Cathy, privada de seu romance, tornara-se muito mais triste e sorumbática depois de abandoná-lo, e seu pai insistia com ela para ler menos e fazer mais exercício. Ela já não contava com a sua companhia e eu julgava de minha obrigação suprir a sua falta, tanto quanto possível, com a minha, uma ineficiente substituta, realmente, pois eu apenas podia poupar duas ou três horas de minhas inúmeras ocupações diuturnas, para acompanhá-la e, além disso, minha companhia era evidentemente menos desejável que a dele.

Em uma tarde fresca e clara, de outubro, ou começo de novembro em que a turfa e os caminhos estavam cobertos de folhas úmidas e murchas e o céu frio e azul estava meio escondido pelas nuvens – farrapos cinzentos escuros, que montavam rapidamente do poente e traziam chuva abundante —, pedi à minha jovem patroa para desistir da caminhada, pois era certo que ia chover muito. Ela recusou e eu, de má vontade, vesti um capote e peguei meu guarda-chuva para acompanhá-la a um passeio até o fundo do parque: um passeio formal, como ela geralmente afetava, se estava abatida – e abatida ficava sempre que o Sr. Edgar estava pior do que de costu-

me, o que nunca se sabia por sua confissão, mas era adivinhado tanto por ela como por mim, pela sua maior taciturnidade e pela melancolia de seu rosto. Ela saiu triste: não correu e não pulou, embora o vento frio pudesse induzi-la a tal. E muitas vezes, olhando-a de soslaio, pude vê-la levantando a mão e limpando alguma coisa na face. Olhei em torno, procurando um meio de distraí-la. Em um dos lados do caminho, elevava-se um barranco alto e ab-rupto, onde aveleiras e carvalhos enfezados, com suas raízes meio expostas, se sustentavam precariamente: o solo era muito solto para os últimos e as fortes ventanias tinham tornado alguns quase horizontais.

No verão, senhorita Catherine deleitava-se em subir por aqueles troncos e sentar-se nos galhos, balançando-se a vinte pés acima do solo e eu, ainda que admirando sua agilidade e sua despreocupação infantil, achava de meu dever ralhar com ela, todas as vezes que a via em tais alturas, mas de modo que ela percebesse que não havia necessidade de descer. Desde a hora do jantar até a do chá, ela se deixava ficar em seu galho, embalançado pela brisa, sem fazer outra coisa a não ser cantar velhas canções de ninar – para si mesma, ou contemplando as aves alimentarem e ensinarem os filhotes a voar, ou se aconchegava com as pálpebras cerradas, sonhadora, aparentando uma felicidade que as palavras não podem expressar.

– Veja, menina! – disse, apontando um abrigo sob as raízes de uma árvore contorcida. – O inverno ainda não chegou aqui. Há ali uma florzinha, o último botão de uma multidão de campânulas que cobrem essa turfa em julho com uma neblina lilás. Quer subir e apanhá-la para mostrá-la a seu pai?

Cathy olhou, durante muito tempo, para a flor solitária, que tremia em seu abrigo de terra, e replicou, afinal:

– Não, não a tocarei. Mas tem uma aparência melancólica, não é mesmo, Ellen?

– É sim – observei. – Abatida e desarvorada como a menina: suas faces estão sem sangue. Vamos dar a mão a correr. A menina está tão lerda que me atrevo a dizer que a acompanharei.

– Não – repetiu ela e continuou perambulando, parando de vez em quando para cismar sobre um pouco de musgo ou um tufo de capim esbranquiçado ou um fungo espalhando seu alaranjado vivo entre os montões da folhagem pardacenta, e, de vez em quando, levava a mão ao rosto desviado para outro lugar.

– Catherine, por que está chorando, meu amor? – perguntei, aproximando-me e passando o braço por seu ombro. – Não deve chorar porque seu pai está resfriado; dê graças a Deus de não ser nada pior.

Ela não reteve mais as lágrimas, então; sua respiração foi sacudida por soluços.

– Vai ser alguma coisa pior – disse. – E que será de mim, quando papai e você me deixarem e eu ficar sozinha? Não posso me esquecer suas palavras, Ellen; elas estão sempre nos meus ouvidos. Como a vida mudará, como o mundo ficará horrível, quando papai e você estiverem mortos!

– Ninguém pode dizer se a menina não morrerá antes de nós – repliquei. – É um erro antecipar-se ao mal. Esperamos que corra muitos anos antes que qualquer um de nós se vá: o patrão é moço e eu sou forte e ainda não completei 45 anos. Minha mãe morreu aos oitenta. E suponha que o Sr. Linton viva até os sessenta anos: será um número de anos maior do que a menina conta presentemente. E não é tolice chorar uma calamidade com cerca de vinte anos de antecedência?

– Mas tia Isabela era mais moça do que papai – observou a mocinha, levantando os olhos com uma tímida esperança de encontrar novo consolo.

– A tia Isabela não tinha a mim e a menina para tratarmos dela – repliquei. – Não era feliz como o patrão; não tinha muita coisa para viver. A única coisa que a menina precisa fazer é esperar que seu pai fique bom e animá-lo, mostrando-se animada, e evitar dar-lhe ansiedade, sob qualquer pretexto. Não se esqueça disso, Cathy! Não devo esconder que a menina pode matá-lo, se se mostrar desajuizada e acalentar uma tola e fantástica afeição pelo filho de uma pessoa que teria prazer de vê-lo no túmulo, e deixá-lo descobrir que se está definhando por causa de uma separação que ele julgará ter imposto.

– Não estou definhando por coisa alguma, a não ser a doença de papai – retrucou minha companheira. – Não me preocupo com coisa alguma, em comparação com papai. E nunca, nunca, nunca, enquanto estiver em meu juízo perfeito, praticarei um ato ou direi uma palavra para magoá-lo. Amo-o mais do que a mim mesma, Ellen. E sei que é assim por causa disto: rezo todas as noites para sobrevivê-lo, pois prefiro sofrer a fazê-lo sofrer. Isto prova que o amo mais do que a mim mesma.

– Belas palavras – repliquei. – São também necessários fatos, contudo, para comprová-las. E, depois que ele ficar bom, não se esqueça das resoluções tomadas na hora do temor.

Enquanto falávamos aproximávamo-nos do portão que se abria para a estrada e minha jovem patroa iluminada de novo pela luz do sol, subiu ao alto do muro e lá se sentou, estendendo o braço para colher alguns frutos escarlates que cresciam nos galhos mais altos das roseiras silvestres, sombreando a estrada; os frutos mais baixos haviam desaparecido, mas apenas os pássaros podiam alcançar os mais altos, a não ser da posição que Cathy agora ocupava. Ao esforçar-se para puxá-los, seu chapéu caiu e, como o portão estava fechado, ela resolveu pular o muro para ir buscá-lo. Recomendei-lhe cautela, para que não caísse, e ela desapareceu, agilmente. A volta, contudo, não era tão fácil: as pedras eram lisas e bem cimentadas e os galhos das roseiras e das amoreiras silvestres não a ajudavam a galgar o muro. Como uma tola, não compreendi isso, até que a ouvi dando risadas e dizendo:

– Vá procurar a chave, Ellen, senão eu tenho de dar a volta e ir procurar o pavilhão do porteiro. Não consigo escalar os baluartes deste lado.

– Fique onde está! – retruquei. – Estou com minha penca de chaves no bolso; talvez consiga abrir; se não, irei procurar.

Catherine divertiu-se dançando diante da porta, enquanto eu experimentava as chaves grandes, uma após a outra. Apliquei a última e verifiquei que nenhuma servia. Assim, repetindo que ela deveria ficar ali, eu já ia correr o mais depressa possível, quando um ruído que se aproximava me deteve. Era o trote de um cavalo; a dança de Cathy também parou.

– Quem é? – sussurrei.

– Ellen, tomara que você pudesse abrir a porta – sussurrou minha companheira, por sua vez, ansiosamente.

– Olá, senhorita Linton! – gritou uma voz grave (a do cavaleiro). – Muito prazer em vê-la. Não se apresse em entrar, pois preciso pedir e obter uma explicação.

– Não quero conversar com o senhor, Sr. Heathcliff – retrucou Catherine. – Papai diz que o senhor é um homem mau e que odeia tanto a ele quanto a mim, e Ellen diz o mesmo.

– Não se trata disso – disse Heathcliff. (Era ele.) – Acho que não odeio meu filho, e é a respeito dele que peço a sua atenção. Sim, tem motivo para corar. Não tomara o hábito de escrever a Linton, de dois ou três meses para cá? Brincando de amor, hem? Mereceram, ambos, serem fustigados! Principalmente a menina, a mais velha, e menos sensível, como a viu. Estou com suas cartas e, se me tratar com insolência, eu as mandarei a seu pai. Presumo que se enfadou da diversão e desistiu dela, não foi? Pois bem, lançou Linton, com isso, em um abismo do desalento. Ele estava arrebatado; apaixonado, realmente. É tão verdade como que estou com vida: ele está morrendo por sua causa; despedaçando o coração com sua volubilidade, não em sentido figurado, mas de verdade. Embora Hareton venha zombando dele, há seis semanas, e eu tenha posto em prática medidas mais sérias e tentando afastá-lo dessa tolice, amedrontando-o, ele piora, de dia para dia, e estará debaixo da terra antes do verão, a não ser que a menina o restabeleça!

– Como é que o senhor mente com tanta desfaçatez à pobre criança? – gritei do lado de dentro. – Por favor, vá-se embora! Como pode, deliberadamente, dizer tão abomináveis patranhas? Senhorita Cathy, vou arrebentar a fechadura com uma pedra; não acredite nesses vis absurdos. Pode ver por si mesma que é impossível uma pessoa morrer de amor por causa de um estranho.

– Eu não sabia que havia gente ouvindo – sussurrou o vilão. – Digna Sra. Dean, gosto da senhora, mas não gosto de seu jogo dúplice – acrescentou em voz alta. – Como pode mentir com tanta desfaçatez, afirmando que odeio a "pobre criança"? E inventar histórias de papão, para meter-lhe medo e afastá-la de minha casa? Catherine Linton (só este nome me anima), minha bela menina, vou ficar fora de casa durante toda a semana. Vá ver se não estou falando a verdade. Seja boazinha! Imagine só que seu pai está no meu lugar e Linton no seu, depois imagine o que pensaria de seu descuidado amante se ele se negasse a dar um passo para confortá-la, quando seu próprio pai lhe pedisse, e não caia no mesmo erro, por pura estupidez. Juro por minha salvação que ele está à morte e só a menina pode salvá-lo!

A fechadura cedeu e eu saí.

– Juro que Linton está à morte – repetiu Heathcliff, encarando-me com dureza. – E o pesar e a decepção estão apressando seu fim. Nelly, se não deixá-la ir, pode voltar sozinha. Eu, porém, só voltarei daqui a uma semana, e creio que seu próprio pai não poderia opor-se a que ela visitasse o primo!

– Entre – disse eu, segurando Cathy pelo braço e quase a obrigando a entrar, pois ela retardava o passo, fitando, com olhos perturbados, as feições do interlocutor, muito severas para expressar sua falsidade interior.

Ele fez o cavalo aproximar-se mais e, debruçando-se, disse:

– Senhorita Catherine, confesso-lhe que tenho pouca paciência com Linton, e Hareton e Joseph ainda menos. Confesso que ele se encontra em um ambiente desagradável. Tem sede de bondade, assim como de amor, e uma palavra amável de sua parte seria, para ele, o melhor medicamento. Não se preocupe com as cruéis admoestações da Sra. Dean; seja generosa e trate de conseguir vê-lo. Ele pensa na menina noite e dia e não pode acreditar que não o odeia, uma vez que não escreve para ele, nem o procura.

Fechei o portão e empurrei uma pedra, para ajudar a fechadura frouxa a sustentá-lo, e, abrindo o guarda-chuva, levei a menina, pois a chuva começava a cair entre os galhos das árvores, advertindo-nos para não nos retardarmos. Nossa pressa impediu qualquer comentário acerca do encontro com Heathcliff ao voltarmos para casa, mas adivinhei, instintivamente, que o coração de Catherine estava sombreado por uma dupla escuridão. Suas feições estavam tão tristes que nem pareciam dela: não havia dúvida de que considerava tudo que ouvira como absolutamente verdadeiro.

O patrão recolhera-se antes de entrarmos. Cathy foi ao seu quarto, para ver como estava: adormecera. Ela voltou e pediu-me para sentar em sua companhia na biblioteca. Tomamos o chá juntas e, depois, ela se deitou no tapete e me pediu para ficar calada, pois estava cansada. Peguei um livro e fingi que lia. Logo que ela me supôs absorvida em minha ocupação, recomeçou a chorar em silêncio, o que parecia, agora, sua diversão favorita. Deixei-a fazê-lo, durante algum tempo, depois dirigi-lhe um apelo, zombando e ridicularizando todas as afirmações do Sr. Heathcliff acerca do filho, como se estivesse certa de que iria concordar. Lamentavelmente, não tive a

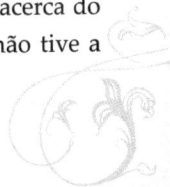

habilidade necessária para contra-atacar os efeitos que a sua narrativa produzira; era justamente o que ele esperava.

– Você pode estar com a razão, Ellen – disse ela. – Mas não me sentirei tranquila enquanto não souber. E preciso dizer a Linton que não é por minha culpa que não escrevo e convencê-lo de que não mudarei.

Que adiantavam raiva e protestos contra a sua tola credulidade? Separamo-nos brigadas, naquela noite, mas, no dia seguinte, vi-me na estrada para o Morro dos Ventos Uivantes, ao lado do pônei de minha teimosa patroazinha. Não suportei testemunhar seu sofrimento, ver sua fisionomia pálida e abatida e seus olhos inchados, e acalentava a leve esperança de que o próprio Linton provasse, ao nos receber, quão pouca base real tinha a narrativa de seu pai.

∾ Capítulo XXIII ∾

A noite chuvosa deu lugar a uma manhã de nevoeiro, geadas e chuviscos e o nosso caminho era atravessado pelos regatos de água das chuvas, que escorriam das terras altas. Tinha os pés completamente encharcados e sentia-me zangada e deprimida, que era precisamente o humor ideal para tirar o melhor partido destas tarefas ingratas.

Entramos no casarão pela porta da cozinha para nos certificarmos de que Sr. Heathcliff não estava realmente em casa, pois não acreditava muito na sua palavra. Joseph parecia estar sentado sozinho em uma espécie de êxtase, ao lado de um fogo crepitante; um quartilho de cerveja clara perto dele, eriçado com grandes pedaços de bolo de aveia torrado, e tendo na boca o cachimbo preto e curto. Catherine correu para o fogão, a fim de se aquecer. Perguntei se o patrão estava. Minha pergunta ficou tanto tempo sem resposta que pensei que o velho estivesse surdo e repeti-a mais alto.

– Não! – ele rosnou, ou melhor, gritou pelo nariz. – Não! Você deve voltar para onde veio.

– Joseph! – gritou uma voz rabugenta, simultânea com a minha, vinha do aposento interno. – Quantas vezes preciso chamá-lo? Só restam algumas brasas, Joseph! Venha imediatamente!

Baforadas vigorosas e um olhar resoluto dirigido à grelha indicaram que Joseph não dava atenção a esse apelo. A governanta e Hareton estavam invisíveis; provavelmente, ela fora fazer alguma compra e ele estava trabalhando. Reconhecemos a voz de Linton e entramos.

– Tomara que você morra no sótão, sem ter o que comer! – disse o rapazinho, tomando nossa aproximação pela de seu negligente servidor.

Parou, ao ver o seu erro; sua prima correu para junto dele.

– É senhorita Linton? – disse o rapazinho, levantando a cabeça que descansava no encosto da grande cadeira em que se achava. – Não... Não me beije: fico sem respiração. Meu Deus! Papai disse que a menina viria procurar-me – continuou, depois de se refazer um pouco do abraço de Catherine, que ficara ao lado, de pé, muito contrita. – Quer fazer o favor de fechar a porta? Deixou-a aberta. E aquelas... aquelas detestáveis criaturas não trazem carvão para o fogo. Está tão frio!

Aticei as brasas e fui buscar, eu mesma, um cesto de carvão. O inválido queixou-se de ter ficado coberto de cinzas; mas tinha uma tosse cansada, e mostrava-se febril e sofrendo, de modo que não repliquei à sua manifestação de mau gênio.

– Então, Linton – sussurrou Catherine, quando o rapazinho desfranziu a testa. – Está alegre de me ver? Posso fazer alguma coisa por você?

– Por que não veio antes? – redarguiu ele. – Devia ter vindo, em vez de escrever. Cansava-me horrivelmente escrever aquelas longas cartas. Preferia ter conversado com você. Agora, não aguento falar, nem coisa alguma. Não sei onde está Zillah! Quer (olhando para mim) ir ver na cozinha?

Eu não recebera agradecimentos por meu outro serviço, e, pouco disposta a andar para baixo e para cima à sua disposição, repliquei:

– Não há ninguém aí fora, a não ser Joseph.

– Quero beber – exclamou o rapazinho, impaciente. – Zillah vive vadiando em Gimmerton, desde que papai saiu. É um absurdo! E sou obrigado a descer até aqui... Resolveram não ouvir meus chamados lá de cima.

– Seu pai é atencioso para com você, Sr. Heathcliff? – perguntei, percebendo que Catherine era contida em suas expansões de amizade.

– Atencioso? Pelo menos, ele os obriga a se mostrarem um pouco, mais atenciosos! – exclamou. – Desgraçados! Sabe, senhorita Linton, que aquele boçal do Hareton ri de mim? Eu o odeio! Na verdade, odeio-os todos, são seres hediondos.

Cathy foi procurar água; encontrou uma bilha na cômoda, encheu um copo e levou-o. Linton pediu-lhe uma colher de um vinho que estava em uma garrafa, em cima da mesa, e, tendo bebido um pouco, mostrou-se mais tranquilo e disse que ela era muito boa.

– E você está alegre de me ver? – perguntou Catherine, reiterando a pergunta já feita e tendo o prazer de notar um sorriso apagado.

– Estou, sim. É uma novidade ouvir uma voz como a sua! – exclamou ele. – Mas estava muito aborrecido, porque a menina não aparecia. E papai jurava que era por minha causa: dizia que eu era um pobre-coitado, um ser desprezível, e que a menina me desprezava, e que, se estivesse em meu lugar, ele seria mais o dono da Granja do que seu pai, a uma hora destas. Mas a senhorita, não me despreza, senhorita...

– Quero que me chame de Catherine ou Cathy – atalhou minha jovem patroa.
– Desprezá-lo? Não! Depois de papai e de Ellen, gosto mais de você do que de qualquer outra pessoa viva. Não gosto do Sr. Heathcliff, porém, e não me atreverei a vir aqui, depois que ele voltar. Vai ficar fora muitos dias?

– Não vai ficar muitos – respondeu Linton –, mas vai frequentemente às charnecas[2], depois que começou a estação de caça, e você poderá ficar uma ou duas horas comigo, durante sua ausência. Diga-me que sim. Acho que não serei impertinente com você. Não me provocará e estará sempre disposta a ajudar-me, não é?

– É, sim – disse Catherine, acariciando seus longos e macios cabelos. – Se eu conseguisse obter o consentimento de papai, passaria metade do meu tempo com você. Linton bonitinho! Queria que você fosse meu irmão!

– E, então, gostaria tanto de mim como de seu pai? – perguntou ele, mais alegre. – Mas papai diz que você me amaria mais do que a ele e do que todo o mundo se fosse minha esposa. Preferia, por isso, que fosse mesmo.

– Não, jamais gostarei mais de alguém que de meu pai – retrucou Catherine, gravemente. – E, às vezes, os homens detestam suas esposas, mas não suas irmãs e irmãos, e, se você fosse meu irmão e viesse conosco, papai gostaria tanto de você como gosta de mim.

Linton negou que houvesse homens que detestassem suas esposas, mas Cathy afirmou-lhe que sim e, citou, como exemplo, a aversão do próprio pai do rapazinho por sua tia. Tentei deter sua língua solta, mas não consegui antes que ela tivesse contado tudo o que sabia. O Sr. Heathcliff, muito irritado, afirmou que sua narrativa era falsa.

– Papai me disse e papai não diz falsidades – retrucou a mocinha, desafiadora.

– Meu pai despreza o seu! – gritou Linton. – Diz que ele é um bobo desprezível!

– O seu é um perverso – retrucou Catherine —, e você é muito mau de repetir o que ele diz. Deve ser um homem perverso para que tia Isabela o abandonasse, como abandonou.

– Ela não o abandonou – disse o rapazinho. – Você não deve contrariar-me.

– Abandonou, sim! – gritou a mocinha.

– Pois vou dizer-lhe uma coisa! – exclamou Linton. – Sua mãe odiava seu pai. E agora?

– Oh! – exclamou Catherine, com muita raiva para continuar.

– E amava meu pai – acrescentou Linton.

– Mentiroso! Eu o detesto! – disse Catherine, arquejante e com o rosto congestionado de raiva.

---

2 Terrenos áridos e pedregosos cobertos de urze.

– Amava, sim! Amava, sim! – cantou Linton, afundando-se na cadeira e encostando a cabeça, para apreciar a agitação da interlocutora, que estava de pé por trás dele.

– Psiu, Sr. Heathcliff! – exclamei. – Naturalmente, isto foi seu pai que disse.

– Não foi – replicou ele. – E cale a boca. Ela amava, sim, Catherine! Amava, sim!

Cathy, perdendo as estribeiras, deu um violento empurrão na cadeira, fazendo Linton cair em cima de um braço. Ele foi tomado, imediatamente, de sufocante acesso de tosse, que pôs fim ao seu triunfo. Esse acesso durou tanto tempo que assustou até a mim. Quanto à sua prima, chorou convulsivamente, horrorizada com o que fizera, embora sem dizer uma palavra. Segurei o rapazinho, até ele ficar exausto. Então, ele me empurrou e recostou a cabeça, em silêncio. Catherine também conteve o pranto, sentou-se e ficou olhando para o fogo, solenemente.

– Como está se sentindo agora, Sr. Heathcliff? – perguntei, depois de esperar dez minutos.

– Queria que ela sentisse o que estou sentindo – replicou ele. – Má, perversa! Hareton nunca me encostou a mão, nunca me bateu em sua vida. E eu estava melhor hoje e...

Sua voz morreu, em uma lamúria choramingada.

– Não bati em você! – disse Cathy, mordendo o lábio para impedir outro ímpeto emotivo.

Linton suspirou e gemeu, como alguém que está sofrendo muito, e assim ficou, durante um quarto de hora, segundo parece, de propósito, para magoar a prima, pois sempre que a ouvia abafar um soluço, redobrava as demonstrações de sofrimento pelas inflexões da voz.

– Desculpe-me por tê-lo machucado, Linton – disse a menina, afinal, não suportando mais a tortura. – Eu não me machucaria com aquele empurrãozinho e não podia fazer ideia de que você fosse machucar-se. Não machucou muito, não é mesmo, Linton? Não me deixe voltar para casa pensando que lhe fiz mal. Responda! Fale comigo!

– Não posso falar – disse ele. – Você me machucou e eu vou ficar a noite toda acordado, sufocado com esta tosse. Se sofresse isso, saberia o que é. Mas estará dormindo, muito bem, enquanto eu estarei sofrendo, sem ninguém perto de mim. Queria ver se gostaria de passar uma dessas noites horríveis!

E começou a se lamentar com todas as forças.

– Como o senhor está acostumado a passar essas noites horríveis – observei —, não pode ter sido a menina que perturbou seu sossego; seria a mesma coisa se ela não tivesse vindo. Contudo, não iremos perturbá-lo de novo, e talvez o senhor fique mais sossegado depois que o deixarmos.

– Devo ir? – perguntou Catherine, muito triste, debruçando-se sobre o primo. – Quer que eu vá, Linton?

– Você não pode desfazer o que fez – retrucou o rapaz, rabugento, afastando-se dela —, a não ser que mude para pior, provocando-me uma febre.

– Então, devo ir embora? – repetiu Catherine.

– Pelo menos, deixe-me sozinho – disse ele. – Não aguento sua conversa.

Ela retardou-se e resistiu aos meus conselhos para partir, durante bastante tempo, mas, como Linton não levantasse os olhos nem dissesse coisa alguma, ela afinal se dirigiu à porta e eu a acompanhei. Fomos chamadas por um grito. Linton escorregara da cadeira para a lareira e lá ficara contorcido, como uma criança mimada, disposta a se mostrar tão teimosa e aborrecida como se pudesse conceber. Percebi perfeitamente sua disposição por sua conduta e vi logo que seria tolice tentar fazer-lhe a vontade. O mesmo não ocorreu, contudo, com minha companheira: voltou correndo, horrorizada, ajoelhou-se e chorou, agradou-o e adulou-o até ele sossegar, por falta de respiração, e de modo algum por ter-se arrependido de aborrecê-la.

– Vou carregá-lo para o banco e ele poderá rolar como quiser – disse eu. – Não podemos ficar paradas, contemplando-o. Espero que esteja convencida, senhorita Cathy, de que não é pessoa que possa causar-lhe bem e que seu estado de saúde não foi ocasionado pelo afeto que lhe tem. Veja-o só! Vamos embora, logo que saiba que não há ninguém para se preocupar com suas tolices, ele se dará por satisfeito em ficar quieto.

Catherine pôs uma almofada embaixo da cabeça do primo e lhe ofereceu um pouco de água; ele rejeitou esta última e mexeu-se, inquieto na almofada, como se se tratasse de uma pedra ou de um bloco de madeira. Catherine tentou ajeitá-la melhor.

– Não adianta – disse ele. – Não tem altura suficiente. – Catherine trouxe outra almofada para colocar em cima da primeira.

– Está muito alto – disse o implicante rapazinho.

– Como devo colocá-las, então? – perguntou a moça, desesperada.

Linton virou-se, quando ela fazia menção de ajoelhar-se ao lado do banco e transformou seu ombro em um ponto de apoio.

– Não, isto não – disse eu. – Contente-se com a almofada, Sr. Heathcliff. A menina já perdeu muito tempo com o senhor. Não podemos ficar nem cinco minutos mais.

– Podemos, sim podemos! – protestou Cathy. – Ele está bonzinho e paciente, agora. Está começando a pensar que sofrerei mais que ele, esta noite, se achar que ele piorou por causa de minha visita. Então, não terei coragem de voltar. Diga-me a verdade a esse respeito, Linton, pois não voltarei, se o tiver machucado.

– Você deve voltar para me curar – replicou ele. – Deve vir, porque me machucou. Sabe que me machucou muito! Eu não estava passando tão mal, quando você entrou, como estou passando agora, estava?

– Mas a culpa foi sua, por ter chorado e ficado nervoso – disse sua prima. – Contudo, seremos amigos, agora. E você me quer: não me quer ver algumas vezes?

– Já disse que sim – respondeu Linton, impaciente. – Sente-se no banco e deixe-me pôr a cabeça em seus joelhos. Era assim que mamãe costumava fazer todas as tardes. Fique sentada bem quieta, sem falar; mas pode cantar alguma coisa, se souber cantar, ou talvez você saiba alguma dessas baladas compridas e interessantes... uma dessas que prometeu cantar para mim; uma história. Mas prefiro uma balada: comece.

Catherine recitou, tanto quanto pôde se lembrar. Ambos se deleitaram. Linton queria outra; e, depois desta, mais outra, apesar dos meus veementes protestos; e assim ficaram até o relógio bater 12 horas.

– E amanhã, Catherine, você virá aqui amanhã? – perguntou o jovem Heathcliff, segurando a prima pelo vestido, quando ela se levantou, relutante.

– Não – respondi. – Nem depois de amanhã.

Catherine, contudo, deu uma resposta diversa, evidentemente, pois o rosto do rapazinho resplandeceu, quando ela parou para lhe sussurrar alguma coisa ao ouvido.

– Não vamos voltar amanhã, está ouvindo, menina? – comecei, quando saímos da casa. – Não está pensando nisto, está?

Ela sorriu.

– Pode deixar que eu tomo cuidado! – acrescentei. – Vou consertar aquela fechadura e você não poderá escapar por nenhum outro caminho.

– Posso pular o muro – disse ela, rindo. – A Granja não é uma prisão, Ellen, e você não é minha carcereira. Já tenho quase 17 anos; sou moça já. E tenho certeza de que Linton poderá restabelecer-se rapidamente, se eu olhar por ele. Sou mais velha e mais experiente do que ele, não sabe? Sou menos criança, não é verdade? E, dentro em pouco, ele fará o que eu mandar fazer, embora com alguma relutância. Ele é um encanto, quando está bem. Eu me distrairia muito com ele, se fosse meu. Não precisamos brigar, depois que nos acostumarmos um com o outro, não é mesmo? Você não gosta dele, Ellen?

– Gostar dele? – exclamei. – O mais rabugento rapazola que já vi de sua idade! Felizmente, como o Sr. Heathcliff conjeturou, ele não chegará aos vinte anos. Para falar a verdade, duvido que viva até a primavera. E não será grande perda para a família. E foi sorte nossa que seu pai o tivesse tomado, pois quanto melhor fosse tratado, mais antipático e egoísta ficaria. Sinto-me satisfeita de a menina não ter oportunidade de tê-lo como marido, senhorita Catherine.

Minha companheira empalideceu muito ao ouvir estas palavras. Sentia-se chocada ouvindo falar com tanta displicência sobre a morte de Linton.

– Ele é mais moço do que eu – retrucou, depois de prolongada pausa para meditação – e deve viver mais; viverá... deve viver tanto quanto eu. Está tão forte, agora, como quando veio para o Norte. Tenho certeza disso. Ele só tem um resfriado, a mesma coisa que papai. Você diz que papai vai melhorar, e por que ele não pode melhorar também?

– Muito bem! – exclamei. – Afinal de contas, não precisamos de aborrecimento. Ouça e preste atenção: cumprirei minha palavra. Se tentar voltar ao Morro dos Ventos Uivantes, comigo ou sem mim, informarei ao Sr. Linton e, a não ser que ele dê permissão, a intimidade com seu primo não deve ser revivida.

– Ela foi revivida – disse Catherine, amuada.

– Então, não deve ser continuada – disse eu.

– Veremos – foi sua réplica, e pôs o animal a galope, deixando-me para trás.

Chegamos a casa antes da hora do jantar. Meu patrão supôs que tínhamos estado andando pelo parque e, portanto, não pediu explicações sobre a nossa ausência. Logo que entrei, apressei-me em trocar as meias e sapatos molhados, mas o tempo prolongado que estivera no Morro dos Ventos Uivantes fora bastante. Na manhã seguinte, estava doente e durante três semanas fiquei impossibilitada de cumprir com as minhas obrigações: calamidade jamais experimentada antes de então e, tenho a satisfação de dizer, nem depois.

Minha patroazinha foi um anjo, indo me visitar e alegrar minha solidão: o isolamento me põe muito abatida, é cansativo para um organismo acostumado com a atividade. Poucos, porém, têm menos razões para se queixar do que eu tive. No momento em que saía do quarto do Sr. Linton, Catherine aparecia à minha cabeceira. Seus dias eram divididos entre nós; nenhum divertimento usurpava um minuto: ela negligenciava as refeições, os estudos e os brinquedos; e era a enfermeira mais carinhosa que se possa imaginar. Devia, realmente, ter um grande coração, para se dedicar a mim daquela maneira, tanto quanto amava seu pai. Eu disse que seus dias eram divididos entre nós, mas o patrão se recolhia cedo e, geralmente, não precisava de coisa alguma depois das seis horas; assim, a noite, até a hora de deitar-se, ficava por sua própria conta. Coitadinha! Nunca imaginei o que fazia depois do chá. E embora, frequentemente, quando ela aparecia para me dar o boa-noite, eu notasse uma vermelhidão em suas faces e em seus dedos, em vez de pensar que aquilo fosse provocado pelo frio de uma cavalgada através das charnecas, eu lançava a culpa ao calor do fogo da biblioteca.

ᘓ **Capítulo XXIV** ᘔ

epois de três semanas, pude enfim sair do quarto e movimentar-me pela casa. E, na primeira vez que fiquei a pé até à noitinha, pedi a Catherine que me lesse qualquer coisa porque os meus olhos ainda estavam fracos. O senhor já se tinha ido deitar e estávamos as duas na biblioteca. Acedeu ao meu pedido, embora com bastante relutância, e eu, imaginando que o meu tipo de livros não lhe agradava, disse-lhe para escolher o que mais gostasse.

Escolheu um dos seus favoritos e leu-o ininterruptamente durante quase uma hora, altura em que começou a fazer perguntas.

– Não está cansada, Ellen? Não acha melhor deitar-se agora? Você vai sentir-se mal, ficando em pé tanto tempo, Ellen.

– Não, meu bem, não estou cansada, – eu respondia continuamente.

Percebendo que eu estava inabalável, ela tentou outro método para mostrar sua má vontade com a tarefa. Começou a bocejar e espreguiçar-se, e:

– Ellen, estou cansada.

– Acabe com a leitura, então, e vamos conversar – repliquei.

Isso foi pior: ela se mexeu e suspirou, olhou o relógio oito vezes e, afinal, foi para seu quarto, completamente vencida pelo sono, a se julgar por seu semblante taciturno e pela maneira com que esfregava os olhos constantemente. Na noite seguinte, mostrou-se ainda mais impaciente; e na terceira, para fugir de minha companhia, queixou-se de dor de cabeça e deixou-me. Achei sua atitude esquisita; e, tendo ficado sozinha muito tempo, resolvi ir perguntar-lhe se estava melhor e pedir-lhe para vir deitar-se no sofá, em lugar de deitar-se no andar superior. Não encontrei Catherine lá em cima, nem embaixo. Os criados afirmaram que não a haviam visto. Escutei na porta do quarto do Sr. Edgar; reinava completo silêncio. Voltei ao quarto dela, apaguei a vela e sentei-me perto da janela.

A lua estava muito bonita; uma camada de neve cobria o solo e refleti ser possível que Catherine tivesse tido ideia de passear no jardim, para tomar ar. Notei um vulto caminhando ao longo da cerca interna do parque, mas não era a patroazinha: quando o vulto entrou na luz, reconheci um dos moços de estrebaria. Ele ficou durante muito tempo olhando para a estrada real, depois caminhou, apressadamente, como se tivesse visto alguma coisa, e logo reapareceu, puxando o pônei da menina, e lá estava ela, tendo acabado de apear e caminhando ao lado do criado. O homem saiu levando o animal rumo à cocheira, Cathy entrou pela janela da sala de visitas e subiu, pé ante pé, até onde eu a estava esperando.

Empurrou a porta devagar, descalçou os sapatos de andar na neve, tirou o chapéu e, inconsciente de minha espionagem, estava tirando a capa, quando, de repente, levantei-me e me mostrei. A surpresa petrificou-a por um instante: ela lançou uma exclamação inarticulada e ficou imóvel.

– Minha cara senhorita Catherine – comecei, demasiadamente impressionada pela bondade que demonstrara recentemente, para censurá-la sem rebuços —, por onde esteve andando a cavalo a estas horas? E por que tratou de enganar-me, inventando uma mentira? Onde esteve? Fale.

– No fundo do parque – disse ela, gaguejando. – Não inventei uma mentira.

– Só lá? – perguntei. – Não esteve em mais algum lugar? – perguntei.

– Não – foi a resposta sussurrada.

– Catherine! – exclamei, com tristeza. – Sabe que andou fazendo mal, pois, de outro modo, não teria inventado uma inverdade para mim. Isso me faz sofrer muito. Preferia ficar três meses doente do que ouvi-la dizer, propositadamente, uma mentira.

Ela se aproximou e, desfazendo-se em lágrimas, abraçou-me pelo pescoço.

– Ellen, tenho tanto medo de você estar com raiva! – exclamou. – Prometa-me que não ficará com raiva e saberá toda a verdade. Detesto escondê-la.

Sentamo-nos à janela. Eu lhe afirmei que não a censuraria, qualquer que fosse o seu segredo, e, naturalmente, adivinhava qual era. Assim, ela começou:

– Tenho estado no Morro dos Ventos Uivantes, Ellen, e nunca deixei de ir um dia, desde que você adoeceu, exceto três vezes antes e duas vezes depois que você saiu de seu quarto. Dei a Michael livros e gravuras para arrear Minny todas as noites e tornar a levá-la para a cocheira. Não deve ralhar com ele, também, não se esqueça. Eu chegava ao Morro dos Ventos Uivantes às seis e meia e, geralmente, ficava, até as oito e meia, depois vinha a galope para casa. Não era para me divertir que eu ia: muitas vezes, sofria horrivelmente, o tempo todo. De vez em quando, sentia-me feliz; uma vez por semana, talvez.

A princípio, pensei que seria difícil persuadi-la a deixar-me conversar com Linton, pois eu havia me comprometido a voltar no dia seguinte, quando o deixamos. Como, porém, você ficou presa no andar aqui em cima, no dia seguinte, escapei dessa dificuldade. Quando Michael estava consertando a fechadura do portão do parque, à tarde, apoderei-me da chave e disse-lhe como meu primo desejava que eu o visitasse, porque estava doente e não podia vir à Granja, e papai se oporia à minha ida; e, depois, cheguei a uma combinação com ele, a respeito do pônei. Ele gosta de ler e pretende despedir-se em breve, para casar-se, e, assim, propôs que, se eu lhe emprestasse os livros da biblioteca, ele faria o que eu quisesse; eu, contudo, preferi dar-lhe meus próprios livros e ele ficou ainda mais satisfeito com isso.

– Na minha segunda visita, Linton mostrou-se muito animado, e Zillah (que é sua governanta) preparou-nos um quarto limpo e um bom fogo e nos disse que, como Joseph fora assistir a uma reza e Hareton Earnshaw saíra... para roubar nossos faisões, como soube depois... poderíamos fazer o que quiséssemos. Trouxe para mim vinho quente e pão de gengibre e mostrou-se muito amável, e Linton ficou sentado na poltrona e eu na cadeirinha de balanço, junto da lareira, e rimos e conversamos alegremente, e não nos faltou assunto: fizemos planos sobre aonde iríamos e o que faríamos no verão. Não preciso repeti-los, porque você os acharia tolos.

Em uma ocasião, contudo, quase estivemos a ponto de brigar. Ele disse que a maneira mais agradável de passar um dia quente de julho era ficar deitado, de manhã à noite, na relva, no meio da charneca, ouvindo as abelhas zumbirem em torno, as cotovias cantando no alto e o sol brilhante em um céu azul e sem nuvens. Esta era sua mais perfeita ideia da felicidade celeste, a minha era subir a uma árvore muito verde, com vento oeste soprando, e nuvens brancas e brilhantes passando rapidamente no céu, e não somente cotovias, mas tordos, melros, pintarroxos e cucos entoando sua música por todas as partes, e a charneca vista a distância, cortada em pequenos vales sombrios; mas fechada por pequenas colinas cobertas de mato ondulando em vagas com a brisa, e os bosques e a água cantante, e todo o mundo despertado e arrebatada de alegria. Ele queria que tudo repousasse em um êxtase de paz; eu queria que tudo reluzisse e dançasse em um glorioso jubileu. Eu disse que o seu paraíso seria vivo apenas pela metade e ele disse que o meu seria estar embriagado; afirmei que cairia de sono no seu, e ele que não poderia respirar no meu. E começou a ficar com raiva. Afinal, concordamos em experimentar os dois, quando viesse o bom tempo, e, então, beijamo-nos e ficamos amigos.

Depois de ter ficado mais uma hora, olhei para a grande sala, com chão liso e sem tapete, e pensei que seria muito bom para brincarmos ali, se tirássemos a mesa. Pedi a Linton para chamar Zillah, a fim de que nos ajudasse, para brincarmos de cabra-cega; ela tentaria nos pegar, como você fazia, Ellen. Linton não quis, dizendo não achar graça naquilo, mas dispôs-se a jogar bola comigo. Encontramos duas bolas em um armário, no meio de velhos brinquedos e arcos, piorras, petecas e raquetes. Uma estava marcada com um C, e a outra com um H. Fiquei com a que tinha o C, porque era a inicial de Catherine e o H poderia significar Heathcliff, o nome de meu primo. Bati-o constantemente e ele ficou aborrecido de novo, tossiu e voltou para a sua cadeira. Naquela noite, contudo, recuperou, facilmente, o bom humor: ficou encantado com duas ou três belas canções – suas canções, Ellen. E, quando fui obrigada a retirar-me, implorou-me que voltasse na noite seguinte e eu prometi. Eu e Minny voltamos correndo para casa, leves como o ar, e eu sonhei com o Morro dos Ventos Uivantes e meu querido priminho até de manhã.

No dia seguinte, senti-me triste; em parte porque você estava doente e em parte porque desejava que meu pai soubesse de minhas saídas e as aprovasse. Mas o luar estava lindo, depois do chá, e à medida que eu avançava no caminho, a tristeza ia passando. "Passarei outras horas felizes esta noite" pensei "e o que me alegrava ainda mais, meu querido Linton também passará." Entrei no jardim e estava rodando a casa para ir para os fundos, quando aquele Earnshaw foi ao meu encontro, puxou o cabresto e me disse para entrar pela porta da frente. Deu tapinhas no pescoço de Minny, dizendo que era um belo animal, e tive a impressão de que estava esperando que eu conversasse com ele. Limitei-me a dizer-lhe para deixar meu cavalo em paz, senão levaria um coice. Ele respondeu, com sua pronúncia vulgar que "não machucaria muito se desse um coice" e examinou as pernas do animal, com um sorriso. Eu estava um tanto inclinada a fazer a experiência, mas ele se afastou para abrir a porta e, ao levantar a aldrava, ergueu os olhos para a inscrição que havia em cima, e disse com uma bronca mistura de desaponto e exaltação:

– Senhorita Catherine... Já sei ler agora.

– Formidável! – exclamei. – Vamos ouvi-lo... Você está ficando inteligente!

Soletrando e arrastando-se pelas sílabas, ele leu o nome: Hareton Earnshaw.

– E o número? – disse eu, estimulando-o, ao perceber que ele fazia uma parada.

– Ainda não sei ler os números.

– Seu idiota! – exclamei, rindo perdidamente de sua incapacidade.

O tolo olhou, com um sorriso quase lhe entreabrindo os lábios, sem saber se poderia acompanhar meu riso: se seria apenas uma brincadeira de pessoa íntima ou se denotava, realmente, desprezo. Cortei suas dúvidas, recuperando, de súbito, a gravidade e pedindo-lhe que se afastasse, pois eu viera para ver Linton e não vê-lo. Ele corou – percebi isso ao luar —, soltou a aldrava e transformou-se em um quadro da vaidade, mortificada. Imaginara-se igual a Linton, creio eu, porque aprendera a soletrar o próprio nome, e sentia-se inteiramente desnorteado porque eu não pensava o mesmo.

– Pare, minha querida senhorita Catherine! – atalhei. – Não vou censurá-la, mas não estou gostando de sua conduta. Se tivesse se lembrado de que Hareton é seu primo, tanto quanto o Sr. Heathcliff, teria compreendido quanto foi imprópria sua atitude. Pelo menos, era uma ambição louvável a dele querer ser tão instruído quanto Linton, e, provavelmente, não aprendeu apenas para exibir-se. Não tenho dúvida de que a menina fê-lo envergonhar-se de sua antiga ignorância, ele quis remediá-la para lhe ser agradável. Foi prova de má educação zombar de sua imperfeita tentativa. Se a menina tivesse sido educada nas circunstâncias em que ele foi, seria menos rude do que ele? Ele era uma criança tão viva e inteligente quanto a menina era, e fico muito sentido vendo-a desprezá-lo porque aquele vil Heathcliff tratou-o tão injustamente.

– Está bem, Ellen, você não vai chorar por causa disso vai?! – exclamou ela, surpreendida com a minha veemência. – Mas espera e vai saber se ele aprendeu seu ABC para me agradar e se vale a pena mostrar civilidade com os brutos. Entrei. Linton estava sentado no banco, e fez menção de levantar-se para receber-me.

– Estou me sentindo mal esta noite, Catherine querida – disse ele – e você vai ter que falar sozinha e eu limitar-me a escutar. Venha sentar-se perto de mim. Eu tinha certeza de que você cumpriria a palavra e vou fazê-la prometer de novo, antes de ir.

Vi que não devia implicar com ele, que estava se sentindo mal, e falei baixo, não fiz perguntas e evitei irritá-lo de qualquer maneira. Havia-lhe levado alguns de meus melhores livros; ele me pediu para ler algum deles e eu já ia satisfazer-lhe o desejo, quando Earnshaw abriu a porta, bruscamente, avançou em nossa direção, agarrou Linton pelo braço e tirou-o do banco.

– Vai para teu quarto! – disse ele, com uma voz quase inarticulada, pela raiva, e com o rosto inchado e furioso. – Leva-a para lá, se ela veio para te ver. Não podes me expulsar daqui. Sumam-se os dois daqui!

Insultou-nos e não deu tempo a Linton para retrucar, atirando-o para a cozinha, e cerrou os punhos quando eu acompanhei Linton, parecendo disposto a me derrubar com um murro. Fiquei com medo, durante um momento, e deixei o livro cair; ele o atirou com um pontapé atrás de mim e fechou a porta. Ouvi uma sinistra gargalhada perto do fogo e, voltando-me, vi o odioso Joseph, de pé, esfregando as mãos ossudas e tremendo.

– Eu tinha certeza de que ele os expulsaria! É um rapaz de verdade! Passou um susto nele! Ele sabe... Sabe tão bem quanto eu quem devia ser o patrão... Eh, eh, eh! Passou-lhes um susto! Eh, eh, eh!

– Aonde devemos ir? – perguntei a meu primo, desprezando a zombaria do velho bruxo.

Linton estava branco e trêmulo. Não era bonito, então, Ellen. Tinha um aspecto horrível, pois seu rosto magro e seus olhos grandes tinham uma expressão de fúria frenética e impotente. Pegou a aldrava da porta e sacudiu-a; estava fechada por dentro.

– Se não me deixar entrar, eu o mato! Se não me deixar entrar eu o mato! – gritou, estridentemente. – Demônio! Demônio! Vou matá-lo! Vou matá-lo!

Joseph recomeçou sua gargalhada sinistra.

– Igualzinho ao pai! – exclamou. – Igualzinho ao pai! Não te incomode, Hareton, não tenhas medo que ele não te alcança!

Segurei as mãos de Linton e tentei puxá-lo, mas ele deu gritos tão agudos que não me atrevi a prosseguir. Afinal, seus gritos foram abafados por violento acesso de tosse, e sangue lhe saiu pela boca e ele caiu no chão. Corri para o pátio, horrorizada, e gritei chamando Zillah, o mais alto que pude. Ela não tardou a me ouvir; estava ordenhando as vacas, no telheiro atrás do paiol e, largando o trabalho, às pressas, veio perguntar o que era. Não tinha força para explicar; puxei-a e procurei Linton. Earnshaw saíra para examinar o mal que causara e estava carregando o coitadinho para o andar de cima. Eu e Zillah subimos atrás, mas ele me fez parar no alto da escada e me disse que eu não podia entrar: devia voltar para casa. Retruquei que ele matara Linton e eu ia entrar. Joseph trancou a porta, dizendo que eu não devia fazer tal coisa e perguntando-me se eu queria ser "tão doida quanto ele". Fiquei chorando até a governanta reaparecer. Ela afirmou que Linton iria melhorar logo, mas que não poderia suportar aquele barulho e agitação; segurou-me e quase me trouxe carregada para casa.

Tive ímpetos de arrancar os cabelos de desespero, Ellen! Chorei e solucei até quase não poder enxergar, e o malvado que provocara aquilo ficou lá perto, pedindo-me, de vez em quando, para sair e negando que a culpa fosse sua. E, afinal, aterrorizado com minhas afirmações de que eu iria contar a meu pai e que ele seria preso e enforcado, começou a choramingar e apressou-se em sair, para esconder sua covarde agitação. Eu ainda não estava livre dele, contudo: quando, afinal, obrigaram-me a partir e eu havia me afastado umas cem jardas da casa, ele surgiu, de súbito, da sombra da margem da estrada, fez Minny parar e me segurou.

– Senhorita Catherine, estou muito sentido – começou. – Mas é uma pena...

Dei-lhe uma chicotada, com medo de que ele estivesse querendo matar-me. Ele me soltou, lançando um de seus horríveis palavrões e eu andei a galope mais da metade do caminho sem sentidos.

Naquela noite não me despedi de você e não fui ao Morro dos Ventos Uivantes na seguinte. Tive muita vontade de ir, mas estava muito nervosa e, às vezes, sentia medo de saber que Linton morrera e, outras vezes, estremecia à ideia de encontrar Hareton. No terceiro dia, tomei coragem, ou, pelo menos, não podia mais resistir à ansiedade, e saí mais uma vez, furtivamente. Parti às cinco horas e fui a pé, imaginando que conseguiria entrar na casa e chegar até o quarto de Linton sem ser observada. Os cães, contudo, notaram minha aproximação. Zillah recebeu-me e dizendo que "o rapaz está se restabelecendo muito bem", levou-me para um pequeno aposento atapetado, onde, para minha inexprimível alegria, vi Linton deitado em um pequeno sofá, lendo um de meus livros. Ele, porém, não conversou comigo, nem me olhou, durante uma hora inteira. Estava com um humor insuportável. E, o que me confundiu inteiramente, quando ele abriu a boca, foi para afirmar a falsidade de que fora eu que provocara o barulho e que Hareton não era digno de censura! Incapaz de responder, a não ser com muita veemência, levantei-me e saí do quarto. Ele me chamou com um débil "Catherine!". Não contava que fosse respondido da mesma maneira, mas não voltei e, no dia seguinte, foi o segundo em que fiquei em casa quase disposta a não visitá-lo mais. Sofria tanto, porém, deitando-me e levantando-me, sem ouvir notícias dele, que minha resolução se desfez antes de se concretizar, devidamente. Havia parecido errado fazer a viagem uma vez; agora, parecia errado não fazê-la. Michael veio perguntar-me se deveria selar Minny; respondi que sim e achei que estava cumprindo um dever, quando o animal me conduziu através dos morros. Era forçada a passar diante das janelas da frente para chegar ao pátio; não adiantava tentar esconder minha presença.

– O patrãozinho está na casa – disse Zillah, quando me viu encaminhando-me à sala de visitas.

Entrei. Earnshaw estava lá, também, mas saiu logo da sala. Linton achava-se sentado na grande poltrona, cochilando. Aproximando-me do fogão, comecei a dizer, em um tom sério, e em parte pretendendo dizer a verdade:

– Como você não gosta de mim, Linton, e acha que venho aqui com o intuito de fazer-lhe mal, e acha que assim faço todas as vezes, este é o nosso último encontro. Vamos despedir-nos e diga ao Sr. Heathcliff que você não deseja ver-me e que ele não deve inventar mais falsidades a respeito.

– Sente-se e tire o chapéu, Catherine – retrucou ele. – Você é tão mais feliz do que eu que deve ser melhor. Papai fala tanto nos meus defeitos e mostra tanto desprezo por mim que é natural que eu mesmo duvide de mim. Acho-me tão inútil quanto ele me chama frequentemente, e, então, sinto-me tão abatido e amargo que odeio todo o mundo! Sou inútil, tenho gênio forte e falta de ânimo. E, se você quiser, pode me dizer adeus. Ficará livre de um aborrecimento. Faça-me apenas esta justiça, Catherine: creia que, se eu pudesse ser tão bom, simpático e amável quanto você é, haveria de ser, com tanto ou mais boa vontade, pois seria tão feliz quanto saudável. E pode acreditar que sua bondade me fez amá-la mais profundamente do que se eu tivesse merecido seu amor; e, embora eu não pudesse e não possa evitar esconder meu gênio de você, eu lamento e me arrependo disso, lamentarei e me arrependerei até morrer!

Vi que estava falando a verdade e achei que deveria perdoá-lo, e, embora ele fosse brigar daí a momentos, eu deveria perdoá-lo de novo. Reconciliamo-nos, mas choramos, ambos, durante todo o tempo em que estive lá. Não inteiramente de tristeza, mas eu me sentia triste de Linton ter aquele temperamento esquisito. Jamais deixava seus amigos se sentirem à vontade e jamais ele próprio se sentia à vontade! Fui sempre à sua pequena sala, a partir daquela noite, pois seu pai voltou no dia seguinte.

Umas três vezes creio eu, sentimo-nos tão alegres e esperançosos como na primeira noite. Minhas visitas restantes foram tristes e agitadas: ora por causa do seu egoísmo e mau gênio, ora por causa de seus sofrimentos; mas eu aprendera a suportar os primeiros quase com tão pouca irritação quanto os segundos. O Sr. Heathcliff evitava-me propositadamente, eu mal o vira. No domingo passado, na verdade, tendo chegado mais cedo que de costume, ouvi-o censurando cruelmente o pobre Linton, pela sua conduta na noite anterior. Não compreendi como ele soubera daquilo, a não ser que tivesse ouvido. Linton, sem dúvida, tivera uma conduta provocadora, mas aquilo não era da conta de ninguém, a não ser da minha e interrompi o sermão do Sr. Heathcliff, entrando e lhe dizendo isto. Ele dobrou uma gargalhada e saiu, dizendo que se sentia satisfeito vendo que eu encarava a questão daquele modo. A partir de então, aconselhei a Linton que falasse baixinho em seus acessos de mau humor. Agora, Ellen, já ouviu tudo. Não posso ser impedida de ir ao Morro dos Ventos Uivantes, a não ser tornando desgraçados dois seres humanos; por outro lado, basta você não contar a papai para que não seja perturbada a tranquilidade de ninguém. Não vai contar a ele, não é mesmo? Seria uma crueldade contar.

– Vou pensar nisso até amanhã, senhorita Catherine – respondi. – O caso exige algum estudo. E assim, a menina poderá descansar até amanhã e procurar refletir.

Pensei em voz alta, na presença do patrão, pois fui diretamente do quarto de Catherine para o dele e contei-lhe tudo, com exceção das conversas da menina com o primo e sem fazer qualquer menção a Hareton. O Sr. Linton ficou alarmado e abatido, mais do que deixou transparecer em minha presença. Na manhã seguinte, Catherine ficou sabendo que eu traíra a sua confiança e também que suas visitas secretas teriam que terminar. Em vão ela chorou e lamentou-se e pediu ao pai que tivesse pena de Linton; a única coisa que conseguiu foi a promessa de que escreveria ao primo concedendo-lhe liberdade de vir à Granja, quando quisesse, mas explicando que não deveria mais esperar vê-la no Morro dos Ventos Uivantes. Talvez, se o Sr. Linton soubesse do estado de saúde do sobrinho, teria negado mesmo aquele pequeno consolo.

Chorou e debateu-se em vão contra a interdição e implorou ao pai que tivesse piedade do Linton. Tudo o que conseguiu foi a promessa de que Sr. Linton escreveria ao sobrinho autorizando-o a vir à Granja sempre que desejasse e explicando-lhe que não veria nunca mais senhorita Catherine no Morro dos Vendavais. Tivesse ele conhecimento do estado de saúde do sobrinho, e talvez tivesse achado conveniente nem sequer conceder a Catherine essa pequena consolação.

∼ Capítulo XXV ∼

Tudo isto aconteceu no Inverno passado, Sr. Lockwood – disse a Sra. Dean. – Nunca imaginei que, no fim de outros doze meses, eu estaria divertindo um estranho à família contando o que se passou com ela! No entanto, quem sabe durante quanto tempo o senhor será um estranho? O senhor é moço demais para ficar satisfeito vivendo sozinho, e, para falar a verdade, acho que ninguém pode ver Catherine Linton sem amá-la. O senhor está rindo. Mas por que se mostra tão animado e interessado quando falo a respeito dela? E por que me pediu para pôr o retrato dela em sua lareira? E por que...

– Chega, chega, minha boa amiga! – exclamei. – É muito possível que eu a amasse, mas será que ela me amaria? Duvido muito disso para arriscar meu sossego deixando-me cair em tentação; além disso, não é aqui que moro. Pertenço ao mundo atribulado e para os seus braços devo voltar. Continue. Catherine mostrou-se obediente para com o pai?

– Sim – continuou a governanta. – Sua afeição por ele ainda era o principal sentimento de seu coração e ele falou sem raiva; falou com a ternura profunda de alguém prestes a deixar seu tesouro no meio de perigos e inimigos, onde a recordação de suas palavras constituiriam a única ajuda que ele poderia alegar para guiá-la. Ele me disse, alguns dias depois:

– Desejaria que meu sobrinho escrevesse ou viesse aqui, Ellen. Diga-me, sinceramente, o que pensa dele: mudou para melhor, ou existe alguma perspectiva de mudança?

– Ele é muito delicado – repliquei – e é muito pouco provável que viva até atingir a idade adulta. Uma coisa, porém, posso dizer: não se parece com o pai, e, se senhorita Catherine tiver a desventura de desposá-lo, ele não escapará à sua influência, a não ser que ela se mostre de uma indulgência extrema e insensata. Contudo, patrão, o senhor terá muito tempo de conhecê-lo e ver se ele convém a sua filha. Ele precisará de uns quatro anos ou mais para chegar à idade de se casar.

Edgar deu um suspiro e, caminhando até a janela, olhou para a igreja de Gimmerton. Era uma tarde enevoada, mas o sol de fevereiro brilhava frouxamente, e podíamos distinguir os dois abetos do cemitério e as sepulturas espalhadas pelo terreno, muito dispersas.

– Rezei muitas vezes pedindo para vir o que está se aproximando – disse ele, em um semissolilóquio – e agora começo a recuar e a temer. Pensei que a recordação da hora em que cheguei àquele vale para me casar seria menos feliz que a antecipação de que, em breve, dentro de alguns meses, ou, possivelmente, dentro de algumas semanas, eu seria levado para uma cova solitária! Ellen, fui muito feliz com minha pequena Cathy: nas noites de inverno e nos dias de verão, ela era uma esperança viva ao meu lado. Mas fui igualmente feliz meditando, sozinho, entre aquelas lajes, sob a velha igreja: descansando, nas longas noites de junho, sobre o montículo verde da sepultura de sua mãe e desejando, ansiando pelo dia em que iria jazer por baixo dele. Que posso fazer por Cathy? Como devo deixá-la? Não me preocupo um momento com o fato de Linton ser filho de Heathcliff, nem por tomá-la de mim, se ele consolá-la por me haver perdido. Não me preocupo com o fato de Heathcliff conseguir seus propósitos e triunfar roubando-me minha última felicidade! Se, porém, Linton for indigno, se não passar de um fraco instrumento de seu pai, não posso abandoná-la ao seu poder! E, por mais doloroso que seja esmagar seu espírito alegre, terei de continuar a fazê-la triste enquanto eu viver e deixá-la solitária depois de minha morte. Querida! Preferia entregá-la a Deus e vê-la jazer na terra antes de mim.

– Entregue-a a Deus, e deixe as coisas como estão – retruquei —, e se tivermos de perdê-la, o que nem Deus tal permita, sob sua Providência eu ficarei como amiga e conselheira até o fim. Senhorita Catherine é uma boa menina; não receio que faça qualquer coisa de errado, e as pessoas que cumprem seu dever são sempre, afinal, recompensadas.

A primavera avançava; meu patrão, contudo, não se fortalecia de verdade, embora tivesse reiniciado os passeios por suas terras, em companhia da filha. Para a inexperiência desta, tal fato era, por si mesmo, um sinal de convalescença; estava certa de que ele se restabeleceria. No dia em que ela completou 17 anos, ele não visitou o cemitério; estava chovendo, e eu observei:

– Naturalmente, o senhor não vai sair esta noite.

– Não vou, não – disse ele. – Este ano adiarei um pouco.

Escreveu novamente a Linton, expressando seu grande desejo de vê-lo e, se o inválido estivesse em condições de se apresentar, não tenho dúvida de que seu pai o teria deixado vir. Em vista de seu estado, e devidamente instruído, respondeu dizendo que o Sr. Heathcliff se opunha à sua vinda à Granja, mas que a amável lembrança do tio o encantara e que esperava encontrá-lo em seus passeios e pedir-lhe, pessoalmente, que ele próprio e sua prima não ficassem tão separados.

Essa parte da carta era simples e, provavelmente, dele mesmo. Heathcliff sabia que ele imploraria, eloquentemente, a, companhia de Catherine.

"Não peço – disse ele – que ela me visite aqui; mas terei de ficar sem vê-la sempre, porque meu pai me proíbe ir à sua casa e o senhor a proíbe de vir à minha? Por favor, dê um passeio a cavalo com ela, de vez em quando, pelas proximidades do Morro dos Ventos Uivantes e deixe-nos trocar algumas palavras, em sua presença! Nada fizemos para merecer essa separação, e o senhor não está com raiva de mim; não tem razão de não gostar de mim, como o senhor mesmo confessa. Querido tio, escreva-me algumas palavras amáveis amanhã, e deixe-me encontrá-los em qualquer lugar que quiser, exceto na Granja Thrushcross. Creio que uma entrevista o convenceria de que meu caráter não é igual ao de meu pai: ele afirma que sou mais sobrinho do senhor que seu filho; e, embora eu tenha defeitos que me tornam indigno de Catherine, ela os desculpa, e, a bem dela, o senhor também deveria desculpá-los. O senhor perguntou por minha saúde; está melhor; mas, enquanto eu continuar afastado de toda esperança e condenado à solidão ou à convivência com aqueles que não agem nem pensam de acordo comigo, como poderei ficar alegre e satisfeito?"

Edgar, embora tivesse pena do pobre rapazinho, não pôde concordar com seu pedido, porque não estava em condições de acompanhar Cathy. Disse que talvez no verão pudessem encontrar-se, enquanto isso, queria que ele continuasse a escrever, de vez em quando, e se comprometia a dar-lhe os conselhos e o consolo que pudesse, por cartas, compreendendo muito bem sua difícil situação na família. Linton condescendeu e, se não tivesse tido restrições, provavelmente teria estragado tudo, enchendo suas missivas de queixas e lamentações; seu pai, porém, vigiava-o com atenção e, naturalmente, insistia que meu patrão se mostrasse. Assim, em vez de expor seus próprios pesares e sofrimentos, tema que dominava, constantemente, seus pensamentos, ele repisava a cruel obrigação de se ver afastado de sua amiga e amor, e, delicadamente, insinuava que o Sr. Linton deveria permitir em breve uma entrevista, ou, do contrário, o faria desconfiar de que o estava iludindo, deliberadamente, com promessas vãs.

Cathy era, em casa, uma poderosa aliada; e, entre si, os dois acabaram persuadindo meu patrão a concordar que ela desse um passeio, a cavalo ou a pé, uma vez por semana, sob a minha guarda, nas charnecas próximas da Granja, pois junho o encontrou ainda piorando. Embora ele pusesse de lado, todos os anos, uma parte de suas rendas para a fortuna de minha jovem patroa, tinha o desejo, muito natural, de que ela pudesse conservar – ou, pelo menos, recuperar dentro de pouco tempo – a casa de seus antepassados, e achava que a única perspectiva de conseguir isso seria pela união com o herdeiro dele próprio; não tinha ideia de que o estado de saúde deste último estava se agravando quase tão rapidamente quanto o seu próprio. Ninguém tinha, aliás, creio eu: nenhum médico visitava o Morro dos Ventos Uivantes e ninguém via o Sr. Heathcliff dar notícias de seu estado de saúde. Eu, de meu lado, comecei a imaginar que minhas previsões eram falsas e que ele estava realmente recuperando forças, quando falava em andar a cavalo ou a pé pelas charnecas e que parecia desejar ardentemente alcançar seu objetivo. Não podia conceber que um pai tratasse tão tirânica e cruelmente um filho moribundo, como fiquei sabendo, depois, que Heathcliff o tratava, para compeli-lo à sua aparente impaciência, redobrando, cada vez mais os seus esforços, à medida que se tornava mais iminente a ameaça de seus vorazes e desalmados planos serem derrotados pelos mortos.

✑ Capítulo XXVI ✑

Era metade do verão quando Sr. Edgar cedeu, ainda que com relutância, aos pedidos deles, e senhorita Catherine e eu fomos dar o nosso primeiro passeio para nos encontrarmos com o primo. Estava um dia enfadonho e carregado; o sol não brilhava, mas as nuvens que salpicavam o

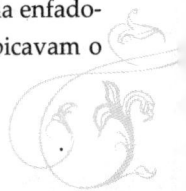

céu não ameaçavam chuva. Tínhamos marcado o encontro junto ao marco de pedra da encruzilhada. Contudo, ao chegarmos, um pastorinho enviado por ele disse-nos:

O Sr. Linton está deste lado do Morro e ficaria muito grato se avançássemos mais um pouco.

– Então, ele se esqueceu da primeira condição imposta por seu tio – observei. – Ele nos deu ordem de ficarmos em terras da Granja e daqui para diante estaremos fora delas.

– Está bem, viraremos nossos animais, quando chegarmos junto dele – retrucou minha companheira. – Nossa excursão ficará, assim, no rumo de casa.

Quando, porém, chegamos junto de Linton, que mal se encontrava a um quarto de milha de sua própria casa, verificamos que ele não estava a cavalo, e fomos obrigados a apear dos nossos e deixá-los pastar. Ele estava deitado nas urzes, esperando nossa aproximação, e não se levantou senão quando chegamos a poucas jardas. Caminhou, então, com tanta dificuldade e estava tão pálido, que exclamei, imediatamente:

– Como, Sr. Heathcliff, o senhor não está em condições de dar um passeio esta manhã! Está parecendo muito doente!

Catherine contemplou-o com pesar e espanto; a exclamação de alegria em seus lábios, mudou-se em uma de susto, e a congratulação pelo seu tão adiado encontro, a uma pergunta ansiosa se ele estava se sentindo pior que de costume.

– Não... melhor... melhor! – disse ele, ofegante, tremendo e retendo a mão da menina, como se precisasse de seu apoio, enquanto seus grandes olhos azuis a contemplavam, timidamente; o fundo que tinha em torno deles transformara em uma ansiedade desvairada a expressão de languidez que outrora possuíam.

– Mas você está pior do que quando o vi pela última vez – insistiu sua prima. – Está mais magro e...

– Estou cansado – atalhou ele, apressadamente. – Está muito quente para se caminhar a pé. Vamos descansar aqui. E, de manhã, sempre me sinto mal. Papai diz que estou crescendo muito depressa.

Aborrecida, Catherine sentou-se e ele se reclinou para o seu lado.

– Isto se parece com seu paraíso – disse ela, esforçando-se para se mostrar alegre. – Lembra-se dos dois dias que concordamos em passar no lugar que cada um de nós achava o mais agradável? Não resta dúvida de que este é o que desejava; apenas há nuvens, mas muito brandas e frouxas: é mais bonito que o brilho do sol. Na próxima semana, se você puder, iremos a cavalo ao parque da Granja e experimentaremos o meu local predileto.

Linton não parecia estar se lembrando a respeito do que ela estava conversando, e era evidente que sentia grande dificuldade em sustentar qualquer conversa. Sua falta de interesse pelos assuntos que ela abordava, e sua igual incapacidade de contribuir para que a distraísse eram tão evidentes que Catherine não pôde esconder seu desaponto. Uma alteração indefinida ocorrera em toda a pessoa e a atitude de Linton. A rabugice, suscetível de ser transformada em afeto pelo carinho, tornara-se em apatia; havia menos do temperamento birrento de uma criança, com suas teimosias e caprichos, procurando ser consolado, e mais da languidez absorvida em si mesma, de um inválido conformado, repelindo o consolo e disposto a encarar como insulto a alegria bem-humorada dos outros. Catherine percebeu, como eu percebi, que ele considerava mais como um castigo do que como um prazer suportar nossa companhia, e não teve escrúpulo de propor logo partir. Essa proposta, inesperadamente, arrancou Linton de sua letargia e lançou-o a um estranho estado de agitação. Ele olhou, temerosamente, para o Morro dos Ventos Uivantes, implorando-lhe que ficasse pelo menos outra meia hora.

– Mas eu acho – disse Cathy – que você se sentiria melhor em casa do que sentado aqui, e estou vendo que não conseguirei diverti-lo hoje, com minhas histórias, cantos e conversas. Você ficou mais ajuizado do que eu, nestes seis meses. Está gostando menos de minhas diversões, ou melhor, se eu pudesse diverti-lo, ficaria, de boa vontade.

– Fique para descansar – retrucou ele. – E não pense nem diga que estou muito doente; é o ar abafado e o calor que me tornam indisposto; e, antes de você chegar, caminhei muito, para mim. Diga ao tio que estou passando razoavelmente bem, sim?

– Eu lhe direi que foi você que disse, Linton. Não posso afirmar que você está – observou minha jovem patroa, estranhando a insistência do rapaz em afirmar uma evidente mentira.

– E volte na quinta-feira que vem – continuou ele, fugindo ao olhar espantado de Catherine. – E transmita-lhe meus agradecimentos por ter permitido que você viesse... meus sinceros agradecimentos, Catherine. E... se você vir meu pai e ele perguntar por mim, não o deixe supor que fiquei muito calado e estúpido. Não fique triste e abatida como está, senão ele vai ficar furioso.

– Não me importo com a raiva dele! – exclamou Catherine, imaginando que ela é que seria vítima.

– Mas eu me importo – disse seu primo, estremecendo. – Não o provoque contra mim, Catherine, pois ele é muito violento.

– Ele é severo para o senhor, Sr. Heathcliff? – perguntei. – Tornou-se falho de indulgência e passou do ódio passivo ao ativo?

Linton olhou-me, mas não respondeu; e, depois de manter Catherine sentada a seu lado por mais dez minutos, durante os quais, pendeu a cabeça para o peito, cochilando, e não abriu a boca senão para soltar gemidos de cansaço ou de dor, Cathy tentou distrair-se, procurando uvas-do-monte e repartindo comigo o que colhia: não oferecia a Linton, pois percebeu que qualquer nova atenção só acarretaria cansaço e aborrecimento.

– Já se passou meia hora, Ellen? – ela sussurrou, afinal, no meu ouvido. – Não sei para que continuamos. Ele está dormindo e papai deve estar aflito para que voltemos.

– Não podemos deixá-lo dormindo – respondi. – Espere até ele acordar, seja paciente, tenha paciência. Estava ansiosa para sair, mas seu desejo de ver o pobre Linton logo se evaporou.

– Por que é que ele queria me ver? – retrucou Catherine. – Eu gostava mais dele, antes, mesmo quando estava mais mal-humorado, do que em sua curiosa atitude atual. Parece que é uma tarefa que ele tem de executar, esta entrevista, com medo de que seu pai ralhe com ele. Mas não estou disposta a vir para dar prazer ao Sr. Heathcliff, seja qual for o motivo que ele tenha para ordenar a Linton que sofra esta penitência. E, embora eu me sinta satisfeita porque ele melhorou de saúde, lamento que ele esteja muito menos simpático e muito menos afeiçoado a mim.

– Acha, então, que ele está melhor de saúde? – perguntei.

– Sim – respondeu ela —, pois ele sempre se queixava tanto de seus sofrimentos, como você sabe. Não está razoavelmente bom, como me disse para falar com papai, mas ele deve estar melhor.

– Nesse ponto, não estamos de acordo, senhorita Cathy – observei. – Parece-me que ele está muito pior.

Linton despertou de seu cochilo, aterrorizado, e perguntou se alguém chamara por seu nome.

– Não – disse Catherine. – A não ser que tenha sido em sonho. Não compreendo como você consegue dormir ao ar livre, de manhã.

– Julguei ter ouvido a voz de meu pai – disse ele, arquejante. – Tem certeza de que ninguém falou?

– Certeza absoluta – respondeu sua prima. – Só eu e Ellen estávamos conversando a respeito de sua saúde. Você está mesmo melhor do que quando nos separamos no inverno, Linton? Se está, uma coisa eu tenho certeza de que não está mais forte: seu interesse por mim. Fale. Está?

Quando Linton respondeu, as lágrimas correram-lhe pelos olhos.

– Estou, estou, sim!

E, ainda sob o encanto da voz imaginária, seu olhar vagava acima e abaixo procurando quem falara.

Cathy levantou-se.

– Por hoje, temos que partir – disse ela. – E não vou esconder que fiquei profundamente decepcionada com o nosso encontro, embora não vá dizer isso a ninguém, além de você; não que eu tenha medo do sr. Heathcliff.

– Psiu! – murmurou Linton. – Pelo amor de Deus, cale-se! Ele está chegando.

E agarrou-se no braço de Catherine, procurando detê-la. Ao ouvir aquilo, porém, ela se desvencilhou, rapidamente, e assoviou para Minny, que obedecia a ela como um cão.

– Voltarei aqui quinta-feira que vem – gritou, pulando no silhão. – Adeus. Depressa, Ellen!

E assim o deixamos, mal prestando atenção em nossa partida, tão absorvido estava com a aproximação de seu pai.

Antes de chegarmos a casa, o desgosto de Catherine abrandou-se, tornando-se uma perplexa sensação de piedade e pesar, largamente temperada por dúvidas vagas, desagradáveis sobre a verdadeira situação física e social de Linton, das quais eu participava, embora aconselhando-a a não falar muito sobre aquilo, pois uma segunda visita nos permitiria julgar melhor. Meu patrão pediu um relato das nossas andanças. Os agradecimentos do sobrinho foram devidamente transmitidos e senhorita Cathy tocou de leve no resto. Eu também esclareci pouco suas indagações, pois não sabia bem o que deveria esconder e o que deveria contar.

✑ Capítulo XXVII ✑

Sete dias se passaram, cada qual marcado pelo acelerado agravamento do estado de saúde de Edgar Linton. A doença que, durante meses, o fora consumindo lentamente, apossara-se agora dele com avassaladora rapidez.

Se dependesse de mim, de bom grado teria iludido Catherine, mas a sagacidade do seu espírito não a deixava enganar. Instintivamente, pressentia a terrível probabilidade que a pouco e pouco se avolumava em certeza, e nela cismava dia e noite.

Quando chegou quinta-feira; falei em vez dela e obtive permissão de levá-la um pouco para fora de casa, pois a biblioteca, onde seu pai ficava durante algum tempo diariamente – o breve período em que ele conseguia sentar-se —, e o quarto dele tinham se tornado seu mundo inteiro. Ela relutava, e em todos os momentos em que não se encontrava debruçada sobre o travesseiro do pai ou sentada a seu lado. Sua fisionomia tornou-se exangue com a vigília e o sofrimento, e meu patrão, de boa vontade, afastou-a para o que ele próprio procurava acreditar fosse uma mudança feliz de ambiente e de companhia, buscando conforto na esperança de que a filha não ficaria inteiramente só depois de sua morte.

Por diversas observações que ele deixava escapar, adivinhei que tinha uma ideia fixa, a de que, se seu sobrinho lhe era semelhante em aspecto, também o seria espi-

ritualmente; de fato, as cartas de Linton pouca ou nenhuma indicação traziam das deficiências de seu caráter. E eu, por uma fraqueza perdoável, abstinha-me de retificar o seu erro, perguntando a mim mesma que vantagem teria em perturbar seus últimos momentos com revelações que ele não teria capacidade nem oportunidade de levar em conta.

Adiamos o passeio para a tarde, uma tarde dourada de agosto; a aragem vinha dos montes tão plena de vida que se tinha a impressão de que, quem a respirasse, mesmo se estivesse moribundo, reviveria. A fisionomia de Catherine assemelhava-se à paisagem: sombras e luz do sol sucedem-se, rapidamente; as sombras, contudo, demoravam mais tempo e o sol era mais efêmero, e seu pobre coraçãozinho censurava, mesmo por aquele passageiro esquecimento de seus cuidados.

Avistamos Linton esperando no mesmo lugar que escolhera antes. Minha jovem patroa apeou e me disse que, como estava disposta a demorar-se muito pouco tempo, era melhor eu segurar o pônei pelo cabresto e continuar a cavalo; discordei, contudo: não me arriscaria a descuidar, por um minuto, da carga que me fora confiada. E, assim, galgamos juntas a encosta coberta de urzes. Sr. Heathcliff recebeu-nos, dessa vez, com maior animação; não, porém, a animação do entusiasmo ou da alegria; parecia-se mais com o medo.

– É tarde! – disse, falando com dificuldade. – Seu pai não está passando muito mal? Pensei que você não viria.

– Por que não fala com sinceridade?! – exclamou Catherine, sem cumprimentá-lo. – Por que não diz, de uma vez, que não me quer? É estranho, Linton, que, pela segunda vez, você me tenha feito vir aqui, sem outro intuito, aparentemente, a não ser o de aborrecer a nós ambos!

Linton estremeceu e lançou-me um olhar de relance, meio súplice, meio envergonhado. A paciência de sua prima, contudo, não era suficiente para suportar sua conduta enigmática.

– Meu pai está muito mal – disse ela —; e por que fui chamada para me afastar de sua cabeceira? Por que você não me mandou dispensar de minha promessa, se desejava que eu não a cumprisse? Vamos! Quero uma explicação! Estou farta de brincadeiras e tolices, e não estou disposta a dar atenção às suas simulações!

– Minhas simulações! – disse Linton. – Quais são elas? Pelo amor de Deus, Catherine, não fique tão zangada! Pode desprezar-me quanto quiser. Sou um pobre coitado, um covarde. Não há escárnio que me seja bastante. Sou muito mesquinho, porém, para merecer sua ira. Odeie meu pai e me reserve para o desdém.

– Bobagem! – exclamou Catherine, exaltada. – Que rapazinho tolo, idiota! E olhe! Lá está ele a tremer, como se eu fosse mesmo tocá-lo! Não precisa implorar desprezo, Linton: qualquer um o desprezará, espontaneamente. Vamos! Vou voltar para casa. É uma loucura afastá-lo de perto da lareira e fingir... e fingirmos? Solte meu vestido! Se eu tivesse pena de você por chorar e demonstrar tanto medo, você próprio deveria rejeitar tal piedade. Ellen, diga-lhe quanto é lamentável sua conduta. Levante-se e não se degrade como um abjeto réptil!

Com o rosto coberto de lágrimas e uma expressão de angústia, Linton atirara-se ao chão; parecia convulso devido a um estranho terror.

– Não aguento isto! – exclamou soluçando. – Catherine, Catherine, sou também um traidor e não lhe disse! Se você me abandonar, porém, serei morto! Querida Catherine, minha vida está em suas mãos, e você disse que me amava, se é verdade, isso não a pode prejudicar. Não irá embora, então? Catherine, você é tão delicada, tão amável, tão boa! E talvez consinta... e ele me deixará morrer com você!

Minha jovem patroa, presenciando sua intensa angústia, abaixou-se, para fazê-lo levantar-se. O velho sentimento de indulgente ternura venceu sua irritação e ela se tornou comovida e assustada.

– Consentir o quê? – perguntou. – Em ficar? Diga-me o sentido dessa estranha conversa, para que eu me manifeste. Você contradiz suas próprias palavras e me aturde! Seja calmo e franco e confesse, imediatamente, tudo que lhe pesa no coração. Você seria incapaz de maltratar-me, não é mesmo, Linton? Não deixaria qualquer inimigo me ferir, se pudesse impedir. Acredito que você seja covarde para si mesmo, mas não um covarde traidor de sua melhor amiga.

– Mas meu pai ameaçou-me – disse o rapazinho, mal pronunciando as palavras e torcendo os dedos macilentos – e tenho medo dele... tenho medo dele! Não me atrevo a dizer!

– Está bem! – disse Catherine, com desdenhosa compaixão. – Guarde seu segredo; não sou covarde. Salve-se; não tenho medo.

Essa magnanimidade provocou lágrimas em Linton: ele chorou espalhafatosamente, beijando as mãos de Catherine, que o amparava, e sem ter, todavia, coragem de falar. Eu estava cogitando qual seria o mistério e disposta a não permitir que Catherine sofresse algo para beneficiá-lo ou qualquer outra pessoa, quando, ouvindo um ruído na urze, levantei os olhos e vi o Sr. Heathcliff bem perto de nós, descendo do Morro dos Ventos Uivantes. Não lançou um olhar para meus companheiros, embora estivesse bem próximo para ouvir os soluços de Linton, mas me saudou no tom quase cordial que não usava para mais ninguém, e de cuja sinceridade não posso duvidar.

– É uma novidade vê-la tão perto de minha casa, Nelly. Como estão passando na Granja? Conte-nos. Corre – acrescentou, em voz mais baixa —, que Edgar Linton está à morte. Talvez exagerem a gravidade do seu estado.

– Não, meu patrão está à morte – repliquei. – É verdade. Será uma tristeza para todos nós, mas uma bênção para ele.

– Por quanto tempo ele vai resistir, na sua opinião? – perguntou.

– Não sei – respondi.

– Por que – continuou ele, fitando os dois jovens, que se tinham imobilizado diante do seu olhar: Linton parecia incapaz de se aventurar a mexer-se, ou levantar a cabeça, e Catherine não podia mover-se, por causa dele —, por que aquele rapazinho ali parece disposto a bater-me, e eu ficaria muito grato a seu tio se se apressasse e fosse antes dele. E então? O pirralho está fazendo esse jogo há muito tempo? Dei-lhe algumas lições de como lamuriar-se. Ele se mostra muito assanhado com senhorita Linton, geralmente?

– Assanhado? Não. Ele tem se queixado de atrozes sofrimentos – respondi. – Ao vê-lo, acho que, em vez de passear com sua namorada nos montes, ele deveria estar na cama, entregue aos cuidados de um médico.

– Estará, dentro de um ou dois dias – retrucou Heathcliff. – Mas primeiro... levante-se, Linton! Levante-se! – gritou. – Não deite no chão! De pé!

Linton prostara-se de novo no paroxismo de um pavor invencível, provocado pelo olhar que seu pai lhe lançara, creio eu: nada mais havia capaz de produzir tal humilhação. Fez vários esforços para obedecer, mas suas escassas forças estavam aniquiladas momentaneamente e ele caiu de novo, soltando um gemido. O Sr. Heathcliff avançou e levantou-o, encostando-o em uma saliência de turfa.

– Agora estou ficando com raiva! – exclamou, com uma ferocidade refreada. – E, se você não dominar esse seu espírito desprezível... Vamos! Levante-se imediatamente!

– Vou levantar-me, meu pai – disse o rapazinho, arquejante. – Mas deixe-me em paz, senão vou desmaiar. Tenho certeza de que fiz o que o senhor queria. Catherine lhe dirá que eu... que eu... me mostrei jovial. Fique perto de mim, Catherine, dê-me sua mão.

– Tome a minha – disse seu pai. – Ponha-se de pé! Pronto... ela lhe dará seu braço. Está bem. Olhe agora, para ela. Deve imaginar que sou o diabo em pessoa, senhorita Linton, para despertar tanto horror. Quer ter a bondade de ir até a casa com ele? Ele estremece, quando eu o toco.

– Linton, meu caro! – disse Catherine. – Não posso ir ao Morro dos Ventos Uivantes: papai me proibiu. Ele não lhe vai fazer mal: por que tem tanto medo?

– Não torno a entrar naquela casa! – replicou o rapazinho. – Não torno a entrar naquela casa sem você!

– Pare com isto! – gritou seu pai. – Vamos respeitar os escrúpulos filiais de Catherine. Nelly, leve-os para dentro, e seguirei sem demora, seus conselhos concernentes ao médico.

– Fará bem – repliquei. – Mas devo ficar com minha patroa; não é minha obrigação tratar de seu filho.

– Você é muito rude – disse Heathcliff. – Sei disso, mas você me obriga a beliscar a criança e fazê-la gritar antes de que ela mereça sua caridade. Venha, pois, meu herói. Está disposto a voltar escoltado por mim?

Aproximou-se, mais uma vez, e fez menção de agarrar o frágil ser; recuando, porém, Linton agarrou-se à prima e implorou-lhe que o acompanhasse, com uma insistência frenética, que não admitia recusa. Embora contrariada, não pude detê-la; na verdade, como poderia ela recusar o pedido? Não tínhamos meio de descobrir o que o enchia de pavor, mas o fato é que ele estava impotente sob o seu domínio e qualquer aumento era suscetível de produzir um choque que o arrastasse ao idiotismo. Chegamos à soleira da porta; Catherine entrou e eu fiquei esperando que ela levasse o inválido até uma cadeira, contando que sairia imediatamente, quando o Sr. Heathcliff, empurrando-me para diante, exclamou:

– Minha casa não está contaminada pela praga, Nelly, e hoje estou com disposição para me mostrar hospitaleiro! Sente-se e dê-me licença de fechar a porta.

Fechou-a e trancou-a a chave, também. Estremeci.

– Você vai tomar chá, antes de voltar para casa – acrescentou ele. – Estou sozinho. Hareton foi levar algumas cabeças de gado ao Lees, e Zillah e Joseph saíram para passear e, embora eu esteja acostumado a ficar sozinho, prefiro alguma companhia interessante, quando possa arranjá-la. Senhorita Linton, sente-se perto dele. Eu dou a que tenho: o presente não é muito digno de ser aceito, mas nada mais tenho para ofertar. É Linton, quero dizer. Como ele está olhando! É engraçado o sentimento selvagem que tenho para qualquer coisa que mostra ter medo de mim! Se eu tivesse nascido onde as leis fossem menos rigorosas e os gostos menos requintados, iria divertir-me esta noite com a lenta dissecação destes dois.

Conteve a respiração, deu um murro na mesa e exclamou, para si mesmo:

– Pelo inferno! Eu os odeio!

– Não tenho medo do senhor! – exclamou Catherine, que não pôde ouvir a última parte de suas palavras. Ela se aproximou, com os olhos negros brilhando de ardor e disposição. – Dê-me esta chave; hei de tê-la! – exclamou. – Eu não beberia nem comeria, mesmo se estivesse morrendo de fome e de sede.

Heathcliff tinha a chave na mão, que continuava em cima da mesa. Levantou os olhos, tomado por uma espécie de surpresa ante a ousadia da moça, ou, possivelmente, lembrando-se, por causa de sua voz e de seu olhar, da pessoa de quem ela os

herdara. Catherine tentou apoderar-se da chave e quase conseguiu arrebatá-la dos dedos afrouxados de Heathcliff; sua ação, contudo, fê-lo relembrar-se do presente, e ele a recuperou, sem demora.

– Agora, Catherine Linton – disse ele —, afaste-se ou eu a derrubarei, o que faria enlouquecer a Sra. Dean.

A despeito desta advertência, ela tornou a agarrar a mão fechada de Heathcliff e seu conteúdo.

– Nós vamo-nos embora! – repetiu, empregando o maior esforço para fazer com que os músculos de ferro se relaxassem. E, verificando que suas unhas não causavam impressão, aplicou os dentes, sem força. Heathcliff lançou-me, de relance, um olhar que me impediu de interferir por um momento. Catherine estava muito preocupada com seus dedos para notar seu rosto. Ele abriu a mão, de súbito, e entregou o objeto da disputa. Antes, porém, que ela o tivesse segurado bem, Heathcliff agarrou-a com a mão desocupada e, obrigando-a a ajoelhar-se, desfechou-lhe, com a outra mão, uma chuva de terríveis tapas de um lado da cabeça, cada um dos quais suficiente para cumprir a ameaça que ele fizera, se a moça estivesse em condições de sair.

Vendo essa diabólica violência, investi contra ele, furiosa.

– Vilão! – comecei a gritar. – Vilão!

Uma pontada no peito fez-me calar; sou teimosa e dentro em pouco perdi a respiração, e com isso a raiva, recuei, estonteada, sentindo-me na iminência de sufocar--me ou de ver rompido algum vaso. A cena terminou em dois minutos; Catherine, libertada, levou as duas mãos às têmporas e pareceu não estar sabendo ao certo se tinha ou não as orelhas pregadas à cabeça. A pobrezinha tremia como varas verdes e debruçou-se sobre a mesa, aniquilada.

– Está vendo que sei castigar crianças – disse o malvado, ferozmente, abaixando--se para recuperar a chave, que caíra no chão. – Agora, vá ficar com Linton, como eu lhe disse, e pode chorar à vontade! Serei seu pai amanhã, o único pai que você terá dentro de alguns dias, e vai haver fartura disso. Você aguenta muito. Não é um alfenim; vai ter uma prova diária, se eu descobrir em seus olhos esse mau gênio de novo.

Cathy correu para junto de mim, em vez de ir para junto de Linton, ajoelhou-se e pôs em meu regaço seu rosto ardente, chorando alto. Seu primo encolhera-se em um canto de banco, imóvel, congratulando-se consigo, atrevo-me a dizer, pelo castigo ter sido infligido a outrem que não ele. O Sr. Heathcliff, percebendo que todos nós estávamos confusos, levantou-se e, prontamente, fez o chá ele mesmo. Os pires e as xícaras já estavam prontos. Ele serviu o chá e ofereceu-me uma xícara.

– Acabe com seu mau humor – disse ele. – E sirva à sua e minha malcriada menina. Não está envenenado, embora o tenha preparado. Vou sair para ver seus animais.

Nossa primeira ideia, quando ele saiu, foi escaparmos, de qualquer modo. Tentamos abrir a porta da cozinha, mas estava trancada pelo lado de fora; examinamos todas as janelas: eram demasiadamente estreitas, mesmo para o corpo de Cathy.

– "Seu" Linton! – exclamei, vendo que estávamos presas. – O senhor sabe o que pretende o seu diabólico pai. Vai nos dizer, ou arrebentarei seus ouvidos, como ele fez com sua prima.

– Sim, Linton, deve dizer-nos – concordou Catherine. – Foi por sua causa que vim, e será muita ingratidão sua se recusar.

– Dê-me um pouco de chá, que estou com muita sede, e depois lhe direi – prometeu ele. – Saia, Sra. Dean. Não quero vê-la aí. Ora, Catherine! Está deixando suas lágrimas caírem em minha xícara. Não beberei nesta. Dê-me outra.

Catherine empurrou outra xícara para junto dele e enxugou o rosto. Causou-me repulsa a petulância do pequeno canalha, desde que não estava mais aterrorizado por sua própria causa. A angústia que ele mostrara na charneca desaparecera logo que entrou no Morro dos Ventos Uivantes, de sorte que deduzi que ele fora ameaçado de terrível castigo se não conseguisse atrair-nos para lá, e, tendo conseguido isso, já não era presa de temores imediatos.

– Papai quer que nós nos casemos – disse e continuou ele, após beber um pouco da infusão. – E sabe que seu pai não nos deixaria casar agora, e receia que eu morra, se esperarmos. Desse modo, temos de nos casar amanhã cedo e você tem que ficar aqui a noite toda, e, se fizer o que ele quer, voltará para casa amanhã, e me levará consigo.

– Levá-lo consigo, pobre-coitado! – exclamei. – Você casar-se? Aquele homem está mesmo doido, ou então pensa que nós todos somos bobos. E você imagina que esta linda moça, saudável, alegre, vai se amarrar a um macaquinho moribundo, como você? Pode conceber que alguém, ainda mais senhorita Catherine Linton, o aceitaria para marido? Você merecia uma surra de chicote, por nos ter trazido aqui, com suas sujas artimanhas, e não se mostre tão convencido! Estou muito disposta a lhe dar uns safanões, por sua desprezível traição e seu convencimento imbecil.

Sacudi-o, um pouco, mas isso lhe provocou um acesso de tosse e ele lançou mão do recurso ordinário de gemer e choramingar, e Catherine censurou-me.

– Ficar a noite toda? Não – disse ela, olhando em torno, devagar. – Sairei, Ellen, nem que tenha de queimar aquela porta.

Teria começado, sem demora, a execução de sua ameaça, se não fosse o receio que Linton sentia de novo por si mesmo. Agarrou-a em seus débeis braços, soluçando:

– Não quer ficar comigo e me salvar? Não quer deixar-me ir para a Granja? Oh, querida Catherine! Não deve ir embora e deixar-me. Deve obedecer a meu pai, deve!

– Devo obedecer a meu próprio pai e livrá-lo desta cruel expectativa – ela replicou. – A noite toda! Que iria ele pensar? Ele já está sofrendo muito. Abrirei caminho, a ferro e a fogo, para sair desta casa. Fique quieto! Você não está correndo perigo, mas, se me detiver... Linton, gosto mais de papai que de você.

O terror mortal que ele sentia da raiva do Sr. Heathcliff devolveu ao rapaz sua covarde eloquência. Catherine ficou bastante impressionada, mas, ainda assim, insistiu que devia ir para casa e tratou de argumentar, por seu turno, persuadindo-o a dominar sua egoísta aflição. Enquanto os dois se ocupavam nisso, nosso carcereiro voltou.

– Seus animais foram embora – disse ele – e... que é isso, Linton, choramingando de novo? Que foi que ela andou fazendo com você? Vamos, vamos!... aquiete-se e vá para a cama. Dentro de um ou dois meses, você estará em condições de lhe pagar, com mão vigorosa, as tiranias presentes. Você está se definhando só de amor, não é? Tão somente isto, e ela o terá! Vamos para a cama! Zillah não está aqui esta noite; você deve despir-se sozinho. Psiu! Não faça barulho! Quando estiver em seu quarto, não chegarei perto de você; não precisa ter medo. Por acaso, comportou-se de maneira tolerável. Cuidarei do resto.

Disse estas palavras mantendo a porta aberta, para o filho passar; e este último saiu exatamente como o faria um cão, desconfiado de que a pessoa que o mandava sair tinha a intenção de aplicar-lhe uma humilhante espremedura. A porta tornou a ser trancada. Heathcliff aproximou-se da lareira, onde eu e minha patroa estávamos de pé, em silêncio. Catherine levantou os olhos e, instintivamente, levou a mão ao rosto: a proximidade de Heathcliff despertou-lhe uma sensação penosa. Qualquer outra pessoa teria sido incapaz de considerar o gesto daquela criança com severidade, mas ele fechou a cara e murmurou:

– Não está com medo de mim? Sua coragem está bem-disfarçada: parece terrivelmente amedrontada!

– Agora, estou com medo – replicou Catherine —, porque, se ficar aqui, papai vai sofrer muito, e como posso resignar-me a fazê-lo sofrer... se ele... se ele... Sr. Heathcliff, deixe-me ir para casa! Prometo casar-me com Linton. Papai ficaria satisfeito e eu o amo. Por que precisaria o senhor forçar-me a fazer o que estou disposta a fazer por minha, livre e espontânea vontade?

– Deixe-o tentar obrigá-la! – gritei. – Graças a Deus, há leis neste país, embora estejamos em um lugar ermo. Nem se se tratasse de meu próprio filho eu deixaria de denunciar. E é um crime, sem a assistência do clero!

– Silêncio! – exclamou o canalha. – Vá para o diabo com sua gritaria! Não quero que você abra a boca. Senhorita Linton, vou deleitar-me, incrivelmente, lembrando-me de que seu pai está sofrendo; não vou dormir de tanta satisfação. Não poderia ter descoberto um meio mais seguro de fixar residência sob o meu teto durante 24 horas do que me informando de que iria ocorrer tal coisa. Quanto à sua promessa de desposar Linton, tomarei as necessárias providências para que a cumpra, pois não sairá desta casa enquanto não a cumprir.

– Então, mande Ellen comunicar a papai que estou sã e salva! – exclamou Catherine, chorando amargamente. – Ou case-me agora. Coitado de papai! Ele deve estar pensando que nos perdemos, Ellen. Que faremos?

– Ele pensará que você se cansou de segui-lo e fugiu para se divertir um pouco – retrucou Heathcliff. – Não pode negar que entrou em minha casa por sua livre e espontânea vontade, a despeito das recomendações dele em sentido contrário. E é muito natural que a menina deseje divertir-se em sua idade, e que se canse de tratar de um homem doente, quando este homem é apenas seu pai. Catherine, os dias mais felizes dele terminaram com o seu nascimento. Não hesito em afirmar que ele a amaldiçoou por ter vindo a este mundo (eu, pelo menos, amaldiçoei), e dá na mesma que ele a amaldiçoe quando deixar o mundo. Farei coro com ele. Não a amo? Como poderia amá-la? Chore à vontade. Pelo que posso ver, esta será sua principal diversão de agora em diante, a não ser que Linton compense outras perdas; e seu previdente pai parece imaginar que ele assim fará. Suas cartas de conselhos e consolo me divertiram muito. Na última, ele recomendou que a minha joia tomasse cuidado com a sua, e se mostrasse carinhoso para com ela, quando a tivesse. Carinhoso e cuidadoso... é paternal. Linton, porém, exige para si mesmo toda a reserva de cuidado e carinho. Linton poderá representar muito bem o papel do tiranete. A menina terá ocasião de contar a seu tio muitos episódios que provam o seu carinho, quando voltar para casa, é o que asseguro.

– O senhor tem razão neste ponto! – disse eu. – Expôs o caráter de seu filho. Mostrou sua semelhança com o senhor, e, além disso, espero que senhorita Cathy reflita bastante antes de ficar com o basilisco!

– Não me preocupo muito em falar agora das brilhantes qualidades de meu filho – retrucou Heathcliff —, porque ela terá que aceitá-lo, ou ficar prisioneira, e você com ela, até seu patrão morrer. Posso conservá-las aqui, inteiramente ocultas. Se duvida, encoraje-a a retirar sua palavra e terá oportunidade de julgar!

– Não retiro minha palavra – disse Catherine. – Casar-me-ei com ele, dentro de uma hora, se puder, depois, ir para a Granja Thrushcross. Sr. Heathcliff, o senhor é cruel, mas não é um demônio, e não será capaz de destruir, irrevogavelmente, por simples malícia, toda a minha felicidade. Se papai pensar que o abandonei deliberadamente e morrer antes do meu regresso, como suportarei viver? Desisti de chorar, mas vou ajoelhar-me aqui, diante do senhor, e não me levantarei, nem tirarei os olhos de seu rosto até que o senhor olhe também para mim! Não, não vire as costas! Olhe! Nada verá que o provoque. Não o odeio. Não estou com raiva porque me bateu.

Nunca amou ninguém em toda a sua vida, tio? Nunca? Deve olhar-me uma vez. Estou sofrendo tanto que o senhor não conseguiria deixar de ter pena de mim.

– Largue-me e afaste-se, senão lhe dou um pontapé! – gritou Heathcliff, repelindo-a brutalmente. – Prefiro ser abraçado por uma serpente. Como pode ter pensado em me fazer carinhos? Eu a detesto!

Deu de ombros, estremeceu, como se sua carne sentisse aversão, e voltou à sua cadeira, enquanto eu me punha de pé e abria a boca para soltar uma torrente de injúrias. Emudeci, porém, no meio da primeira frase, ante a ameaça de que seria levada sozinha para um quarto, à primeira sílaba que tornasse a falar. Estava escurecendo – ouvimos vozes no portão do jardim. Nosso hospedeiro tratou logo de sair; estava atento, coisa que não se dava conosco. Houve uma conversa de dois ou três minutos, e ele voltou sozinho.

– Pensei que fosse seu primo Hareton – observei a Catherine. – Tomara que ele chegasse! Quem sabe se ficaria ao nosso lado?

– Eram três criados, mandados da Granja para procurá-las – disse Heathcliff, que me ouvira. – Você podia ter aberto o postigo e gritado, mas sou capaz de jurar que esta menina está satisfeita porque você não fez isso. Tenho certeza de que ela se sente alegre de ser obrigada a ficar.

Ao sabermos da oportunidade que havíamos perdido, nós ambas demos vazão, sem restrições, ao nosso pesar, e ele nos permitiu chorar até as nove horas. Depois, mandou-nos ir para o andar de cima, para o quarto de Zillah, passando pela cozinha, e eu, em voz baixa, disse à minha companheira para obedecer; talvez conseguíssemos, ali, fugir pela janela ou alcançar o sótão e dali escapar pela claraboia. A janela, porém, era estreita, como a de baixo, e o sótão não ficava ao nosso alcance, pois estávamos fechadas a chave, como antes. Nenhuma de nós se deitou; Catherine colocou-se junto à janela e esperou, ansiosamente, o amanhecer, e um suspiro profundo era a única resposta que eu conseguia arrancar aos meus frequentes pedidos para que ela procurasse repousar. Eu me sentei em uma cadeira e fiquei me embalançando, julgando, relembrando e julgando severamente todas as violações de meus deveres que eu havia praticado e das quais, concluí então, derivavam todos os infortúnios de meus patrões. Na realidade, tal não era o caso, estou convencida; mas era, em minha imaginação, naquela noite lúgubre; e pensei que o próprio Heathcliff fosse menos culpado do que eu.

Às sete horas, ele apareceu e perguntou se senhorita Linton já havia se levantado. Ela imediatamente correu até à porta e respondeu:

– Sim.

– Então, venha cá – disse ele, abrindo a porta e puxando-a.

Levantei-me para segui-la, mas ele deu a volta na fechadura de novo. Pedi que me soltasse.

– Tenha paciência – replicou ele. – Vou mandar servir-lhe o café da manhã daqui a pouco.

Bati na porta, furiosa, e Catherine perguntou por que eu continuava trancada. Heathcliff respondeu que eu deveria esperar mais outra hora, e os dois foram-se embora. Esperei duas ou três horas; afinal, ouvi o ruído de passos: não eram de Heathcliff.

– Trouxe-lhe alguma coisa para comer – disse uma voz. – Abra a porta!

Obedecendo, prestamente, vi-me diante de Hareton, trazendo-me comida suficiente para me alimentar durante todo o dia.

– Tome isto – acrescentou ele, empurrando a bandeja para a minha mão.

– Espere um momento – comecei a dizer.

– Não! – exclamou, e retirou-se, a despeito das súplicas de que pude lançar mão para detê-lo.

E ali permaneci, encarcerada, durante todo o dia e a noite seguinte; e mais outro dia e outra noite. Cinco noites e quatro dias ao todo, sem ver pessoa alguma, exceto Hareton, uma vez por dia, pela manhã. E ele era um modelo de carcereiro: grosseiro, estúpido e surdo a qualquer tentativa de apelo aos seus sentimentos de justiça ou compaixão.

Capítulo XXVIII

Na manhã, ou melhor, na tarde do quinto dia, senti passos diferentes a aproximarem-se, mais leves e mais curtos, e desta vez a pessoa em questão entrou no quarto. Era Zillah, envolta no seu xaile vermelho, de touca de seda preta na cabeça e um cabaz enfiado no braço.

– Oh! Sra. Dean! – exclamou. – Estão falando muito a seu respeito em Gimmerton. Pensei que a senhora tivesse se afogado no pântano do Cavalo Negro, e fiquei muito pesarosa, até que o patrão me disse que a senhora havia sido encontrada e que ele a abrigara aqui. Deve ter ficado em uma ilha, não foi mesmo? E quanto tempo esteve metida ali? Foi o patrão que a salvou, Sra. Dean? Mas a senhora não está muito magra... Não deve ter passado muito mal, não é mesmo?

– Seu patrão é um verdadeiro canalha! – repliquei. – Mas há de ter a resposta. Não precisava inventar essa história; tudo será desmascarado!

– Que está querendo dizer? – perguntou Zillah. – Não foi ele que contou. Foi na aldeia que disseram que a senhora estava perdida no pântano, e perguntei a Ear-

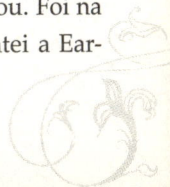

nshaw, quando cheguei aqui. "Aconteceram coisas estranhas, Sr. Hareton, depois que saí. Foi uma tristeza o que aconteceu com aquela mocinha e com Nelly Dean." Ele espantou-se. Pensei que não ouvira e contei-lhe o que corria. O patrão escutou e sorriu para si mesmo, e disse! "Se elas estiveram no pântano, não estão mais, Zillah. Nelly Dean está alojada, agora mesmo, em seu quarto, pode dizer-lhe para ir embora, quando subir; aqui está a chave. A água do brejo subiu-lhe à cabeça e ela queria voltar correndo para casa, mas fiz com que ela ficasse aqui, até recuperar o juízo. Pode dizer-lhe para ir para a Granja, imediatamente, se estiver em condições, e levar um recado meu no sentido de que a moça irá a tempo de assistir ao enterro do juiz."

– O Sr. Edgar morreu? Não é possível! Oh! Zillah!

– Não, não! Sente-se, minha boa senhora – replicou Zillah. – Por enquanto, não morreu. O Dr. Kenneth acha que ainda dura um dia. Encontrei-me com ele na estrada e perguntei.

Em vez de sentar-me, peguei minha roupa e desci apressadamente, pois o caminho estava livre. Ao entrar na casa, procurei alguém para dar informação sobre Catherine. O aposento estava iluminado pelo sol e a porta escancarada, mas não se via pessoa alguma. Como eu hesitava, sem saber se deveria sair imediatamente, ou voltar para procurar minha patroa, uma tosse leve chamou minha atenção para a lareira. Linton estava estendido no banco, sozinho, chupando um pedaço de açúcar--cande e acompanhando meus movimentos com olhos apáticos.

– Que é de senhorita Catherine? – perguntei, com severidade, supondo que conseguiria obrigá-lo a prestar informação, por medo, vendo-se sozinho. Ele ficou chupando os dentes, como um idiota.

– Ela foi-se embora? – disse eu.

– Não – replicou ele. – Está lá em cima. Não foi embora. Não a deixamos ir.

– Não a deixou ir, idiotinha! – exclamei. – Leve-me ao quarto dela, imediatamente, ou vai chorar muito.

– Papai é que a fará chorar, se tentar chegar lá – retrucou o rapazinho. – Ele diz que não devo ser mole com Catherine: ela é minha esposa e será uma vergonha se eu a deixar abandonar-me. Diz que ela me odeia e quer que eu morra, a fim de que possa ficar com o meu dinheiro, mas ela não o terá e não irá para a casa! Jamais!... Pode chorar e passar mal, quanto quiser!

Voltou à sua ocupação anterior, fechando os olhos, como se pretendesse dormir.

– Sr. Heathcliff – prossegui —, o senhor está se esquecendo de toda a bondade de Catherine consigo no inverno passado, quando o senhor afirmava que a amava e ela lhe trouxe livros, cantava para o senhor e enfrentou tantas vezes o vento e a neve para vê-lo? Ela chorou por faltar uma noite, porque iria decepcioná-lo; e, agora, o senhor acredita nas mentiras que seu pai diz, embora saiba que ele detesta ambos. E fica ao lado dele, contra ela. É uma bela forma de gratidão, não é mesmo?

Linton abriu a boca e tirou o açúcar-cande dos lábios.

– Ela veio ao Morro dos Ventos Uivantes porque o odiava? – continuei. – Reflita por si mesmo! Quanto ao seu dinheiro, ela nem ao menos sabe que o senhor terá algum. E o senhor diz que ela está passando mal, e, no entanto, deixa-a sozinha, em uma casa estranha! O senhor que sentiu o que é ficar abandonado! Devia ter dó dos seus próprios sofrimentos, e ela também se apiedou deles, mas o senhor não se apieda dos sofrimentos dela. Derramou lágrimas, "seu" Heathcliff, como o senhor vê, eu que não passo de uma velha criada, e o senhor, depois de fingir tanta afeição, e tendo motivos para lhe dedicar verdadeiro culto, poupa todas as lágrimas para si mesmo e fica deitado aqui, muito à vontade. É um moço sem coração e egoísta!

– Não posso ficar com ela – respondeu ele, com aspereza. – Não vou ficar sozinho. Ela está chorando e não aguento isso. E não se cala, embora eu tenha dito que iria chamar meu pai. Chamei-o uma vez e ele ameaçou estrangulá-la, se ela não ficasse quieta, mas logo que ele saiu do quarto, ela recomeçou a gemer e lamuriar-se durante toda a noite, embora eu gritasse, irritado, que não conseguia dormir.

– O Sr. Heathcliff saiu? – perguntei, percebendo que aquela desgraçada criatura não tinha capacidade de compreender as torturas mentais da prima.

– Está no pátio, conversando com o Dr. Kenneth, que diz que meu tio, afinal, está mesmo à morte – respondeu Linton. – Estou satisfeito, pois vou ser o dono da Granja depois dele. Catherine sempre se refere à Granja como sua casa. Não é dela! É minha. Papai diz que tudo que ela tem é meu. Todos os seus belos livros são meus. Ela se prontificou a entregá-los a mim, assim como seus lindos pássaros e seu pônei Minny, se eu lhe desse a chave do. quarto e a deixasse sair, mas eu lhe disse que ela não tinha coisa alguma para dar, que tudo era meu. E, então, ela chorou e tirou um retratinho do pescoço e disse que eu não teria aquilo; dois retratos em um estojo de ouro, de um lado sua mãe e do outro meu tio, quando eram moços. Isso foi ontem... eu disse que os retratos também eram meus e tentei tomá-los. A malvada não deixou, e empurrou-me, machucando-me. Gritei, o que a amedrontou; ela ouviu os passos de meu pai se aproximando. Quebrou a dobradiça e dividiu o estojo, dando-me o retrato de sua mãe; tentou esconder o outro, mas meu pai perguntou o que acontecera e eu contei. Ele tomou o retrato que estava comigo e ordenou a Catherine para me entregar o dela. Ela recusou, e meu pai lhe bateu e arrancou a corrente e pisou-a.

– E você ficou satisfeito vendo-a apanhar? – perguntei, disposta a fazê-lo falar.

– Fechei os olhos – respondeu ele. – Fecho os olhos quando meu pai bate em um cão ou em um cavalo. Ele bate com muita força. Fiquei alegre a princípio, contudo, pois ela merecia castigo, por ter-me empurrado. Quando papai se retirou, porém, ela me fez chegar à janela e mostrou-me as bochechas cortadas por dentro pelos dentes, e a boca cheia de sangue; depois pegou os pedaços do retrato e foi sentar-se com o rosto voltado para a parede, e não me disse uma palavra; desde então e, às vezes, penso que ela não fala por causa da dor. Não gosto de pensar isso, mas ela é muito aborrecida por chorar constantemente, e está tão pálida e nervosa que tenho medo dela.

– E o senhor não pode arranjar a chave, se quiser? – perguntei.

– Posso sim, ficou lá em cima, mas não posso ir lá em cima agora – respondeu ele.

– Em que quarto ela está? – perguntei.

– Ora! – exclamou ele. – Não lhe vou dizer onde é! É segredo nosso. Ninguém, nem Hareton, nem Zillah, deve saber. Quer saber de uma coisa? Você já me cansou... vá-se embora, vá-se embora!

E, apoiando o rosto no braço, fechou os olhos de novo.

Achei melhor sair sem ver o Sr. Heathcliff e trazer socorro para minha jovem patroa da Granja. Ao chegar ali, foi intenso o assombro dos demais criados, ao me ver, e também sua alegria; e, quando souberam que a patroazinha estava sã e salva, duas ou três criadas dispuseram-se a correr para gritar a notícia na porta do quarto do Sr. Edgar, mas eu própria me encarreguei de ir contar-lhe. Como o encontrei mudado, em tão poucos dias! Era a imagem da tristeza e da resignação, esperando a morte. Parecia muito jovem; embora sua idade verdadeira fosse 39 anos, qualquer um lhe teria dado dez anos menos. Estava pensando em Catherine, pois disse seu nome. Peguei-lhe na mão e falei.

– Catherine já vem, meu caro patrão! – sussurrei. – Está viva e passando bem. Espero que esteja aqui esta noite.

Tremi de medo pelos primeiros efeitos dessa notícia: ele se ergueu na cama, olhou ansiosamente em torno do quarto, depois tornou a deitar-se, desfalecido. Logo que voltou a si, contei-lhe nossa visita compulsória e nossa detenção no Morro dos Ventos Uivantes. Disse-lhe que Heathcliff nos obrigara a entrar, o que não correspondia inteiramente à verdade. Falei mal de Linton o menos possível, e não relatei toda a conduta brutal de seu pai, pois estava disposta a fazer tudo ao meu alcance e não encher ainda mais a sua taça de amargura.

Ele percebeu que o intuito de seu inimigo era assegurar seus bens pessoais, assim como suas terras, para o filho, ou para si próprio. O fato de aquele não esperar até a sua morte, constituía, contudo, um enigma para o meu patrão; que ignorava até que ponto ele próprio e o sobrinho se achavam na iminência de partirem juntos deste mundo. Compreendia, contudo, que seria melhor modificar seu testamento: em vez de deixar Catherine dispor livremente de sua fortuna, resolveu colocá-la nas mãos de fiduciários, para que ela lhe gozasse o usufruto, assim como seus filhos, se os tivesse, depois de sua morte. Desse modo, a fortuna não cairia em poder do Sr. Heathcliff, em caso da morte de Linton.

Depois de receber suas ordens, mandei um homem chamar o advogado e outros qua-tro, devidamente armados, para procurar a patroazinha nas mãos de seu carcereiro. Os mensageiros partiram, porém, demasiadamente tarde. O criado, que fora sozinho, voltou primeiro. Informou que o advogado, Sr. Green, havia saído, quando chegara a sua casa, e que ele tivera de esperar duas horas antes do seu regresso; o Sr. Green dissera-lhe, então, que precisava tomar algumas providências na aldeia, mas que iria à Granja da Thrushcross ainda antes do amanhecer. Os quatro homens também voltaram desacompanhados. Infor-maram que Catherine estava doente e não podia sair do quarto, e Heathcliff não permitira que eles a vissem. Ralhei com os idiotas por terem acreditado naquela conversa, que não iria transmitir ao patrão, disposta a levar todos os homens ao Morro dos Ventos Uivantes, à luz do dia e desfechar um ataque, na expressão da palavra, a não ser que a prisioneira nos fosse pacificamente entregue. Seu pai iria vê-la, prometi a mim mesma, ainda que o demônio tivesse de ser morto em sua própria casa, se tentasse impedir!

Felizmente, fui poupada da jornada e do choque. Às três horas, eu havia descido para buscar um jarro com água e atravessava a saleta carregando-o, quando fortes pancadas à porta me fizeram dar um pulo.

– É Green! – disse a mim mesma. – Só pode ser ele. Segui caminho, tencionando mandar alguém abrir a porta, mas as pancadas se repetiram, não muito alto, porém com importuna insistência. Deixei o jarro no balaústre e fui eu mesma fazer entrar o advogado. O luar estava muito claro. Não era o advogado. A pobrezinha da patroa atirou-se aos meus braços, soluçando.

– Ellen! Ellen! Papai está vivo?

– Está – gritei. – Está, sim, meu anjo. Graças a Deus a menina está de novo conos-co, sã e salva!

Ela queria correr, ofegante como estava, para o quarto do Sr. Linton, no andar de cima, mas eu a obriguei a sentar-se em uma cadeira e lavei seu rosto muito pálido, esfregando-o com meu avental, para dar-lhe um pouco de cor. Disse-lhe, depois, que iria na frente, para comunicar a sua chegada e implorei-lhe que dissesse que seria feliz com o jovem Heathcliff. Ela se espantou, mas, compreendendo logo por que eu a aconselhava a sustentar tal falsidade, assegurou-me que não se queixaria.

Não tive coragem de presenciar o encontro dos dois. Fiquei do lado de fora, du-rante um quarto de hora e, depois disso, mal me aventurei até junto da cama. Tudo estava calmo, contudo: o desespero de Catherine era tão silencioso quanto a alegria de seu pai. Ela suportava serenamente, em aparência, e ele fixava as feições da filha levantando os olhos, que pareciam dilatados pelo êxtase.

Morreu feliz, Sr. Lockwood; morreu assim. Beijando a face da filha, disse:

– Vou-me juntar a ela; e você, querida filha, virá juntar-se a nós!

Não se moveu nem falou de novo, mas continuou a encará-la com aquele olhar estático, radiante, até que seu pulso parou, imperceptivelmente, e sua alma partiu. Ninguém pode observar o instante exato de sua morte, tão tranquila foi ela.

Seja porque Catherine tivesse poupado as lágrimas, seja porque o seu sofrimento era demais para deixá-las correr, o fato é que ela ficou sentada, com os olhos enxutos, até o sol nascer; esteve sentada até o meio-dia e continuaria sentada junto daquele leito de morte, se eu não fizesse questão que ela saísse para repousar um pouco. Foi bom que eu tivesse conseguido afastá-la, pois, à hora do jantar, apareceu o advogado, que fora ao Morro dos Ventos Uivantes, receber instruções sobre a maneira com que deveria agir. Estava vendido ao Sr. Heathcliff; essa fora a causa de sua demora em atender ao chamado de meu patrão. Felizmente, nenhuma preocupação com os negócios perturbaram seus últimos pensamentos, depois da chegada da filha.

O Sr. Green tratou de dar ordens a todos, a respeito de tudo. Despediu todos os criados, menos a mim. Quis cumprir as instruções recebidas e se valer da autoridade que lhe havia sido delegada até a ponto de exigir que Edgar Linton não fosse enterrado ao lado da esposa, mas na capela, com sua família. Havia, contudo, para contrariá-lo o testamento e meus veementes protestos contra a sua violação. O enterro foi apressado; tolerou-se a presença na Granja de Catherine, agora Sra. Linton, até a saída do corpo de seu pai.

Ela me contou que sua angústia finalmente levara Linton a assumir o risco de libertá-la. Ela ouvira os homens que eu mandara discutindo na porta, e percebera o sentido da resposta de Heathcliff. Isso fê-la desesperar-se. Linton, que fora levado para a sala, logo depois que saí, foi forçado, pelo terror, a ir buscar a chave, antes de seu pai subir de novo. Ele tivera a astúcia de abrir e tornar a fechar a fechadura sem fechar a porta, e, quando chegou a hora de ele ir para a cama, pediu para dormir com Hareton e seu pedido foi atendido. Catherine fugiu antes do amanhecer. Não se atreveu a tentar passar pelas portas, com medo de os cães darem alarme; percorreu os aposentos vazios, examinando suas janelas e teve a sorte de, no quarto de sua mãe, abrir o postigo facilmente e chegar ao chão, por meio de um abeto que há junto da casa. Seu cúmplice foi castigado por sua colaboração na fuga, embora fosse ela tão tímida.

⚭ Capítulo XXIX ⚭

a noite após o funeral, eu e minha jovem patroa ficamos sentadas na biblioteca, ora meditando com tristeza – uma de nós com desespero – ora aventurando conjeturas sobre o sombrio futuro.

Tínhamos concluído que o melhor destino que poderia aguardar Catherine seria uma permissão de continuar morando na Granja, pelo menos durante a vida de Linton, podendo este vir morar com ela e eu continuar como governanta. Parecia uma solução favorável demais para nela depositarmos esperança; no entanto, eu começava a me animar ante a perspectiva de conservar meu lar e meu emprego e, acima de tudo, minha querida patroazinha, quando uma criada – uma das que foram despedidas, mas ainda não partira – apareceu correndo para anunciar que "aquele demônio de Heathcliff" estava atravessando o pátio e perguntar se deveria bater-lhe a porta na cara.

Mesmo que estivéssemos bastante loucas para ordenar tal coisa, não teríamos tido tempo. Heathcliff não teve a delicadeza de bater na porta ou anunciar-se: era o dono e valeu-se do privilégio de dono para entrar diretamente, sem dizer uma palavra. A voz de nossa informante guiou-o à biblioteca; entrou e, depois de fazê-la sair, com um gesto, fechou a porta.

Era o mesmo aposento em que ele fora introduzido, como hóspede, 18 anos antes: o mesmo luar brilhava através da janela, e a mesma paisagem de outono estendia-se do lado de fora. Ainda não havíamos acendido uma vela, mas toda a sala era visível, mesmo os retratos nas paredes: a esplêndida cabeça da Sra. Linton e a cabeça graciosa de seu marido. Heathcliff caminhou à lareira. O tempo também pouco alterara sua pessoa. Era o mesmo homem: o rosto moreno mais pálido e mais sereno, o corpo um pouco mais pesado e nenhuma outra diferença. Catherine levantou-se, impulsivamente, para correr para fora, quando o viu.

– Pare! – disse ele, segurando-a pelo braço. – Não quero saber mais de fugas! Para onde iria? Vim buscá-la para levá-la para casa, e espero que seja uma filha cordata e não mais induza meu filho à desobediência. Fiquei sem saber como puni-lo, quando descobri sua participação no caso; ele é tão fraco que um beliscão o aniquilaria, mas você verá, pelo seu aspecto, que ele recebeu o que merecia! Trouxe-o para baixo uma noite, anteontem, e apenas o deixei em uma cadeira e não lhe encostei a mão depois disso. Mandei Hareton sair e ficamos sozinhos no aposento. Dentro de duas horas, chamei Joseph para levá-lo de novo para cima; e, desde então, a minha presença é tão poderosa sobre seus nervos como um fantasma, e creio que ele me vê muitas vezes, embora eu não me aproxime dele. Diz Hareton que ele acorda de noite, gritando, pedindo para você protegê-lo contra mim; e, goste ou não de seu precioso companheiro, terá que voltar: agora ele é a sua preocupação; confio-lhe todo o meu interesse por ele.

– Por que não deixa Catherine continuar aqui e manda o Sr. Linton para junto dela? – propus. – Como o senhor odeia ambos, não sentiria falta deles; a presença dos dois seria um tormento quotidiano para o seu desnaturado coração.

– Estou procurando um inquilino para a Granja e, naturalmente, quero meus filhos junto de mim – respondeu ele. – Além disso, essa menina terá que me prestar

serviço para pagar seu sustento. Não estou disposto a mantê-la no luxo e na ociosi-
dade, depois de Linton morrer. Trate de aprontar-se bem depressa, e não me obrigue
a forçá-la.

– Irei – disse Catherine. – Linton é tudo que tenho para amar no mundo e, embora
o senhor tenha feito tudo que pôde para torná-lo odioso aos meus olhos e tornar-me
odiosa aos olhos dele, não conseguirá fazer-nos odiar um ao outro. E desafio-o a fazer-lhe mal, na minha presença, e desafio-o de me fazer medo!

– Você é uma valente fanfarrona – replicou Heathcliff —, mas não a estimo suficientemente para fazer mal a Linton: você gozará o privilégio do tormento, enquanto
ele durar. Não serei eu que o tornarei odioso aos seus olhos, será a própria mentalidade dele. Está amargo como fel, devido à sua fuga e suas respectivas consequências: não espere agradecimentos por essa nobre dedicação. Eu o ouvi fazer uma bela
descrição a Zillah do que faria, se fosse forte como sou: a inclinação lá se encontra e
sua própria fraqueza aguçará seu engenho para encontrar um sucedâneo do vigor.

– Sei que ele é mau de natureza – replicou Catherine. – É seu filho. Felizmente,
porém, minha natureza é melhor; perdoo-o. E sei que ele me ama e, por essa razão, eu
o amo. Sr. Heathcliff, o senhor não tem ninguém que o ame; e, por mais que nos faça
sofrer, teremos sempre a vingança de pensar que sua crueldade vem do seu próprio
sofrimento. O senhor é a própria desgraça. É um desgraçado, não é? Solitário como
o demônio e invejoso como ele. Ninguém o ama, ninguém há de chorar a sua morte.
Eu não queria ser o senhor!

Catherine falava com um lúgubre acento de triunfo: parecia ter adaptado o espírito ao de sua futura família e tirar prazer do sofrimento dos inimigos.

– Vai se arrepender sem demora, se ficar aqui mais um minuto – disse seu sogro.
– Saia, bruxa, e vá buscar suas coisas!

Ela se retirou, desdenhosamente. Em sua ausência, comecei a implorar o lugar
de Zillah no Morro dos Ventos Uivantes, oferecendo-me para ceder-lhe o meu, mas
Heathcliff não quis ouvir falar nisso. Ordenou-me que calasse e, depois, pela primeira vez, permitiu-se lançar um olhar à sala e contemplou os retratos. Tendo se fixado
no da Sra. Linton, disse:

– Ficarei com aquela casa. Não porque preciso dela, mas... – Virou-se, bruscamente, para o fogo e continuou, tendo no rosto algo que chamarei de sorriso, à falta de
palavra melhor. – Vou contar-lhe o que fiz ontem! Consegui que o coveiro que estava
abrindo a sepultura de Linton removesse a terra da tampa do caixão dela, e o abri.
Pensei que iria ficar ali de uma vez. Quando vi seu rosto de novo (ainda é dela!), o
coveiro teve muito trabalho para me afastar; mas disse que o rosto mudaria se ficasse
exposto ao ar e, assim, arranquei um lado do caixão e o cobri. Não do lado de Linton, com todos os diabos! Queria que ele estivesse soldado com chumbo. E subornei

o coveiro, para que ele o retirasse, quando eu estiver lá e arrancar a tampa do meu caixão também. Assim o será; e, então, quando Linton nos alcançar não distinguirá um do outro!

– O senhor é muito perverso, Sr. Heathcliff – exclamei. – Não se envergonha de perturbar os mortos?

– Não perturbei ninguém, Nelly – replicou ele. – E dei algum alívio a mim mesmo. Sentir-me-ei muito mais confortado agora; e você terá mais possibilidade de me conservar debaixo da terra, quando eu for para lá. Perturbá-la? Não! Ela me perturbou, noite e dia, durante 18 anos, incessantemente, implacavelmente, até ontem à noite; e à noite passada, fiquei tranquilo. Sonhei que estava dormindo o último sono ao lado daquela adormecida, com o coração parado e o rosto gelado junto ao dela.

– E se ela tivesse se dissolvido em terra, ou pior, com o que teria, então, sonhado o senhor? – disse eu.

– Teria sonhado que me dissolvia com ela e era ainda mais feliz! – respondeu ele. – Julga que tenho medo de mudar dessa maneira? Esperava tal transformação, quando levantei a tampa do caixão; sinto-me, porém, mais satisfeito, sabendo que a dissolução não começará senão quando eu a compartilhar. Além disso, a não ser que eu tenha tido uma impressão diferente de suas feições impassíveis, aquele estranho sentimento dificilmente teria sido afastado. Começou de um modo esquisito. Você sabe que fiquei louco de dor depois que ela morreu: e eternamente, de alvorecer a alvorecer, implorando-lhe que voltasse para mim seu espírito! Tenho muita fé nos fantasmas: nutro a convicção de que eles podem existir e existem entre nós! No dia em que ela foi enterrada aqui, caiu uma nevada. À noite, fui ao cemitério. Soprava um vento forte de inverno, toda a vizinhança estava deserta. Eu não receava que o idiota de seu marido saísse de seu gabinete tão tarde, e mais ninguém tinha motivos de aparecer ali. Ficando sozinho, e sabendo que duas jardas de terra solta constituíam a única barreira entre nós, disse a mim mesmo: "Tenho-a de novo em meus braços! Se ela estiver fria, pensarei que é o vento norte que me esfria e, se está imóvel, é o sono." Tirei uma pá do pavilhão de ferramentas e comecei a cavar, com toda a força, até que o caixão foi tocado. Passei, então, a trabalhar com as mãos; a madeira começou a estalar em seus parafusos. Eu estava na iminência de atingir meu objetivo, quando tive a impressão de ouvir um suspiro no alto à beira da cova. "Se ao menos eu pudesse tirar isto – murmurei – queria que atirassem a terra em cima de nós dois!" E esforcei-me, mais desesperadamente ainda. Ouvi outro suspiro, perto do ouvido. Tive a impressão de sentir sua respiração quente deslocando o vento gélido. Sabia que não havia perto qualquer ser vivente, de carne e osso, mas como, sem dúvida alguma, percebi a aproximação de um corpo no escuro, embora não pudesse distingui-lo, e cheguei à conclusão de que Catherine estava ali, não embaixo de mim, mas sobre a terra. Uma súbita sensação de alívio escapou-me do coração e atingiu-me todos os membros. Deixei de lado o angustiado trabalho e senti-me consolado de pronto: indizivelmente consolado. Sua presença estava comigo; continuou, enquanto tornei a tampar a cova e acompanhou-me até a casa. Você pode rir, se quiser, mas eu estava certo de que a veria lá. Tinha certeza de que ela estava comigo e não me contive e dirigi-lhe a palavra. Chegando ao Morro dos Ventos Uivantes, corri, ansiosamente, para a porta. Estava fechada, e lembrei-me que o maldito Earnshaw e minha mulher se opunham à minha entrada. Recordo-me que lhe dei alguns pontapés e depois subi, apressadamente, para o meu quarto. Olhei em torno, impaciente... sentia-a ao meu lado – quase a via, mas não podia! Devia, então, estar "suando sangue", tal era a minha angústia e o meu anseio, o fervor de minhas súplicas, para vislumbrá-la ao menos! Não consegui. Ela se revelou, como tantas vezes em vida, um demônio para mim! E, desde então, às vezes mais e às vezes menos, tenho sido pasto daquela intolerável tortura! Infernal! Meus nervos eram mantidos em tal tensão que, não se assemelhassem ao categute, eles teriam de há muito se relaxado para atingir a fraqueza dos Linton. Quando, tive a impressão de que, se saísse, iria encontrá-la; quando saí para a charneca, deveria encontrá-la aproximando-se. Quando saí de casa, apressei-me em voltar; ela deveria estar algures no Morro dos Ventos Uivantes, tinha certeza! E quando fui dormir em meu quarto, não aguentei mais. Não podia ficar ali, pois, no momento em que fechei os olhos, ela estava do lado de fora da janela, ou se introduzindo entre os caixilhos ou mesmo repousando sua cabecinha em meu próprio travesseiro, como fazia quando criança e eu tinha de abrir os olhos para ver. E assim abri e fechei os olhos cem vezes naquela noite, para sempre sofrer uma decepção! Isso me arrasou. Gemi, alto, muitas vezes, até aquele velho canalha de Joseph, sem dúvida acreditar que minha consciência estava me atormentando. É uma maneira estranha de matar! Não por polegada, mas por frações de frações de polegadas, para iludir-me com o espectro de uma esperança, durante 18 anos!

O Sr. Heathcliff fez uma pausa e enxugou a testa, à qual o cabelo estava preso, pela transpiração; tinha os olhos fixados nas brasas do fogão, as sobrancelhas não contraídas, mas levantadas até quase as têmporas, abrandando o aspecto sem a expressão sombria de seu rosto, mas provocando um aspecto peculiar de angústia e uma penosa aparência de tensão mental voltada para uma preocupação absorvente. Ele apenas em parte se dirigia a mim, e eu me mantive em silêncio. Não gostava de ouvi-lo falar. Depois de algum tempo, recomeçou a meditar, olhando o retrato, pegou-o e recostou-se no sofá para contemplá-lo melhor, e, enquanto estava ocupado nisso, Catherine entrou, anunciando que estaria pronta, quando seu pônei fosse selado.

– Mande-me isto amanhã – disse-me Heathcliff, que depois acrescentou, voltando-se para a moça: – Pode ir sem seu pônei. A noite está bonita e não vai precisar de pôneis no Morro dos Ventos Uivantes, pois, para as viagens que fizer, suas próprias pernas serão suficientes. Vamos.

– Adeus, Ellen! – murmurou minha querida, patroa. Quando a beijei, seus lábios pareciam de gelo. – Vá ver-me, Ellen; não se esqueça.

– Não caia nessa, Sra. Dean! – disse seu novo pai. – Quando quiser falar com a senhora, virei aqui. Não quero seus intromentimentos em minha casa!

Fez sinal a Catherine para caminhar em sua frente; e, lançando para trás um olhar que me cortou o coração, ela, obedeceu. Da janela, vi-os descer e atravessar o jardim. Heathcliff enfiou o braço de Catherine embaixo do seu, embora, a princípio, evidentemente, ela tentasse impedir e, caminhando apressadamente, levou-a para a aleia, cujas árvores os esconderam.

∾ Capítulo XXX ∾

ui uma vez ao Morro dos Ventos Uivantes, mas não mais vi a menina desde que foi embora. Joseph segurou a porta e não me deixou entrar. Disse que Sr. Linton tinha que fazer e que o patrão não estava em casa. Se não fosse Zillah ter-me contado alguma coisa, eu não saberia se estavam vivos ou mortos.

Pela conversa dela, percebi que achava Catherine muito arrogante e que não gostava dela. A princípio, a menina queria que Zillah lhe prestasse uns serviços, mas Sr. Heathcliff ordenou-lhe que tratasse apenas das suas coisas e deixasse a nora cuidar de si própria, ao que ela, tacanha e egoísta como é, acedeu de pronto. Isto fez Catherine amuar e pagar-lhe a indiferença com desprezo, inscrevendo, assim, a minha informante na lista dos seus inimigos, como se lhe tivesse feito um grande mal.

Tive uma longa conversa com Zillah há cerca de seis semanas, pouco antes de o senhor chegar, em um dia em que nos encontramos na charneca e ela me contou o seguinte:

– A primeira coisa que a Sra. Linton fez quando chegou ao Morro dos Ventos Uivantes foi correr para o andar de cima, sem nem ao menos dar o boa-noite a mim e a Joseph; trancou-se no quarto de Linton e lá ficou até de manhã. Depois, enquanto o patrão de Earnshaw estava fazendo o café da manhã, ela apareceu na casa e perguntou, tremendo da cabeça aos pés, se não poderiam chamar o médico, pois seu primo estava passando muito mal.

– Sabemos disso, mas a vida dele não vale um níquel e não vou gastar um níquel com ele! – disse Heathcliff.

– Mas não sei como fazer – disse ela – e, se ninguém me ajudar, ele vai morrer.

– Vá para o quarto e não quero ouvir mais uma palavra a respeito dele! – gritou o patrão. – Ninguém aqui se preocupa com o que lhe possa acontecer. Se você se preocupa, torne-se sua enfermeira! Se não quiser, tranque-o no quarto e deixe-o.

Depois, ela começou a importunar-me e eu lhe disse que já me aborrecera demais com aquela praga; cada um de nós tinha sua tarefa e a dela era cuidar de Linton, pois o Sr. Heathcliff me ordenou que lhe deixasse aquele trabalho.

Como os dois se arranjaram, não posso dizer. Acho que ele lamuriou e choramingou noite e dia e que ela mal podia descansar; podia-se ver, por seu rosto pálido e pelos olhos inchados. Às vezes, ela aparecia na cozinha, muito nervosa, parecendo querer pedir ajuda, mas eu não estava disposta a desobedecer ao patrão. Jamais me atrevo a desobedecer-lhe, Sra. Dean. E, embora eu achasse errado que não se chamasse Kenneth, também não era da minha conta aconselhar ou queixar e sempre me neguei a intrometer-me. Uma ou duas vezes, depois de termos ido nos deitar, abri de novo a porta do meu quarto e a vi sentada no alto da escada, chorando, e tratei de fechar a porta depressa, com medo de ser levada a intrometer-me. Confesso que tive pena dela, então, mas não desejava perder meu emprego, é claro.

Afinal, uma noite, ela se atreveu a entrar em meu quarto e me fez ficar apavorada, dizendo:

– Avise o Sr. Heathcliff que seu filho está morrendo... Tenho certeza de que está. Levante-se, imediatamente, e vá dizer-lhe.

Depois destas palavras, ela desapareceu de novo. Fiquei escutando e tremendo, durante um quarto de hora. Nada se movia, a casa estava quieta.

– Ela se enganou – disse eu a mim mesma. – Ele venceu a crise. Não há necessidade de perturbar os outros.

Comecei a cochilar, mas meu sono foi perturbado, pela segunda vez, pelo toque estridente de uma campainha – a única campainha que tínhamos, colocada para servir a Linton, e o patrão me chamou e ordenou-me que fosse ver o que era e tomasse providências para que o barulho não se repetisse.

Transmiti o recado de Catherine. Ele praguejou e, dentro de alguns minutos, saiu com uma vela acesa e dirigiu-se ao quarto do casal. Acompanhei-o. A Sra. Heathcliff estava sentada ao lado da cama, com os braços cruzados. Seu sogro aproximou-se, colocou a luz sobre o rosto de Linton, olhou para ele e tocou-o. Depois, voltou-se para a moça.

– E agora, Catherine, como está se sentindo? – perguntou.

Ela ficou calada.

– Como está se sentindo, Catherine? – repetiu ele.

– Ele está a salvo e eu estou livre – ela respondeu. – Eu devia me sentir bem... – mas continuou, com uma amargura que não podia esconder – o senhor me deixou tanto tempo lutando sozinha contra a morte que eu apenas sinto e vejo a morte! Sinto-me como morta!

E parecia mesmo. Dei-lhe um pouco de vinho. Hareton e Joseph, que haviam sido acordados pela campainha e pelo ruído dos passos, e ouvido nossa conversa do lado de fora, entraram então. Joseph ficou satisfeito, creio, com o passatempo do rapaz; Hareton parecia um tanto aborrecido, embora estivesse mais interessado em olhar para Catherine do que em preocupar-se com Linton. O patrão, contudo, deu-lhe ordem de voltar para a cama: não precisávamos de sua ajuda. O Sr. Heathcliff fez, depois, com que Joseph levasse o corpo para o seu quarto e disse-me para voltar para o meu, e a Sra. Heathcliff ficou sozinha.

De manhã, o patrão mandou-me dizer-lhe que ela deveria descer para o café da manhã. Ela havia tirado a roupa, preparando-se para dormir e disse que estava se sentindo mal, o que não me causou muita surpresa. Informei ao Sr. Heathcliff, que replicou:

– Está bem, deixemo-la até depois do enterro. Vá de vez em quando ver se ela precisa de alguma coisa. E comunique-me, logo que ela melhorar.

Cathy permaneceu no andar de cima durante uma quinzena, segundo Zillah, que a visitava duas vezes por dia, e ter-se-ia mostrado mais amável, se suas tentativas nesse sentido não fossem orgulhosas e prontamente repelidas.

Heathcliff apareceu uma vez, para mostrar-lhe o testamento de Linton. Este legara todos os seus bens móveis, e os que tinham sido dela, ao seu pai; a pobre criatura fora induzida, pela ameaça ou pela persuasão, a assinar aquele ato durante a semana de ausência de Catherine, quando seu tio morrera. Como era menor, não pudera dispor dos bens imóveis. Contudo, o Sr. Heathcliff os reivindicara e os retivera, em nome de sua mulher e no de seu próprio, também, suponho que legalmente. Seja como for, Catherine, sem dinheiro e sem amigos, não pôde disputar-lhe a posse.

– Ninguém – disse Zillah – jamais se aproximou da porta do seu quarto daquela vez, a não ser eu. A primeira vez que ela desceu ao andar térreo foi na tarde de domingo. Quando eu fora levar-lhe o jantar, ela se lamuriara, afirmando que não suportava mais ficar naquela frialdade, e eu lhe disse que o patrão ia à Granja Thrushcross e que eu e Earnshaw não a impediríamos de descer. Assim, logo que ouvimos o trote do cavalo de Heathcliff que se afastava, ela apareceu, vestida de preto, com os cabelos louros penteados atrás das orelhas.

Geralmente, eu e Joseph íamos à capela, aos domingos; a igreja, como o senhor sabe, está sem ministro atualmente – explicou a Sra. Dean – e eles chamam de capela o templo dos metodistas ou batistas (não sei bem o que é) de Gimmerton.

Joseph saíra – continuou ela – mas eu achei mais conveniente ficar em casa. É sempre bom que os moços tenham uma pessoa mais velha para vigiá-los, e Hareton, com toda a sua timidez, não é um modelo de boa conduta. Contei-lhe que sua prima muito provavelmente viria sentar-se conosco e que ela estava acostumada a ver o dia de descanso do Senhor respeitado, de modo que ele deveria deixar de lado suas armas e ferramentas, enquanto ela permanecesse conosco. Ele corou ao ouvir a notícia e olhou para as suas mãos e suas vestes. Limpou, em questão de um minuto, a pólvora e o óleo de baleia. Percebi a significação que ele atribuía à presença da prima, e deduzi, pelos seus modos, que queria se mostrar apresentável; e, dando risadas, como não me atrevia a rir em presença do patrão, ofereci-me para ajudá-lo e pilheriei a propósito de sua perturbação. Ele ficou taciturno e começou a suar.

Bem, Sra. Dean – continuou Zillah, vendo que não estava satisfeita com seus modos. – A senhora acha que sua jovem patroa é muito fina para o Sr. Hareton, e tem razão, mas confesso que gostaria bem de fazer seu orgulho abaixar um pouco. E que adiantam, agora, para ela, o seu saber e toda a sua educação? Está tão pobre quanto eu e a senhora; mais pobre mesmo, estou convencida: a senhora tem economizado e eu vou-me esforçando para fazer o mesmo.

Hareton concordou que Zillah o ajudasse, e ela agradou-o até pô-lo de bom humor; assim, quando Catherine chegou, ele, meio esquecido dos insultos anteriores, tentou mostrar-se amável, segundo contou a governanta.

– A senhora entrou – disse ela – fria como gelo e altiva como uma princesa. Levantei-me e ofereci-lhe meu lugar na poltrona. Ela fez pouco caso de minha cortesia. Earnshaw também se levantou e convidou-a a sentar-se perto do fogo; ela devia estar morta de fome, observou.

– Estou passando fome há mais de um mês – ela replicou, acentuando as palavras da maneira mais desdenhosa possível.

E arranjou uma cadeira, que colocou afastada de nós dois. Depois de ficar sentada até esquentar-se, procurou pela sala e descobriu alguns livros na cômoda. Pôs-se de pé imediatamente e estendeu os braços para pegá-los. Os livros, porém, estavam colocados muito no alto. Seu primo, depois de observar suas tentativas durante algum tempo, afinal, tomou coragem de ajudá-la. Ela estendeu a saia e ele a encheu com os primeiros livros que lhe vieram às mãos.

Foi uma grande coisa para o rapaz. Catherine não agradeceu, mas, ainda assim, ele se sentiu satisfeito vendo que a moça aceitava sua ajuda e se aventurou a colocar-se atrás da moça, enquanto ela examinava os livros, e mesmo a aproximar-se e apontar o que lhe despertava o interesse em certas velhas gravuras que eles continham, e não se mostrou desencorajado pela maneira afetada com que ela passava as páginas com o dedo: contentou-se em ir um pouco além e olhar para Catherine, em vez de olhar para o livro. Ela continuou lendo ou procurando alguma coisa para ler. A atenção de Hareton foi-se concentrando, pouco a pouco, na observação das espessas e sedosas madeixas da jovem; não podia ver seu rosto, nem ela podia vê-lo. E, talvez não muito consciente do que fazia, mas atraído como uma criança por uma vela, afinal ele passou da contemplação ao contato; estendeu o braço e pegou um cacho, com tanta delicadeza como se estivesse segurando um pássaro. Se tivesse lhe dado uma facada em seu pescoço, não teria provocado reação mais forte por parte da moça.

– Afaste-se, imediatamente! Como se atreve a tocar-me? Por que está aí?! – exclamou Catherine, como que enojada. – Não posso suportá-lo! Voltarei lá para cima, se você se aproximar de mim.

O Sr. Hareton encolheu-se, inteiramente atoleimado; sentou-se, muito quieto, no banco, enquanto Catherine continuou a folhear os livros durante outra meia hora; finalmente, Earnshaw aproximou-se de mim e murmurou:

– Quer pedir-lhe para ler para nós, Zillah? Estou cansado de ficar à toa, e gosto... gostaria de ouvi-la! Não lhe diga que estou querendo, mas peça para você mesma.

– O Sr. Hareton queria que a senhora lesse para nós, senhora – disse eu, imediatamente. – Ele lhe ficaria muito grato.

Ela fechou a cara e, levantando os olhos, respondeu:

– O Sr. Hareton e vocês todos poderiam fazer o favor de compreender que rejeito qualquer delicadeza fingida que tenham a hipocrisia, de me oferecer! Eu os desprezo e nada tenho a dizer, a nenhum de vocês! Quando eu daria minha vida por uma palavra de conforto, ou mesmo para ver o rosto de um de vocês, todos se afastaram. Mas não vim para me lamuriar. Fui forçada a vir para aqui pelo frio, não para me deleitar com a companhia de vocês.

– Que poderia eu ter feito? – retrucou Earnshaw. – Que culpa tenho?

– Você é uma exceção – respondeu a Sra. Heathcliff. – Nunca senti falta de seu interesse.

– Mas eu ofereci mais de uma vez e pedi – disse ele, afável diante de sua grosseria —, pedi ao Sr. Heathcliff para deixar...

– Cale a boca! Prefiro ir para fora do que ouvir sua desagradável voz em meu ouvido! – disse minha patroa.

Hareton murmurou que ela podia ir para o diabo e, pegando sua espingarda, não mais se absteve de suas ocupações dominicais, começou a falar sem inibições, e ela imediatamente se dispôs a voltar à sua solidão: mas o frio era intenso e, a despeito de seu orgulho, ela se viu forçada a aceitar a nossa companhia cada vez mais. Tive cuidado, contudo, de não permitir que houvesse outras manifestações de desdém pela minha amabilidade: desde então, tenho me mostrado tão severa quanto ela própria; ela não tem mais quem a ame ou a estime entre nós, e não merece ter, pois, à menor palavra que alguém lhe diga, ela retruca, sem respeitar ninguém! Grita com

o próprio patrão, até a ponto de desafiá-lo a espancá-la, e quanto mais é maltratada, mais venenosa se torna.

A princípio, ouvindo esse relato de Zillah, resolvi deixar meu emprego, alugar uma casinha e levar Catherine para morar comigo, mas seria mais fácil o Sr. Heathcliff permitir que Hareton tivesse uma casa independente do que aquilo, e não posso conceber remédio, presentemente, a não ser que ela se case de novo, e esse plano não está ao meu alcance providenciar.

Assim terminou a narração da Sra. Dean. Apesar da profecia do médico, estou recuperando as forças rapidamente, e, embora estejamos apenas na segunda semana de janeiro, estou disposto a montar a cavalo, dentro de um ou dois dias, e informar meu senhorio que pretendo passar os próximos seis meses em Londres e, se ele quiser, poderá procurar outro inquilino para tomar o meu lugar, depois de outubro. De modo algum passarei aqui outro inverno.

◦❧ Capítulo XXXI ❧◦

dia, ontem, esteve claro, sereno e gélido. Tal como tinha decidido, fui ao Morro dos Ventos Uivantes, como pretendia; minha governanta pediu-me para levar um pequeno bilhetinho para sua jovem patroa e não recusei, pois a digna mulher não percebia haver qualquer inconveniente em seu pedido. A porta da frente estava aberta, mas o portão fechado, como em minha última visita; bati e Earnshaw surgiu, entre os canteiros do jardim; abriu o portão e entrei. O rapaz é bronco tão completo como não se poderia conceber mais. Observei-o bem, dessa vez; ele procurou, então, aparentemente, tirar o menor proveito possível de suas vantagens.

Perguntei-lhe se o Sr. Heathcliff estava em casa e ele respondeu que não, mas que estaria de volta para jantar. Eram onze horas da noite e anunciei minha intenção de entrar para esperá-lo, ao que o rapaz imediatamente pôs de lado as ferramentas e acompanhou-me, não como um anfitrião substituto, mas apenas como um guarda zeloso.

Entramos juntos; Catherine estava lá, diligentemente preparando legumes para a próxima refeição; mostrava-se mais carrancuda e menos agitada do que quando a vi pela primeira vez. Mal levantou os olhos para mim e continuou seu trabalho com o mesmo desprezo pelas formas comuns de polidez que mostrara antes, sem retribuir meu cumprimento nem de leve.

"Ela não parece tão amável como a Sra. Dean quis me fazer acreditar" pensei. "É uma beleza, sim, mas não um anjo."

Earnshaw, grosseiramente, mandou-a retirar-se e levar suas coisas para a cozinha.

– Leve-as você mesmo – disse ela, empurrando-as ao mesmo tempo e indo se sentar em um tamborete perto da janela, onde começou a esculpir imagens de aves e animais nas aparas de nabo que tinha no colo.

Aproximei-me dela, fingindo que queria olhar a vista do jardim e, destramente, segundo imaginei, deixei cair o bilhete da Sra. Dean em seu regaço, sem ser notado por Hareton – mas ela perguntou:

– O que é isto?

E atirou o bilhete ao chão.

– É uma carta de sua velha conhecida, a governanta da Granja – respondi, aborrecido com sua atitude denunciando minha bem-intencionada missão e receoso que ela imaginasse tratar-se de uma missiva minha mesma.

Catherine de boa vontade teria se apoderado do bilhete, após tal informação, mas Hareton adiantou-se, agarrando-o e guardando-o em seu colete e afirmando que o Sr. Heathcliff tinha que vê-lo antes. Em face disso, Catherine, sem dizer uma palavra, virou o rosto para o outro lado e, furtivamente, tirou o lenço do bolso e levou-o aos olhos; e seu primo, depois de lutar algum tempo para dominar seus sentimentos de benevolência, sacou a carta da algibeira e deixou-a cair ao lado da moça, da maneira mais desajeitada que se possa imaginar. Catherine apanhou-a e leu-a avidamente, depois me fez algumas perguntas referentes aos moradores, racionais e irracionais, de seu antigo lar, e, olhando para as montanhas, murmurou, em um solilóquio:

– Gostaria de estar indo para lá, montada em Minny! Gostaria de estar subindo para lá! Oh! Estou cansada... estou esmagada, Hareton!

E encostando a bela cabeça no poial da janela e, entreabrindo a boca em um suspiro que era ao mesmo tempo um bocejo, transformou-se na própria imagem da tristeza, de todo distraída, sem se preocupar em saber se a estávamos observando.

– Sra. Heathcliff – disse eu, depois de manter-me em silêncio durante algum tempo —, não sabe que sou seu conhecido? Tão íntimo que acho estranho que a senhora não venha conversar comigo. Minha governanta não se cansa de elogiá-la, e ficará muito decepcionada se eu voltar sem notícias da senhora, a não ser que a senhora recebeu a carta e não disse coisa alguma!

Ela pareceu espantada com estas palavras e perguntou:

– Ellen gosta do senhor?

– Gosta, sim, muito – respondi, hesitante.

– Deve dizer-lhe – continuou a jovem – que eu responderia à sua carta se tivesse material para escrever; não tenho nem ao menos um livro, do qual possa arrancar uma página.

– Não tem livros! – exclamei. – Como consegue viver aqui sem eles, desculpan-do-me a indiscrição? Embora disponha de uma grande biblioteca, sinto-me muito entediado na Granja; se me tirarem meus livros, ficaria desesperado!

– Eu lia sempre, quando dispunha de livros – disse Catherine —, e o Sr. Heathcliff não lê, de modo que meteu na cabeça a ideia de destruir meus livros. Há semanas que não vejo um só deles. Uma vez apenas, andei procurando entre o sortimento de teologia de Joseph, com grande irritação de sua parte, e uma vez, Hareton, descobri um depósito secreto em seu quarto, alguns livros latinos e gregos e alguns contos e poesias, todos velhos amigos. Trouxe os últimos para cá, e você se apoderou deles, como uma pega se apodera de colheres de prata, pelo simples prazer de furtar! Não têm a menor utilidade para você, ou então você os esconde levado pelo mau pen-samento de que, se não pode gozá-los, ninguém mais deverá gozá-los. Talvez sua inveja tenha aconselhado o Sr. Heathcliff a privar-me de meu tesouro. Tenho, porém, a maior parte deles escrita no coração e você não pode privar-me desses!

Earnshaw corou até a raiz dos cabelos quando sua prima fez esta revelação de sua acumulação particular de literatura e gaguejou uma negativa indignada da acusação.

– O Sr. Hareton está desejoso de aumentar seus conhecimentos! – exclamei, en-trando em seu socorro. – Não está invejando, mas emulando seus conhecimentos. Será um letrado de valor, dentro de alguns anos.

– E deseja que eu me transforme em uma boçal, enquanto isto – retrucou Catheri-ne. – Sim, ouvi-o tentando soletrar e ler sozinho, e cometia erros calamitosos! Tinha vontade de que você repetisse o que leu ontem; estava engraçadíssimo. Ouvi-o pro-curando no dicionário as palavras difíceis e praguejando depois, porque era incapaz de compreender as explicações!

O rapaz evidentemente achava um absurdo ser ridicularizado por causa de sua ignorância e depois ridicularizado por tentar afastá-la. Eu achava a mesma coisa e, lembrando-me do que contara a Sra. Dean, a respeito de sua primeira tentativa para iluminar as trevas em que fora educado, observei:

– Mas nós todos tivemos um começo e tropeçamos e cambaleamos no princípio, Sra. Heathcliff; se nossos mestres tivessem zombado de nós, em vez de ajudar-nos, nós ainda estaríamos tropeçando e cambaleando até hoje.

– Oh! – ela replicou. – Não desejo limitar suas aquisições intelectuais; ainda as-sim, ele não tem direito de se apropriar do que é meu e torná-lo ridículo aos meus olhos com seus erros. Esses livros, tanto em prosa como em verso, estão ligados a mim por outras recordações, e fico revoltada de vê-los rebaixados e profanados por sua boca! Além de tudo, ele escolheu meus trechos favoritos, para repetir, como se fosse por deliberada malícia.

Hareton arfou o peito, em silêncio, durante um minuto: era presa de profundo sofrimento e indignação, que não era fácil dominar. Levantei-me e levado pela ideia cavalheiresca de livrá-lo de seu embaraço, fui-me colocar perto da porta, de onde fiquei olhando para o lado de fora. Ele seguiu meu exemplo, e saiu da sala, mas logo depois reapareceu, trazendo nas mãos meia dúzia de volumes, que atirou ao regaço de Catherine, exclamando:

– Tome-os! Não quero nunca mais ouvi-los, lê-los ou pensar neles.

– Agora, não os quero mais – replicou a moça. – Eles me farão lembrar de você e os detestarei.

Abriu um deles que, evidentemente, fora muitas vezes manuseado, e leu um trecho, no tom arrastado de um principiante, depois dobrou uma gargalhada e atirou-o longe.

– E escute – acrescentou, provocante, começando a ler um verso de uma velha balada, da mesma maneira.

O amor-próprio de Hareton não pôde mais suportar o tormento: ouvi, e não desaprovei inteiramente, uma réplica manual às palavras maldosas da jovem. A bruxinha fizera o máximo para ferir a personalidade sensível, embora sem cultivo, do primo, e um argumento físico era o único meio de que ele dispunha para equilibrar sua conta e pagar à outra o que sofrera. Depois disso, ele agarrou os livros e atirou-os ao fogo. Li, em sua fisionomia, o sofrimento que aquele sacrifício acarretava. Imaginei que, enquanto os livros eram consumidos, Hareton relembrava o prazer que eles já haviam oferecido e o triunfo e o crescente prazer que esperava deles; e adivinhei, também, o que o incitava a seus estudos secretos. O trabalho quotidiano e os prazeres rudes, meramente animais, o haviam satisfeito até que Catherine cruzara seu caminho. A vergonha de seu desprezo e a esperança de sua complacência foram os primeiros estímulos e desígnios mais elevados; e, em vez de protegê-lo contra o primeiro e fazê-lo conquistar a segunda, suas tentativas de se elevar haviam produzido justamente o resultado oposto.

– Sim, é muito melhor que um bruto como você se livre deles! – gritou Catherine, chupando os lábios feridos e contemplando a confusão com olhos indignados.

– É melhor você calar a boca – retrucou Hareton, furioso.

Seu nervosismo evitou mais palavras; ele caminhou apressadamente para a entrada, onde me afastei, para deixá-lo passar. Mal, porém, ele atravessara a porta, e o Sr. Heathcliff, que vinha pelo caminho do jardim, encontrou-o e, segurando-o pelo ombro, perguntou:

– Que vai fazer, meu rapaz?

– Nada, nada – disse ele, desvencilhando-se para ir gozar na solidão seu sofrimento e sua raiva.

Heathcliff viu-o afastar-se e deu um suspiro.

– Será engraçado se eu mesmo me frustrar – disse, sem perceber que eu me encontrava atrás dele. – Mas, quando vejo seu pai em sua fisionomia, eu aencontro cada dia mais. Como pode se parecer tanto? Mal posso suportá-lo. Quase não o aguento ver.

Baixou os olhos para o chão e caminhou taciturno. Havia, em seu rosto, uma expressão de nervosismo e angústia que eu nunca vira antes, e mostrava-se mais comedido. Sua nora, vendo-o aproximar-se, pela janela, fugira imediatamente para a cozinha, de maneira que ficamos sós.

– Tenho muito prazer em vê-lo saindo de casa de novo, Sr. Lockwood – disse ele, em resposta ao meu cumprimento. – Em parte, por motivos egoísticos, acho que não poderia, prontamente, compensar sua perda nesta solidão. Estou mais intrigado do que nunca em saber o que o trouxe aqui.

– Talvez um mero capricho, meu senhor – foi minha resposta – ou melhor um mero capricho está me animando a afastar-me daqui. – Vou partir para Londres, na semana que vem, e devo comunicar-lhe que não pretendo continuar em Granja Thrushcross além dos 12 meses que combinei arrendar. Acho que não vou mais morar ali.

– Deveras? O senhor está cansado de viver afastado da sociedade, não é mesmo? – disse ele. – Mas se veio aqui com a ideia de conseguir deixar de pagar a casa que não vai ocupar, perdeu a caminhada. Não tenho o costume de perdoar o que me é devido por quem quer que seja.

– Não venho pleitear nada disso! – exclamei, muito irritado. – Se o senhor quiser, liquidarei o débito agora mesmo.

E tirei a carteira do bolso.

– Não, não – replicou ele, friamente. – O senhor deixará para trás o suficiente para cobrir suas dívidas, se não regressar; não estou com tanta pressa assim. Sente-se e jante conosco; um conviva que não poderá repetir a visita é sempre bem-vindo. Catherine, traga as coisas. Onde está você?

Catherine reapareceu, trazendo uma bandeja com facas e garfos.

– Pode jantar com Joseph – disse Heathcliff, à parte – e ficar na cozinha, até que ele se vá embora.

Ela obedeceu, rigorosamente, a suas ordens; talvez não tivesse tentação de transgredi-las. Vivendo entre rústicos e misantropos, provavelmente não apreciava gente melhor, quando as encontrava.

Tendo o Sr. Heathcliff, feroz e carrancudo, de um lado, e Hareton, completamente mudo, de outro, jantei em um ambiente desagradável e despedi-me bem cedo. Queria sair pelos fundos, para ver, pela última vez, Catherine e importunar o velho

Joseph, mas Hareton recebeu ordens de trazer meu cavalo e o próprio anfitrião acompanhou-me até a porta, de modo que não pude satisfazer meu desejo.

"Como é horrível a vida nesta casa!", refleti, enquanto voltava a cavalo pela estrada. "Teria sido a realização de algo mais romântico que um conto de fadas para a Sra. Linton Heathcliff, se eu e ela tivéssemos nos apaixonado um pelo outro, como sua boa ama desejava, e partido juntos para o agitado ambiente da cidade!"

∾ Capítulo XXXII ∾

Em setembro fui convidado para umas batidas na propriedade de um amigo meu, situada no Norte, e, durante a jornada, dei comigo inesperadamente a quinze milhas de Gimmerton. Estava eu parado em uma taberna de estrada, para refrescar os cavalos, quando passou uma carroça carregada de aveia verdinha, acabada de ceifar, e o moço de cavalariça que segurava no balde de onde os cavalos bebiam comentou:

– Pessoal de Gimmerton!... Sempre começa a colheita três semanas depois dos outros.

– Gimmerton? – repeti, sentindo já como algo semelhante a um sonho a lembrança de minha residência ali. – Conheço. A que distância fica daqui?

– A umas quatorze milhas, através da montanha, e uma estrada muito ruim – respondeu ele.

Tive um desejo súbito de visitar a Granja Thrushcross. Ainda não era meio-dia e achei que podia muito bem passar a noite sob meu próprio teto, em vez de passá-la em uma estalagem. Além disso, podia, muito bem, reservar um dia para regular os negócios com meu senhorio, evitando-me, assim, o trabalho de voltar de novo àquele lugar. Depois de descansar um pouco, mandei meu criado indagar o caminho da aldeia; e, com grande esforço de nossos animais, conseguimos cobrir a distância em cerca de três horas.

Deixei o criado lá e continuei sozinho pelo vale. A igreja cinzenta parecia mais cinzenta e o deserto cemitério parecia mais deserto. Uma ovelha pastava a erva que crescia entre as sepulturas. O tempo estava agradável e quente, bem quente para uma caminhada, mas o calor não me impediu de admirar a magnífica paisagem, que se estendia acima e abaixo: se eu a tivesse contemplado mais perto de agosto, sem dúvida alguma teria sido tentado a passar um mês naquela solidão. No inverno, nada há mais triste, no verão nada mais divino que aqueles vales estreitos, cercados pelos morros e as ondulações da charneca.

Cheguei à Granja Thrushcross antes do pôr do sol e bati pedindo entrada, mas a família devia estar nos fundos da casa, deduzi, pela fina coluna de fumaça que saía da chaminé da cozinha, e não ouviu. Fui para o pátio. Sob a varanda, uma menina de nove ou dez anos estava sentada, tecendo malha e uma velha encostada na escada fumava um cachimbo, pensativa.

– A Sra. Dean está? – perguntei.

– A Sra. Dean? Não! – respondeu a velha. – Não mora aqui. Está no Morro dos Ventos Uivantes.

– A senhora é a caseira, então?

– Sim, tomo conta da casa – ela replicou.

– Muito bem. Sou o Sr. Lockwood, o dono. Há alguns quartos onde eu possa ficar? Pretendo passar a noite aqui.

– O patrão! – exclamou a velha, assombrada. – Alguém sabia que o senhor vinha? O senhor devia ter mandado avisar. Não há nada preparado na casa.

Tirou o cachimbo da boca e entrou em casa, seguida da menina, e eu também entrei. Percebendo logo que sua informação era verdadeira e, além disso, que eu a havia quase desorientado com a minha inesperada aparição, pedi-lhe para se acalmar. Eu iria fazer uma caminhada e, enquanto isso, ela trataria de preparar um canto da sala de estar para que eu ceasse e um quarto de dormir para eu me acomodar. Não havia necessidade de limpar e espanar, apenas eram necessários um bom fogo e lençóis secos. Ela se mostrou disposta a fazer o que estivesse em suas mãos, embora metesse a escova no fogão em vez do atiçador, por engano, e tivesse utilizado erradamente vários outros instrumentos do seu trabalho. Retirei-me, contudo, confiante em sua energia para conseguir-me um lugar de descanso, quando eu voltasse. Morro dos Ventos Uivantes era o objetivo de minha projetada excursão. Uma ideia fez-me voltar, quando já saíra do pátio.

– Tudo vai bem no Morro dos Ventos Uivantes? – perguntei à velha.

– Sim, pelo que sei – disse ela, afastando-se com uma panela de brasas.

Tive vontade de perguntar por que a Sra. Dean saíra da Granja Thrushcross, mas era impossível atrasar a velha em tal crise, de modo que virei as costas e sai, caminhando sem pressa, de costas viradas para o sol poente e voltando para a lua que nascia – um morrendo e a outra se tornando cada vez mais brilhante —, e assim saí do parque e subi a pedregosa estrada que se bifurcava para a residência do Sr. Heathcliff. Antes de avistá-la, a única coisa que restava do dia era uma luz frouxa, amarelada, no poente, mas eu podia distinguir cada pedrinha do caminho e cada folha de mato, graças ao magnífico luar. Não precisei pular o portão nem bater: ele obedeceu à minha mão. Era um melhoramento, pensei. E notei outro, com ajuda de minhas narinas: um perfume de goivos espalhado no ar entre as banais árvores frutíferas.

Portas e janelas estavam abertas; contudo, como se dá, em geral, nas zonas car-voeiras, um tênue e belo fogo vermelho iluminava a chaminé: o deleite que isso traz aos olhos torna suportável o excesso de calor. A casa do Morro dos Ventos Uivantes, contudo, era tão grande que seus moradores dispunham de espaço suficiente para se livrarem de sua influência, e, assim, os moradores se achavam não muito longe de uma das janelas. Podia vê-los e ouvi-los, antes de entrar e, em consequência, espiei e escutei, sendo levado, de então para diante, por uma mistura de curiosidade e inveja, que foi aumentando cada vez mais.

– Contrário! – disse uma voz, suave como uma campainha de prata. – É a terceira vez, seu burro! Não vou repetir mais. Diga direito, ou lhe puxo os cabelos!

– Contrário – disse o outro, em um tom mais profundo, mas brando. – E, agora, beije-me, por ter prestado tanta atenção.

– Não. Primeiro, leia tudo corretamente, sem um único erro.

O homem começou a ler; era um rapaz decentemente vestido, que se achava sen-tado à uma mesa, com um livro diante dele. Suas belas feições resplandeciam de satisfação e os olhos vagavam, impacientes, na página do livro à alva mãozinha que estava pousada em seu ombro e que o fazia lembrar, por um tapinha no rosto, sempre que sua dona notava um sinal de desatenção. A moça estava atrás dele; seus cabelos claros e brilhantes misturavam-se, às vezes com os cabelos castanhos dele, quando ela se curvava para dirigir os seus estudos; e seu rosto... era uma sorte que ele não pudesse ver seu rosto, pois, de outro modo, não teria permanecido tão bem-compor-tado. Eu podia; e mordi o lábio de despeito, por haver perdido a possibilidade, que talvez tivesse, de fazer mais alguma coisa que contemplar sua beleza sorridente.

A tarefa foi executada, não isenta de outros erros, mas o discípulo reclamou uma recompensa e recebeu pelo menos cinco beijos, que retribuiu, contudo, ge-nerosamente.

Depois, os dois dirigiram-se à porta e, pela sua conversa, deduzi que iam sair para dar um passeio pela charneca. Imaginei que eu seria condenado no coração de Hareton Earnshaw, se não por sua boca, a ir para as profundas do inferno, se tivesse mostrado então, ao seu lado, minha infortunada pessoa; e, sentindo-me mesquinho e maligno, virei as costas, para procurar refúgio na cozinha.

Também para ali encontrei a passagem desobstruída e, junto à porta, achava-se sentada minha velha amiga Nelly Dean, costurando e cantando, frequentemente in-terrompida por palavras ásperas de desprezo e intolerância, muito pouco condizen-tes com a música.

– Eu preferia estar perto do inferno, caminhando de manhã à noite, do que ouvi--la, maldita! – disse o ocupante da cozinha, em resposta a algumas palavras de Nelly que não escutei. – É um desaforo eu não poder abrir o Livro Santo, e ter de ouvi-los exaltando as glórias de Satanás e toda a malvadez do mundo! Você agora é quem manda! E ela também! E aquele pobre rapaz vai-se perder entre vocês duas. Coitado! – acrescentou, dando um gemido. – Está enfeitiçado! Ó Senhor, julgai-os, pois para eles não há lei nem justiça dos que nos governam!

– Não! Se não estaríamos sentadas no meio de uma fogueira, segundo suponho – retrucou a cantora. – Mas cale a boca, velho, e leia sua Bíblia como um cristão, e não se preocupe comigo. Estou cantando o Casamento da LindaAnnie, uma bela canção, muito apropriada para se dançar.

A Sra. Dean ia recomeçar a canção, quando entrei, e, reconhecendo-me logo, ela se ergueu de um pulo, gritando:

– Bem-vindo, Sr. Lockwood! Como foi que teve ideia de voltar dessa maneira? A Granja Thrushcross está fechada. Deveria ter-nos avisado!

– Já providenciei para me hospedar lá – respondi. – Vou partir amanhã. E por que se transferiu para cá, Sra. Dean? Conte-me.

– Zillah foi-se embora e o Sr. Heathcliff resolveu que eu viesse para cá, logo depois que o senhor foi para Londres, e aqui ficasse até que o senhor regressasse. Mas entre, faça o favor! Veio a pé de Gimmerton esta noite?

– Vim da Granja Thrushcross – respondi. – E, enquanto me preparam um quarto lá, quero resolver meus negócios com o seu patrão, pois creio que não terei tão cedo outra oportunidade.

– Que negócio, meu senhor? – disse Nelly, levando-me para dentro de casa. – Ele saiu e não vai voltar tão cedo.

– A respeito do aluguel – respondi.

– Ah! Então, o senhor terá de resolver com a Sra. Heathcliff, ou melhor, comigo. Ela ainda não aprendeu a tomar conta de seus negócios e eu tomo para ela; não há mais ninguém.

Demonstrei surpresa.

– Ah! O senhor ainda não soube da morte de Heathcliff, estou vendo.

– Há quanto tempo?

– Há três meses. Mas sente-se e me dê seu chapéu, que vou contar. Garanto que está sem comer, não é mesmo?

– Não quero comer; mandei preparar a ceia em casa. Sente-se. Nunca imaginei que ele fosse morrer. Conte-me como foi. Disse-me que os jovens vão se demorar a voltar?

– Sim. Sempre tenho que ralhar com eles porque voltam tarde de seus passeios. Pelo menos beba um pouco de nossa velha cerveja. Fará bem. O senhor parece estar abatido.

Correu para buscar a bebida, antes que eu pudesse recusar e ouvi Joseph perguntando "se não era um escândalo ela ter pretendentes naquela idade e, ainda por cima, agradá-los à custa da adega do patrão!".

Nelly voltou dentro de um minuto, trazendo um frasco de prata, cujo conteúdo eu louvei com entusiasmo. E, depois contou-me a continuação da história de Heathcliff. Tinha um fim "esquisito", como o qualificou.

– Fui chamada ao Morro dos Ventos Uivantes, menos de quinze dias depois de que o senhor nos deixou – disse ela —, e obedeci muito satisfeita, por causa de Catherine. Fiquei chocada no primeiro encontro com ela pois mudara muito depois de nossa separação. O Sr. Heathcliff não explicou por que mudara de ideia a respeito de minha vinda para cá; limitou-se a dizer que precisava de mim e que estava enfarado de ver Catherine: eu devia fazer da pequena sala minha sala de estar e mantê-la comigo. Era bastante que ele fosse obrigado a vê-la uma ou duas vezes por dia. A menina pareceu satisfeita com esse arranjo e, pouco a pouco, introduzi, furtivamente, muitos livros e outros artigos que constituíam o divertimento dela na Granja, e acalentei a esperança de que poderíamos viver toleravelmente. A ilusão não durou muito tempo. Catherine, satisfeita a princípio, dentro de pouco tempo tornou-se irritável e nervosa. Em primeiro lugar, estava proibida de sair do jardim e era um sofrimento para ela ficar presa aos seus estreitos limites, enquanto a primavera ia passando; além disso, para cuidar da casa, eu era obrigada a separar-me dela com frequência, e ela se queixava do isolamento; preferia brigar com Joseph na cozinha do que ficar sentada, sossegada, em sua solidão. Eu não me importava com as escaramuças dos dois, mas Hareton era, muitas vezes, obrigado a procurar a cozinha, também, quando o patrão queria ficar sozinho na casa; e, embora, no princípio, ela saísse quando ele se aproximava, ou fosse trabalhar junto comigo, e evitasse notá-lo ou se dirigir a ele – e embora ele se mostrasse sempre muito quieto e calado –, depois de algum tempo ela mudou sua atitude e tornou-se incapaz de deixá-lo em paz, conversando com ele, comentando sua estupidez e preguiça, mostrando-se admirada diante do fato de ele suportar a vida que vivia, e passar a noite olhando para o fogo e cochilando.

– É como um cão ou a um cavalo de carroça, não é mesmo, Ellen? – observou uma vez. – Faz seu serviço, come sua comida e dorme eternamente! Que espírito tacanho deve ter! Já sonhou alguma vez, Hareton? E se sonhou, com o que foi? Mas ele não fala comigo!

Fitou-o, depois, mas o rapaz não abriu a boca, nem a olhou de novo.

– Talvez ele esteja sonhando agora – continuou Catherine. – Encolheu os ombros, como Juno encolhe os seus. – Pergunte-lhe, Ellen.

– O Sr. Hareton pedirá ao patrão para mandá-la para o andar de cima, se a menina não se comportar! – disse eu.

Ele havia não apenas torcido o ombro, como também cerrado o punho, como se estivesse tentado a utilizá-lo.

– Sei por que Hareton não abre a boca, quando estou na cozinha – exclamou ela, em outra ocasião. – Tem medo que eu ria dele. Que acha você, Ellen? Ele começou a aprender a ler sozinho, uma vez, e, como ri, queimou os livros e desistiu. Não é um bobo?

– E a menina não se mostrou malvada? – redargui. – Responda-me.

– Talvez tenha sido – continuou Catherine. – Mas não esperava que ele fosse tão tolo. Hareton, se eu lhe der um livro, você o aceitará agora? Vou experimentar.

Pôs um que estava lendo em sua mão; ele jogou-o fora e murmurou, ameaçando torcer-lhe o pescoço, se ela não desistisse.

– Está bem – disse ela. – Vou deixá-lo na gaveta da mesa e me deitar.

Depois, pediu-me, sussurrando em meu ouvido, para verificar se ele pegaria no livro e partiu. Ele, porém, não se aproximou do livro; e foi o que informei, na manhã seguinte, a Catherine, que ficou muito desapontada. Percebi que ela estava triste vendo que Hareton persistia em se mostrar taciturno e indolente: sua consciência a reprovava de tê-lo dissuadido, pelo temor, de se aperfeiçoar: agira de maneira eficiente. Sua engenhosidade, porém, entrou em ação, para remediar o mal que fizera: enquanto eu passava roupa a ferro ou executava outros trabalhos caseiros que não podia muito bem executar na sala, ela trazia algum livro de leitura amena e lia-o alto para mim. Quando Hareton estava lá, em geral parava em uma página interessante e deixava o livro aberto. Fez isso repetidas vezes; ele, porém, era teimoso como uma mula e, em vez de atender à sua insinuação, se o tempo estava úmido ia fumar com Joseph, e os dois ficavam sentados como autômatos, um de cada lado do fogão, o mais velho felizmente surdo demais para ouvir os malditos contrassensos de Catherine, como os chamaria, e o mais moço fazendo todo o esforço possível para fingir que os desprezava. Quando a noite estava bela, o último prosseguia suas caçadas, e Catherine bocejava e suspirava, importunava-me para conversar com ela e corria, para o pátio ou para o jardim, no momento em que eu começava; e, como último recurso, chorava e dizia estar cansada de viver: sua vida era inútil.

O Sr. Heathcliff, que se mostrava cada vez mais arredio ao convívio, quase banira Earnshaw de seus aposentos. Devido a um acidente ocorrido no princípio de março, ele voltou por alguns dias a ficar imóvel na cozinha. Sua espingarda disparou, quando ele vagava sozinho pelos montes; um estilhaço cortou-lhe o braço e fê-lo perder muito sangue, antes de poder voltar para casa. A consequência foi que ele foi condenado a ficar ao pé da lareira, até se restabelecer. Catherine ficou satisfeita por tê-lo ali: o fato é que passou a detestar, mais do que antes, seu quarto no andar de cima: e me obrigava a procurar trabalho embaixo, de maneira que pudesse me acompanhar.

Joseph foi à feira de Gimmerton na segunda de Páscoa, com algumas cabeças de gado, e, à tarde, eu estava muito ocupada, arrumando a roupa branca na cozinha. Earnshaw achava-se sentado, taciturno como sempre, a um canto da lareira e minha patroazinha matava o tempo traçando desenhos nas vidraças da janela, e variando sua diversão com canções e exclamações em voz baixa, e rápidos olhares denotando aborrecimento e impaciência em direção ao primo, que fumava, inflexível, sem tirar os olhos da fornalha. Quando eu lhe fiz saber que não poderia mais trabalhar se continuasse a interceptar a luz, ela se aproximou da lareira. Eu estava prestando pouca atenção à sua atitude, mas, logo, ouvia-a dizer:

– Descobri, Hareton, que quero... que estou satisfeita... que gostaria de você ser meu primo agora, se você não tivesse ficado tão grosseiro para comigo, tão rude.

Hareton não lhe deu resposta.

– Hareton, Hareton, Hareton! Está ouvindo? – ela continuou.

– Saia daqui! – murmurou ele, intratável.

– Dê-me esse cachimbo – disse ela, avançando, cautelosamente, o braço e arrancando-lhe o cachimbo da boca.

Antes que ele pudesse tentar recuperá-lo, o cachimbo estava quebrado e atrás do fogão. Hareton praguejou e pegou outro cachimbo.

– Pare! – gritou ela. – Ouça-me, primeiro. E não posso falar por enquanto, com esta fumaça no rosto.

– Vá para o diabo que a carregue e deixe-me em paz! – exclamou Hareton, ferozmente.

– Não – insistiu Catherine. – Não posso dizer o que fazer para que você converse comigo, e você está disposto a não compreender. Quando eu o chamo de estúpido, não estou falando sério; não quero dizer que o desprezo. Venha, tem de prestar atenção em mim, Hareton! Você é meu primo e tem que reconhecer.

– Já estou cansado de você e de seu orgulho e suas malditas zombarias! – retrucou ele. – Prefiro ir para o inferno, com o corpo e a alma, a ter de procurá-la de novo. Afaste-se do meu caminho, imediatamente!

Catherine fechou a cara e retirou-se para a cadeira perto da janela, mordendo o lábio e procurando esconder sua crescente vontade de chorar, cantarolando uma canção.

– O senhor devia ficar amigo de sua prima, Sr. Hareton, já que ela se mostra arrependida de suas insolências – atalhei. – Isso faria muito bem. O senhor tornar-se-ia outro homem, tendo-a por companheira.

– Companheira! – exclamou ele, em voz alta. – Se ela me detesta e não me julga digno de limpar-lhe os sapatos! Não! Nem que fosse para me tornar um rei não estou disposto a ser ridicularizado de novo por procurar sua benevolência.

– Não sou eu que o detesto e sim você que me detesta! – disse Catherine, chorando, já incapaz de esconder sua perturbação. – Você me odeia tanto quanto o Sr. Heathcliff, ou mais do que ele.

– Você é uma mentirosa – retrucou Earnshaw. – Então, por que eu o fiz ficar furioso, tomando sua defesa, mais de cem vezes? E isso quando você zombava de mim e me desprezava... Continue a me atormentar e irei lá e direi que você me fez sair da cozinha!

– Não sabia que você havia me defendido – replicou Catherine, enxugando os olhos. – E eu estava sofrendo muito e com raiva de todo mundo. Mas agora lhe agradeço e peço-lhe para perdoar-me. Que posso fazer além disso?

Foi para perto da lareira e estendeu a mão, resolutamente. Ele fechou a cara e manteve as mãos teimosamente fechadas e os olhos postos no chão. Catherine, por instinto, deve ter adivinhado que fora sua renitente implicância, e não a repulsa, que provocava aquela teimosia, pois, depois de um instante de indecisão, ela se aproximou e deu um beijo na face do primo. A peralta pensou que eu não tivesse visto e, recuando, retomou sua posição junto à janela, muito séria. Sacudi a cabeça, desaprovando, e ela, então, corou e disse:

– Está bem! Que deveria eu fazer, Ellen? Ele não queria apertar a mão nem olhar. Eu precisava mostrar-lhe, de algum modo, que gosto dele... que quero que sejamos amigos.

Se o beijo convenceu Hareton, não posso dizer: ele teve muito cuidado, durante alguns minutos, de não mostrar o rosto e quando o levantou, estava inteiramente confuso, sem saber para onde virar os olhos.

Catherine tratou de embrulhar um belo livro, com todo o cuidado, em um papel branco e, tendo-o amarrado com uma fita, endereçou-o ao "Sr. Hareton Earnshaw" e me pediu para servir de embaixadora e fazer entrega do presente.

– E diga-lhe que, se ele aceitar, vou ensiná-lo a ler o livro direitinho – disse ela – e, se ele recusar, irei para cima e nunca mais o atormentarei.

Levei o livro e repeti o recado, ansiosamente enviado. Hareton não abriu a mão, de modo que deixei o livro sobre seus joelhos. Também não o empurrou. Voltei ao meu trabalho. Catherine debruçou-se na mesa, com os ouvidos atentos ao menor rumor que indicasse que o embrulho estava sendo desfeito; depois se levantou e, tranquilamente, sentou-se ao lado do primo. Este tremia e seu rosto resplandecia; a princípio, ele ficou sem coragem de articular uma sílaba, em resposta ao olhar interrogativo de Catherine e à súplica que ela murmurou.

– Diga que me perdoa, Hareton, diga! Poderá me fazer tão feliz, dizendo-me apenas uma palavra!...

Ele disse alguma coisa inaudível.

– E você será meu amigo? – perguntou Catherine.

– Não. Você terá vergonha de mim a vida inteira – respondeu ele. – E quanto mais me conhecer, mais envergonhada ficará, e não posso tolerar uma coisa dessas.

– Quer dizer que você não será meu amigo? – disse ela, com um sorriso tão doce quanto o mel e aproximando-se dele.

Não percebi mais palavras inteligíveis, mas, olhando de novo, percebi, debruçadas sobre a página do livro aceito, duas cabeças tão radiantes que não duvidei que o tratado tivesse sido ratificado por ambas as partes, e os inimigos tinham se tornado, de então para diante, aliados jurados.

A obra que eles estudavam era repleta de valiosas gravuras, e estas e sua situação tiveram atração suficiente para mantê-los quietos até Joseph voltar para casa. O pobre homem ficou estupefato diante do espetáculo de Catherine sentada no mesmo banco que Hareton Earnshaw, com a mão no ombro do rapaz. Isso o afetou demasiadamente para permitir uma observação sobre o assunto daquela noite. Sua emoção revelou-se apenas pelos imensos suspiros que exalou, enquanto abria na mesa a sua grande Bíblia e a cobria com as notas muito sujas que tirou da carteira, e que representavam a féria do dia. Afinal, ele chamou Hareton.

– Leve isto ao patrão, rapaz – disse – e espere aqui. Esta sala não nos convém. Vamos sair e procurar outra.

– Venha, Catherine – disse eu. – Temos de sair, também. Preciso passar a roupa a ferro. Quer vir?

– Não são oito horas! – respondeu ela, levantando-se de má vontade. – Hareton, vou deixar este livro em cima da lareira e trazer outros amanhã.

– Levarei para a casa todos os livros que trouxer – disse Joseph – e duvido que os encontre de novo. Faça o que quiser!

Cathy retrucou que compensaria a perda da sua biblioteca e, sorrindo ao passar diante de Hareton, subiu cantando para o andar de cima; de coração mais leve, sou capaz de apostar, do que estivera sob aquele teto, em qualquer ocasião anterior, exceto, talvez, durante suas primeiras visitas a Linton.

A intimidade cresceu rapidamente, embora encontrasse interrupções temporárias. Earnshaw não podia ser educado só com a vontade, e minha jovem patroa não era uma filósofa nem um paradigma de paciência; ambos, porém, visavam ao mesmo fim – um amando e desejando estimar e outro amando e desejando ser estimado – e se esforçaram para alcançá-lo.

Como vê, Sr. Lockwood, foi bem fácil conquistar o coração de Sra. Heathcliff. Agora, porém, sinto-me satisfeita de o senhor não ter tentado. O coroamento de todos os meus desejos será a união daqueles dois. Não terei inveja de ninguém, no dia de seu casamento; serei, então, a mulher mais feliz da Inglaterra!

❧ Capítulo XXXIII ❧

No dia seguinte a essa segunda-feira, estando Earnshaw ainda incapaz de se entregar às tarefas habituais, e tendo, por isso, ficado dentro de casa, logo compreendi que já não me era possível, manter a minha pupila junto de mim como até aqui.

Fiquei aterrorizada com a devastação feita apenas em meia hora; os pés de groselha eram a menina dos olhos de Joseph, que já havia resolvido fazer um canteiro no meio deles.

– Só faltava esta! – exclamei. – Isso será levado ao conhecimento do patrão, no mesmo momento em que for descoberto. E que desculpas terão de haver tomado tais liberdades com o jardim? Vão ver o barulho que vai haver! Sr. Hareton, estou admirada de o senhor ter tão pouco juízo e ir fazendo tudo quanto ela manda!

– Esqueci-me que eram de Joseph – retrucou Earnshaw, bastante preocupado. – Mas vou dizer-lhe que fui eu que fiz isto.

Sempre fazíamos as refeições em companhia do Sr. Heathcliff. Eu ocupava na mesa o lugar da patroa, fazendo chá e trinchando a carne, de modo que era uma figura indispensável. Catherine habitualmente se sentava junto de mim, mas naquele dia, foi para perto de Hareton, e percebi logo que ela não teria mais discrição em sua amizade do que tivera em sua hostilidade.

– Agora, tome cuidado para não conversar muito com seu primo nem lhe dar demasiada atenção – sussurrei-lhe, quando entramos na sala. – Isso, sem dúvida alguma, irritará o Sr. Heathcliff e ele ficará furioso com ambos.

– Vou tomar cuidado – disse ela.

Um minuto depois, estava sentada ao lado dele e colocando algumas prímulas em seu prato de mingau.

Ele não tinha coragem de conversar com ela ali: mal se atrevia a olhá-la, e, ainda assim, ela continuou provocando até que ele chegou ao ponto de quase dobrar uma gargalhada. Fechei a cara e lancei um olhar ao patrão, cujo espírito estava preocupado com outras coisas, como demonstrava sua fisionomia; e Catherine tornou-se séria por um instante, olhando-o com profunda gravidade. Hareton deu uma risada abafada. O Sr. Heathcliff estremeceu e lançou-nos um rápido olhar. Catherine como de costume enfrentou-o com seu olhar de nervosismo, mas, ao mesmo tempo, de desafio, que o irritava.

– É bom que você esteja fora do meu alcance! – exclamou. – Que diabo a possui para que me fite, continuamente, com esses olhos infernais? Acabe com isso! E não me faça lembrar de novo de sua existência. Pensei que a havia curado da vontade de rir.

– Fui eu – disse Hareton.

– Que está dizendo? – perguntou o patrão.

Hareton baixou os olhos para o prato e não repetiu a confissão. O Sr. Heathcliff olhou-o por um momento, depois recomeçou a refeição e a meditação interrompida. Tínhamos acabado e o os dois jovens haviam se retirado, prudentemente, de maneira que eu esperava que não haveria mais perturbação daquela vez, quando Joseph apareceu à porta, revelando, pelos lábios trêmulos e olhos furiosos, que descobriu o ultraje cometido contra seus preciosos arbustos. Devia ter visto Cathy e seu companheiro no local, antes de examiná-lo, pois, enquanto seus maxilares se moviam como os de uma vaca ruminando, tornando difícil compreender suas palavras, ele exclamou:

– Quero minhas contas para ir embora! Eu pretendia morrer onde trabalhei durante sessenta anos, e pensei que poderia guardar meus livros e todas as minhas coisas no sótão e que eles ficariam com a cozinha, pois só quero minha solidão. Foi duro ceder meu lugar junto do fogo, mas me resignei mesmo a isso! Mas, agora, tomar meu jardim, patrão, é demais, não posso suportar! Um homem velho, como eu, não pode se acostumar com novidades! Prefiro ir embora!

– Ora, ora, idiota! – interrompeu Heathcliff. – Acabe com isso! De que está se queixando? Não vou me meter no meio de suas brigas com Nelly. Ela pode atirá-lo a uma mina de carvão, que pouco me incomoda.

– Não foi Nelly! – disse Joseph. – Eu não me queixaria de Nelly, por mais aborrecida que ela seja. Graças a Deus ela não pode mexer com ninguém. Foi aquela menina desalmada que enfeitiçou nosso rapaz até que ele... Não! Isto corta-me o coração! Esqueceu-se de tudo que tenho feito por ele e cortou as árvores, arrasou o jardim!

E, nesse ponto, lamentou-se com veemência, arrastado pela amargura de seus sofrimentos, pela ingratidão de Earnshaw e pelo perigo da situação.

– O velho está bêbado? – perguntou o Sr. Heathcliff. – Hareton, é você que ele está acusando?

– Eu tirei dois ou três arbustos, mas vou replantá-los – disse o jovem.

– E por que os arrancou? – perguntou o prorpietário.

Catherine tratou logo de falar.

– Queríamos plantar algumas flores ali! – exclamou. – Sou a única culpada, pois eu é que quis que ele fizesse isso.

– E quem lhe deu o direito de tocar em uma coisa nesta casa? – perguntou seu sogro, muito surpreendido. – E quem lhe disse para obedecer a ela? – acrescentou, dirigindo-se a Hareton.

Este último manteve-se em silêncio; sua prima replicou:

– Não pode me dar algumas jardas de terra para fazer um canteiro, depois de ter tomado toda a minha terra?

– Sua terra, insolente! Nunca teve terra nenhuma! – disse Heathcliff.

– E meu dinheiro! – continuou Catherine, retribuindo o olhar furioso de Heathcliff e, ao mesmo tempo, mastigando um pedaço de pão, remanescente do almoço.

– Silêncio! – exclamou o proprietário. – Cale-se e vá-se embora!

– E a terra de Hareton e seu dinheiro – prosseguiu a temerária. – Eu e Hareton somos amigos agora e eu vou contar a ele tudo a seu respeito!

O patrão pareceu confuso, durante um momento; ficou pálido e levantou-se, encarando Catherine com uma expressão de ódio mortal.

– Se me bater, Hareton o espancará – disse ela. – Acho melhor, portanto, que torne a se sentar.

– Se Hareton não levá-la para fora da sala, eu o espancarei até mandá-lo para o inferno! – berrou Heathcliff. – Bruxa maldita! Atreve-se a lançá-lo contra mim? Leve-a para fora! Está ouvindo? Leve-a para a cozinha! Eu a matarei, Ellen Dean, se você deixá-la aparecer outra vez diante de meus olhos!

Hareton tentou, em voz baixa, persuadi-la a sair.

– Arraste-a! – gritou Heathcliff, furioso. – Está querendo ficar conversando?

E aproximou-se, para executar a própria ordem.

– Ele não lhe obedecerá mais, homem maldito! – disse Catherine. – E, em breve, vai detestá-lo tanto quanto eu detesto.

– Psiu! – disse o rapaz, em tom de censura. – Não admito que fale assim dele.

– Mas vai deixar que ele me bata? – gritou a moça.

– Venha, então – sussurrou Hareton, aflito.

Era tarde demais! Heathcliff a havia agarrado.

– Agora, vá-se embora! – disse a Earnshaw. – Bruxa amaldiçoada! Desta vez ela se excedeu em sua provocação e vou fazê-la arrepender-se para sempre!

Segurara-a pelos cabelos; Hareton tentou soltar as madeixas, pedindo a Heathcliff que não a machucasse daquela vez. Os olhos pretos de Heathcliff faiscavam; ele parecia prestes a espedaçar Catherine e eu já estava pronta a me arriscar em ir socorrê-la, quando, de súbito, suas mãos se afrouxaram; soltou os cabelos, agarrou os braços e encarou a moça fixamente. Depois tapou os olhos dela com a mão, ficou imóvel um momento, parecendo concentrar-se e, afastando-se de novo de Catherine, disse, com estudada calma:

– Você tem que aprender a evitar me fazer ficar com raiva ou, então, eu acabo a matando mesmo! Vá com a Sra. Dean e fique com ela, e limite sua insolência aos ouvidos dela. Quanto a Hareton Earnshaw, se eu o vir escutando-a, mandarei que ele vá ganhar a vida onde puder! Seu amor o tornará um pária e um mendigo. Leve-a, Nelly, e deixem-me em paz, vocês todos! Deixem-me em paz!

Levei minha jovem patroa para fora; ela se sentia muito alegre de haver escapado para resistir; o outro seguiu-nos e o Sr. Heathcliff ficou sozinho na sala até o jantar. Eu havia aconselhado Catherine a jantar no andar de cima, mas, logo que viu seu lugar vago, Heathcliff mandou-me chamá-la. Ele não dirigiu a palavra a nenhum de nós, comeu muito pouco e saiu logo depois, anunciando que só voltaria à noite.

Os dois novos amigos estabeleceram-se na casa, durante sua ausência, e ouvi Hareton repelir a prima, com veemência, quando ela se ofereceu para fazer uma revelação da conduta de seu sogro para com o pai dele. Não admitia que se dissesse uma palavra contra Heathcliff, disse Hareton; mesmo se ele fosse o diabo, ficaria ao seu lado, e preferia que ela o insultasse, a ele próprio, como fazia antes, do que insultar o Sr. Heathcliff. Catherine irritou-se com isso, mas ele conseguiu fazê-la calar, perguntando o que pensaria se ele falasse mal do pai dela. A moça compreendeu, então, que Earnshaw estava preso ao patrão por laços fortes demais para serem rompidos pela razão – cadeias forjadas pelo hábito, que seria crueldade querer destruir. Demonstrou bom coração, a partir de então, evitando tanto as queixas como as manifestações de repulsa para com Heathcliff, e confessou-me seu pesar por haver tentado provocar a discórdia entre ele e Hareton; na verdade, creio que ela não disse uma única palavra contra seu opressor que pudesse ser ouvida por Hareton, desde então.

Depois disso, os dois tornaram-se amigos de novo e muito atarefados em suas várias ocupações de mestra e discípulo. Eu ia sentar-me em companhia deles, depois de terminado o meu trabalho, e sentia-me tão satisfeita e confortada em contemplá-los que nem sentia o tempo passar. O senhor compreende: ambos pareciam, de certo modo, meus filhos; há muito tempo um deles me fazia sentir orgulho e agora tinha certeza de que o outro seria fonte de igual satisfação. Sua natureza honesta, calorosa e inteligente, desfez, rapidamente, as nuvens da ignorância e da degradação em que ele havia sido educado; e os sinceros esforços de Catherine atuaram como um estímulo à sua diligência. O lustre de seu espírito deu-lhe brilho à fisionomia e tornou seu aspecto mais nobre e varonil; eu mal podia conceber que era o mesmo indivíduo que eu vira no dia em que descobrira minha patroazinha no Morro dos Ventos Uivantes, depois da excursão aos penhascos. Enquanto eu os admirava e eles trabalhavam, anoiteceu e, com a noite, o patrão regressou. Entrou de surpresa, pela porta da frente, e pôde nos ver perfeitamente, antes que tivéssemos tempo de levantar a cabeça para olhá-lo. Não podia haver espetáculo mais agradável ou mais inofensivo – refleti – e seria revoltante censurá-los. A luz avermelhada do fogão resplandecia sobre suas duas belas cabeças e revelava seus rostos animados pelo interesse infantil, pois, embora ele tivesse 23 anos e ela 18, ambos tinham tanta coisa de novo a sentir e a aprender que nenhum deles experimentara ou manifestara quaisquer sentimentos de maturidade desencantada sobriamente que fosse.

Os dois levantaram os olhos ao mesmo tempo, para encontrar os olhos do Sr. Heathcliff; talvez o senhor nunca tenha notado que seus olhos são iguaizinhos uns aos outros, e são os olhos de Catherine Earnshaw. A Catherine atual não tem outra semelhança com ela a não ser a testa e um certo arqueamento do nariz, que a faz parecer bastante altiva, ainda que não seja. Com Hareton, a semelhança vai mais longe: é sempre singular e, naquela ocasião, era particularmente notável, porque todos os seus sentidos estavam alertas e suas faculdades mentais despertadas para uma desacostumada atividade. Creio que essa semelhança desarmou o Sr. Heathcliff, que se dirigiu à lareira, sem esconder a agitação; esta, porém, logo passou, quando ele olhou para o rapaz, ou, melhor, alterou seu caráter, pois ainda permaneceu. Tomou o livro das mãos de Hareton, olhou de relance a página aberta e devolveu-o, sem nada dizer, mas apenas fazendo sinal a Catherine para sair; seu companheiro permaneceu muito pouco tempo depois dela e eu já ia sair, também, mas o patrão me pediu para continuar sentada.

– É uma conclusão lamentável, não é? – observou, depois de ter refletido um pouco sobre a cena que acabara de presenciar. – Um fim absurdo para os meus violentos esforços. Movi céus e terras para demolir as duas casas e aprendi a trabalhar como Hércules e, quando tudo está em ordem e em meu poder, descubro que desapareceu o desejo de remover uma telha sequer de cada telhado! Meus velhos inimigos não me derrotaram; agora seria a ocasião precisa de vingar-me em seus representantes. Eu podia fazer isso, sem que ninguém me impedisse. Mas que adiantaria? Não faço questão de ferir, não vale a pena o trabalho de levantar o braço! Parece até que estive me esforçando todo esse tempo apenas para exibir um belo rasgo de magnanimidade. Tal não é o caso, em absoluto. Perdi a faculdade de gozar a destruição deles e tenho muita preguiça de destruir sem qualquer finalidade.

– Uma estranha mudança aproxima-se, Nelly, ela me cobre com sua sombra. Sinto tão pouco interesse por minha vida quotidiana que mal me lembro de comer e beber. Aqueles dois que saíram daqui são os dois únicos objetos que conservam, para mim, uma aparência material distinta; e essa aparência causa-me um sofrimento que atinge as raias da agonia. Não falarei a respeito dela, e nem desejaria pensar; mas desejava, ardentemente, que ela fosse invisível: sua presença provoca apenas sensações enlouquecedoras. Ele me afeta de modo diferente e, contudo, se eu pudesse fazer tal coisa sem parecer insano, jamais o veria de novo. Você talvez me julgasse muito inclinado a tornar-me tal – acrescentou, fazendo um esforço para sorrir —, se eu tentasse descrever as mil formas de antigas associações de ideias que ele desperta ou personifica. Mas não conte a ninguém o que lhe estou revelando; meu espírito, por tanto tempo recluso em si mesmo, procura, afinal, transmitir essas impressões a outro.

– Há cinco minutos, Hareton parecia uma personificação de minha juventude e não um ser humano; eu o encarava de tantas maneiras diferentes que seria impossível tratá-lo racionalmente. Em primeiro lugar, sua notável semelhança com Catherine ligava-o terrivelmente a ela. Isso, contudo, que talvez você suponha ser o elemento mais poderoso para deter minha imaginação é, na realidade, o menor, pois que há, para mim, que a ela não esteja ligado? E o que não me faz lembrá-la? Não posso baixar os olhos para este chão sem que suas feições se desenhem nas lajes! Em cada nuvem, em cada árvore, enchendo o céu à noite e divisada em todos os objetos de dia, estou cercado por sua imagem! As mais ordinárias fisionomias de homens e mulheres... minha própria fisionomia... escarnecem de mim com uma semelhança. O mundo inteiro é uma terrível coleção de lembranças de que ela existiu e de que a perdi! Pois bem, o aspecto de Hareton era o fantasma de meu amor imortal, de minhas violentas tentativas de defender meu direito; minha degradação, meu orgulho, minha felicidade e minha angústia.

– É um delírio, contudo, contar-lhe esses pensamentos: apenas servirá para que você saiba por que, apesar da relutância de estar sempre sozinho, a companhia dele não é benéfica, mas, ao contrário, agrava o constante tormento que sofro, e em parte contribui para me tornar indiferente saber o que ele e sua prima fazem juntos. Não lhes posso dar mais atenção.

– Mas o que quer dizer por mudança, Sr. Heathcliff? – perguntei, assustada ao meu modo, embora, na minha opinião, ele não estivesse em perigo de perder o juízo ou de morrer: era muito forte e saudável, e, quanto à sua razão, desde a infância ele se comprazia em procurar as coisas mais sombrias e alimentar fantasias estranhas. Podia ter uma monomania provocada por seu ídolo morto, mas, sob todos os outros aspectos, seu juízo era tão sólido quanto o meu.

– Eu não sabia disso até ela vir – disse ele. – Não estou ainda plenamente consciente de sua presença.

– Não se está sentindo doente, está? – perguntei.

– Não, Nelly, não estou – respondeu.

– Quer dizer que não está com medo da morte? – prossegui.

– Medo? Não! – respondeu. – Nunca tive medo, nem pressentimento, nem esperança da morte. Por que havia de ter? Com minha constituição robusta, minha vida morigerada e minhas ocupações destituídas de perigo, devo permanecer, e provavelmente permanecerei acima da terra até não ter mais um cabelo preto na cabeça. E, no entanto, não posso continuar nestas condições! Tenho de lembrar a mim mesmo que preciso respirar, quase que lembrar o coração de bater! E é como se se tratasse de dobrar uma mola poderosa: é por coação que pratico os menores atos que não sejam baseados em um pensamento, e por coação que noto qualquer coisa inanimada ou ser vivo que não esteja associado com uma ideia universal. Tenho um único desejo e todo o meu ser e todas as minhas faculdades anseiam por alcançá-lo. Anseiam há tanto tempo e com tanta firmeza que estou convencido de que ele será alcançado, em breve, porque devorou minha existência: sinto-me sufocado com a certeza de sua consumação. Minha confissão não me aliviou, mas pode explicar alguns aspectos de meu gênio, inexplicáveis de outro modo. Meu Deus! Que luta prolongada! Oxalá já estivesse terminada!

Começou a caminhar de um lado para o outro, murmando palavras horríveis consigo mesmo, até que fiquei inclinada a acreditar, como ele dissera que Joseph acreditava, que a consciência transformara seu coração em um inferno terrestre. Não fazia ideia de como iria terminar aquilo. Embora poucas vezes antes ele tivesse revelado aquele estado de espírito, mesmo pelo olhar, eu não tinha dúvida de que aquela era sua atitude habitual; ele mesmo afirmara; ninguém, contudo, imaginaria tal coisa. O senhor não imaginou quando o viu, Sr. Lockwood, e o período a que me estou referindo era igual àquele em que o senhor o viu; apenas, ele se mostrava mais amante da constante solidão e talvez ainda mais taciturno na companhia de outros.

∾ Capítulo XXXIV ∾

Durante alguns dias depois daquela noite, o Sr. Heathcliff evitou encontrar-se conosco nas refeições, contudo, não consentiu formalmente em excluir Hareton e Cathy. Não se sentia inclinado a curvar-se tão completamente a seus sentimentos, preferindo, ausentar-se; e comer apenas uma vez cada 24 horas parecia-lhe suficiente.

Certa noite, depois que a família se recolheu, ouvi o som de seus passos descendo a escada e dirigindo-se à porta da frente. Não ouvi quando ele voltou e, na manhã seguinte, verifiquei que ainda estava fora de casa. Estávamos, então, em abril: o tempo estava quente e agradável, a relva muito verde em consequência das chuvas e do sol e as duas macieiras anãs perto do muro que dava para o Sul estavam cobertas de flores. Depois da refeição matinal, Catherine fez questão que eu levasse uma cadeira e me sentasse com meu trabalho embaixo dos abetos, na extremidade da casa, e pediu a Hareton, que já se restabelecera completamente das consequências do acidente, para preparar o jardinzinho, que fora transferido para aquele canto, por influência das reclamações de Joseph. Eu estava gozando, deliciada, a fragrância da primavera e a beleza do azul do céu, quando minha jovem patroa, que fora ao portão procurar algumas mudas para o jardim, voltou carregada apenas pela metade e nos informou que o Sr. Heathcliff estava voltando.

– E ele falou comigo – acrescentou, com a fisionomia perplexa.

– Que disse ele? – perguntou Hareton.

– Para afastar-me logo – respondeu Catherine. – Mas estava tão diferente que parei um momento para olhá-lo.

– Como? – perguntei.

– Exultante e alegre. Não, quase nada... muitíssimo excitado. Agitado e alegre! – respondeu a moça.

– As caminhadas noturnas o divertem então – observei, afetando desinteresse, mas, na realidade, tão surpresa quanto Catherine e aflita para constatar a veracidade de sua informação, pois ver o patrão alegre não era espetáculo quotidiano.

Arranjei uma desculpa para entrar. Heathcliff estava de pé junto à porta aberta, pálido e trêmulo; ao mesmo tempo, contudo, tinha nos olhos um brilho estranho, exultante, que alterava o aspecto de todo o seu rosto.

– Comeu alguma coisa? – perguntei. – Deve estar faminto, depois de caminhar a noite inteira!

Queria descobrir onde ele estivera, mas sem me dispor a perguntar-lhe diretamente.

– Não, não estou com fome – replicou ele, desviando os olhos e falando com certo desprezo, como que percebendo que eu queria descobrir o motivo de seu bom humor.

Senti-me perplexa, sem saber se a ocasião era oportuna para lhe dar alguns conselhos.

– Não acho direito andar fora de casa em vez de ficar na cama – observei. – Não convém, nesta estação úmida. O senhor pode apanhar um resfriado sério ou uma febre. Está se preocupando com alguma coisa?

– Com coisa alguma que eu não possa suportar – replicou Heathcliff – e com o maior prazer, contanto que você me deixe em paz. Entre e não me importune.

Obedeci e, ao passar, notei que sua respiração estava arquejante como a de um gato.

"Sim!", refleti. "Teremos um acesso de doença. Não posso conceber o que ele tem estado fazendo."

Ele se sentou para comer conosco e recebeu de minhas mãos um prato cheio, como se tencionasse compensar o jejum anterior.

– Não estou com resfriado nem febre, Nelly – observou ele, referindo-se às minhas palavras da manhã. – E estou disposto a fazer justiça à comida que me está dando.

Pegou a faca e o garfo e ia começar a comer, quando a disposição pareceu ter-se extinguido de súbito. Pôs os talheres na mesa, olhou ansioso para a janela, depois se levantou e saiu. Vimo-lo andar para baixo e para cima no jardim, enquanto terminávamos a refeição, e Earnshaw disse que ia perguntar-lhe por que não jantara; achava que o havíamos contrariado de algum modo.

– E então, ele vem? – perguntou Catherine, quando seu primo voltou.

– Não – respondeu ele —, mas não está com raiva. Na verdade, parece excepcionalmente satisfeito. Apenas, impacientei-o, falando-lhe duas vezes, e depois me pediu para vir para perto de você. Não sabia como eu podia desejar a companhia de outra pessoa.

Deixei seu prato no guarda-fogo da lareira, para mantê-lo quente, e, uma ou duas horas depois, ele voltou, quando a sala já estava limpa, de modo algum mais calmo: a mesma aparência pouco natural de alegria sob as sobrancelhas escuras; a mesma palidez e os dentes visíveis, de vez em quando, em uma espécie de sorriso; seu corpo tremia, não como se treme de frio ou fraqueza, mas como uma corda muito estendida que vibra – com uma forte vibração antes que um tremor.

Pensei que deveria perguntar o que havia, pois ninguém mais perguntaria. E exclamei:

– Teve boas notícias, Sr. Heathcliff? Parece excepcionalmente animado.

– Como poderiam partir de mim boas notícias? – redarguiu ele. – Estou animado com a fome, e, segundo parece, não devo comer.

– Seu jantar está aí – retruquei. – Por que não come?

– Agora, não quero – apressou-se ele em responder. – Esperarei até a ceia. E, de uma vez para sempre, Nelly, peço-lhe para dizer a Hareton e à outra para não se aproximarem de mim. Quero ficar sozinho aqui.

– Há algum novo motivo para isso? – indaguei. – Diga-me por que está tão esquisito, Sr. Heathcliff. Onde esteve ontem à noite? Não estou fazendo essa pergunta por mera curiosidade, mas...

– Está fazendo a pergunta por mera curiosidade – atalhou ele, dando uma risada. – Vou responder, contudo. À noite passada, estive no limiar do inferno. Hoje, estou à vista do meu paraíso. Tenho os olhos nele: pouco mais de três pés separaram-me! E, agora, é melhor você ir-se embora! Não verá nem ouvirá nada capaz de amedrontá-la, se se abstiver de bisbilhotar.

Retirei-me, depois de varrer a lareira e limpar a mesa, mais perplexa que nunca.

Ele não tornou a sair de casa naquela tarde e ninguém perturbou sua solidão, até as oito horas, quando, embora não tendo sido chamada achei conveniente levar uma vela e a ceia para ele. Estava encostado a uma janela aberta, mas não olhava para fora: seu rosto voltava-se para a escuridão inteira. O fogo se transformara em cinzas; o aposento estava repleto do ar úmido e agradável da noite nebulosa, e tão quieto que não somente se podia distinguir o murmúrio do regato em Gimmerton, como seus borbulhões sobre os seixos ou através das grandes pedras que ele não podia cobrir. Não contive uma exclamação de desgosto ao ver o fogo apagado e comecei a fechar as janelas, uma depois da outra, até chegar àquela junto da qual ele estava.

– Quer que eu feche esta? – perguntei, com a intenção de despertá-lo, pois ele não se mexia.

A luz bateu-lhe no rosto, enquanto eu falava. Oh! Sr. Lockwood, não posso expressar o susto terrível que senti diante daquela visão momentânea! Aqueles olhos negros e fundos! Aquele sorriso e a palidez cadavérica! Tive a impressão de que não era o Sr. Heathcliff, mas um duende; e, aterrorizada, deixei a vela pender para a parede e ficamos na escuridão.

– Sim, feche-a – respondeu ele, com sua voz habitual. – Ora, que falta de cuidado! Por que colocou a vela horizontalmente? Vá buscar outra, depressa.

Saí, dominada por um medo desarrazoado, e disse a Joseph:

– O patrão está querendo que você leve luz para ele e acenda o fogo.

Sentia medo de não conseguir dominar-me.

Joseph tirou algumas brasas com a pá e saiu, mas voltou imediatamente, com a bandeja da ceia na outra mão, explicando que o Sr. Heathcliff ia para a cama e não queria comer coisa alguma, até a manhã seguinte. Ouvimos logo seus passos subindo a escada; não se dirigiu para seu quarto comum, entrando no que tinha o leito recoberto: sua janela, como já disse antes, tem largura suficiente para qualquer pessoa sair e tive a ideia de que ele projetava fazer outra excursão noturna, da qual queria que não desconfiássemos.

"Ele será um vampiro?", pensei, lembrando-me do que lera sobre esses horríveis demônios encarnados. E logo comecei a lembrar-me como zelara por ele na infância e como o vira crescer e acompanhara seu desenvolvimento quase até o fim; e que absurdo era deixar-me dominar por aquela sensação de horror.

"De onde ele veio, porém, aquele ser escuro, abrigado por um bom homem, para sua desgraça?", murmurou a superstição, enquanto eu mergulhava no sono. E comecei, quase sonhando, a imaginar qual seria sua origem, e, repetindo minhas meditações quando acordada, tracei, mais uma vez, sua existência, com sombrias variações, terminando com sua morte e enterro, do que, tudo quanto posso me lembrar, é de me sentir muito vexada com a tarefa de ditar uma inscrição para o seu mausoléu e consultar o sacristão a respeito; e, como ele não tinha sobrenome e não pudéssemos saber sua idade, tivemos de nos contentar com a simples palavra:

"Heathcliff". Isso se tornou verdade: tivemos mesmo. Se o senhor for ao cemitério, lerá sobre sua lápide apenas isto e a data de sua morte.

O amanhecer restituiu-me o bom senso. Levantei-me e fui ao jardim, logo que clareou, para ver se havia pegadas perto da janela do quarto dele. Não havia.

"Ele ficou em casa", pensei "e ficará bom hoje ainda."

Preparei o café da manhã para todos, como era meu costume, mas disse a Hareton e Catherine para comerem antes de o patrão descer, pois ele se recolhera tarde. Os dois preferiram fazer a refeição ao ar livre, embaixo das árvores, e eu coloquei uma mesinha para que se acomodassem.

Quando voltei, o Sr. Heathcliff estava no andar térreo, conversando com Joseph a respeito da fazenda; deu instruções claras e minuciosas sobre a questão discutida, mas falava depressa e constantemente virava o rosto para um lado e tinha a mesma expressão excitada, mais exagerada ainda.

Quando Joseph saiu da sala, ele se sentou no lugar que geralmente escolhia e eu coloquei uma tigela de café diante dele. Heathcliff puxou-a e depois apoiou os braços na mesa e olhou para a parede em frente, baixando e levantando os olhos brilhantes e ansiosos, com um interesse tão intenso que parou de respirar durante meio minuto.

– Vamos! – exclamei, pondo um pedaço de pão em sua mão. – Coma e beba, enquanto está quente: estava aqui há quase uma hora.

Ele não me notou e, no entanto, sorriu. Eu estava mais acostumada a vê-lo rilhar os dentes que sorrir.

– Sr. Heathcliff! Patrão! – gritei. – Pelo amor de Deus não fique olhando assim, como se estivesse contemplando uma visão sobrenatural.

– Não grite tão alto, pelo amor de Deus – replicou ele. – Volte-se e diga-me: estamos sozinhos?

– É claro que estamos – foi minha resposta.

Obedeci, contudo, involuntariamente, como se não tivesse muita certeza. Empurrando para um lado a tigela e o pão, ele se debruçou na mesa, para contemplar mais à vontade.

Percebi, então, que não estava olhando para a parede; parecia contemplar algo a uma distância de duas jardas. E fosse o que fosse, tal coisa comunicava, ao mesmo tempo, prazer e sofrimento de medo extremo e estranho: pelo menos, a expressão angustiosa, e ao mesmo tempo, extática, do seu rosto dava essa impressão. O objeto fantasiado não estava imóvel: seus olhos perseguiam-no com incansável diligência e, mesmo enquanto ele falava comigo, jamais se desviavam. Em vão, relembrei-lhe sua prolongada abstinência de alimentos: se ele se movia para tocar alguma coisa em atendendo aos meus apelos, se estendia o braço para pegar um pedaço de pão, seus dedos se contraíam antes de atingi-lo e se imobilizavam na mesa, esquecidos de seu objetivo.

Sentei-me, como um modelo de paciência, tentando atrair sua absorvida atenção, até que ele se irritou e se pôs de pé, perguntando-me por que eu não o deixava escolher ele próprio a hora que quisesse para se alimentar, e dizendo que, da próxima vez, eu não precisava esperar: podia deixar as coisas e sair. Depois de dizer estas palavras, saiu de casa, atravessou o jardim, vagarosamente, e desapareceu no portão.

As horas passaram-se; chegou outra noite. Só fui deitar-me tarde e, ainda assim, não dormi. Heathcliff voltou depois de meia-noite e, em vez de ir deitar-se, trancou-se no quarto ao lado. Fiquei ouvindo, agitada, e, afinal, vesti-me e desci. Era supinamente desagradável ficar deitada, com a mente preocupada por centenas de pensamentos impertinentes.

Ouvi os passos do Sr. Heathcliff, que caminhava de um lado para o outro, sem parar, e ele, frequentemente, cortava o silêncio, com um ruído de respiração profunda, semelhante a um gemido. Também murmurava palavras soltas; a única que pude perceber foi o nome de Catherine, misturado com algumas expressões exaltadas de ternura ou sofrimento, e pronunciadas como se estivessem sendo ditas a uma pessoa presente: em tom baixo e exaltado e arrancadas da profundidade da alma. Não tive coragem de entrar no aposento, mas quis arrancá-lo de sua meditação e, assim, fui mexer, ruidosamente, no fogão da cozinha e comecei a raspar as cinzas. Isso o despertou mais depressa do que eu esperava. Abriu a porta, imediatamente, e disse:

– Venha cá, Nelly... Já amanheceu? Traga sua luz.

– Estão dando quatro horas – respondi. – Se está querendo uma vela para levar para cima, pode acendê-la neste fogo.

– Não, não quero ir para cima – disse ele. – Entre, acenda um fogo para mim e faça tudo que precise fazer.

– Primeiro, tenho de acender as brasas, para poder levá-las – repliquei, pegando uma cadeira e o fole.

Ele, enquanto isto, caminhava de um lado para o outro distraído. Seus suspiros profundos sucediam-se tão a miúdo que mal deixavam lugar para a respiração comum.

– Quando amanhecer, vou mandar chamar Green – disse ele. – Quero fazer-lhe algumas consultas de caráter jurídico, enquanto consigo pensar nesses assuntos e posso agir com calma. Ainda não redigi meu testamento, e não posso resolver o que vou fazer com meus bens. Queria poder arrancá-los da face da terra.

– Eu não diria isso, Sr. Heathcliff – atalhei. – Adie um pouco seu testamento; assim, ainda poderá evitar arrepender-se de suas muitas injustiças. Nunca esperei que seus nervos ficassem abalados, mas agora estão, e quase inteiramente arrasados, por sua própria culpa. O modo com que passou estes últimos três dias derrubaria um Titã. Tome algum alimento e descanse um pouco. Basta contemplar-se no espelho para ver como está precisando de ambas essas coisas. Tem o rosto fundo e os olhos raiados de sangue, como uma pessoa que está morrendo de fome e de falta de sono.

– Não é por minha culpa que não consigo comer nem dormir – retrucou ele. – Asseguro-lhe que não se trata de coisa deliberada. Farei ambas as coisas, logo que puder. Seria, contudo, a mesma coisa. Você, porém, está fazendo o mesmo que pedir a um homem, que está lutando contra as águas, que descanse, quando está a uma braçada da praia! Preciso alcançá-la primeiro, para depois descansar. Não se preocupe com o Sr. Green. Quanto a arrepender-me de minhas injustiças, não cometi injustiça e não me arrependo de coisa alguma. Sou demasiadamente feliz e, no entanto, ainda não sou bastante feliz. A exultação de minha alma mata meu corpo, mas não se satisfaz.

– Feliz, patrão?! – exclamei. – Estranha felicidade! Se pudesse ouvir-me sem irritar-se, eu lhe daria alguns conselhos, que o tornariam mais feliz.

– Quais são? – perguntou ele. – Pode dar.

– O senhor sabe muito bem, Sr. Heathcliff – disse eu —, que, desde os 13 anos de idade, tem levado uma vida egoística, anticristã, e, provavelmente, mal pegou na Bíblia, durante todo esse tempo. Deve ter esquecido o conteúdo do Livro e talvez não tenha, tempo de procurá-lo agora. Não poderia mandar chamar alguém, algum ministro de qualquer seita, não importa qual, para explicá-la e mostrar-lhe quão afastado esteve o senhor de seus preceitos e quão pouco preparado estará para o céu, a não ser que ocorra uma mudança antes que o senhor morra?

– Fico-lhe grato e não com raiva, Nelly – disse ele —, pois você me fez lembrar da maneira com que desejo ser enterrado. Deverei ser levado à noite para o cemitério. Você e Hareton podem, se quiserem, acompanhar-me, e tenham cuidado, em particular, para verificar se o coveiro obedeceu a minhas instruções a respeito dos dois caixões! Não precisa vir ministro algum; não precisam dizer coisa alguma sobre o meu corpo. Pode crer que já quase atingiu o meu céu e que não cobiço nem dou valor ao dos outros.

– E se o senhor insistir em seu obstinado jejum e morrer dessa maneira e recusem enterrá-lo no terreno da igreja? – perguntei, chocada com sua indiferença religiosa. – Que acha disso?

– Não farão tal coisa – respondeu ele. – Se fizerem, vocês devem me levar, em segredo, e, se não fizerem isso, provarão, praticamente, que os mortos não são aniquilados!

Logo que ele ouviu os outros membros da família se moverem, retirou-se para o seu escritório e eu respirei mais livre. À tarde, porém, quando Joseph e Hareton estavam trabalhando, ele voltou à cozinha e, com um olhar selvagem, pediu-me para acompanhá-lo a casa: precisava da companhia de alguém. Neguei-me, dizendo-lhe, francamente, que sua estranha atitude e palavras me amedrontavam e que não tinha coragem nem vontade de ficar sozinha com ele.

– Creio que você pensa que sou um demônio – disse ele com uma gargalhada desdenhosa —, algo horrível demais para viver em uma casa decente.

Depois, voltando-se para Catherine, que estava lá e que se escondeu atrás de mim, quando ele se aproximou, acrescentou, com um leve sorriso escarninho:

– Quer vir, menina? Não lhe farei mal. Não! Para você, eu me fiz pior que o diabo. Pois bem, há alguém que não recusa minha companhia! Por Deus! Ela está inflexível. É demais para um homem de carne e osso aguentar! Mesmo eu.

Não pediu mais a companhia de ninguém. Ao anoitecer, entrou em seu quarto. Durante toda a noite e grande parte da manhã, nós o ouvimos gemer e falar consigo mesmo. Hareton queria entrar, mas eu o mandei chamar o Dr. Kenneth para vê-lo. Quando ele voltou, e eu pedi licença e tentei abrir a porta, vi que estava fechada a chave, e Heathcliff praguejou contra nós, dizendo que estava melhor e queria ficar sozinho. Assim, o médico retirou-se.

A noite seguinte foi muito chuvosa: a chuva caiu a cântaros, até o amanhecer, e, quando fazia minha caminhada matinal em torno da casa, percebi a janela do quarto do patrão aberta e a chuva penetrando no interior. Deduzi que ele não devia se achar na cama, pois, do contrário, estaria ensopado. Devia estar de pé ou ter saído. Em vez, porém, de entregar-me a especulações, atrevi-me a ir olhar.

Tendo conseguido entrar com outra chave, apressei-me a abrir a porta e olhei para dentro. O Sr. Heathcliff estava lá, deitado de costas. Seus olhos encontraram os meus, tão vivos e selvagens que estremeci; e ele pareceu sorrir. Eu não podia julgar que estivesse morto, mas seu rosto e o pescoço achavam-se ensopados com a chuva, a roupa de cama inteiramente molhada e ele imóvel. A janela, indo e vindo empurrada pelo vento, arranhara a mão que se encontrava no poial; nenhum sangue escorria da pele esfolada e, quando apalpei-a, não pude mais ter dúvidas: Heathcliff estava morto e rígido.

Fechei a janela; tirei da testa seus cabelos negros e compridos; tentei fechar-
-lhe os olhos, para extinguir, se possível, aquele terrível olhar de exultação, semelhante ao de um vivo, antes que outra pessoa pudesse vê-lo. Os olhos não se
fecharam: pareciam zombar de minhas tentativas, e os lábios entreabertos e os
dentes brancos e agudos também pareciam sorrir sarcasticamente. Dominada
por outro acesso de covardia, gritei por Joseph, que apareceu, fazendo muito
barulho, mas se negou, peremptoriamente, a tocar no morto.

– O diabo carregou sua alma e pode carregar também sua carcaça, se depender
de mim! – exclamou. – Veja que cara amaldiçoada ele mostra, depois de morto!

E o velho pecador sorriu, zombeteiramente. Pensei até que fosse dar cambalho-
tas em torno do leito. Ele, porém, se dominou de súbito, caiu de joelhos, levantou
os braços e rendeu graças porque o dono legítimo e a antiga família se viam res-
taurados em seus direitos.

Fiquei petrificada pelo terrível acontecimento, e minha memória recordou os
velhos tempos, com uma espécie de tristeza opressiva. O pobre Hareton, contudo,
o mais prejudicado, foi o único que realmente sofreu. Ficou sentado durante toda
a noite junto do corpo, chorando sentidamente. Apertava-lhe a mão e beijava seu
rosto sarcástico e feroz que todo o mundo mais evitava contemplar e lamentava-o
com aquele sofrimento forte que flui, naturalmente, de um coração generoso, mesmo duro como o aço temperado.

O Dr. Kenneth viu-se perplexo para declarar de que moléstia morrera o patrão.
Não contei que ele estava há quatro dias sem ingerir coisa alguma, receando que
isso provocasse dificuldades e, além disso, eu estava convencida de que ele não
se abstivera propositalmente: fora a consequência, e não a causa, de sua estranha
moléstia.

Enterramo-lo, para escândalo de toda a vizinhança, como ele queria. Eu,
Earnshaw, o coveiro e seis homens que carregaram o caixão fomos as únicas
pessoas presentes ao enterro. Os seis homens partiram, depois de o deixarem
dentro da cova; nós ficamos, para vê-la coberta. Hareton, com o rosto coberto de lágrimas, arrancou torrões de terra cobertos de verdura e os atirou ele
próprio sobre a terra da sepultura – e espero que o enterrado esteja dormindo
profundamente. Os moradores do lugar, porém, se o senhor lhes perguntar,
jurarão, sobre a Bíblia, que ele caminha: há alguns que dizem tê-lo encontrado
perto da igreja e nas charnecas e mesmo nesta casa. Tolices, dirá o senhor, e
eu digo também. No entanto, aquele velho que está perto do fogão da cozinha
afirma ter visto dois fantasmas olhando pela janela do seu quarto, em todas as
noites de chuva, desde a sua morte, e uma coisa esquisita aconteceu comigo,
há cerca de um mês. Eu estava a caminho da Granja, certa noite, uma noite

escura, que ameaçava tempestade, e, logo que me afastei do Morro dos Ventos Uivantes, encontrei um menino que conduzia, diante dele, uma ovelha e dois cordeiros; ao vê-lo chorar muito, supus que os animais estivessem muito brincalhões e ele não conseguisse guiá-los.

– Que há, meu homenzinho? – perguntei.

– É Heathcliff, com uma mulher, acolá, embaixo do rochedo – gaguejou ele. – Não tenho coragem de passar por eles.

Não vi coisa alguma, mas nem o menino nem os carneiros seguiam, e eu lhe disse, assim, para seguir pelo caminho de baixo. Provavelmente, ele criou os fantasmas na imaginação, quando atravessava a charneca sozinho, devido às tolices que ouvira os pais e companheiros repetissem. Mesmo assim, contudo, não gosto de sair à noite e não gosto de ficar sozinha nesta casa tristonha. Não está em mim. Ficarei satisfeita quando eles saírem daqui e forem para a Granja.

– Quer dizer que eles vão para a Granja. – observei.

– Sim – respondeu e Sra. Dean —, logo que se casarem, o que se dará no dia de Ano-Bom.

– E quem vai morar aqui, então?

– Ora! Joseph tomará conta da casa e talvez um rapaz lhe fará companhia. Irão morar na cozinha e o resto ficará fechado.

– Para ser usado pelos fantasmas que resolvam habitá-la – observei.

– Não, Sr. Lockwood – disse Nelly, sacudindo a cabeça. – Creio que os mortos estão em paz, mas não se deve falar neles levianamente.

Naquele momento, o portão do jardim se abriu e os dois namorados voltaram.

– Eles não têm medo de coisa alguma – resmunguei, vendo-os se aproximarem, pela janela. – Juntos, são capazes de desafiar Satã e todas as suas legiões.

Quando os dois pararam à porta para lançar um último olhar à lua – ou, mais corretamente, cada um olhar para o outro ao luar —, senti-me irresistivelmente impelido a fugir deles de novo; e, deixando uma lembrança na mão da Sra. Dean, sem levar em consideração suas censuras à minha rudeza, saí pela cozinha, quando os dois abriam a porta da frente, e assim teria confirmado a opinião de Joseph sobre as indiscrições de sua colega de criadagem, se não tivessem tido a sorte de verificar que eu era uma pessoa respeitável, pelo doce tilintar de uma libra de ouro a seus pés.

Minha caminhada de volta a casa foi aumentada por um desvio na direção da igreja. Ao chegar embaixo de seus muros, percebi que a decadência avançara. Em sete meses: muitas janelas mostravam espaços negros privados de vidros e telhas de ardósia avançavam, aqui e ali, além da orla do telhado, para acabarem sendo atiradas fora pelas próximas tempestades de outono.

Emily Brontë

Busquei e não demorei a encontrar as três lápides na encosta perto da charneca: no meio uma cinzenta, meio escondida pelas urzes; a de Edgar Linton apenas rodeada pela grama e pelo musgo que crescia a seus pés; a de Heathcliff, ainda nua...

Fiquei um tempo junto delas. Admirei as borboletas esvoaçando entre as urzes e as flores, ouvi a brisa soprar através do mato ralo e fiquei pensando como poderia alguém jamais imaginar um sono agitado para os que repousam naquela terra tranquila.

256